金羊精品书系
2014广东省重大题材创作项目

铜钵盂

侨批局演义

瞽师·水客·革命党

郭小东 著

羊城晚报出版社
·广 州·

图书在版编目（CIP）数据

铜钵盂：侨批局演义 / 郭小东著. —广州：羊城晚报出版社，2015.12

ISBN 978-7-5543-0092-3

Ⅰ. ①铜…　Ⅱ. ①郭…　Ⅲ. ①长篇小说—中国—当代　Ⅳ. ①I247.5

中国版本图书馆CIP数据核字（2015）第311070号

铜钵盂——侨批局演义

Tongboyu Qiaopiju Yanyi

封面题字　蔡东士
策划编辑　朱复融
责任编辑　朱复融　黄捷生
责任技编　张广生
装帧设计　友间文化
责任校对　胡艺超　麦丽芬
出版发行　羊城晚报出版社
（广州市天河区黄埔大道中309号羊城创意产业园3-13B　邮编：510665）
网址：www.ycwb-press.com
发行部电话：（020）87133824
出 版 人　吴　江
经　　销　广东新华发行集团股份有限公司
印　　刷　佛山市浩文彩色印刷有限公司（佛山市南海区狮山科技工业园A区）
规　　格　787毫米×1092毫米　1/16　印张21.25　字数320千
版　　次　2016年1月第1版　2016年1月第1次印刷
书　　号　ISBN 978-7-5543-0092-3 / I·173
定　　价　48.00元

郭小东，广东潮阳铜钵盂人，国务院政府特殊津贴专家、文科二级教授、国家一级作家。现任广东省作家协会副主席、中国当代少数民族文学研究会副会长、广东现代作家研究会会长、广州国际中华文化学术交流协会理事长、中国现当代文学省级特色重点学科学术带头人、广东技术师范学院学术委员会副主任。首届“广州市十大杰出青年”。著有：《郭小东文集》22卷、《中国知青部落》三部曲、《当太阳成为河流》、《风的青年时代》、《红庐，雅加的沉香》、《1966的獒》、《中国知青文学史稿》、《想象中的时间》、《非常迷离》、《非常迷惑》等著作，作品多次获奖。

《铜钵盂》是一种与历史见证和文化记忆共存的族群生存范式，它将中国从古典生存向现代社会转化的过程，呈现为一种让人怀恋的潮汕文化风情，让处于中国现代社会之初的潮汕文化，处于一种新的形式中，而这种形式的独特，恰在于它的极端贡献与它的衰亡过程同时进行，它所连带的双重生活方式，从中国古老生存观念本身的复杂与现代需求中产生，于是《铜钵盂》生成了与这种文化风情相关联、相映衬的主题和形式。

小序

在铜钵盂“汾阳世家”老屋，在曾祖父使用过的明式家具面条柜里，偶然发现一暗格，内中藏一木匣，精美绝伦。匣中嵌一海南花梨木珠、紫檀条框小算盘，一红木织梭，一沾有朱砂的小楷毛笔头，一亚洲犀牛角印章，刻有“宝源图书”字样。匣面上端漆有“××× ×××结婚留念”，落款为“×××全贺”，名字系人为剔去，已经无法辨认。惜矣！正中是大篆“文房四宝”。非常精美！

为何剜去人名？留木匣且内藏玄妙曼物，担心什么？又心存侥幸地想传留什么？爱悔交加之时，已在己丑，便为庚寅。

我无须明知。

我的曾祖父郭信臣，于土改时自杀，时年九十（小说中减去十岁）。彼时净身出户，身无长物。面条柜连同驷马拖车若干座，决意赠与大众。面条柜却几经流亡，在民间游离65年，而无人发现暗格。木匣在黑暗飘摇中，担惊受怕了65年，竟安然幸存。也许它是在等着我的到来。

木匣为做古董生意的族叔郭海生发现，我当时亦在现场，那时并未打开，不知内中有物，便由族叔带走。岂知经族叔等研究鉴赏，竟为信臣遗物，多人欲高价买走，族叔以为，此乃曾祖父魂魄未散，在此老屋中流连经年，意欲与重孙相遇相通，物归原主为敬。

此乃曾祖唯一遗物，阅世十分传奇，并于以他为主角的长篇小说《铜钵盂》出版之时现世，令人惊诧！

祝允明《箜篌引》附之自识：

“冬日烈风下写此，神在千五百年前，不知知者谁也”。

有暗格铺陈，于光天化日之下，在至少有三百年历史的破柜中，饱含温馨记忆经年，悄然躲过刀斧、战火，土改、运动，开放、改革，地震、洪灾等等，挣扎了65年，然后等着我极其偶然的到来，无法想象。

此时，始知《铜钵盂》乃与神通。

此长篇《铜钵盂》收官伊始，彼“铜钵盂”正在开启。己死方生之谓也。

风不可形就，而惟可神就者亦风。又名等风来去兮。不知知者谁也。

郭小东

2015年12月12日

于铜钵盂汾阳世家暨田中央　光德里

凝重与飘逸交织　乡情与文气并著

——郭小东新作《铜钵盂》漫评

张志忠

《铜钵盂》对于郭小东的文学道路来说，是一个重要的节点。

自从20世纪70年代后期开始，郭小东一直活跃在当代文坛。他的评论和创作都很出色， 都是基于他的个人经历，在海南岛当知青的经验而展开。左手写知青题材的长篇小说，右手写知青文学的研究文字，互动互补，相得益彰。然而，知青文学的潮涨潮落，行至今日，在没有新的思想高度、缺乏新的精神支点的困境下，要想取得重要的突破，显然是缺少现实的可能性的。值得庆幸的是，郭小东敏捷地进行了华丽转身，退后一步，天高海阔，他返回了自己的生身之地——濒临大海的潮汕平原，在家族记忆与历史风云的交织中，写出了新作《铜钵盂》，使他的文学创作，又拓展出一片丰厚肥沃的土地。

潮汕是商业意识发达的地区，远赴海外务工经商是明清以来的传统。得风气之先，潮汕人的开放变革意识，都是走在时代的前面。康有为、梁启超挽狂澜于将倒的维新变法，孙中山先生领导的推翻大清帝国的革命，直到国共内战中的中共军队，都得到潮汕人士的积极参与，慷慨资助。同时，作为陆海相连的通商要道，这里的侨批业（即民营的侨汇收取运送兑付）和鸦片走私，也是非常发达的。这里又是传统文化积淀深厚、源远流长之地。唐代的文人韩愈，在此地做刺史，短短几个月，治理水患，兴建教育，使得此地文风大盛，读书进取的理念光被一方。另一位唐代名将——平定安史之乱的功臣郭子仪，其后人在数百年后迁居至此，“汾阳世家”的自诩，又为此地人家平添了几分英雄豪气。这里的人民讲信用，重情感，因为感谢韩愈治理潮州的功绩，所以把这里的大江，命名为韩江，把这里的山岭，命名为韩山。而盛极一时的侨批业，成千上万银圆在南洋和本地流转，也完全是靠着彼此之间的信任，从业者的敬业与诚信精神，才能持久地进行运作，几十年而不衰。

凡此种种，都在郭小东的笔下，得到了浓墨重彩的描绘，富有强悍的艺术冲击力。万木草堂近旁的惠如楼中，郭仁卿在侠肝义胆的谭嗣同救国言论的激发下，将父亲从南洋寄回的“区区十万银圆”一掷而出，而这笔钱本来是要重建郭家世代居住的铜钵盂仁记巷的。郭仁卿此举，并非蓄意而为，而是在谭嗣同慷慨陈词现场的应激反应，但是，一旦做出决断，便不再反悔，实乃英豪本色。《铜钵盂》中的另一场重头戏，同样惊心动魄，又摇曳多姿：同为同盟会员的林达、周季礼、马灿汉三人烟桥相逢，从最初的心存疑惑，到周季礼的革命意志动摇、决心全身而退，现场的氛围紧张得快要绷断弦了，但在台面上却波澜不惊；待到清政府的爪牙胡须六与三人遭遇，并且同桌饮酒，互相试探和遮掩，周季礼虽然已经决定从革命阵营中退出，但是仍然要保护因参加黄冈起义而遭到清政府通缉的林达的安全，这也是极为精彩的笔墨。此外，谭嗣同关于出卖新疆、西藏给沙俄和大英帝国以换取变法维新所需巨额费用的提议，马文荣与马灿汉叔侄间对暴力革命与保皇主义的论辩，都具有重大的历史意义与思想启迪，都会给读者留下深切的印象。

然而，无论是以宏大叙事的方式书写保皇派、改良派与革命者之间的政治、武力与思想的交锋，还是用传奇之笔演义古老的中华民族遭遇“三千年未有之大变局”的风云跌宕，似乎都不是郭小东写作《铜钵盂》的本意。他注重的是潮汕地域的“在地性”。他写上述种种，郭仁卿个人意志的瞬间决定与周季礼革命意愿的日久生变，酒楼上康有为、梁启超和谭嗣同面对郭仁卿巨额捐助的不同态度，烟桥发生的林达、周季礼、马灿汉、胡须六四人之间的斗智斗勇，只不过因为这些都是作者描写郭、马两大家族的命运与潮汕地域风情所必须写到的。郭仁卿后来到上海创办实业，这就把潮汕人的头脑精明、善于经营与大上海工商业崛起的关联性揭示出来。郭氏的另一位人杰——曾经创造了富可敌国的金融王国的郭信臣，与前来拜访的马灿汉的一席谈话，就决然捐助五十万银圆，十五座别墅，以支持败退到潮汕地区即将被裹挟到台湾的国军460师的反正，在对待金钱的态度上，再一次体现出“汾阳世家”后人的明大义、利国家的豪侠气魄。马灿汉、马家老太、马伯良和马创英等光德里的马氏传人，他们各自的人生轨迹，又和“汾阳世家”形成一种对应和交接，也有其光华流丽的品格。单说马灿汉，他从在清末投身大业开始，就坚执不移，在历经民国时代的风风雨雨之后，又在关键时刻选取了弃暗投明，加入中共的地下工作，为潮汕地区的解放做出重要贡献。其后来的坎坷命运，则令人唏嘘不已，悲从中来。

正因为郭小东着力于潮汕人家及其生存环境的刻镂，时代烽烟只是其中的一个方面。潮州歌仔戏，潮汕方言，此地特有的“四点金”、“驷马拖车”和“下山虎”的建筑风格，送侨批的批脚们的行为方式，为马老夫人兴建旌表牌坊的枝枝节节，江洋大盗燕子尾和雌雄剑的神奇传说，老舵工经历的时代更迭与一代又一代瞽师们口中的唱词，诗书画，烟酒茶，办学校，废缠足，养花草，生子女，都是构成作品的重要环节。许多时候，它们都是以复调的方式，横云断岭，把一个个风云变幻的历史场景切割开来，将凝重与飘逸交织在一起，保持了艺术的均衡和张力，也确立了《铜钵盂》的基本品格。

凝重与飘逸交织，其中的重要一点在于，浑厚的乡土血脉与隽永的文人气息共融。如果说，潮汕地域的生活情景，一再地打断了那些剑拔弩张、危机四伏的紧张场面，那么，作品的书卷气、文人气，也经常会产生举重若轻、以飘逸化凝重的功用。《铜钵盂》中的诸多人物，都是非常有修为的文化人，康有为、梁启超、谭嗣同、于右任等自不待言。潮汕地区重教育、敢创新的风气，也使得郭仁卿、马灿汉们成为清末最早的留学生。他们的日常生活和政坛博弈，都由此染上了文化的印痕。而且，在许多时候，这种名士高标，又化解了作品中的金戈铁马、征战杀伐的血腥气。例如，明代大书法家祝允明书写的曹植的《箜篌引》，名诗名帖、珠联璧合之作，就巧妙地植入作品之中，其出没弃归，构成了数十年间一条重要的气脉，且贯通诸多人物：诗丐詹廷敌如神龙出没，其身份和死亡也成无解之谜；此事牵动了周季礼几十年的心思，直欲把天大的家当换此旷世佳作而不得，它却阴差阳错地落入对其毫无兴趣的郭仁卿手里；八旬老翁马创英，老朽如古木，见得此帖，如癫如狂，手舞足蹈，俨然是返老还童、狂放不羁的性情中人；而在林达、周季礼和马灿汉的“烟桥会”中，当马灿汉咄咄逼人地质问周季礼是否已经背弃当初的革命誓约应遭惩罚而令其难以应答之际，周季礼随口吟诵的，正是曹植《箜篌引》中的诗句：“谦谦君子德，磬折欲何求？惊风飘白日，光景驰西流。盛时不再来，百年忽我遒。生存华屋处，零落归山丘。先民谁不死，知命复何忧？”诗句的释义，正好和周季礼此时的回心转意而生死从容的心态产生共鸣，也四两拨千斤地回应了马灿汉对他警示的生命威胁。这是先张后弛。太清先生和郭仁卿从相面术谈起，进而引入儒家的树德养心以补面相之缺失的观点，风淡云轻，何其洒脱；话音未落，郭仁卿呈上的一封家书，让太清先生脸色大变，抬步便走，连回批都来不及写出，留下深感情况严重的郭仁卿费心猜详。这是先弛后张。一张一弛，不仅是文武之道，也是文学作品中调谐节奏、平衡轻重的要诀吧。

2015年12月

人物表

郭仁卿（1850—1945）：郭氏“汾阳世家”掌门人，中国同盟会会员。

郭向笙（1833—1950）：郭氏铜钵盂家族族长，中国同盟会会员，曾参加过太平天国运动。

郭信臣（1870—1950）：郭仁卿之子，上海潍潮帮富商，上海永茂源钱庄老板、银行家、慈善家、开明士绅。曾捐三十万银圆作浙江大学经费，又挟资南下汕头开办多家银庄。

郭若雨（1868—1955）：中国同盟会会员，银行家、开明士绅。

郭承恩（1884—1945）：字伯良，郭信臣四子，毕业于英国谢菲尔德大学，上海圣约翰大学校长、上海兵工厂厂长、军政部兵工署副署长、财政部中央造币厂厂长。

郭任远（1898—1970）：中国现代心理学家，1918年留学美国加利福尼亚大学攻读心理学，复旦大学代校长、浙江大学校长，名列世界100位杰出心理学家。

郭凤巢（1901—1971）：郭信臣三子，开明士绅。

郭大伟（1919—1998）：郭凤巢长子，国军中将参谋，台湾“国大代表”。

郭文雄（1919—1973）：郭凤巢次子，大南山游击区梅峰中学学生会主席。

郑惠照：郭凤巢发妻，郭文雄生母，年轻时出家，后殁于“汾阳世家”。

郑雅心：郭凤巢二房，郭大伟生母，年轻病殁，1949年出殡。

郭同志：现代主义者，自由作家。

康有为（1858—1927）：广东南海人，人称“康南海”，革命家、教育家、思想家、政治家、文学家，与弟子梁启超发动戊戌变法，晚年主编《不忍》杂志，任孔教会会长。

梁启超（1873—1929）：广东新会人，清朝光绪年间举人，中国近代思想家、政治家、教育家、史学家、文学家。戊戌变法领袖之一、中国近代维新派代表人物。

谭嗣同（1865—1898）：湖南浏阳人，“戊戌六君子”之一。

陈天华（1875—1905）：湖南新化人，华兴会创始人之一，同盟会会员，清末革命烈士，辛亥革命时期杰出的鼓动家和宣传家，一生救亡图存，宣传革命。

康同璧（1889—1969）：广东南海人，康有为次女。万国妇女会副会长、山东道德会会长、中国妇女会会长。

于右任（1879—1964）：名伯循，字右任，早年系同盟会成员，中国民主革命家、国民党元老、中国书法大家、诗人、教育家。

郑孝胥（1860—1938）：福建闽侯人，清光绪八年（1882年）举人，曾参与戊戌变法。历任总理各国事务衙门章京、京汉铁路南段总办兼汉口铁路学堂校长，广西边防大臣，安徽、广东按察使，江南制造局总办，伪满洲国总理内务府大臣兼文教总长。

胡　适（1891—1962）：新文化运动领袖之一，国立北京大学校长、“中央研究院院长”、“驻美大使”。

朱祖谋（1857—1931）：浙江吴兴人。光绪九年（1883年）进士，官至礼部右侍郎，因病假归作上海寓公，为晚清四大词家之一，著有《彊村词》。

顾维钧（1888—1985）：江苏嘉定县（今上海市嘉定区）人，民国第一外交家，中华民国国务总理摄行大总统，国民政府驻法、英大使，联合国首席代表、驻美大使，“海牙国际法院副院长”。

吴昌硕（1844—1927）：浙江湖州人，晚清民国时期著名国画家、书法家、篆刻家，与任伯年、蒲华、虚谷齐名为“清末海派四大家”。

张大千（1899—1983）：四川内江人，祖籍广东番禺，国画大师、山水画大家，其诗、书、画与齐白石、溥心畬齐名，故又并称为“南张北齐”和“南张北溥”。

刘未林（1867—1933）：名凤起，号真庐居士，江西南城人。光绪三十年（1904年）进士，后经殿试入翰林院庶吉士，供职翰林院编修，工书擅画，行楷腴润秀雅，有名于时。

商衍鎏（1875—1963）：清代为广州驻防正白旗汉军人籍，后改称广东番禺人，著名学者、书法家。1894年甲午科举人，1904年成为清末科探花，任翰林院编修、国史馆编修，国民政府财政部秘书、江西省财政特派员。

陈宝箴（1831—1900）：江西义宁客家人，晚清维新派政治家，浙江及湖北按察使、直隶布政使、兵部侍郎、湖南巡抚，时与许仙屏号为“江西二雄”。

喻长霖（1857—1940）：浙江黄岩人，清光绪二十一年（1895年）榜眼，授翰林院编修，国史馆协修，武英殿和功臣馆纂修。

马灿汉（1890—1951）：黄埔军校一期教官，国军少将参谋，中共地下党员，1949年被游击队误杀。

郑素冰：马灿汉妻。

周季礼（1850—1945）：开明士绅，批局老板，中国同盟会会员，丁未起义领袖。

林　达（1850—1935）：铜钵盂十三乡之新桥人氏，中国同盟会会员，丁未起义领袖。

马家老太：光德里掌门人。

马文荣：马圣诚批局老板。

马凌芳：马灿汉长女，郭文雄之妻。毕业于上海圣约翰大学。

阿玉、阿雅：马凌芳婢女、书童。

阿丙、阿乌：马灿汉勤务兵。

太清先生：道人，风水先生。

詹廷敬：革命党人。诗丐。丁未起义后为清廷杀害。

郑武扬：警察局长。

闫　玉：郑武扬勤务兵，武林响马。

胡须六：清廷县衙捕头。

地胆头： 光德里长工。

阿　莲： 又名林伊平，马家养女，《岭东日报》记者，地下党员，中共特派员。

许秀才： 周季礼家账房先生。

郑　显： 郑家码头掌柜。

马郑氏： 光德里老太君。

马创英： 马家老叔公，大管家。

马伯良： 水客、批脚，郭、马两家家丁。

丁　贵： 马家家丁。

地豆八： 马家家丁。

郑耀堂： 桃花渡老船工。

庙　祝： 铜钵盂伯公庙主持。

燕子尾： 传说中的神偷。

瞽师若干

瞽姬若干

马队长： 游击队队长。

许向阳： 南下干部，铜钵盂土改工作队队长。

刣猪刚： 杀猪佬，铜钵盂土改工作队队员。

林先生： 怀诚批局掌柜。

李汝名： 国军460师师长、少将，马灿汉黄埔军校学生，1949年起义投诚。

廖福贵： 国军460师副师长、少将，胡琏部下。

张千里： 国军中校，胡琏警卫队队长。

郭节母　廖太夫人

曾祖母　郭连淑发

曾祖父　郭信臣

祖父　郭凤巢

父亲　郭大藩　字文雄

曾叔公　郭任远

母亲　马燕惠　字凌芳（左一）

康有为

于右任

梁启超

胡适

谭嗣同

顾维钧

目录

题叙

这部长篇小说，作为小说，它的开篇部分，是如此的与众不同。它描述的故事所展开的地域，有一个名字，叫做潮汕。这个名字，古代叫海阳，近代叫潮州，现代才叫潮汕。潮汕似乎是一个域名，可更是一种母语的象征。人只要脱胎而习母语，便注定摆脱不了它的羁绊，那种永远也无法脱离的乡音。世界上所有的语言，都无法彻底消弭这种母语音色与音调的残留。所有语言对之的取代，都难逃它的干预。它是如此顽强地固执于它的子民们对乡土的依赖，以至于设置了表述的障碍。

潮汕是一座城。

在我很小的时候，我便相信潮汕是一座城，所有说潮汕母语的地方，不管它是城市、乡镇，抑或田园，它们在我看不见的地方，总是自觉地互相靠拢，互相取暖，互相簇拥着而成为一座无边无垠的城。城中流过若干条大河，无数的河涌，还有永远也走不到尽头的海边滩涂，金色洁白的沙滩，或是腾跃着跳跳鱼的海涂。无数的下山虎、四点金、大夫第、资政第、马家祠堂、郭氏宗祠、周氏家庙、郑家码头、仁记巷和大鼎元……古街古巷，还有田野、菜园，从山上流下来的清溪，有女孩在溪中洗衣……古老的城，包容了无所不有的物事的城。驶过马车、人力车、小火轮和驮着气包的轿车……这些看得见的东西，让我确认叫潮汕的地方，它不是单纯的地方，它是一座没有边界没有城墙的城。

在我的幻想中，那城有时醒着，有时睡去，如同落日或旭阳。总是让许多人推着走，向前或向后，或紧或慢地行走着。我便跟着它，让它带着我行路。

海、河和山地、田野、古屋厝、青石板砌成的路，有时路石会松动，下雨时分，雨水渗进石缝里，踩上去会有水溅出来。

海边有三桅船，红头船，还有舢板，摇橹的人有男有女，总是戴着圆圆的斗笠，穿着棕红色的大襟衣。那是一种用薯莨混合牛血浆洗过的颜色，他们的脸藏在斗笠的阴影里，看不出真正的表情。

晚归的渔船靠岸。一筐一筐的渔货被抬上街路，街路上洒满鱼水，在夜色中闪烁着鳞光，像无数密集的萤火虫，流成一条人间银河。

我总觉得潮汕之城是一座天上的城。老人说天上一颗星，地上一个人。在月缺的夜晚，追着如钩的月亮走，此刻，万万不可去摸耳朵，对月娘不敬，月娘见了会割破耳根。真的！有时耳根会像割裂过一样，莫名就伤了，发炎，要好些天方痊愈。我以为天上人间是同一个世界。而潮汕的世界，由一个个有名有姓的角落组成。河东书院、田心宫、青云岩、相国寺、下尾坑、万人冢等等。我听说了“沉东京，浮南澳”的传说，于是去海角寻找通往沉沦的东京之路，果真看到伸到海水里去的青石板路基。大人们说的话我都信以为真。他们都说，潮汕是一座城。

最受欢迎的人是水客和批脚。番批到来的日子，人们便有了喜悦的笑靥，哪怕是阴郁的雨天。

孩子们追着批脚，热心地引着批脚阿叔，从东家到西家，尽管批脚和村路彼此都很熟悉，但并不拒绝孩子们簇拥的热情。他们和孩子们一起快乐。批脚送出了番批，长弓篮里因此也收获了地瓜、米糕、咸鱼或者肉脯，还有一封封的回批。

这是村庄的节日。在批脚或水客到来的日子，独守空房多年的阿婆，脸上有了红晕。人们玩笑嬉戏，说起她们已经很遥远的新婚时光，在烦琐的“六礼”中的种种表现，尤其在“庙见”时，众人喧哗的热闹。连深居简出的马家老太，此时也会偶尔出现在街路上。她的三寸金莲与街石相吻，悄无声息。人如戏台上的老旦，一步一颤，摇动如风。

贫民的房子都面朝大海，富人的屋宇多藏在城市的深巷之中，那些中间是家祠两边为华屋的“驷马拖车”。村庄乡镇里的人都共着一个姓氏，几乎所有的人都同属本家，都在五服之内。家祠并不分贫富，所有的屋宇向孩子们敞开，无论家世。同一姓氏，皆为兄弟姐妹。

朝代在缓慢的岁月中，时有轮转。老人们能够记起的，总不外乎是一些前朝旧事，遥远如始祖的丰功伟绩，如郭氏的“汾阳世家”，从郭子仪直溯到“史祖黄帝、姓开姬周”，其后蕃衍日盛，苗裔蔓延。三千年的跋涉，在他们口中倏忽而过，只是婴儿吞咽一口母乳的工夫。最多自然是《三国》和《水浒》，记忆真切的，莫过于太平天国，拳匪之乱和海上的倭寇。除了倭寇皆同仇敌忾之外，太平天国和拳匪，他们讲述的故事与书上所写全然不同，闪烁其中的说道，是为孩子的困惑。

这种孩子的困惑，自然也是城市的困惑。在孩子澄澈的世界里，潮汕的城，应该是一块水晶。于是去“婆祠”和“妈宫”，那儿是水客聚集的地方。水客是孩子们另一个伟大的世界，冒险与远行的魔力，使孩子的天地飞离无边的潮汕之城，远古遥渺和魔域的鬼魅都不在话下，唯荣光敬畏的是，常行走于乌水的水客们，不是英雄，胜似英雄。

尽管很饿，但“妈宫”的供品却无人敢动，似乎也从未有动它的欲望。

“婆祠”的阿婆像过于庄严，衣着彩绘过于华丽，使原本慈祥的阿婆，比在世时更绚丽严肃。她木雕泥塑的手掌冰冷，没有一丝儿的体温，她脸上的笑容永远对着一个方向。尽管她的眼睛，环顾了大殿里的每一个角落，似乎还穿墙越壁，落到很远的河里和山中。

这是潮汕城中唯一的“婆祠”，这座犯天条的婆祠，已经存在了好多个世纪，从15世纪至今，将近六百年。里面供奉着的，全都是出身妾侍而无正名的母亲们。因为一个孝子的德行，而成就了女人的功业，成就了无数曾经屈辱过、被损害过的女人们的功业。她们的魂灵，在祠堂里找到自己的位置，一块堪称神主牌的与男人们一样大小的牌位。

我的一位太祖奶奶的神主牌，也矗立在拥挤的牌位群中，虽并不显眼，但我却能一眼找到她。

我生于辛卯年卯月卯日卯时，命中无土，注定四处飘零。过多的木，使这种飘零极度渴望扎根的机缘。而过于长久的飘荡，使心灵容易变得空虚，一种惶恐的心情是无法保持长久的明智的。有时便不得不求助于一种侥幸，渴望在生命之旅，偶遇贵人与知己。以飘忽的心面对潮汕之城，半夜惊醒时分，一座城池幻变成无数不可忤逆的城。

在我出生前六百年，城市还未开埠，潮汕之城尚在渔村的包围之中。红头船虽已在海上漂流多年，但把无关海上的人，从潮汕送到异国他乡这件事，那时才刚刚开始。在13世纪的潮汕，随红头船漂洋过海，去异邦夷狄另觅生地，那是豪勇者冒险者所为。许多流传于坊间城中的勇敢者的故事，连同他们的发家史，成为潮州歌册的主题。《水蛙记》开篇，主人公秀才詹典，过番三年，撞了好运，受番王赏识。

“臣儿想要回中原，看我家中妻共儿”，“番王听见有理宜，安排财宝乞子儿，二包珍珠共镟石，无价之宝值万铢，玛瑙珊瑚共金银，尽是金条好赤金，银尽佛头七钱二，人参一包重五斤”，“财宝乞你带回家，乞你妻儿去享福，后你回来心免青”。

水客、鸦片掮客、批脚……无数闯海者、冒险家的故事，随着潮州歌册的唱和，在千百年的民间教化中，成为潮汕人求生的向导。

在还没有法定的通信路线，邮政交通也只限于政府或民间商队所为，包括诸如郑和下西洋这样的政府通商行为的时代，封闭而无出路的状况，在潮汕人的风格中得到了最早的突破。邮政交通还没有作为法律也还没有成为民众民生的权利，民间水客与批脚的诞生，就成为一种既合时宜又如春风野火一般传衍疾迅的行当。俗称“走水”。

见到“走水”的，如见海外亲人一般。这种遥远信托形成的依赖，虽无血缘，却胜于血缘的承诺。自15世纪以来，除了海盗的劫掠，水客、批脚尽管自身生活艰难，银钱拮据，虽过手银钱千万，但侵吞批款或丢失侨批的事极少发生，鲜有记载，而为寻错批主人而苦苦找觅的事屡见不绝。批封上常印有“批银先发，有错取回”、“保家银信”、“从静分还”等印封，以证信用。更绝的还有“口信附银”，完全无须批封，口诺便认。

以乡谊、诚信、口诺等精神性保约，化合而行的邮政交通，是侨批最丰富最人性最具人格魅力的信托结晶。它成为潮汕这座城邦之成为现代城市的精神保证。它的现代性，皆因其对古老淳朴乡土风习的守成。仁义礼智信、天地君亲师，至少把人性欲望从道德上加以过滤。城市行为的民生规约与底层乡愿的设计，使潮汕城市的道德蓝图，规矩方圆无处不在。

在我出生前的五六百年间，城市有形的变动，包括街巷屋厝的摧毁或建设，萧条冷落或繁荣奢华，无日无之。但五六个世纪所形成的规矩方圆，却始终未变。依然是“厚积流光”，依然以“诗礼传家”，依然是“人文化成”、“正大光明”、“元亨利贞”。

一座城市，竟然包括了广袤的乡村，连同河流和山脉，阡陌与沃土，无数的道路和码头，码头上的堆栈，堆栈中南来北往的货物，以及散落在城市与乡村的华屋老厝，堆金塑银的屋梁与屋脊，即便残破如斯，依然透出华丽富贵的气势。在海隅之地，却恩准而“皇帝厝，潮汕起”。不是天赐的荣耀，而是皇权对之的无可奈何。本是大族避世的桃花源，却又衍生了海外拓殖的传统。

这种传统并非简单地归咎于天灾人祸的勒迫。从中原流民的血液中，不难寻觅到这种扩张与进攻的基因，老死于一隅的秉性并非流民的天赐，冒险和骁勇，开疆拓殖才是流民真实的欲望。既然太祖吾民可以从中原一路南下，在未知的疆土上肆意耕耘，大海汪洋自然也是大路朝天，彼岸的荒凉正是心中的繁华。水客和批脚的横空出世，自然印证了直把他乡作故乡的道理。

在潮汕的乡镇与城市行走，早就没有被城市的奢华分离与割裂的印象。在五六个世纪以前，这种印象就已渐行渐远。即便远在穷乡僻壤，依然与香港、与暹罗近在咫尺。这是一种非常奇怪的感觉与印象，它来源于对水客与批脚的想念和想象，那想象来自天空的飞鸟，那思念来自大海的船。这种想象的联结，使地域的距离无足轻重。

这种由水客批脚勾连而成的物质性网络，由对批封的依赖而生的精神性怀念，在没有邮政交通的年代，把无数乡村贯通到城市的血缘系统之中，成为城市经济致密的部分。这是中国包括世界最早实现城市血缘系统的地方。对水客的思念与期待，使多地的迅速连接、合体成为可能，信息的互通是其中的结果，而这正是形成现代城市的元素。

在这个意义上，潮汕早在几百年前，就已经逐渐形成了一个中国最大的城市，拥有了最多的人口：1500万。由批脚和水客连接而成的互联网，这种奇观无可比拟，其作用堪称时间之奇。

在对外贸易极为发达的潮汕，因为侨批，大多数年份出现了入超（即输入额超过了输出额，亦称逆差），据潮海关统计，光绪二十一年（1895年）入超754.89万两，光绪二十六年（1900年）入超757万两，宣统二年（1910年）入超1191.65万两，民国十四年（1925年）入超818万两，民国十九年（1930年）入超2041万两。而民国十年（1921年）批款不下几千万银圆，以后每年批款超1亿银圆，一度超2亿银圆。光绪二十五年（1899年）汕头银庄达60多家，下辖海内外分号775家，国内各县投递局20多处。

潮人仰赖此批款为生者，几占全人口十之四五，新祠夏屋更十之八九。

在水客最盛的19世纪，仅在汕头，专门递送侨批的水客有800人之多，香港有200人左右。

潮汕是一座城的事实，连远在欧洲的恩格斯也注意到了。他在1858年，用了“口岸”这个词来概括“汕头这个唯一有一点商业意义的口岸”。这个口岸背后的地域依托，自然是一个幅员辽远的城市。这样定义似乎有夸大其词之嫌，但是，恩格斯是相对于中国其他几个口岸，即已经五口通商的城市而言的。那五个开放的城市口岸“差不多都没有进行什么贸易”。而汕头的商业意义，有几个必须注意的前提：其时汕头所处的“这个帝国是如此衰弱，如此摇摇欲坠，它甚至没有力量来度过人民革命的危机”，“这个帝国是如此腐化，它已经既不能驾驭自己的人民，也不能够抵抗外国的侵略”。此刻，“俄国人已占有了黑龙江以北的领土和该河南岸满洲的大部分土地”，“从中国夺取了一块大小等于法德两国面积的领土和一条同多瑙河一样长的河流”。

彼时，中国人正在天朝明令禁止之下，在遍布城乡的无数鸦片烟馆中，吞云吐雾；或从东印度、缅甸等地肩挑背扛，往中国的南方北方贩运鸦片。大批鸦片掮客，跟水客批脚同时驰行。

潮汕的人口输出、茶叶和丝绸以及鸦片的贸易，不同程度地满足了俄国在远东的成功。而汕头也因此具有了一点商业意义。恩格斯对于汕头的这点评价，实在不值得国人于150年来津津乐道。

作为长篇小说，这样的“题叙”显然像一篇关于潮汕乡土与历史文化的哲学随谈。小说关乎人物，生活与生存，特别是一个特定地域的生存研究本身，它必然黏附着太多的精神性思虑。侨批史的线索及其意义，直接关联到人与土地的亲缘关系以及在文明进程中的表现。它是一切进步与成熟的动力、速度乃至历史时间的瓜熟蒂落。

小说中所有的人物、事件以及故事，都将在这种时间的酝酿与培植中，不断地发酵、膨胀最终死亡，他们是潮汕这个非常独特的风土与这个国家历史上尤为奇形怪状的联系。从北向南的迁徙，又从南向更南的地方远渡，再不断地反哺这个本该是文明与存在的中转之地、再生之地的地方，在这个地方，以千年之功，沉淀建设了一个伟大的城市，并融合完成了一个伟大的族群，以潮汕母语为讲述方式的无法化外的族群。

我不讳言，这个族群在文明道路上所经历的即使是非文明的一些细节，比如潮汕最富有的名门望族，其先祖在某些时候，也有其血腥的原始积累，充当鸦片掮客包括虚拟中的鸦片种植，尽管很容易为此找到存在的理由，找到推诿的道德规避，但是，我还是在小说中，不无遗憾地写下血腥的玷污文明的一页。

我常去遥远的地方，那些地方与潮汕全然不同。不仅仅是指风物，而是说人。人在另外的世界中，在别样的文明中，在远离潮汕的隔阂中，让我更深刻地看到自己的内心，内心的惶惑及恐慌产生的对自我的排斥与愤恨，以至于无限的忧伤。因之对潮汕产生了一种切近的依恋，这种依恋随着年青时的疏忽，中年时的回眸，老年时的至切，而渐渐灌满我的眼睛，成为我眼力所及的全部。

父亲和母亲也走过许多地方，比我走得更远，去国弃家，去干那个时代赋予他们的大事小事。他们最终也回到潮汕。或在潮汕安享天年，或死于非命。生养他们的地方，就叫铜钵盂。

我没有在铜钵盂度过我的童年，也并非出生于铜钵盂这个地方。在潮汕的所有地名中，铜钵盂是一个较为古怪奇崛的地名。它的奇崛与许多物事联系在一起时，就更其不可思议，出人意表。

中国的现代电影是从这里起源的，自然是指人。这里诞生了中国电影的奠基人、先驱者，第一代导演郑正秋、蔡楚生；中国第一个心理学院（复旦大学心理学院）创建人，中国现代心理学家郭任远等等。

铜钵盂郭已经不仅仅关乎姓氏，而是一个伟大的久远的符号。从郭子仪开始然后蕃衍，在中国近现代史上，凡是郭姓杰出人士，大多与铜钵盂有关。

我的母亲姓马，老家成田。我出生于成田，一个叫田中央村的地方。宋朝马银青大夫在那里落草之后，始有田中央的马家后人。光德里和硕士第，使马姓人家名震海内外。

把铜钵盂这个邮票大的地方，把潮汕邮寄给世界，世界于是拥有了一个别样但是真实的潮汕。

这部长篇小说，将潮汕第一次文学地敞现它全部的忧伤、焦虑和美丽的乡愁。

第一章

平原已经无路可走，阡陌隐入山岭，丘陵中是蜿蜒的河流和湿地，地平线上红霞漫天，又是一个澄澈然而多事的秋天。四顾无人，野渡偶有孤舟。平原上一年一度的地净人空，一年一度短暂几日的清闲，连沉在黑暗中的瞽师，也心旷神怡。他嗅到了空气中炊烟与稻草的气味，那种新割的茎秆还泛着青涩的稻草焚烧的味道。

瞽师曾是出过洋的客头，他知道故乡的味道。于是平原和丘陵，便有二胡忧伤的弦声。弦声中的吟唱，把乡愁与无奈唱得嘹亮，唱得衷情满怀：

打起包袱过暹罗，赚有钱银多少寄，好返唐山娶老婆……

他拉出了一个热烈的过门，如千军万马征战一般的豪情，弦丝切切，情急如风。瞽师左手持琴，大拇指按出一个高八度，他的中指，一直在最高音阶处上下滑动，右手执着的马尾弓，始终顿挫于短短的区位，弓弦急促地拉动，几次险把作“马”的贝壳弹出，那老旧的

“弦马”稍稍易位，让急急风的无字长叹，随着秋风秋阳穿行。突然，弓弦马尾断飞，“弦马”跳到空中，天籁戛然而止。世上再无绝唱，瞽师气绝而亡，独留瞽女受苦。

酒红色马，从地平线上缓缓而来，像一簇光。长长的古驿道，空旷冷寂，晚秋的凉风掀起白衣骑者的风衣，白色风衣在风中展开，如盛开的白牡丹，红马白花在驿道上飘动了很久。

晚秋的风中有一种味道，稻草和干柴燃烧成炊烟的味道。那味道在天空中游走、飘飞，粘连起晚秋的村落。

那时的潮汕平原一马平川，从光德里的碉楼上，可以看到海边无边的沙滩和盐碱地、红树林和红色的寮居。掠过低矮的“四点金”和“驷马拖车”群落，甚至可以见到大海深处归帆的三桅船，三桅船土红色的风帆，半截隐在波浪里，半截在天空中，像浮于云中的仙人。

其实，光德里离海尚远，至少有五十里地。那时，天地澄明。

人在马上，居高临下中的平原，尽展它荒凉同时富庶的每一个细节。如练的练江、如榕的榕江、如韩的韩江，各自从不同的地方流来，清澈见底，游鱼可鉴。在一年一度洪水未到之际，至少三条江河所圈起的广袤土地，生机勃勃。

白衣人似乎并不急于归去。红马啃着练江边的苇草，肥白带青的苇芽，在红马的咀嚼中，散发着清新的草腥气味。它似乎懂得主人的心情，尽情地、不紧不慢地吃草，不时仰天打个喷嚏，惬意地晃一晃长长的脖颈。

红马登上榕江的堤岸，桃花渡隐约可见，于是天空中便有“陈三五娘”的腔调。

江堤上十分冷清，牛田洋上浮沉着若干草屿，像绿色的鸳鸯，在烟波中静默地漂着。白衣人紧了紧让风吹松的风衣，勒了勒缰绳，背江而去。

在离开江堤的一瞬，白衣红马突然停了下来。迎面走过来一个“批脚”，“批脚”匆匆而过。白衣人望着“批脚”的背影，若有所思。他一直注视着远去的“批脚”，直到“批脚”消失在黄昏的暮色中。

还是他记忆中批脚的模样，尽管已经过去多年。批脚的影像他无日能忘，穿着紧身大袄、戴着宽边草笠，肩上斜背着柄长及人高的油纸伞，腰束一条长及丈把的“水布”，挎着平安袋和长弓篮。这是每一个“批脚”必有的装备。每一件物品，都表示着长途行脚的用途和行旅的防护。水布、长柄油伞、长弓篮和平安袋，既是实用物品，又是防身的工具。

刚才批脚经过他马前时，不经意的四目相对，那温暖善意谦恭卑微的一瞥，令他心痛。那是一个年老的批脚，这种眼神只有年老的批脚才有。他似乎突然萌生去追那批脚的心意，勒马紧走几步，却又返了回来。那批脚已了无踪影。

在抵达光德里的半天行程中，他又在夜色中碰到了几位“批脚”。照理说，批脚很少在夜间出没，送批毕竟是一个与钱财有关的行当，在夜间行动不合规矩。也许把所有行人，都当作批脚了，白衣人自嘲地苦笑。说来也怪，从黄昏到午夜，他的心思总在批脚身上。

光德里灯火阑珊，昏黄的街灯在长长的幽巷中，绿如鬼火。屋墙上高处的窗棂，流溢出如蛋黄般的烛火，偶尔有一二声狗吠，坐落在田洋中间的光德里，如一只隐伏着的巨狮，在夜半的昏黑中沉沉酣睡。

此刻，寨门早已关闭，寨子四角四个碉楼上，墙上枪眼处闪烁着微弱的灯光。

白衣人的随行，已先一日到光德里通报他的到来。碉楼上的守卫，早已听到由远而近的马蹄声，马蹄踏在青石板上的声音，在夜空中尤为清亮。见到巷子踢踏而来的红马白衣，便打开寨门迎迓。

穿过两进天井，在三进的客厅中，正中央端坐着太夫人。她是马氏家族如今最长的老者。光绪十三年（1907年），她55岁。

太夫人马郑氏。

马郑氏获知长孙马灿汉今日星夜抵达，便令所有家眷亲人不必午夜迎候，由她独自迎接灿汉即可。老太太一言既出，连灿汉夫人儿女也不敢违命。在光德里，马郑氏至今仍掌管着马氏家族的印把。皆因马氏家族，在国内并无生意，生意全在泰国，支撑整个家族的经济来源，全仗每年从泰国汇转来的大量银洋。前些年是用轮船载银，这几年改为“水客”专营，每年也少不了船载银两。马郑氏的娘家郑姓，在潮阳专营码头、火轮生意，在国内外开有多家批局。

白衣人马灿汉，于光绪三十三（1907年）深秋突然归来，令马郑氏太夫人倍感意外。她自知其中必然有事，这亦是她要第一时间单独见到孙儿的缘故。长房长孙，在家族中有不可言喻的位置，决定着一个家族的兴衰。近日时局动荡，逆反诸事，早已传得沸沸扬扬。

马灿汉生于光绪十六年（1890年）。

午夜已过，老太太有些倦意，但长孙久别骤来，老太太兴奋异常，却也忧心忡忡。她自从30岁守寡，掌管这个家族近30年。记得45岁那年，中秋前夕，忽然传来离家五年未归的丈夫，和同船的水客一起命殁南海的消息，他们的三桅船（红头船），在琼州海峡遭海盗抢劫，同船20多名水客被抛尸海底。

30年间，她坚持活要见人，死要见尸。笃信丈夫至今活在某处，于是天天在等佳音。祖宗神主牌位中，并无丈夫的名牌。族人对她此举多有微词。马家大人横死已是事实，因老太太的执拗，马家大人便如孤魂野鬼一般，不入祖宗牌位，清明、忌日也不便供奉拜祭。随着老夫人权威日隆，族人也毫无办法。泰国生意自马家大人殁后，渐由马郑氏娘家家族兄弟们把握。

马郑氏见到孙儿马灿汉，犹见宝贝，从头到脚摩挲个遍，满心欣喜之情，溢于言表。她虽已五十有五，却依然硬朗爽朗，身手敏捷不说，思维也极为清晰，她喃喃自语，扳着指头，细算上回见孙儿的日子。

“过去那么多年了！孙儿是光绪十六年生人，是吧！”她转身问一直端坐一旁并不言语的二婶。

二婶连忙应道：“老太太记性就是好，可不就是光绪十六年，那晚街上通宵游标呢！”

灿汉这才注意到这位叫二婶的大妈，连忙起身作揖问安。

二婶年近四十，天生一双丹凤眼，人又长得媚，言语神气之间，总有一种挑逗的意味。她说起话来，字正腔圆，纯正的潮州腔，在话语腔调颇为粗重的潮阳人看来，无异于媚娘一个。其实二婶人好，深得老太太喜爱，总与老太太寸步不离，这也是老太太的所好。

灿汉对这位二婶并无印象。灿汉15岁去上海读书，二婶尚未进门。此后他曾回过一次家，只住了二天。那时二婶还是一个新媳妇，刚过门，不能随便走动。这回是第一次见面。

二婶倒不生分，她随老太太久了，阅人无数，愈加伶俐！

“二叔好吗？”灿汉记得二叔是个鸦片烟鬼，又患有肺痨。那年月，肺痨等于绝症。二叔到40岁上，才娶了25岁的老姑娘二婶，明为娶妻，暗为冲喜。明知是活不久的二叔，因二婶的到来，却又撑了十多年。

说到丈夫，二婶似无话可说，明显地神色不对。老太太便把话头岔开，悄悄地问灿汉：“孙儿这次回来，一定有事吧？”

灿汉连忙应道：“无甚事。只是久未拜见奶奶，回家来见奶奶！”说着，又连连对奶奶作揖问安。

老太太很是高兴，却也更执着地追问。她心中明白得很，孙儿嘴上说得好听，心中兴许有什么事。

老太太故意轻松地说：“那就好，没事免烦恼，儿孙长大了，翅膀硬了单独飞，也不要奶奶帮了。奶奶欢喜。”她忽然想起什么，高声唤道：“莲，阿莲，快送上红鸡蛋来。”

阿莲闻声端上来四碗红鸡蛋甜汤。

阿莲是个七八岁的女孩。

“叫哥哥！”二婶教导。

“哥哥好！”怯生生的女孩声音，悦耳而且拨动心弦。灿汉忽然一震，这声音进到他心里去了。他下意识地瞟了这女孩一眼，一下子惊住了……

老太太看出了什么，似觉不妥，连忙支开阿莲：“去，给哥哥把热水送到厢房里去。”转对灿汉说：“你也乏了，先去睡吧，明早再去拜见你哥你叔。”老太太没有说到灿汉父母，起身闪进后库，二婶连忙跟随。忽然，二婶回头对灿汉一笑：“别忘了吃红鸡蛋，要吃四个哦。”

灿汉一夜无眠。他想着那个叫阿莲的女孩，一个很普通的名字。他想得头脑有些发涨，何以如此？他一时也不明白。他觉得他似乎在哪儿见过这女孩，很无端的想法。他努力去想点别的什么。

奶奶是老妖精，年纪愈老，却愈见年轻，连老人斑也似乎褪掉了不少，精神，返老还童了。他越是想到这些，对此行就越没了信心。

郭仁卿令人一把火烧了烟桥茶山。半月之后，这事便上了上海《申报》，虽仅于报角一端，寥寥数行，未尽其详，想必远离潮汕之沪上，也少人留意千里之外的区区火烛。

而这则消息，对于沪上潮汕商贾，却冷不丁是个炸雷。这郭仁卿是谁？一般人还不明就里。清末民初的潮商老人也许还依稀记得烟桥这个地名，而烟桥茶山这两个字眼一经联袂，在这些遗忘的脑海中，即刻勾勒出一个清晰的轮廓。

那是一个由一代枭雄掌控的财富天国。自19世纪中叶至20世纪20年代，这六七十年间，烟桥茶山这个名字在民间商界日隆，最终成为一个神话传说。鸦片掮客，无人未去过烟桥，也无人不知烟桥，但却很少有人亲临烟桥茶山，无人真正详细描述过烟桥茶山的真面目。烟桥茶山始终活在烟雾朦胧的神话中。

是日，康有为正端坐六国饭店的包厢里，品茶，阅报。他身边已堆满了当日的各种报纸。起初，《申报》左下角这一则新闻，并未引起他的注意，在他正要把报纸挪放至一边之时，眼睛余光见到“粤东烟桥”字眼，令他为之一动。来自广东的消息，康有为是必细细阅读的。他心中一惊，那短短的几行字，顷刻在他心中燃起滔天大火。仁卿？烟桥？他把《申报》捧至眼前，端起眼镜，细细搜寻着报角这则新闻的每一个字。字字锥心！

这郭仁卿，在他以往生涯中，只是一个擦肩而过的人物。此刻，他甚至记不起此君长相，但操着一口潮腔粤语的潮汕大亨，他不会忘记。

第一次见到郭仁卿，是在1896年，那天，康有为正在万木草堂讲学。

“第一，要知孔子为万世大教主；第二，要知孔子弟子传教之难……耶稣死后，十三代弟子皆死于传教……孔子的学说，只讲到一百世……从孔子到今天刚好一百世，此事相当神奇，大概百世以下的情形，是孔子所不忍言及的，确实天意深邃。”

听众便有零落掌声。康有为颇为得意。

“孔子之全世界大一统之治、大同之世，二三百年后必行天下，未来的世界，必然是‘用夏变夷’的时代、孔教的时代。”

听众之中，便有郭仁卿。

对于康有为把孔学当作孔教，视为儒教教旨，去过西洋留学的郭仁卿自然是不敢苟同的，他几次想站起来提问康有为，但却总是让人抢先，于是尴尬地退下。这种情形，让康有为觉察了。康有为已经注意到这位头戴瓜皮缎帽，面目清秀，却有着一张轮廓分明的脸庞，似有几分英武的青年。

康有为走上前来，站在郭仁卿面前，他轻声问道：“这位仁兄，是否有话要说？”

郭仁卿想不到康有为会注意到自己，居然走到自己面前，一时竟失了方寸。郭仁卿并非康有为的追捧者，在来万木草堂之前，甚至不知道到万木草堂听谁人讲学。他只是和同乡周季礼路经广州，闲来无事，周季礼便邀他同来了。一见康有为，郭仁卿便心生佩服，一介青年，如此侃侃而谈，竟对孔学讲得头头是道。他将这位维新领袖，视为英雄。康有为见他局促，便不再追问，拍了拍郭仁卿的肩膀：“会后再聚。”

稍许，郭仁卿平静了许多。他收拾了心情，还是压抑不住有话要说，站起来便道：“梁启超先生曾说过：‘南海先生见到二百年前西方天主教十分兴盛，以为西方各国富强全是由于行教，所以想要尊崇孔子，复原孔教与之对抗’。在我看来，儒学不是宗教，先生之保教之论，是否会徒然引发民众仇视洋教之心，酿成教案？而且可能造成历史的倒退。”

郭仁卿一席话，引发了学堂听众中一阵窃窃私语。康有为脸上掠过一丝不快，但马上平复，若无其事，此等悖论已见怪不怪。

面对这个后生，他不想过分认真，便自嘲也颇为自许地说道：“我的学问在30岁（1888年）的时候已经大成，此后不再有进步，也不必再有进步。”全场又是鼓掌。

周季礼对郭仁卿耳语：“这就是新党？”他的口气里有几分讥讽。

“有人这样说话的么？”郭仁卿虽然心存疑问，但想起在西洋时，欧美人谁不是如此做派？

郭仁卿见周季礼有些不屑，便怂恿周季礼也问康有为。“就问他何以30岁已学问大成，却在30岁（1888年）科举落榜？”

周季礼不敢造次，反让郭仁卿提问：“此话题太狠。还是你姓郭的来问，比较合适。我们周家敦厚温良，不像你们祖上郭子仪，乃兵家大将。还是你出手吧！”

康有为正讲得兴起，见周、郭两青年窃窃私语，以为同道，便请两位说说。周季礼只好站起来，问了一个很蠢的问题：“康大人，有问先生，既然30岁学问已大成，为何30岁却在科考落榜？”大家都以为康有为会尴尬无比，康有为却落落大方。他一向意气高昂，一点儿也不尴尬。

“既然仁兄提起此事，我便不吝奉告。科场之事，本无定序。敝人顺天府乡试本已名列第三，因我的文章瑰丽雄伟，考官大多能够分辨。侍郎孙诒经说：‘这份卷子当是康某人的’。主考官大学士徐桐记恨我此前写给他的那封信，此信在民间早有流传，内容我就不详说了，反正是有所冒犯就是。遂说，‘如此狂生，不能让他考中’，将我抑置副榜。考官王锡蕃替我争辩，徐桐更怒，再将我抑置誊录第一。”

康有为略顿了一下，仰望窗外天空。此刻万木草堂空中乌云密布，隐隐雷声此起彼伏。康有为作仰天长啸状：“皆因敝人少年气盛，轻狂乖张，本意欲拍徐桐马屁却又言‘七十老翁，复何所求’，大学士因此斥晚生为‘狂生’，将其书信掷还。”康有为仿佛沉浸于当时的情景中。又是一阵掌声。

康有为目光炯炯，直视周季礼郭仁卿，直盯得他俩甚感羞愧。周季礼、郭仁卿自知有所冒犯，遂连忙起身作揖，口口声声：“得罪大师了。”

“仁兄问得好，亦问得妙哉。我说的都是实情，何得罪之有？仁兄不说不问，我亦将常常说道。此乃有为之光荣，做一回狂生有何不好？”

第二章

瞽师一路唱来，怀抱椰胡咿呀，凄厉的弦声让风吹送得遥远。牵扶瞽师的是一个十五六岁的姑娘，眉清目秀，姑娘拖着长辫，辫子上扎着紫色的绳结。瞽师边拉边唱，姑娘和声说白。他们在码头上停定，瞽师双目望着江水，江水浩渺，他听得见江水在无声地奔流。

且说清朝一事端，把将根由记到全，滴水奇缘来配合，造成歌文乞人观。

广东省城大地方，城内有一马家庄，马爷身居知府职，未有赴任在家门。娶得夫人郑氏妻，郑氏早年丧阴司，产下一子名书德，未娶媳妇配子儿……

姑娘说白：

书德生得貌堂堂，赛过古人个潘安，年纪长成十三四，终日读书苦用功。马爷一妹名美真，配乞吏部做夫人，吏部姓陈名士俊，在朝为官是忠臣……

渡船在江心打转，码头上突然间就

风雨交加，稀拉的人群纷纷躲避，码头上留下了瞽师和姑娘，在风雨中伫立。姑娘撑起一把雨伞，雨伞却让狂风暴雨拉直，姑娘紧紧抓着雨伞不放，风雨拖着雨伞，把姑娘拉进了江中。瞽师看不到此情此景，他在匆忙中收起椰胡，一手在空中摸索，似欲抓住姑娘早已让风雨拉走的手。又一阵大风吹起，瞽师也让大风吹进江里。

在江边码头候船的男子，急忙把长弓篮系在拴船桩上，飞身投入江中。

马氏家族有私塾，五服之内的孩子，不分阶级贫富，到了年龄都可到家塾里读书。长工佣人佃户家的孩子，也不例外。马氏家族自19世纪初年，就有把子孙送国外留学的习惯，几代人下来，西风很浓，起码面子上的西方民主、天赐人权、劳工神圣还是非常讲究的。

马伯家道也算殷实。成田圩上，经营了四代人的批馆——马金泰批馆，便是他祖上的产业。只是到了他父亲一代，几个叔伯兄弟都嗜吸鸦片，把一个好端端的马金泰批馆给吸没了，抵给了郑姓人家。少年马伯从东家变成了伙计，为马金泰批馆做了水客。此时的马伯，在马家私塾里已经读了七八年书，子曰诗云不在话下，尤其是一手好字，那种非常难学的“馆阁体”，在马伯这儿堪称圆润厚实，有架有势。只是他写得慢，又讲究，半天下来，写不了几个字，小楷尤甚。

说起来，母亲和马伯还有过一两年的私塾同学之谊。只不过8岁以后，母亲便去了马家捐资创办的女校读新学。母亲对马伯的那点童年记忆，来自于马家私塾的时光。他们再见时，已经是母亲退休之后好几年的事了。在母亲记忆里，那个圆脸男孩，变成了高瘦驼背的老人。

光德里的布局很是特别，四堵寨墙圈出一个正方形的寨子。每个方角筑有高达四层的四方碉楼，碉楼是方圆几十里最高的建筑，几十里内外的动静，尽在碉楼目力所及的监控之下。这种带碉楼的民居，在潮汕并不多见，似有违古建筑形制，却有几分边关的味道。寨内建筑也颇有讲究，从寨门进入，是一个阔大的空埕即庭院。面对空埕一字排开五座“下山虎”。居中的那座是家族祠堂，凹进的门楼石匾上，正面镌刻的是颜之推手写的“马氏宗祠”。背面是范家驹题款的“银青族裔”。五座“下山虎”分别由六条小巷分隔，小巷直通至后花园，另有一排建筑俗称“后库”。是为四点金形制。前后花园、下山虎、四点金后库、四方碉楼以及四通八达的“六巷”，构成了“光德里”，亦中亦洋的形制。更为独特的是，光德里的寨门，有意建在偏侧，且不居中，寨门上峰恰好是墙角碉楼，令寨门显得坚牢、厚实同时虎视眈眈，平添了些许威严。

光德里的建筑形制，意在固守。宅内也多有密室地宫，即便在寨子里生活多年的人，也难尽览其诡。据说光德里为马郑氏的公公马怀望设计筑造，始建于光绪十六年（1890年），正是马家长房长孙马灿汉诞生之年。建了5年，在马灿汉5岁时落成。其耗费银两，据民间流传说法，足足装了五条火轮，分别从泰国和上海陆续运来。五六年间往来的侨批银信，汇拢起来，几个“平安袋”也装不完。当年建屋的侨批银信及账本，还在马郑氏的收藏之中，置于“马氏宗祠”的某个地宫之内。这是许多流传于光德里寨内众多故事中的一个细节。

昨夜无眠，马灿汉依然早起，一是心中有事；二是早睡早起，按时盥洗，这是马氏家训的条例之一。

儿孙们早起盥洗穿戴齐整之后，第一件事便是到马郑氏厅堂去请晨安。此时，马郑氏一定早已安坐在厅堂正中那把传了几代的海南黄花梨交椅之上，凤冠霞帔，穿戴齐整，等候儿孙们的朝拜。这个马家的仪式，已经传承了无数代人，直到七年后马郑氏仙逝，光德里始现分崩离析，这种仪式才渐渐式微。

马郑氏生养12男丁，4个女丁，她15岁嫁入马家，历经30年，生了16个子女，收宫时45岁。大儿子马文亭现在已经77岁，他在25岁时，有了唯一的男丁马灿汉，马灿汉有八个姐姐。这在光德里也算是一个奇迹。

在马灿汉之前，马郑氏已有至少60个男孙，第61个男孙的出生，使马文亭开始有了长子的尊严。马灿汉却在“长孙”的荣光中，在一大堆年龄几可当他父亲的堂兄弟面前，天然地有着一份窘迫与尴尬。他始终不明白自己何以必须承担这份莫名其妙的责任。

威严的光德里，在醒来时分是惺忪朦胧的。每一条巷子和后花园的拐角处，都有石雕的风灯。那种可以垂挂各式风灯的石雕件，在各个点上都颇有讲究，拐角处通常都雕成麒麟，在屋檐下则多是凤鸟或青龙，滚绣球的狮子或是某种不知名的瑞兽。这些石雕件让终年的灯火熏得漆黑。每天黎明时分，负责打更的更夫，外号“地胆头”的马家耀，用竹撑一一把风灯取下来，吹灭，挂好；到黄昏时分，他又逐一把风灯添油点亮。这是他一天中除了打更巡夜之外，最为重要的工作。

“地胆头”长得矮小，头却特别丰硕，脸孔、眼睛也圆也大，头发却稀少，稀稀疏疏的黄毛。他从5岁时就被卖到马家，应说是马家收留了这个弃儿，马家夫人随手给了牵带弃儿的“猪中”老九五个银圆。马家夫人给弃儿起了个大名：马家耀。这是请代写侨批的郑神仙起的名号，既不能就马家的辈序，又要显示马家不嫌弃的仁厚，郑神仙的道理是，马家耀正是马家光耀的意思，取仁爱普照的意思，马家夫人以为甚好。

“地胆头”是孩子们玩闹时给起的诨号，马家老宅里，除了马家大人们外，几乎人人都只记得“地胆头”而不识“马家耀”。“地胆头”也并不计较，稀疏的黄毛编得半根发辫，在大脑袋上晃荡，很是滑稽。毛发太少，又编得不紧致，时常松开来，披散在脑壳上，恰如“地胆头”的叶片垂伏野地，因之得名。

“地胆头”昼伏夜出，他的工作全在夜间，白天补睡，又住在后库伙巷里的最角落处，人们在白日里，很少能见到“地胆头”。伙巷里的其他房间，都堆满几十年间积压的杂物。“地胆头”无须日日去晨拜马郑氏，作为半个马家子孙，因为劳作的关系，马郑氏特别嘱咐“地胆头”免礼。“地胆头”不想见人，他明白自己的身世身份，倒也活得自在。除了打更巡夜，他就沉浸在伙巷仓房里那些陈年旧物之中，他最终成了马家光德里最通晓马家轶事的历史学家。

马灿汉一早起来，推开房门，第一眼见到的就是“地胆头”，他正仰头撑竿扑灭风灯。撑竿上有一小片弯曲的铁片，正好压住火头，风灯就灭了。

“地胆头”和马灿汉同岁，马灿汉5岁时，5岁的“地胆头”进入了马家。此后十年，“地胆头”和马灿汉一起玩耍，一起在马家私塾里读书，直到15岁时，马灿汉赴美留学，“地胆头”临时接替年老仙逝的老更夫的工作，这一临时，就过了五年。这并非马家大人的意思，是“地胆头”坚持的结果。于他而言，真的不亦乐乎。他是连寨门也懒得出的人物，外面的世界太污糟了，样貌丑陋的“地胆头”宁愿活在光德里的老宅之中，尤其是属于他的那条伙巷。

“地胆头”一眼就认出马灿汉，5年来，他们第一次重逢。上次马灿汉回来，只住了两夜，没有见着“地胆头”。马灿汉确实把他给忘了，这点令“地胆头”很是伤心。

他们不约而同地称呼对方。马灿汉亲昵地唤：“地胆头！”“地胆头”却恭敬地称呼：“九少爷！”马灿汉本是长孙，但马文亭却异想天开地要家人称马灿汉九少爷，依着八个女儿排行。在同辈中，大家都叫灿汉“九”，只有“地胆头”中规中矩地全称。

“叫我‘九’就行。”马灿汉客气地说道。在美国，名字就是一个符号，大家习惯指名道姓，无须客套。

“做呢好，你是我兄。”马灿汉大他几个月。“地胆头”也是断文识字的人，在马家私塾十年。“地胆头”不但写得一手好字，算账拨拉算盘，是所谓“五爪擒龙”，即五个手指头同时拨动五行算珠，绝对精准。六条小巷里的门联，都出于“地胆头”之手。每到年节，到“地胆头”处求对联的乡人不少。这也是马灿汉从不轻看他的原因。马家青年人，大多十几岁出洋留学，说起中文家学，谁都比不上“地胆头”深厚。

“地胆头”一边撑竿熄火，马灿汉一边陪着与他闲话。马灿汉开始还有点歉疚，觉得自己出国留学，“地胆头”却在老宅打更点灯，唯恐言语居高临下，伤“地胆头”心。岂知“地胆头”一点儿也不自卑，反倒和马灿汉说起“黄冈起事”的消息。他问得仔细，马灿汉却惊出一身冷汗。

宅子里渐有人声，各个门楼里陆续有人出入，亲人们见了马灿汉，大多有惊有喜，嗔怪这位兄弟、堂侄、九少爷为何不通告一声？一时嬉戏笑闹，揽肩搭背，亲热有加。马灿汉只顾着和亲眷们搭话，却不见了

“地胆头”。

阿莲提着食盒远远走来，她提得轻巧，走得轻盈。她走路的样子太像一个人。

阿莲满脸稚气，比昨晚灯光下显得更为妩媚。一双弯目，笑时眯起来，眼角微微上翘，楚楚动人。这样的笑容触动了马灿汉，似乎很遥远，但很真切。马灿汉不敢多想。他只是不明白，在这座老宅里，怎么冒出这么一个叫阿莲的女孩子？

“九哥哥！”阿莲天真无邪地仰望着这个高他半截的九哥哥。在她眼里，光德里除了“地胆头”，哥哥们个个都长得英俊高大。她才七八岁，她对他们有着很多的梦想。

他不明就里，只能叫她莲妹。他还弄不清楚她在光德里的身份，是小姐还是婢女？是哪家的女儿？

“这……”马灿汉目光落在食盒上，等着莲妹的回应。见莲妹笑而不答，他笑问：“你叫我九哥哥？应该叫九少爷吧！”

“这是太奶奶的意思！”阿莲莞尔一笑，转而认真地，“九哥哥，你带我去省城好吗？省城是什么样啊？”她闪着长长的睫毛，满心向往。

“先说太奶奶为何让你叫我九哥哥？”

“我是她孙女哪！”阿莲不假思索，“我也以为叫九哥哥比九少爷好听，也没叫你少爷的道理啊！”

“是是是！”马灿汉连连称是。阿莲的聪颖让他心悦。他本想问问她父母是谁，可又不便问。马家老宅光德里人口众多，亲戚关系实在太复杂，五服之内三四代人乱得令人难以理清。这些年，光德里生了多少人？出去又进来多少人？仙逝了多少人？他马灿汉如何弄得清楚？

在太奶奶马郑氏处请过晨安，他本想趁机把话给太奶奶说了，一看满厅堂都是来请晨安的，只能作罢，站立一旁伺机离开。仪式进行得肃穆且有条不紊，后辈们大多是请安礼毕即闪出门口，各做各事。几位年长的老者，常借机与马郑氏聊事，大多与银钱有关。

账房先生是本家叔公，是太奶奶的小叔子，一位干瘪的小老头。在马灿汉看来，马家老宅里，数他长得猥琐，连“地胆头”都比他好看几分。他从小就不喜欢这位本家叔公，说话捏声捏气，像个太监。看人时目光像是在看贼，死定死定的，似乎要把人的五脏六腑看穿。

晨安礼毕后，马郑氏会到烟馆里抽一会儿鸦片。烟馆在后库，每天上午和晚餐前，马郑氏会到烟馆去吸上半个时辰。

烟馆有个好听清雅的名字，叫“三长阁”。马郑氏也算得上是个女词人，尤爱道教语“三清天”、“三清境”。所谓三清，即玉清、上清、太清三个最高清境。《道教义枢》卷七引“太真科”曰：大罗生玄元始三炁，化为三清天也。一曰清微天玉清境，始气所成；二曰禹余天上清境，元气所成；三曰大赤天太清境，玄气所成。也指道教的三位最高天神玉清、上清及太清。凡迎迓重要客人，马郑氏便眉飞色舞，讲解一番。

“三长阁”在后库左侧附有庭院的房屋里，坐北朝南。正房烟榻前有一镂空的海南黄花梨隔扇，足以把整个烟榻遮蔽得严整。从门口往里望，透过镂空的扇格，隐约可见烟榻上吞云吐雾的景况。二婶是马郑氏的烟童，她有一手捻烟的好手艺，只是她不吸，偶尔会深吸二口飘散在屋子里升腾着的烟雾，却从未上瘾。

另外两间厢房，是马郑氏临时起居待客的地方。这个叫清水阁的烟馆，是马家老宅光德里的禁区，除了马郑氏的成年儿女可随时到此向老太太禀报要事外，任何人都不得靠近。孩子们则更有禁令，不能靠近一步，自小就被告知这个规矩。老太太吸鸦片烟是例外，她出生于鸦片战争之前，正是鸦片烟土在中国日盛的时候，那时吸鸦片就像现在吸烟一般普遍。

马郑氏严禁儿孙们吸鸦片，侍候她的二婶不在此列，但是二婶不吸。

叔公可能是这个宅子里除了马郑氏之外，吸鸦片吸得最凶的男人，他特别喜欢午夜之后，在光德里四处巡看。他终生未娶，尽管光德里有许多关于他的传说故事，但没有一个故事是完整且可以求证的。流传最广的故事，是说他年少时遭贼人阉割，要被卖到宫里去，后遇人相救，才幸免入宫受难。这个故事的真伪，恐怕只有太奶奶清楚，连叔公本人可能都说不清楚。他之终生未娶，是否与此传说有关？或由此而衍生出这个离奇故事，无据可考。但在他幼年，那个年代，倒是经常发生这种拐卖小孩，采生折割的事。

老叔公属于太奶奶那一代人。1907年，他已经是一个将近60岁的老人了。他做的任何事，在光德里都是合理的。没有人有权质疑他的存在与言行，何况他说话悭吝，几乎从不在人前多言。

光德里的男女老少，无不惧怕这位神出鬼没、表情严肃的老头。晚辈媳妇们，遇到孩子耍赖不听话或啼哭不休，会大喊："叫叔公来抱走！"或"把你送给叔公！"孩子马上被吓怕，啜泣着喊："不要叔公，不要叔公！"有人将此告知叔公，叔公不但不恼，反而现出难得的笑意："早死仔，无家教！"颇有些得意。

叔公是光德里的幽灵，不管白昼黑夜，只要哪个角落里有事，叔公总会无声无息地出现，并不言语，只站在一边注视。他的威严，足以镇住老宅里的风波。他是光德里仅次于马郑氏的一尊鬼神。

周季礼、郭仁卿出了万木草堂，但见街巷小雨飘飞，横风冷雨。郭仁卿提议到惠如楼去小酌。

转过一个街角，进了惠如楼，但见康有为、梁启超等一干人，已在厅侧一方桌围坐。康有为招呼周、郭同座，周季礼、郭仁卿连忙迎合，寻一座位坐下，相酌甚欢。

之后几日，周季礼、郭仁卿无事便往万木草堂，一来二去，彼此熟稔不少。

周季礼、郭仁卿潮州腔粤语说得佶屈聱牙，潮汕话康有为等听不懂，而康有为一口广东官话更是让周、郭挠头。同为广东人，在语言上常有阻隔。倒是梁启超的英语，与周、郭更容易沟通。他们几人，便潮语粤语官话英语大杂烩，慢慢也就习惯了。

郭仁卿在康有为身上看到一股锐气，这种锐气令他神迷。而梁启超的名士风度以及雄才大略，令郭仁卿这位虽游学欧美有年，却又行走江湖的潮汕"浪险"，心生钦羡，自叹不如。

那日在惠如楼，康梁等人纵谈国是，不时有人加入，初始仅五六人同饮，后来竟发展到十余人，一桌围坐不下，又加一桌，从午后直闹腾到深夜。在潮汕乡间，周季礼、郭仁卿也常遇此类境况。但那与围绕在康梁身边的才人，却不可同日而语。那些才人，不是秀才举子，便是监生行走，皆大儒或士绅。在省城几日，周季礼、郭仁卿甚至还见到谭嗣同、康广仁。

记得那日酒过三巡，谭嗣同忽然站起，把酒盏掷于地，向诸位酒客连拜三拜，抱拳作揖，说道："近日我给吾师欧阳中鹄先生致函，言及甲午之战，以惨败收场，竟还割地赔款，乃大中华之耻辱。"他举酒盏向天："诸位！容我将此信细读。"

现场一片静默，继而一片欢呼："快哉快哉，嗣郎快念。"人们不约而同。

"试为今日之势筹之，已割之地不必论矣。益当尽卖新疆于俄罗斯，尽卖西藏于英吉利，以偿清二万万之欠款。以二境方数万里之大，我之力终不能守，徒为我之累赘，而卖之则不止值二万万，仍可多取值为变法之用，兼请英俄保护中国十年。一言保护，即无处不当保护；不可如现在浙江舟山归英保护，天津之铁路归德保护，毫无益而徒资笑也。又请二国居间，废去遍地通商之约，即更加兵费亦无不可……"

以卖国筹得钱款而得十年闲暇，固足以自强。此等改革变法筹款的方式，郭仁卿闻所未闻。听起来虽然有理可寻，然实乃列祖列宗所不容的滔天大罪。割卖祖宗疆土，何等疯狂的设想！郭仁卿压抑不住，即起反击，他也举起酒盏，掷地有声："谭君之宏论，乃卖国求荣之举。看为缓兵之策，实为引狼入室。英俄凶如豺虎，我中华岂容此凌辱……"

谭嗣同并不气恼，并未把郭仁卿放在眼里。他只是轻描淡写地说道："此君息怒，既然割地筹款不成，倒是想见识见识先生的高见。如此中华，割地赔款尚且无安妥之虞，何以自固其圉，又如何自强其势，请教请教。"

郭仁卿一时语塞，他未及细细想出对策。的确如此，内忧外患，清廷已到了分崩离析前夜。忽然他急中生智，便道："以我四万万同胞，每人再出一元，便为四万万元，富可敌国。如我潮汕，国中有几多人口，在夷便有同等量的华侨，每人又出一元，难道不解今日国之危亡吗？何至于到了出卖祖宗疆土的地步。”

康有为一直在微微颔首，可见他赞同谭嗣同的主张。周季礼看在眼里，他知康梁谭嗣同自是一伙，他们是志同道合的同志，谭的话语自不是他一人之说，皆同志之纲领也。他悄悄对郭仁卿说：“秀才之论，你何必认真？不过是酒桌上的酒话！”

郭仁卿可不管周季礼这一套。他与周季礼是同乡，又是生意上的伙伴，但他对周季礼的政治倾向，并不十分了解。他总觉得周季礼为人过于谨慎阴沉。

梁启超站起来，举起酒盏，双手致敬郭仁卿：“仁兄所言极是，谭嗣同兄台此意，乃为权宜之计，难说为最佳方略。四万万人是个大数目，可这是一个一盘散沙的群氓蚁国。到哪里，又何法去筹取每一人一元？再说潮汕乡贤遍及世界，可又何法从人人中筹措？即便仁兄所说行得通，旷日持久，中国何待乎？还想听先生妙法。”梁启超给郭仁卿将了一军。他说得在理，这尤为周季礼所认同。

郭仁卿顿时气馁，自觉无趣，他找不出反驳的理由。情急之下，他从贴身口袋摸出一个信封，放在梁启超面前的桌面上，轻声说：“这区区小钱，见笑。就当是我做四万万中的第一人吧！”

大家一时没回过神来。周季礼一眼便看得分明，郭仁卿摸出的信封是一个侨批。他知道郭仁卿此人，心高气傲，乐善好施，千万不能激他，一激将，他便挺身而出。

这个小小的信封，四寸见方，是侨批中最小的那种。信封居中为红长方块，红长方块上，是粗犷却端正的毛笔字“仁记郭郑氏亲启”，右上侧则写着“潮阳铜钵盂乡仁记巷内”，右侧边沿密密麻麻地写着钱款若干及问候的话。这种侨批，周季礼太熟悉不过了。他在心中判断着这个侨批的分量。侨批此刻静静地躺在梁启超面前的桌面上，梁启超瞄了一眼，将目光落定在郭仁卿脸上，满布诧异与疑惑。他把手压在信封上，问道：“仁兄与我等萍水相逢，何故？”梁启超看清楚了侨批上标明的钱款数目。

康有为也为之一震，但他并没有梁启超那么凝重。他不明就里，也不知那信封意味着什么，但与钱银有关是肯定的。那薄薄的信封，能装得下几许银两呢？他凝视着梁启超，似乎等着他的回应。

在这一瞬间，一切都凝冻了。郭仁卿在那掷地有声的瞬间，随即也冷静下来。他意识到事情的严重，一切已无可挽回。一时性急，来不及细细思量，便做出如此重大决定，他不禁出了一身冷汗。回潮汕如何向母亲大人及家中长辈交代？可是，君子一言，驷马难追。他思忖，也没什么大不了的。于是，他打破了沉默。环顾四周，人们都把眼睛盯着他，看他如何反应。

“哈哈，怎么啦？很奇怪吗？区区十万银圆，而已！而已。”他说出这话时，把自己都吓了一跳。这是父亲从南洋几经水客批脚水陆辗转汇来，建造几座驷马拖车的钱银，岂容自己说得如此轻松？

人们惊诧的目光中，注入了敬仰与钦羡的神色。

梁启超把手从侨批上慢慢移开，缓缓站了起来，双手抱拳作揖：“仁卿仁兄，改革维新乃四万万人的大业，非一蹴而就之事。十万银钞于国于民，非杯水车薪，于家庭是极大的财富。仁兄心意我等自当珍惜，领了。但是，是否再三思量？”

梁启超一番话，反而激起郭仁卿满腔豪情。他斩钉截铁地说道：“兄台不必过虑，潮汕人说一是一，说二是二，岂容翻云覆雨？这十万银圆系家父从南洋辗转汇来，为建造新仁记巷的资金。今为国捐献，乃草民之天职矣。国家残破，何家之有？请先生笑纳。”

现场一阵寂静，之后爆发雷动之掌声。

康有为走上前来，拉住仁卿双手，满眼泪花闪烁：“请兄受一拜！”郭仁卿连忙挽住：“兄台见外了。在下对兄台之革命维新大业，能略尽绵薄之力，倍觉荣幸。”说罢，双手作揖，连声道：“诸位，告辞，告辞！”返身大步流星，离开惠如楼，把周季礼也抛在一边。于郭仁卿而言，此等场合已让他难以应对。一时热情，捐出十万银单，但此刻，却仿佛做了贪天之功的事，急急回避乃得心安。

谭嗣同大喊：“快哉快哉！此公乃真君子也，谁说国中无仁君，草莽无英雄。仁卿君是也。”众人附和。

谭嗣同从梁启超手中拿过侨批，他从未经手过银钱经费，对银款汇兑不甚了了。他诧异地问梁启超：“就这，十万银子？”他掂量着手中薄薄的信封，脸上泛起惊奇的神色，将信将疑地望着梁启超。

康有为大喜过望，想不到这单经费来得如此豪迈轻松。他多次到海外筹款，往往费了许多口舌，也难有斩获。“天助我也！”他不禁开怀大笑，好久没有如此惬意了。

第三章

春夏过了又秋冬，一年过了一年间，忽然之间三年载，曲秀想要往安南，来咀陈氏妻子知：“你夫虽然入秀才，才知生意正易富。我弟贩茶过番邦，做这生意极赚钱。我弟亡过已三年，茶无到番有这久。我想要做此事机，可来贩茶到番邦。赚着钱银购田园，晚年可来享大福。今共妻你从实言。”

老瞽师已殁，可瞽师、说书人，唱曲姿娘代代不绝。人们还记得码头上大风吹走瞽师的事。

被救起的姑娘，在码头上祭拜多日。码头石缝中遍插香烛，白天青烟袅袅，夜晚火星遍布。马家祠堂请来的和尚，在码头上念经三天三夜，敲了三天三夜的木鱼。

瞽师逝去无踪，肉身早已漂到南海，魂魄却还在码头上久久不散。野死的孤魂没有家，进不了祠堂，野祭也无瞽师的画像，无人能真切记起瞽师的面貌。渡船的老舵工却能哼出瞽师最后的唱声，瞽师无数次的往返过渡，在渡船上曾经拉琴咿呀，唱声说白，船客们听得痴迷，年长的竟啜出哭声，年少的茫然而知苦凄。

老舵工因此而多收成了几个铜板，过渡的人此刻便显得慷慨，老舵工自然感谢瞽师。瞽师已殁，老舵工请来大香，在渡船上烧与瞽师。

马伯这几年，成了社区的红人。自从文化馆的郭同志发现了马伯的水客经历，寻上门来，天天和马伯泡工夫茶，天天和马伯聊天，讲水客生涯、批脚往事，还请马伯写了几帧书法。马伯虽然多年不碰书法，写馆阁体有些费神费力，握笔有些颤抖，但童子功真是了得！任由岁月荡涤，任是年代久远荒废多时，老人的笔致依然遒劲。这几幅墨宝，由郭同志珍藏，其中一帧现在就陈列在“侨批博物馆”里，以郭同志的说法，是为镇馆之宝。在潮汕，连水客批脚都如此有文化，是个书法家，潮汕文化如何了得！可见一斑。这是郭同志的原话。可惜马伯听不到了。他一辈子都没听人说过自己是个书法家。

我确实在博物馆里见到马伯的墨宝，那四个字是馆阁体的“从静分还”。那墨迹功力堪比康熙的“人文化成”或“正大光明”。

据说郭同志本想让马伯写“和谐诚信”四个大字的。马伯并不说话，挥笔便写下“从静分还”。郭同志不解，以为太俗，也无甚大义。马伯抬起头说：“规矩而已。是批馆自定的经营规矩，刻章印于批封，提醒伙计从业注意，也让收批人安心而已。”郭同志还是不解。他人到中年，经历“文革”，对人事斗争十分精通，对官场规矩也非常熟悉，平日里只知竞争是为正道，哪里能理解这种夫子之道？何谓“从静分还”？他竟把它当作乡间俚语。在马伯看来，这位当年的文科状元，北大中文系学子，有些数典忘祖，而且不能免俗。

有人对吴南生说起此事，吴南生专门请人提出此字观赏，连赞“好字好字，岂非当下能出矣”。又言选他当中国书法家协会主席，也不为过。郭同志这才恍然大悟。吴老的话，让这位名震潮汕的高考文科状元、北大中文才子无地自容，他连忙把其他几幅真迹深藏箱底，以为世珍，再不轻易示人，从此对马伯敬若神明，想拜马伯为师，练字习艺。马伯一脸苦笑：“罢矣！”不再言语。

郭同志正在写关于马伯的文章。马伯已逝，唯求文章传世，不知何日能再现马伯之时艰。

马郑氏的娘家每月初二，都会派人来送“番批”。这些“番批”从郑家在世界上有生意的地方，源源不断地送到郑家码头。先入账，后再择其要者准时送到马郑氏处，由马郑氏亲自核准，亲笔写上回批带回。马郑氏是郑家迄今可以溯源的太祖爷的独生女儿，虽然嫁给马家，但她继承了郑家祖上的全部生意，主要是显赫潮汕海内外的“郑家码头生意”。

嘉庆年间，海禁已开，郑家码头俨然海关。所有红头船的出入、货客运以及码头事务，皆为郑家太祖掌控。这门生意，随着红头船的出海，延展到世界各个地方。郑家生意在17世纪中期得以迅速扩展。在泰国、新加坡、越南等地开米砻，收购稻米，并做货运。

马郑氏在19世纪初年，其实就已经统管了马郑两家的生意。郑家码头虽然没有马家人正式进入，但随着马郑两家的联姻，码头生意事实上已经不分彼此了。

马灿汉在初一午夜，其实已是初二凌晨回到光德里。

初二午时，郑家码头来人。

来人照例先到马郑氏处，递上侨批，然后再到账房先生叔公榻下，交代好银两，再折回马郑氏处，此时马郑氏回批写好，来人取了回批走人。

老太太照例招待来人用膳，同时回一手信，照常是包有十两白银的红包，作为酬劳。用膳时照常是叔公作陪。

来人约五十岁，名郑显，人称郑三爷。他并非排行第三，无理由称为三爷，但光德里的人们都这样称呼他，他也并无异议。郑显就成了郑三爷。

郑三爷是马家老宅光德里的贵客，仆役都和他很是稔熟。他是一位儒雅的好好老头。从寨门外一直到寨内行走，他一路作揖，见人就作揖问安，弓着瘦腰，谦恭有加。离开时还会给守门的家丁散几枚碎银，口称“不成敬意，打碗酒喝”。

初二早上，郑显一般会在10时左右抵达光德里。那时马郑氏晨安之礼刚好完毕，马郑氏会在三长阁接见郑显，这是多年的惯例。郑显今日却有些反常。8时未到，郑显就已到达光德里，轿子尚未停稳，他便一脚踏出轿门，鞋底在踏板上一滑，险些摔个四仰八叉，幸好扶轿的轿夫手快，一把拽住他的胳膊，免于摔倒。

平时郑显会直接奔三长阁，这回时辰未到，太奶奶尚在厅堂举行晨安仪式，他便直奔账房先生住处。

老叔公住处也在后库花园里。马郑氏的三长阁在后库花园东南角，老叔公住处在西北角，是与三长阁形制一样的建筑。入门庭院，三间房一字排开，屋后多了个后花园。前庭后院再加后花园，这是光德里的基本格局。在深宅大院，历来许多故事都发生在后花园。

在晨安现场的老叔公已经得到通报，郑显正前往他的住处三长阁。

关于三长阁，也有说法。一般人不明就里，何谓三长？此乃老叔公马创英自拟的房屋名号。

马郑氏曾请教过马创英，他始终笑而不语。他之高深莫测，常让马郑氏有些生厌。

三长为阴阳家语。年、月、日之首称为三长，应之者吉。《阴阳书》云：年命与岁月合德者，必有福庆。《洪范传》云：岁之朝，月之朝，日之朝，主王者。经书并为三长，应之者延年福吉。又“本名为九元之兄，行年为三长之首，并与岁月合德”。

在道家看来，三长无非也就是取其生气而已，天地人之合意合德，则万物兴盛，人亦如此。有日马郑氏把此意说出，马创英并不多言，只是颔首微笑，是为赞同，或为否定？不得而知。马郑氏知所谓“三长”，是小叔子的自安自福，清雅为之，也为一赞。不过，三长对三清，貌似合适，但总有怪异之感。马郑氏的“三清”在前，马创英的“三长”在后，究竟有几分别扭。

老叔公急急回到三长阁，未得家丁开门，他便推门而入，见郑显已在厅堂，急如蚂蚁，来回走动。

“叔台！”郑显神色慌张，欲言又止，极为惊惶。

“慢慢说。”老叔公心知不妙。他先请郑显坐下，又支开家丁，把厅门紧闭锁上。他咳嗽了两声，低沉地说：“阿童，把院门带上，去厨房交代。”家丁阿童听声便知该如何办理，顾自去了。每月郑显准时往来，都是阿童引领安排，十几年了。阿童心知肚明。

叔公顾不上为郑显上茶，双手按住郑显双肩，目光如炬如同黑暗中的狼目：“完了？”

郑显目光迟滞，微微点头。叔公叹息，摇了摇头，长叹一声：“天意也！”

郑显想说什么，叔公见状摆手示意：“不必多言。”他取出怀表，瞄了一眼，便道：“老太太晨安已毕，你先行一步。”此刻叔公已恢复常态，如平日无事一般的。他踱到书案伏首写了一信笺，极为漂亮的馆阁体。他拈起信笺，对着信笺吹气，待墨汁干透，遂放入信封，双手交给郑显：“收好！”

郑显会意，叔公又从怀中摸出早已准备好的银票，递给郑显。

郑显接过来一看，有些惊愕。正欲开言，叔公示意他别声张：“慎办后事。走吧！”

叔公亲自打开院门。郑显闪身，头也不回，一溜小碎步走了。

叔公心烦意乱，倒在榻上吸了几口鸦片，似觉顺畅了不少。郑显传来的消息，出乎他的预期。所谓秀才造反，三年不成。他细细回想这几年来的点点滴滴，检查着每一个环节，会在哪里出了纰漏？都怪自己过于天真，信了这个看似老实巴交的郑显。在一番自我怪责之后，他移步走出庭院，决定到街上看看。

从光德里到街上，有几里的路程，平时他会叫上轿子，此刻倒想信步走走。

街上气氛如常。他走进一家叫“广协成”的批局。这几天有“水客”从安南来，批局里有些热闹，掌柜大名陈协成，早年做过批脚水客，去年在街上办了“广协成批局”。他一见叔公进来，连忙迎了出来：“今日好风好日，马先生多福。”又招呼伙计上茶。

马先生是批局的大户，贵客，这条街上的批局，谁能揽住光德里的侨批银信，谁就财源广进。陈掌柜明白，马先生就更明白。光德里也正在想着扩办批局，不是在街上再办一个，而是在世界各地办一批。

批脚和水客进进出出。批局是消息最灵通的地方，往来海外的水客们带来大世界的各种奇闻怪谈，批脚们走遍城中乡下各个角落，往往是一天之内，他们就能把消息传得满城风雨。

陈掌柜是个做了几十年批脚的乡下人，刚刚有了自己的批局，显得志得意满。他急于表现自己神通广大四通八达，未待叔公坐定，他便异常神秘地："马先生，黄冈那边起事了，先是革命党杀人，现在是杀革命党。叔台可听闻消息？"

"有这等事？哪来的乱党？"叔公故作惊讶，却又波澜不兴。

"叔台！别说叔台不知道，哪有叔台不知的事？四乡八里，谁不知汕头埠上，皇上正在杀革命党呢！"陈掌柜像在说一件杀鸡杀狗的事。

"刚刚从汕头埠上回来的伙计还说，这回怕是要株连九族！埠上开始搜捕匪属，海边刑场血流成河哩！该杀！"陈协成咬牙切齿。

叔公有些听不下去，问道："陈掌柜见过革命党？"

"当然见过，给他们送过批呢！"他发觉说话不甚妥当，马上降低了声音，对着叔公耳朵悄声说："叔台，不瞒你说，谁没见过革命党？年前都公开在城楼上讲话呢！在大街上搭台讲话呢，你没听说？"

"没有。"叔公觉得此人有些危险，不但大嘴巴，而且不辨是非，属市井小人，还是离得远些为好。他抬步告辞，岂知陈协成竟一把拦住他，极其神秘地耳语："叔台可得小心！我见那郑显怕是革命党！"他欲言又止，几分神秘地挤眉弄眼。

叔公明白这厮，他话外有话。郑显每月初二到光德里去送批的事，凡是做批局的无人不知。光德里的批件全由郑家批局代理，这笔大生意无法不令人眼红。叔公看出了陈协成的用意，并非当真发现郑显是革命党，是想要借刀杀人挟人于不仁不义，此等险恶人心，不能是做批局的人所为。他不动声色，小声回应陈协成："哦，你和他是同党？"

这话把陈协成吓一大跳，竟不由自己地高扬声调："叔台，这话可不能乱说！小的身家性命可全在这话上。”

见陈协成大惊失色，叔公不紧不慢地说：“把你吓成这样！可知信口雌黄的厉害。郑显是不是革命党，你们既然不是同党，又如何知晓？兄弟，别捕风捉影！凡事勿信口开河，害了人命，不值！”说完，拂袖而去。他心中暗想，此等刁民，见利忘义，终不得好死。

只见陈协成僵在那里。

30年后，在上海，康有为依然记得当年广州惠如楼的这一幕。

那是1896年的中秋。此后，他再没有见过郭仁卿。郭仁卿也如人间蒸发一般，再没有进入过康有为的视野。在戊戌公车上书之后，四处逃亡的日子里，在走投无路之时，他曾经忆起1896年的这一情景，想起这位叫郭仁卿的志士，也曾想投靠此位恩公，但苦寻无门。

如今，《申报》竟把此公的消息无端捎来，令康有为感慨有加。他寻思着，有什么办法，再见这位阔别二十余载的仁卿先生。他马上叫来茶房，让其取来笔墨，当即给梁启超写了一封手札。告知郭仁卿的消息并嘱他尽快与仁卿联系，以便安排面谈。此刻的康梁非常需要郭仁卿的帮助。

再说那天仁卿走后，谭嗣同把这神奇的侨批反复端详了一番，他自幼学过算学，对晋商银票倒还熟悉，而对侨批虽见陌生，但也明白此中分量。他对梁启超说：“这薄薄的信札，重于泰山啊！”又吟咏道：“古来豪杰皆如此，力自树立非由他。”说着，他拔出“凤矩剑”：“我欲将此剑赠与仁卿先生。”遂奔出惠如楼门外。但见马路上行人寥寥，仁卿先生早已不见踪影。谭嗣同悻悻而归。

康有为手捧批封，爱不释手。他细细端详研究着这个批封，只见这个批封封背上，盖着一个封印。下封口及中间接处，各盖有四个封印，“护封”两字为形体不同的篆书。这个批封由于钱款巨大，故比一般批封至少多盖了五六个封印。批银的数目，一般都在封面上写明。

十万龙银的批封极为少见，此批封是郭仁卿家族经营的“永茂源批局”自主经办，故破天荒单封批款达至十万之巨。这在国外寄往潮汕的批封中，是币值最高的一封。康有为对侨批十分熟悉，他见识过的侨批，最高币值没有超过几千龙银的。

他在心中揣测，这郭仁卿郭氏家族，在海外定然富可敌国，如此显赫的侨商，自己竟然一无所知，歉甚歉甚。叹曰：郭仁卿不啻为潮汕怒汉，一鸣惊人。

康有为喃喃自语：如此萍水相逢，未及深识深交，却出手如此大方，一掷万金。可见改革维新，深得人心。他不禁为自己的奋斗大业击节而歌。遂口占五言联："江山澄气象，冰雪净聪明。"是颂圣郭仁卿呢，还是自诩?

1896年中秋的惠如楼，因郭仁卿之义捐，陡增了南国金秋飒爽的气势，一扫康有为等人郁积已久的戾气，真乃江山澄气象，冰雪净聪明。

郭仁卿离开惠如楼后，如何向铜钵盂交代，此乃后话。

郭仁卿没有回铜钵盂。他从省城取道烟桥，经武汉去了上海，从此和维新党人再无交往。铜钵盂一时也不知郭仁卿去了哪里。

30年之后的1926年，上海。金陵中路174弄思仁公馆，郭信臣也读到《申报》这一消息，他并没有过分震惊。虽然此前他并没得到任何预示，但此事件的蛛丝马迹，早在十几年前，他遵祖规往烟桥茶山举行"出花园"成年礼时，就已经隐约感觉。这消息来得太迟，在他想来，父亲郭仁卿早就应该付之一炬。

1897年春节过后，金陵中路上一夜之间，便冒出了两家银行：永茂钱庄和永源钱庄。人们不知钱庄老板是谁，只知是泰国华侨所开，老板是潮汕人而已。此消息出于钱庄仆役，负责面门马路清洁的扫街老人之口。老人每日凌晨5时，便在钱庄周围清扫马路，擦拭门窗，浇灌花草。9时钱庄开张，老人便转为钱庄看门，风雨无阻。老人衣着整洁，高大伟岸精神矍铄又慈眉善目。无事便与另一看门之印度人站立门边，恭迎、侍候来往客人。老人有时会消失十天半月，看门的便只有扎着红色乌结，满脸胡须的印度人。熟客们见到印度人，往往会笑问那位潮汕老伯何在？无恙？倍为关切。人们习惯了潮汕老伯的殷勤和善意的眉目传达。

永茂永源两座钱庄紧紧相挨，看样子不是同一老板，也应是兄弟公司。永茂门口立着足有两人多高的青玉雌雄两狮。雌狮膝边蹲着一只小狮，憨态可掬，使森严壁垒的钱庄，平添了几分嬉闹温暖的气氛。雄狮面目狰狞，不怒而威，双目炯炯，正对着马路对过的“大世界大厦”。有人报给大世界的创建人黄楚九，黄楚九大为不悦，但毕竟是同在沪上的生意人，无端之事，也就不多所计较。可是，永茂却记在心里，自觉把双狮挪走，运回潮汕老家铜钵盂，这两狮如今仍立在仁记巷口。只是多年的污垢把青玉晶莹碧绿的本色，涂抹浸润得乌黑脏污，反而让人望而生畏，避而远之，双狮因此得以免遭污损。

人们并不知这双狮是郭仁卿取之新疆的和田青玉，此玉石乃郭仁卿至交，左宗棠继子左孝同，动了一个排的士兵，专程从和田运来沪上，又经福建莆田的雕刻大师雕凿而成。当年双狮入仁记巷时，并未张扬，至今无人知晓为和田青玉雕成，故近百年来隐居潮汕闹市却平安无事。几经战乱，土改、“文革”，依然毫发无损，拜岁月蒙尘所赐。仁卿信臣父子，先生自笑，泉下有知。

第四章

桃花渡头，不知经过多少瞽师盲妹，唱曲算命卜卦，把小小的渡船，短短的时光，鼓胀着长长的人情世故。老舵工有时竟让瞽师滞留在船上，多了几个往返，船客也有如是者。

桃花渡久无瞽师，却绝不了吹拉弹唱的行吟艺人。耍大刀做把戏的，一回生二回熟，凡是此类船客，老舵工自是不收取过渡钱银，求得渡船上热闹。

老舵工是个老江湖，在这一带口碑很好，行船走水，世情如江水一般长，见多了生死，也便生死不惧。江上年年有人落水而殁，七月十五盂兰鬼节前后更甚。逢有浮尸，老舵工会差人帮忙，把尸体引至岸边，再报马家祠堂、郭家宗祠、周家善堂，或郑氏家庙，即有人来打捞收殓，老舵工自然也会有所报答，一节红绸，红包几许。老舵工船舱里布满了大小长短不一的红绸。有时，候客等人，他会把先来的船客，引到舱里去欣赏满目红绸。老舵工的口头禅是“考上了驸马也不去”。尽管他是个白丁，而许秀才告诉他，驸马可不是考的，这些，他概不理睬。天下行到遭，不如桃花一码头。他乐于做一个桃花渡的舵工。

我虽然在外漂泊多年，但经母亲说起，对马伯还是有印象的。我小时候，马伯正在壮年，每到月尾，外祖母便会自言自语地念叨：“‘走水马’怎么还不来呢？”我们都知道外祖母在等番批。自从1949年土改之后，番批不能从泰国直接进来，水客们只能经香港中转，先在南洋收批，或携带批银，或把批银购物，都是香港或内地紧缺的物资，然后在香港兑现，既赚了一点利润，又保证批银的安全。批封在香港中转回内地，由内地的走水在口岸接应，再分发回批馆，批脚们送递完批封之后，收集好回批，又从口岸递送到香港，再由水客送回南洋等地。

外祖母每月会收到一份大约一千银圆的批封，是由外祖父的兄弟公司经香港船务公司中转而来。这是自外祖父去世之后，公司给外祖母的俸银，年底还有分红及礼金，这些银两到外祖母去世才终止。外祖母1949年48岁时守寡，又活了50年，在98岁上去世。她每月一千银圆的俸银50年汇寄不变，只是后来兑换成等量的港币，再后来又兑换成美元。依当时汇率兑换，几十年间分毫不差。这笔巨款滋养了以外祖母为中心的庞大家族，使这个家族在非常年月中不至于沦落。

外祖母去世时，她留下来的财富，就是数以千计的侨批原件和一座几成空壳的庞大屋厝光德里。光德里在外祖母去世之后日渐荒芜，其中的马氏家祠已经坍塌了屋顶，两旁的驷马拖车及后库也已不堪风吹雨打。

马伯是外祖母指定的走水。

我本以为“走水”是马伯的名号，后来才知走水就是水客，是一种职业。对马伯便油然而生敬慕。行过乌水的人，是我崇拜的对象。从他们口中流出来的故事不同凡响。

春怡院，是妓寮、茶室、烟馆兼有的场所，一座有前后花园三进天井的“五壁连”、“驷马拖车”。原是曾任云南提督“建威将军”马胜的府第。光绪二十年（1894年），马胜战死新疆，后家道败落，为周家季礼大人承接，转为商用。明为茶室、烟馆，暗中兼营妓寮，是方圆百里之内，最为风光奢靡的场所，也是达官贵人议事狎妓的去处。

光绪三十二年，即1906年岁末，冬至天气骤冷，平原上已经铺了白霜。

潮汕岁末，年节祭祀颇多，人们忙于各种迎神送神的拜祭，无暇消遣。春怡院有些冷清，老鸨妓女都回乡祭祀了。往日热闹欢乐、烟氛缭绕的春怡院，里里外外空空荡荡，只剩下几个仆役四处活动。当家周季礼一早起来，便照例隐身他深藏在后花园中的“御品斋”。

御品斋藏在后花园的林木中，几株夹竹桃把通往“御品斋”的通道隐蔽，隐约可见屋檐悄悄地飞没在婆娑的树草之中。粗看“御品斋”像一座废弃多年的工房，内中却大有乾坤，周季礼多年的收藏尽在此屋中。他将之命名为“御品斋”，顾名思义，其收藏多为御品，大多为海外回流的宫廷旧藏。

这些藏品系周季礼花费半生积蓄，从海外搜罗得来，据说早已失传的顾恺之的《女史箴图》，是周季礼御品斋的镇馆之宝。对此，周季礼矢口否认。御品斋几乎不对外人开放，连周家的亲人，也难以踏入御品斋半步。老仆人丁贵，负责打理“御品斋”的日常事宜。丁贵自二十几岁起，便追随周季礼，走南闯北，鞍前马后地侍奉，他对御品斋每一件藏品的来龙去脉都十分清楚，堪称御品斋藏品的活档案。有些藏品，连周季礼都因年久遗忘出处，丁贵却能随口道来。

周季礼每天大部分时间，独自在“御品斋”中度过。人们只知“春怡院”为周季礼所开，却极少人见过周季礼本人，潮汕巨商大多不喜抛头露面。

周季礼还在街上开了一家古玩店，叫“御品行”。“御品行”只收不卖，这在专营古玩的行当中，是极为罕见的。周季礼给外人的印象，是旨在收藏，而不在买卖，这令商界大惑不解。

周季礼从不到“御品行”去。行里每收一件宝物，便通知丁贵去取，送到“御品斋”中，让周季礼品鉴，客官只须在店铺中稍等，不出半个时辰，丁贵便会将其决定奉告。一般情况下，若是真品，或物件令周季礼入目欣赏，则随客官开价成交，从不杀价。起初，这种情状令丁贵大惑不解，有些宝物客官漫天开价，周季礼不假思索，遂愿成交，也往往令客官意外，显得有些歉疚。周季礼则好言相对，全无抑郁之色。

丁贵曾请教过主人周季礼，周季礼不动声色：“物值几何？值几个钱？何以多费心思。”

周季礼自有思量，来“御品行”出货的，不外乎几种人：一是赃物，来者是贼，并不懂货，急于出手，只要你先不出价，由对方开价，对方心虚，出不了高价位。二是家中闲物，来者囊中窘迫，为补其生计，急于变卖兑现，心中惶惑，一般不会也不敢开高价，多是等值出让。既然来者有所求，何不鼎力相助？三是凡来古玩店兑现的，必定遇到难处，而明知这种兑现之所，等同于当铺，哪有敢开高价之理？既然如此，处处于客官不利，利好全在厮家，怎的还要讨价还价？凡是聪明的商家，要懂得吃亏的道理，占大便宜的还在商家。一席话把丁贵调教得玲珑圆通。这般道理，怎是一个仆役丁贵天生知晓？潮汕人做生意，不深谙吃小亏占大便宜的道理，做什么生意？

光绪二十年（1894年），岁末，有天黄昏，“御品行”正准备打烊，来了一位客官，此人长辫盘头，一身长袍半边掖在腰间，露出了半截裤。他不容分说，只顾自从怀中摸出一卷用丝布包裹形为卷筒状的东西，大模大样拍在柜台上。

伙计好言相告：“这位客官，已经过了打烊的时间，师傅无暇看货，请明日再来。”

来人却怒目圆睁，大声吼道：“你这伙计怎个不识好歹？什么明日再来？快快叫出主事大人，我乃慕名而来，快去快去，莫耽误了工夫。”边说边挥手推搡小伙计快去通报。

“请问客官尊姓大名？从何处来？小的一一问明，方可恳请掌柜前来迎接客官。”小伙计十分伶俐，他知来者非一般客官，想必事不寻常，莫非来了利好生意？他请来人坐好，奉上一杯清茶，连声说：“稍待稍待！”一闪身进了后屋，快步穿过通道，前去“御品斋”向丁贵禀报。

丁贵闻讯赶来，一边敷衍，一边打开黄丝布，大吃一惊！竟然是祝允明手卷诗四首：《箜篌引》。

丁贵颇为疑惑，他知道祝允明，明代书法家。丁贵在古玩行浸淫多年，对民间名帖颇知一二，如果此卷是真品，便是天降大喜。他不动声息地问：“客官有何打算？”

“快把主事的找来！”

“当然当然！不过，主事的大人并不在近处。请大人容小的做主”。

“你做得了主吗？”来人大声大气，明显气不顺。

“只要客官开价合理，小的能够承受，当无大碍。客官只管开价无妨。”丁贵十分殷勤有礼。

“五千大洋！”来人口气很大，不假思索地报出天价。

丁贵略有犹豫，自御品行开市以来，从未有人如此开价。祝允明的《箜篌引》，丁贵略知一二。但五千大洋，可是天价！还是马上送到周季礼大人处，由他主意。

来人见状，收起包裹便走。丁贵大惊失色，追出门去，那人已不见踪影。

一切来得如此突然，丁贵还未回过神来，恍如南柯一梦。他拍拍脑袋，对小伙计道，刚才莫不是做梦吧？

丁贵悻悻地回到“御品斋”。

刚才小伙计匆匆来把丁贵请走，周季礼未及其详，又见丁贵急急返来，满脸懊丧，便知有事发生。

丁贵一番细说，周季礼心中一阵嘈切。祝允明可不是一般人物，其作《箜篌引》乃是国中十大名帖之一。此帖传承有序，现兵荒马乱流轶民间，大有可能。他对《箜篌引》可是听闻已久，看过许多摹本，却从未目睹真迹。据丁贵描述，来者又开了天价，此乃真迹可能十有六七。五千大洋不是小数目，但比起《箜篌引》，又何足惜。这《箜篌引》若是真品，在民间流轶，怕是凶多吉少。

周季礼虽蜗居斋中，但秀才不出门，全知天下事。街上一有风吹草动，“御品行”便风雨满楼，凡事皆与金钱相关，兵患匪患，歌舞升平，荣枯盛衰，皆是钱在作怪。他从商几十年，又在古玩行中沉浮几十载，深知世间熙攘，皆为利来。

周季礼心中明白，只要挟《箜篌引》的来者出了这条街，这个圩镇，便无人识得祝允明《筌篌引》的价值，亦无人出得起这个天价。

近几个月来，世事时势突变，革命党黄冈起事，已然血流成河，清廷大肆报复捕杀匪属，乱党也四出活动滋扰，变本加厉，到处风声鹤唳。据传各地批局的批银也成倍增加，海外特别是泰国（暹罗），几个月来批银数量就猛增了五六成。黄冈起事前后，海外银钱成倍狂进，证明乱世之银两，各有功利。如今祝允明《筌篌引》突然横空出世，且开了一个天价，有人缺钱？

是否在预示着什么危机？

他想得多了。

他太想得到祝允明的真迹，别说五千大洋，即便是五万，甚至倾家荡产，也在所不惜。在周季礼看来，即便是整座提督府第，都换不来祝允明半张真迹。他内心被一种欲望煽动起来，煽得热血沸腾，恨不得马上见到那个不速之客，见到那卷神交已久的《筌篌引》。但在丁贵面前，他依然不动声色，表现得神清气闲，举重若轻的样子。在丁贵面前，不能表现得太过迫切，这会干扰丁贵的判断。

成田并不大，也就十几家客栈，他轻描淡写地交代丁贵，派几个家丁，逐家客栈暗查此人，看是什么来历，再见机行事，务必于明日之前，把此人踪迹摸清，再行其事。

周季礼凡事善未雨绸缪。他叫来了账房先生许四爷。

许四爷是个秀才，光绪十五年（1889年）中了秀才之后，年年赴省城考试，年年举人未中。如今年近花甲，也就死心，执意于乡间谋个职位，在春怡院当账房先生。许秀才听闻周季礼找，心中便知何事。

许秀才一年中难得见周季礼几次，他找周季礼是无事不登三宝殿。周季礼总是避而不见，他对“春怡院”的生意并不十分在意，心思全在“御品斋”上面。真正为周季礼赚钱的是周家遍布东南亚的批局，而真正赚大钱撞运的还是“御品行”的古玩生意。

周季礼奉行的路线，是从潮汕乡间收货，而少在潮汕民间散货。他的古玩客户在国外和京津沪，那些地方藏龙卧虎。一件潮汕民间的明清瓷器或书画，在乡间并不值钱，乡里人也不识货，而这样的东西流入城里古玩界，身价倍增。周季礼的钱路在这上头，又体面又一本万利，烟馆和妓寮毕竟下作，所以他尽可能地把自己逸出。他尽量让人忘记他是“春怡院”的主人，这座庞大的府第建筑，有一个专供周季礼出入的后门，连许秀才前来见他，也都必须从后门进出。周季礼主动找账房先生许秀才，只有一个目的，那就是找他要钱。

一接到周季礼要见他的消息，许秀才便迅速地准备了账本，结算出储存的现金数额，以备周季礼查询。

康有为在万国宾馆茶室怀旧之时，同在沪上的郭信臣亦正在书房里，亦读到郭仁卿怒焚烟桥茶山的消息。他心中不禁舒了一口气，为远在千里之外的潮汕烟桥城中的郭仁卿击节叫好。父亲郭仁卿多年前对他有一个承诺：他将会亲手把烟桥茶山送进地狱，在一片火光之中。那是丁未之变之后的一个深夜。郭信臣至今仍然记得很清楚。他随父亲从烟桥的批局回归茶山寓所，父子俩行走在烟桥狭小的旧街上，任一乘小轿不近不远地跟在身后。

这夜月光很好，清洌的光华照在冷冷的洇着一层湿气雾霭的青石板路上，那青石板官道，经几百年车马的践踏，光洁且凹凸不平，行脚其上，软软的鞋底与之厮磨，便有一种飘飘欲仙，深浅有无的感觉。正是那时，郭仁卿对儿子说起了1896年的往事。他在沪上躲了半年，才敢在“仁记巷”出现。郭信臣和母亲在那半年时间里，为父亲承担了来自家族的责骂：携款出逃。郭仁卿一个轻率的决定，让“仁记巷”的建屋工程整整停顿了4年，直到1900年才重新开工，直至1906年全部完工。“仁记巷”的历史应该从1906年开始，这个年份，明明白白地写在门楼的匾铭中。

郭仁卿始终没有向家族告白那十万龙银的去处。

明日，郭信臣将要从烟桥出发，去沪上接代郭仁卿打理永茂源钱庄，这是烟桥深夜，一个父亲对儿子的嘱托。

父子俩信步来到旧街的转角处。这里是烟桥旧城的一个中心点，向左向右向前向后几个方向，辐射出若干条旧街驿道。这里是旧城的枢纽，向南去往省城，向东去往海边，向西去往湖南，向北去往江西。城外还有无数阡陌，通向粤东的四乡八里，深山小镇。白天的熙攘此刻已冷清，无风之夜却寒意袭人，月色惺忪。从深山飘来的山岚瘴气，在夜色中隐约可见，穿街过巷似可嗅到那撩人心醉的味道。

忽然，在寂静的夜空中，有一丝似有若无的歌吟，似是呻吟，又似是无端念叨，更像有人在啜泣。

月光之下，一蓬头垢面的老者，看不出男女，裹着一身碎布，在街路上瑟瑟徜徉，口中发出似歌若哭之声。郭仁卿凑上前去，一股酸臭扑面而来。仁卿不禁打了一个寒噤，仍看不清对方面目，只见一双绿荧荧的阔目如炬。他见郭仁卿父子前来，便把手中木炭，向街边墙壁涂写，口中仍似哭似歌。此乃古时歌吟也。

郭仁卿父子好奇，上前观看，但见粉壁上龙飞凤舞，字是上等的书法，见出此公乃是流落江湖的疯人诗丐。自科举取消之后，此种潦倒不堪的诗丐疯人日多，多为满人，烟桥街上川流不息。

仁卿细细看去，只见墙上诗曰：“为感浮生亦太劳，可怜无地处英豪。伤心未是中原事，犹向狂流着一篙。此衷苦况向谁说，欲哭还歌泪几行。为问诸公心丧否？狂人犹自笑人狂。”

仁卿恍然大悟，此公绝非常人，来历定然非同一般，陡心生敬意。在江湖上行走多年，仁卿明白此刻该有所作为。嘱信臣从轿中暗匣取来一袋龙银，约有几十枚，双手捧至诗丐手中。那诗丐也不客气，捧钱银入袋，并不言谢，即折入近旁挂着红灯笼的大烟馆。只见他随手把几块银圆塞入茶房听差手中，便不顾茶房再三吆喝，入得屋中，霎时无影无踪。仁卿心头一颤，又是一个抽喝山空的落第秀才！

侍娘捻好一颗烟泥，在火中烧灼起泡，她试吸了一口，就手递给信臣。在烟桥茶山习武出花园那三个月里，信臣学会了吸食鸦片。仁卿千防万防，还是没能防住这个。仁卿也是多年以后，才知道信臣早在出花园时就染上了烟瘾。信臣的烟瘾随心情而定，心情好时，一天吸上一颗足矣，心情不好时，三四颗也无济于事。郭信臣从不在人前抽鸦片烟，除了贴身侍娘外，几乎无人知晓郭信臣有烟瘾。他擅在人前克制，能力惊人。

自从1906年离开烟桥，郭信臣就再未回去，如今烟桥茶山付之一炬，郭信臣反而想念起烟桥来。

那天夜里，郭仁卿父子的话题始终没有离开那个诗丐。也因着那个诗丐的出现，仁卿才把1896年，他在省城巧遇戊戌六君子之流的事说与信臣。

此事在铜钵盂乡间早有流传，版本繁多，也有传郭仁卿是为维新乱党的，幸好那些年，郭仁卿一直在上海经营钱庄，且不露姓名身份，一直隐姓埋名得以避险。在铜钵盂乡间，官府只闻传说，却无实据。山高皇帝远，并无人深究此事。此后，郭仁卿在乡间被传说为一个英雄，一位堪比谭嗣同的反清志士，那是在清廷坍塌之后的事了。铜钵盂人始公开谈说郭仁卿其人其事，是以为荣，仁记巷也因此蒙上了神秘的面纱。

这条仁记巷，纵深几百米，两边紧致排列着8栋有着三进天井，前后花园及地库、双伙巷的“驷马拖车”建筑。“仁记巷”，在一个多世纪里，始终有着道不尽说不清的故事。巷口两尊高大威猛的青玉狮子，使这条深巷，在威仪背后陡添幽冷庄严的气息。

外人很少涉足巷中，就连当年日本鬼子入侵铜钵盂，也不贸然驻扎其中。日本大佐得知此巷中主人，乃郭子仪后代“汾阳世家”，特命伪军维护，不得造次。大佐还是个书法家，喜写书法赠人，仁记巷中有多人受赠大佐书法。仁记老屋，在新中国成立后还不时有人发现大佐的书法作品。仁记巷连日本人也不敢冒犯这件事，在民间被传得沸沸扬扬，各种说法都有，也连累了仁记巷旷日持久不得安宁。

郭信臣曾于1945年日本投降时回到仁记巷。抗战期间，铜钵盂的形势，时刻会传到沪上。关于这个大佐的故事，郭信臣听到不少。或许多少因大佐的缘故，铜钵盂的仁记巷免遭日军涂炭。郭信臣早就对这位大佐心存兴趣，这究竟是怎样一个日本鬼子？

在日军罪行展馆上，郭信臣看到了日本大佐的照片，这是一张标准的军人照。大佐是武官，却分明是一张文人的脸相。

后来，在铜钵盂的旧码头，郭信臣见到正在努力挖土的大佐，他很卖力地挖土。不时有过往或看热闹的乡民，拿沙土或烂菜帮子，掷到他们身上脸上。大佐面不变色，任人抛掷，只管奋力挖土。

郭信臣走近前去，用日语和他打招呼。大佐一愣，马上立正躬身行礼，毕恭毕敬，双手接过郭信臣递过去的香烟，小心收入袋中，复又努力挖土。郭信臣心中不是滋味，他神情复杂地离开，回眸时，郭信臣发现大佐伫立目送。

郭信臣的长孙郭大伟，时为国军受降代表团成员，衔为军需处中校参谋，专程从重庆随代表团到粤东受降。郭信臣曾问过郭大伟：对大佐将会怎样处置？大伟诧异爷爷为何关心日本大佐的去向。得知大佐会被遣送回国，不至于被杀头，郭信臣松了一口气。

第五章

荣枯得失皆由命，何必想东共想西。俗语之话亦有言，出外不比在家中，在家自然千日好，出外亦都朝朝难。何不刻苦攻书诗，有日寸进步丹墀，书中自有黄金屋，做官何愁畏无钱？

生意发家事容易，金榜题名事艰难，过洋顺风二三年，就可成家对你提……

这回是位女瞽师，拉二胡的是个十二三岁的小男孩。二胡拉得不算太生疏，但高音拉不上去，老舵工玩笑着说："早死仔，踏水车啊！"女瞽师歉意地笑笑。老舵工这才细细端详姿娘老瞽师。原来她也是渡船常客，只是少了原先在一起的老瞽师，多了个明眼的孩童，便问："阿爷去哪儿啦？怎么把孩子带出来？"

孩子停了拉弦，妇人答道："先生过世啦。"

老舵工心中一惊，似有所悟，不便再问，拍了拍脑袋："小人该死，该死！有所得罪，得罪！孩子拉得好听，好听！”

他从装钱银的小篓里，掏出一把铜板，放进孩子面前的铜钵盂。

民国期间，潮汕大地有善堂达五六百家，有的善堂兼有医家诊所，为穷人治病望诊接生，分文不取。饥荒年施粥，平日为人收殓，广做白事。

这天清晨，7岁的马伯良，趴在光德里马家祠堂的台阶上，全神贯注地看蚂蚁搬家。那些黑色却有红色触角的兵蚁，从台阶的石缝中源源不断地钻出来，爬出石阶，它们自然地排着整齐的队伍，浩浩荡荡地在天井的泥地上急行，忽而消失在某一处石缝中，忽而又从另一处爬出来。照例排着长队，井然有序地行进着，不同的是，它们个个头顶着一小片细得肉眼难以辨认的叶屑，像举着大旗，雄赳赳地前进。它们是在搬运食物。马伯良很惊奇，他趴在石阶上，小心地为这些蚂蚁扫清石阶上的沙土，他以为这样，能为它们清除前进的障碍。蚂蚁却不领情，反而绕过那些被清扫过的地方，去攀越沙尘堆积起来的障碍。

街路上传过来一阵紧过一阵的锣声，那是行街招的“大声锣”在行街招。行街招是一种古老的行街宣告。敲锣的人肩着扁担，一头吊着大锣，一头挑起布帘，布帘写着告示，内容随时变换。行街招的人敲一下大锣，喊一句告示的内容，招摇过市。行街招的人最受孩子们欢迎，身后总是跟着不断壮大的孩子队伍。街招让死气沉沉的街市热闹起来，整条街充满着嬉戏的气息，像过年一般。

马伯良被锣声吸引，他小跑着出了天井，往街上去。

平日冷寂的街巷，忽然就拥塞着许多人，不知从哪里冒出来的人群，随着锣声渐近，正从远处像波浪一般涌来。马伯良听见锣声越来越近，却什么也看不到，只看见黑压压的人群骚动着。他小小的身子，像鲇鱼似的，拼命向人堆里挤去，他被人流推撞着，终于挤到最里面。眼前的情景十分骇人！只见十几辆囚车，木笼里关着人犯，人犯脖子卡在木格里，只露出头脸。那些人蓬头垢面，脸上伤痕累累，流着血，血痂把眼睛都蒙住了。马伯良虽然胆大，囚车中人的惨状还是让他惊骇不已，他连忙用手掌蒙住眼睛，吓得直打哆嗦。他不敢看，又很想看。只见走在队伍前边的，正是平日里行街招的“大声锣”。

“大声锣”是个更夫，夜里负责在街上打更，白天便揽些街招的活计，有时为衙门鸣锣开道，有时为商家吆喝招引顾客，赚几个铜钱。“大声锣”显得异常兴奋，因为是乱党游街示众，“大声锣”很觉荣耀，他敲锣敲得很卖力。每重重地敲一下大铜锣，他便大声吆喝：“看乱党哟！杀乱党哟！”他拖长腔调，引颈高喊。那洪亮却带点嘶哑的喊声，随着锣声的余音，回荡在古巷深街，显得很瘆人。

骑着大白马跟在“大声锣”后面的是知县黄金福。知县三十岁左右，一脸肃穆。在马伯良眼中，知县是天下最大的官，又英俊，又威风。他不知关在囚车里的是什么人，反正是坏人，坏人就该杀。他见有人拿石子扔囚车里的人，听到很多人在骂那些囚车里的“乱党”，他不明白什么是“乱党”。他的注意力全在骑马的知县身上。心想，自己长大了，也能做个知县，骑着大红马就好了。他想骑大红马，不想骑白马。也不明白为什么，就喜欢大红马。

囚车行进很慢，每辆囚车由四个兵丁推着，木轮碾在坎坷不平的石板路上，很颠。车颠一下，卡在木格里的人头便重重地磕一下，很痛。囚车两边各有两队兵丁，那些兵丁威武神勇，腰上挂着有漂亮刀鞘的长腰刀。

马伯良跟着人群，到了三角地校场，那儿是城中一处空地，平日是兵丁们练武的地方，县衙斩首人犯，也押到这儿行刑。校场也是刑场。这些马伯良当然不知道。

囚车停在校场中央，车里的人犯一个一个地被押出车来。那些人身着白色衣裤。马伯良奇怪地发现，其中有些没有发辫，短短的头发蓬乱地堆在脑壳上，像一堆乱草，难看死了。兵丁让五花大绑的人犯跪在场地中央，脖子上插上长长的死牌。

马伯良听到人们在议论乱党，说乱党要杀了知县，反被知县杀了。马伯良觉得知县很了不起，他穿着那一身红袍就很好看，骑着白马很是威风。他从没有亲手摸过马，很想去摸摸知县骑的那匹马。他想着美丽的马，他甚至忘记了那些乱党。

马伯良发觉有人握住了他的手。原来是光德里的郑婶。郑婶气急败坏，她刚才一直在找马伯良。她口里数落着：“奴仔真是不懂事！”紧紧地拽住马伯良，怕马伯良从她手里又跑掉。郑婶是马家私塾的帮佣，她看管着家塾的孩子们，整座家塾都由她打理。孩子们从4岁到15岁左右，个个都得听郑婶的。郑婶很少发火，孩子们不怕她，反而有些依赖她，很听她的话。她的嗓门很大，裹着一双小脚，走起路来一颠一颠的。

所有的女人都有一双小脚，天经地义。所有的女人走起路来都是一颠一颠的，有些好笑。郑婶有时会裸露出一双白白的手臂，天气炎热的时候，马伯良会情不自禁地把脸贴在她手臂上，凉凉的，很舒服。她有时会用小手轻轻地去摩挲郑婶的手臂裸露部分，很专注地对着那个手臂发呆。

郑婶其实是个十五六岁的姑娘，未出阁，可已许配了男人。男人是个批脚，常年在马家光德里以外的村庄里跑，给人送批。马伯良见过郑婶的男人。那个肩上挂着长弓篮的男人，有时会在私塾门口张望。孩子们便窃窃私语，说郑婶的男人来了！郑婶便羞红了脸，把孩子们轰进屋子里去。

郑婶和她的男人，门里门外，却从没说过一句话。那男人也只是在门口假装有事，一会儿就不见人影了。

马伯良觉得，那一天，郑婶脸上有了光彩，总是独自红着脸笑。

人群忽然推拥起来，有人发出了惊叫，那叫声恐怖同时夹杂着哀叹。几乎是从同一个喉咙里喷发出来的惊叫和哀叹，像波浪似的，从人群中发出，像一片骤来的乌云，迅猛地遮蔽着亮晃晃的阳光，街市在一波又一波的惊叹中似乎要陷塌了。马伯良从人缝中拼命挤向前去，他想看看那些乱党，特别是骑白马的知县老爷，无奈他的手让郑婶紧紧拽住。郑婶甚至把他紧紧抱住，不让他动弹。他感觉到郑婶身上的丰满和弹性，她身上皮肤的温软与凉意。马伯良不再挣扎，只觉得随着又一波从人群中发出来的集体惊叫，他的双眼让郑婶的手蒙住了。

黑暗中有几线微光，他努力从郑婶的手指缝中往外看，扑入他眼帘的是半边囚车和半张乱党的脸。马伯良看得很真切，那是一张很年轻的脸，脸上干净苍白，像戏台上的小生一般俊俏的脸。眉毛很黑，嘴唇很红，那是一个跟郑婶一般年纪的少年。少年的身子也很瘦弱，宽大的白色囚衣里灌满了风，风从南边吹来，南边是大海。尽管在这里看不到大海，但大海风却时时吹来。那少年面无人色，好像刚刚哭过，脸上似有泪痕。

马伯良此刻已经骑在郑婶肩上，郑婶自己也被刑场的景象吸引，忘记去捂马伯良的眼睛，马伯良可以尽览刑场的一切。马伯良见每辆囚车前面，都跪着一个乱党。乱党都是男的，怎么没有姿娘？马伯良忽然很好奇。他本想问郑婶，但紧接着的场面把他吓住了。

一个身着红衣红裤的汉子，双手举着一把鬼头刀，在那乱党少年身后跳跃着，口中念念有词，手中的鬼头刀在阳光下闪闪发光，马伯良甚至在呼啸的海风中，听到鬼头刀掀起的另一种风声。那风声令马伯良终生难忘。

马伯良常常在夜深人静时想起童年刑场上处决乱党的那一幕，那种在金属的挥动中发出的风声，有一种一波三折的节奏，刀在有节奏的挥舞中，飞快却偶有停顿与转折的轨迹，在空中形成了风的轨迹。

有时，马伯良在为人书写春联时，他会想起刽子手挥舞大刀跳跃，刀和风的博弈同时产生另一种更猛烈的风的情景。他似乎能很清晰地看到刀在空气中和风一起留下的线的轨迹。那个悬搁在空气中的复杂的图形，在他的脑海中是如此清晰，刀法的走向、摆动、交错形成的风的轨迹，和人群里此起彼伏的集体的惊呼，一起深深地种植在7岁的心中。

马伯良第一次见到杀人现场，而这第一次，斩首的是一个和郑婶同样年龄的美少年。

这时正是1907年，光绪三十三年的秋天。秋后是皇上处决犯人，行刑的日子。

在“御品斋”的会客厅中，周季礼正襟危坐，看来已等候多时。许秀才匆匆入内。晚秋天气已经凉风嗖嗖，尤其是在夹竹桃簇拥围蔽的后花园“御品斋”，气氛更为阴森阴冷，许秀才不禁打了个寒噤。

周季礼脸色有些阴沉，他的神色似乎从来就没有明朗过，总是蹙着眉眼，似忧心忡忡，时有苦思一般。他宽阔的天庭和肥润多肉的脸颊，和他的神色很不相配。

见许秀才光临，周季礼连忙欠身让座。不容许秀才寒暄，周季礼开口便问：“兄台，近来银根可紧？”

许秀才是有备而来。周季礼找他只有一件事，那就是要钱，又遇到什么珍贵宝贝，俏货，需要超大笔钱款。否则，周季礼不会找他。

许秀才也不客套，从怀里掏出一把精美的小算盘，小算盘珠圆玉润，算盘框架是海南花梨做成，珠子是和田籽玉打磨，算盘上的算星及商号文字，皆为纯金错入。算盘精致玲珑，握于手中，展于掌上，五爪拨弄宽余。既为算器，亦可为玩物，亦庄亦谐，是为极品。这个珍贵的小算盘，是许秀才履职“春怡院”账房先生时，周季礼亲手所送的礼物。据说是宫廷造办处所造，于顺治年间流出宫廷，为周季礼重金购得。

许秀才自然不谙此宝物的价值，总之是价值连城。他从不去掂量此物的估价，只是心中明白，周季礼作为“春怡院”的主人，赠他一个账房先生如此贵重的礼物，是别有深意也不乏敬重之情的，故他从不敢怠慢“春怡院”的生意银两，更看重与东家周季礼的情分。东家购买的，不外就是家仆的忠诚笃信。经他手的账务，给无赖的银两，给官府的贿金，乃至打发乞丐的碎银，他都一一登记在册，从无差池，尽管周季礼从不查账，但许秀才明白，既然揣着东家周季礼的无价之宝，从顺治皇帝那儿传来的宝物算器，像一把剑悬在许秀才头上，他如何敢有贪念？岂敢不竭诚为周季礼守好这份家业。

许秀才巴掌上捧着算盘，拨拉了几下，若有所思，并不正面回答周季礼的问题。他与周季礼的交谈，向来都是直奔主题的，无须客套，也无须兜圈子。周季礼定是遇到好事，急于钱款，许秀才只管找钱满足就是。银根松紧，其实都无关周季礼。在许秀才眼中，周季礼是一个花钱的天才，又是一个风流的高士。他才不管你许秀才手中有没有钱呢！没钱，去找就是。拆东墙补西墙满足周季礼索取的事，又不是一回两回的。

“要多少？”许秀才欠身俯向周季礼。

周季礼沉吟片刻，似在心中算计，其实他早就已经铁下心来，至少让许秀才吐出一万两来。否则此事难成。《箜篌引》，岂止五千两的价值？甚至是一座城池，也无可与之匹敌。他周季礼势在必得。他定要找到持《箜篌引》的人，即使走到了天边，他周季礼也要把他擒回来。

他在和许秀才谈钱银，心中想着《箜篌引》，不禁吟诵起来：

置酒高殿上，亲交从我游。中厨办丰膳，烹羊宰肥牛。秦筝何慷慨，齐瑟和且柔。阳阿奏奇舞，京洛出名讴。乐饮过三爵，缓带倾庶羞。主称千金寿，宾奉万年酬……

许秀才先是惊愕，继而释然，再之饱受感染，不期然也随之一同吟诵。

周季礼大悦：“原来许先生亦有同好？”

许秀才虽不知就里，但也已经猜出几分。银两之事，看来已见端倪，非有无，非多寡，而是全力以赴，志在必得，容不得推托游移。

“兄台刚才问要多少？”周季礼突然正色道，“六千，八千！多多益善。”周季礼做了个六，又做了个八的手势：“我要筹足买一座城的银两。一座城！兄台，你说一座城要多少钱才能买得下来？一座城池？”

周季礼本来阴沉的脸，一下子金光灿烂，多肉的脸颊忽然变得清朗疏阔，他像一个寻到宝的孩子一样，在厅堂里兜起圈来，摇头晃脑，空气里便又有了《箜篌引》的美句佳言，笔走龙蛇的印象。

许秀才心中大惊！八千两？一座城池？什么宝物？他不便多问，又不能不问。

丁贵未经通报，急急闯了进来。周季礼面有愠色，皆因有客人在场，显得周季礼规教无方，但见丁贵十分慌张，心知大事不好。他急于知道原委，便招呼丁贵上前。丁贵耳语：“四处寻无此人，仿佛人间蒸发。”

周季礼凉了半截。他仍不甘心，令丁贵加派人马寻找。许秀才虽不知事情原委，但看得出周季礼似在寻人，便说道：“容我老朽多言。

兄台若为寻人之困，我可进言？若所寻之人为外乡人，则无须到客栈去找，直接到春怡院寻找即可。若是正经人，则在茶室中；若为风流客，则到青楼里。”言罢，他狡黠地一笑，呷了一口茶：“好茶，是新芽大红袍上品吧？”

丁贵将信将疑，周季礼却眉开眼笑，连声说：“有理有理！有事没事，天下诸事，尽可问秀才就对。真是秀才不出门，全知天下事。”转而对呆若木鸡的丁贵说：“还不快去！就在茶馆上下左右四处找找！”

“且慢，请问所寻之人口音如何？长相如何？何方人氏？”许秀才有心要帮周季礼寻得此人，他叫住丁贵。外地人在潮汕，很难立足，一时不会走远，何况寻上门来办事，没有本土人相帮，本是不能之事。善于察言观色的许秀才，一来二去，已对周季礼当下之事捉摸了个大概。许是有人送货上门，高价而沽，一时谈不妥，丁贵又让人走失，周季礼闻讯痛失正尽力挽回。

丁贵竟一问三不知。刚才，他与那人说不上两句话，那人也犟，一语不合便迅即走人，双方交合过于仓促匆忙。丁贵只好先行敷衍：“小的实在匆忙，未及留意，伙计与人交关多些。我自去问问伙计，再行禀告。”说着，匆忙退出。

许秀才也想告辞，便对周季礼示意：“兄台，我先去准备五千银两，供兄台不时之需，再听兄台吩咐。在下当积极筹措。都是兄台的钱财，随时吩咐就是，告辞告辞。”说着连连作揖：“兄台留步，留步！”

周季礼送走了许秀才，正在自鸣得意，也为许秀才如此善解人意，且阅人老道，处事不惊有道有法，心生悦意。把生意交给这样的高人打理，自可高枕无忧。说到底，还是自己高人一筹，用一把价值不菲的小算盘，就让一个高人服帖了。

周季礼忽然又心生隐忧，在古玩界，走漏消息，分享品鉴，是为一忌。古玩珍艺，全仗眼力，眼力就是财富。所以捡漏，第一靠的是机会，再就为眼力，眼力和机会其实是同一的，有机会无眼力，或有眼力无机会，都等于空。所谓天机不可泄露，自然也不能分享。许秀才已猜出几分，也就是天机已让第三人知道，并非好事。幸而许秀才并非同道，也没听说他有收藏的癖好，周季礼便也安下心来。古玩行有行规，主客谈判，容不得第三人在场，也绝无第三人插入竞价争抢生意的道理，此乃无须多虑。

《签篌引》突然降临“御品行”，又与我周季礼失之交臂，在相遇擦肩时消失无踪。来人为钱而来，却未待交易就转瞬离去，也疑点颇多。《签篌引》，识货者视之价值连城无价之宝，若开价仅两千大洋与实价有距。不识货者，视之敝屣，不值钱，如何敢开价两千大洋？且斩钉截铁，不容分说，一言不合，便消失无踪。疑问太多！而丁贵等人，居然未留意对方口音，未留意对方特征，这于常理不合。丁贵是什么人？老江湖也，居然马失前蹄。

一连几日，那人像风一样吹走，没留下一点痕迹。丁贵寻遍城中各处，又问遍城外引车卖浆者，无人见过此人。周季礼闷闷不乐，他本就阴沉阴鸷的脸，几天下来，阴冷得如黑漆古铜镜一般。

这几日，一袭小轿，四个轿夫，抬着周季礼走遍了附近方圆几十里的乡村圩镇。凡与古玩有涉的场所，周季礼都暗访巡察，寻机搭讪探问，盼找出蛛丝马迹，但一无所获。苦了随从丁贵，他徒步跟在轿子后面奔跑，几天下来，身架子全塌了，心里叫苦连天又不敢声张。早知周季礼如此执拗，当时就应把那人扣下来，落个绑人罪名也比这些日子好过。

周季礼所到之处，非但没有丝毫斩获，却见到朝廷官役，四处捕人斩人，即便荒僻乡村，亦不例外，仿佛潮汕大地，遍地都是革命党，连几岁的匪属也不放过，这使得周季礼内心发生了大变化。

虽然一路饱受刺激，但对于久未出门走动的周季礼而言，四乡八里，城镇圩场之声色犬马，特别是行中老友的邂逅之谊，也令他有心悦神怡之感，且日日均有好事发现。

那天，经过一个叫烟桥的小城，此地方八九十年前曾发生过瘟疫，乡里人几乎死绝。这几年，鸦片掮客南来北往，以此为中途落脚的歇脚点。几十年前废弃的屋场，被掮客们占住。绝门绝户的城镇，又死灰复燃，十几年间，竟然发展成一个繁华的小城。贩运鸦片的捐客，大多是悍野之人，自然有一些有情有义的江湖习气。捐客们的到来，使这个本就特别有故事的烟桥，充满着悍野和温情的记忆。曾经瞬间湮灭死绝的历史复活，古旧原初沉睡有时的历史，忽然在几十年后，由另外一种截然不同、全新格局和意义的性格所取代，让那些提着脑袋生活，或把脑袋别在腰间生存的人们，统治了这个似乎是法外之地的场所。

捐客们带来的财富，使此地迅速豪富且奢华起来。不明白捐客们为何会寻上这个地方。周季礼算得上半个风水先生。他初到烟桥时，一时为烟桥的繁华所动，那些深宅大院，真不像时下古老的潮汕厝屋那般平静、规矩和安然，倒有些《水浒》和《三国演义》里描写的盗贼出没的祝家庄或高家庄一般的味道。他还未及细察此地的风水，却多少也悟出烟桥兴衰的原因。

在山与平原交接的地方，应有一个亟待贯通的隘口，或说是地形学上类似桥梁连接功能的东西，这也许正是此地在历史上具备这种功能的道理。烟桥藏在横亘两省交界的深山大岭中，这是平原已尽、越山跨界的最后一个驿站，再往前走，便是荒凉密锁的大山。绵延的山岭那边，是三省交界唯一通向外界的通道。烟桥得天独厚的环境，成了潮汕通向另一个世界的喉咙，这个喉咙的呼吸，捐客的到来，让它有了再生的机会。乌黑的鸦片，让这个地方迅速地拥有了罂粟般无边无际的娇美与灿烂。

马灿汉选择了这个地方，是有他的道理的，而周季礼的到来，以及此后多位强人的无意涉入，使这个叫烟桥的地方，导演出中国现代史上的活剧。谁扼住了这潮汕一隅的咽喉，谁就拯救或掌控潮汕至少在若干年中的命运。此乃后话，离那个震撼世界的时刻，彼时还很遥远。

鸦片在近代世界发展史上，的确有它非常奇妙的力量。它天生为这个世界止痛的能力，最终却演化为使这个世界无比疼痛的巨鸷。这是人类永远无法预期的罪愆。

周季礼在这天黄昏来到了烟桥。此前他听过关于烟桥的传说，大凡对潮汕近代史有兴趣的人，对这个惨绝的传说都不会无动于衷。沉溺于古玩生意的周季礼，对这个近百年前错失于世的烟桥，也是有印象的。

是日，轿子在贴近烟桥的地方，本有一条出山的岔道，但眼看已近黄昏，烟桥正近在眼前。虽然此刻他对烟桥近年的繁华并无太多印象，但在岔道上，已可嗅到烟桥特别的味道，至少那袅袅的炊烟，在旷野之中，是足够诱人的。

丁贵正巴望歇脚的机会，他实在走不动了，轿夫在连日的奔波中，也已疲沓不堪。周季礼的烟桥之运，就在此刻不期然的弯转中而生。

烟桥果然出乎想象。光绪三十三年（1907年）时的烟桥，果真是一个绝妙的法外之地，鸦片掮客一般都是悍客兼豪客，没有一身武艺，轻易不敢充当这角色。从缅甸经云南，再到虎门，一路穿山越岭，徒步肩挑马驮，昼伏夜行，千山万水到了烟桥，就算大功告成。烟桥是一个三不管的地方，往西通往江西，往北去了福建，一路都没有官衙，连省界的边关也形同虚设。烟桥因此成了一个世外桃源。既是盗匪的安乐窝，又是草头王的极乐之地。

周季礼并非一下子就看中了这个地方。刚到烟桥的那个黄昏，他们一行住进了一家堪称烟桥最好的客栈。庭院里有马厩，后园遍植菜蔬，右侧是一处杨柳轻飘的湖泊，左侧却是一脉长长的青山，似乎还有潺潺的流水，隐藏在茂密的青黛之中。客栈大门当街是一条大道，大道两侧疏落着几座老旧的“四点金”或“下山虎”，长久失修但也铅华依旧。

潮汕老厝讲究山环水抱，这与潮汕平原本身的地形环境有很大的因缘关系。唐宋以来，创寨皆以其地之势，详作布局，依其局建屋，颇具匠心。这是潮汕人建屋时对地理风水的基本要求。

郭仁卿那晚见到诗丐之后，夜不能寐，越想越觉得此诗丐颇为面熟，貌似多年前在省城万木草堂结识的定庵先生。定庵先生字仲过，亦字鲁川，山西代州人氏，亦是康梁的追随者。之后，仁卿曾多次从沪上致书万木草堂寻定庵先生踪迹，没有结果，后闻知定庵先生参与丁未起事，生死未卜。此诗丐莫非正是定庵先生？

次日，仁卿起了个大早，匆匆赶到烟桥城中，他一个人在旧街上慢行，希望再见到诗丐。行过几条旧街，于午间来到城中转角处，正是昨晚偶遇诗丐的地方。只见那儿人声鼎沸，在角落处，围了好些人。仁卿连忙赶去，分开众人，见地上倒卧一人，身上盖了半片苇席，裸露着头脚。看那一头板结蓬乱的长发和微微张开的双目，他一眼便认出是昨夜的诗丐。

粉墙上除昨夜所见之诗外，还多了一首“绝命辞”。有人读出声来：

身世浑如水上鸥，又携竹杖过南州。饭囊傍晚盛残月，歌板临风唱晓秋。两脚踢翻尘世界，一肩挑尽古今愁。而今不食嗟来食，黄犬何须吠不休。

仁卿不敢判量此人便是定庵先生，但十有八九是如定庵先生一般的人物，两首诗出自一人之手，诗意昭然，岂是一般落魄文人的心胸，分明是忧国忧民，壮志未酬的大人之作，愤而求死以之对决与孤绝。仁卿在万木草堂那群年青志士身上，便有所领教。他正想去呼差堂来人殓尸，忽见一队官兵前来，他急忙侧身而退，静观其变。

定庵先生昨夜还活着的，不过几个时辰便倒毙街头，仁卿想不出此间的玄奥。

四个兵丁用半张苇席裹住尸体，交手将尸体抬走，转角处围观的行人陆续散去，烟桥又复平静与散淡。

此公难道是官府缉拿的逃犯？否则官府不会介入倒毙路人的收殓。仁卿后悔昨夜没有及时将诗丐带走，藏于茶山，也或救革命同志一命，仁卿已坚认诗丐为革命党。好好一个人，忽然暴亡，未免令人唏嘘。

经营了几十年的烟桥茶山，一夜之间便灰飞烟灭。仁卿望着冲天大火，思量着半个世纪茶山的点点滴滴。他从青年时代，就耕耘这座茶山。每年从九月到来年三月，从播种到开花结果，到不厌其烦的漫长收割，他始终都在经历着金钱与良心的互相切割，他始终都在为自己辩护，向世人保守着一个不能说出的秘密。

他无法果断地由自己来决断茶山的命运，他心中始终有一把火，用它来烧毁这座茶山。可是，金钱无法使良心就范，它总是在良心之上徘徊，如此年复一年地唱着明日歌。他甚至不明白，自己何以在那一天，就把兴旺了半个世纪的烟桥茶山付之一炬。那时并没有人抵牾他，在昏昏沉沉中，他便做出了这个决定。他甚至想过，去买通官府，让他们剿灭茶山，他自己有些下不了手。可最终还是由自己，亲手烧毁了它。

郭仁卿焚烧茶山一事，沪上《申报》有简短消息，铜钵盂少有人知晓，亦无人深究其中缘故。烟桥离铜钵盂百多里路，仁卿在乡里对此事缄口不言，偶有人说起，便以不慎火烛推搪。铜钵盂族人中，除几个至亲叔公老者外，没有人知道茶山半个世纪的真相。鸦片种植地和茶山山庄，也即孩子们出花园的习武之地，隔着一个山谷，山谷那边的种植园，对孩子们是禁地。

茶山对于孩子们和外人来说，始终是一个秘密。

1926年6月，祖叔公郭向笙刚过93岁寿辰。他生于1833年，是铜钵盂的“人瑞”，亦是郭氏家族迄今最为高寿的老人。他主张为郭氏太夫人请旌表贞节牌坊，可谓是他生前最后一件大事。郭太夫人为郭向笙的叔嫂，生于1790年乾隆庚戌年，卒于1864年同治甲子年，享年七十有五，年长郭向笙43岁，今年是郭太夫人136周年诞辰。

郭太夫人殁后20年（1884年），闽县叶荀予侍郎督学来潮，始以“节并松筠”一额旌其闾。行请大吏奏于朝，晋节母二品太夫人，得旨准予建坊。崇祀节孝，时在光绪乙未年。嗣经鼎革未果，行民国建元，世变方亟。郭向笙耿耿于怀，着仁卿、若雨、信臣诸人谨致完成，然未及完成。眼看郭向笙祖叔已年过93岁，时年未卜，郭仁卿以为此事不能再拖拉，而其要者，必得先焚茶山，退出烟桥，洗心革面，才能为郭太夫人建坊铭石，否则有辱先祖。这是周季礼对郭仁卿的忠告。

早在1884年，朝廷下诏，晋公通奉大夫，晋郭太夫人为二品太夫人，晋太夫人之文孙六人，分别为国华花翎候选道加三级，萃庭、国栋均以同知用，国樑、国钧以武职显，俱授都司，之松谙盐务得运同街。一门鼎盛，牙笏盈床。曾玄达百余人，咸学成致用，有声里党。郭仁卿自惭形秽。1884年的茶山形势日隆，郭仁卿也正年青气盛，未及思想先人功绩之瓜迭绵绵。

民国十五年（1926年），郭仁卿已年迈，世事练达。祖叔公命不可违，促使郭仁卿一把火烧了烟桥茶山，即与郭若雨具呈潮汕县长黄宗宪：

……太夫人守节抚孤五十余年，嘉言懿行壹范昭垂，而坊石未铭，恐就湮没。乃于十五年丙寅夏始择地鸠工，题旌敕石，而节孝之坊于是乎成立。且发启征诗辑清芬录，以表彰之。乃知太夫人之遗泽远矣。近世昌言解放，女子自由，夫妇之伦薄，节义之道衰。甚有朝合暮离，犹诩诩然自谓文明，真无耻之尤者也。

潮阳政府批第六六七号：

呈一件呈为节妇奉准建坊设位致祭请予备案以彰国典而慰考恩由状册均悉。慨自女诫不修，侈言恋爱，妇德日替，误解自由……风化关系，实系重焉。所请备案应予照准，此拟册存。

原呈具人郭仁卿、郭若雨、郭信臣

中华民国十五年六月廿五日

县长黄宗宪

第六章

桃花渡突然来了许多清廷兵丁，把码头围得水泄不通。兵丁对每个过江的人，不分妇孺，拿着脸画对照盘问，老舵工知道，又有人犯脱逃了。在桃花渡，每月总有一两回，有时还设卡盘查几日。这一回，兵丁数目比以往多出好几倍，足有三四十人，一定又有大事发生，领头的是镇守郑贵昌。此人是新晋的武举，生得眉目清秀，嘴角却有一小块横肉，笑起来，有一种颇为滑稽同时阴险的感觉。这种面相，令老舵工不悦。罕见镇守亲临码头督兵。这一回，大阵势，非同小可！老舵工心想，又有好戏可看了。老舵工见得多了，从未见兵丁在码头上抓到人犯，回回都是虚张声势，铩羽而归。老舵工在心里笑这些官府兵丁，那些披麻戴孝（他把官家服饰看成是披麻戴孝）的狗熊，都是些铁嘴豆腐脚的角色，出不了大场面。老舵工自诩自己一杆橹把，赢过他们十把长刀。

在义和拳时代，老舵工那是正当壮

年。一帮拳匪，在江东砸了教堂，被朝廷官兵追赶，拳匪们拥上老舵工的渡船，为首的恶声恶气，劫了他的舵把，命令他开船。老舵工本不想惹事，他对官家没甚好感，对拳匪打杀传教的洋人，也说不上反对的道理。但乡里人害病，得到过洋人的有效诊治，这点好处是众所皆知。洋人们在桃花渡这一带，为乡里做了不少好事，传教义医不说，教堂还兴办义学，教孩子们读西文，习西礼。老舵工觉得有趣，孩子们变得规矩，不再拖着鼻涕，吸着鼻子跑路，好处多多。拳匪们却是无端烧杀掳掠。而此刻，拳匪们不但劫了他的舵把，还命令他为他们开船，全无尊敬之谓，这点，岂是老舵工能轻易容忍。

他既不帮官兵，可也绝无援助拳匪听任拳匪支使的道理。船行至江心，他估摸这些拳匪大多不善戏水，便使船在江心湍流之处忽然无端旋转起来。船越转越快，如旋转的陀螺，把十几个拳匪，一个一个尽数抛入江中，引得岸上追赶拳匪的官兵一阵喝彩。

眼见落水的拳匪随水漂流，江上人头沉沉浮浮，向出海口漂流而去。老舵工心中开怀，便吼起了歌谣。他先来一段“工尺工尺六”的前奏曲，又压低嗓音，来一段自创的过门，依然是“工尺工尺六”，继而来个老丑唱腔，老声老气地唱道：

渐渐过了三年间，此时想要回家中，情由就对父王说：“臣儿想要回中原，看我家中妻共儿，免我妻儿挂心机，知我在这身荣贵，然后我正归返员。”……番王听见有理宜，安排财宝乞子儿，二包珍珠共镟石，无价之宝值万铢，玛瑙、珊瑚共金银，尽是金条好赤金，银尽佛头七钱二，人参一包重五斤，就共王儿说平生：“财宝乞你带回家，乞你妻儿去享福，后你回来心免青。”

他唱得舒心，仿佛自己便是那个赢得财宝金银得胜回家的过番客。任凭官兵在岸上对着他吼叫，命他把渡船撑回去，他就是装聋作哑，一路唱曲，把船驶向自家码头这边，然后，收拾好家什物件，回家去了。

多年以后，人们已经忘记校场上处决乱党这一幕。有日，马伯良在送批歇息的旅馆中，闲来无事，在糊墙的陈年报纸上，读到一则多年前的旧闻。那是一张光绪三十三年（1907年）八月初一的《岭东日报》，在“著匪被获”的大标题下，写道：

揭属洋厦乡林惠卿者，悬赏缉拿之著匪也。近日由外洋潜回，因意盗卖其祖坟墓石，被该族人某知觉，执之。其子某往视，又执之。适为吴镇军部属方某所闻，即率勇至该乡责成该族，将该匪父子交出。该匪父子，现既解郡，经吴镇军请省宪示办。闻省宪随复电着潮州府李太尊，将林惠卿父子，并张线球，各提案讯究县报。

马伯良7岁时目睹诸事，深刻而终生不忘，唯其血腥，已深入骨髓。这节旧闻，说的正是当年事件的某一细节。此时的马伯良，已是一个二十几岁的青年批脚，也行过了乌水，去过几趟南洋，阅历无数艰险。虽报纸并未说明该乱党父子结局如何，但可想而知。他心中想的却是，这林惠卿其子，言中似像当年刑场所见人犯中之少年。虽然非亲非故，这一夜马伯良却长夜难眠。个中缘故，他自己也不清楚。只觉得人们杀来杀去，让人费解。

红衣红裤红头巾的刽子手还在乱党少年身后跳跃，以各种姿势，挥舞大刀，人群中突然爆发一片沉闷的惊叫！马伯良记得很清楚，刚才还听那少年在哭喊：“我不欲死！”那细声细气的哭喊，声音跟郑婶无异。大刀落下时，少年的脑袋在地上滚了几滚，立地生根似的伫立在那儿，像从地里长出人头似的。血从少年的脖颈处，喷向天空，几尺高的血柱，在风中像雾一般散开，红了半个校场的天空。

杀人者着全身红衣红裤红头巾，而被杀者的鲜血也溅红了眼前的土地。马伯良从此对红色有着一种天然的恐惧。以至于父亲在他出南洋当水客时，给了他一条红格子的水布，他十分惶恐，连忙跟同船的水客，换成蓝格子的。他连红色的食物或酒水都难以下咽。有人用红色的批封，他会下意识地用白纸包起，送达时方才解出。那少年苍白无助的泪脸和鲜红的血，多年来如影随形。在旅次的客栈中，有时他会半夜突然惊醒，顿感无边的冷寂，冷寂中似有厉鬼在跳跃，在喷血。第二天他便全身乏力，诸事不顺。不是歪了脚踝，便是行差踏错，跌倒平地。有时竟在熟门熟路的街巷中，找不到送批的门楼，如厉鬼在身。他老是听到少年“我不欲死！”稚嫩又凄厉的哭喊。

丁未起事之后，乡间愈不太平。三合会从地上隐入地下。此时马伯良年方7岁，并无印象。可是，刑场斩首一幕，却影响了马伯良一生。他活了95岁，那场面跟踪了他80余年。晚年时与郭同志谈起此事，他依然心有余悸。照理说，他7岁以后经历诸事，有的比那场面更为血腥，马伯良却大多遗忘，唯独此记忆，如鬼魂附体，至死也不愿消失。关于那个15岁孩子被作为乱党处死，民间流传着多种说法，有说他并不是某乱党之子，也非乱党的同党，而是因为被人剪了发辫，孩子没了发辫，犯下大罪，清廷便把他当作乱党捕获，与乱党一并斩了。

又传说在光绪年间，乡间盛行一种叫“叫魂”的妖术。这种妖术源发于乾隆盛世，影响了当时南北十二个省份的社会生活，特别流行于南方各省。从乡村到城市府第，均受到“叫魂”的波及。术士们通过获取受害人的名字，毛发或衣物，进行作法，便可使其生病，甚至死去。这种俗称“叫魂”的妖术，与流传民间已久的所谓“作蛊”略同，其实是同一回事。所以，剪人发辫这种犯清廷天条的恶行，和叫魂关联在一起，罪行就更为严重，剪人者被剪者都很容易同样入罪。革命党是主张剪去辫子的。

乾隆盛世时的“叫魂”曾经酿成一个波及全国的案事。但它的背后却是朝廷对暴民作乱的一种镇压口实。自乾隆以后，叫魂之术时断时续，至少在1810年和1876年又大规模地发生过两次。它始终没有绝迹且在民间死灰复燃。

那个15岁孩子，之所以被斩首，是否与叫魂有关？包括光绪三十三年，马伯良目睹的那场行刑，究是叫魂之案，还是丁未谋反？马伯良难以断言。那毕竟是一个7岁孩子的记忆。

马伯良记忆现场的真实性，无可置疑。而记忆中事件的真相，却有诸多解释的可能。

在汕头开埠以来的几百年间这样的记忆现象举不胜举。不过，记忆的错乱总是有深远叵测的原因，历史也因此变得诡异。

又有一说那少年是一个新科批脚，他经手的第一封批银，便是丁未起事的海外筹饷。他顺利地送出批银，却在丁未起事失败之后，让被俘的同党供出他送批的事实。而这少年自己并不知所送之批银正是海外的筹饷，他送出的第一个批封，夺去了他的生命。

那是一件有十万银圆的批封。

这笔巨大的钱款，按常理应该分成若干批封才对，也不应该由一家批馆来承办。所以说少年送出了十万巨款的批封，不足为信。

因送批而致死命之事，百年间无一例。而偏偏让少年碰到，也未可知。

成年之后的马伯良，也当了批脚，传说中批脚少年的下场，是马伯良一生的噩梦。

马伯良在讲述这些的时候，已经老得口齿不清，兔死狐悲的伤感，使这童年记忆永远沉沦于心，成为一个批脚的心病。

大地的脊梁是昆仑山脉，其山脉有三大干龙化入中国，其中南龙支脉从福建顺武夷山一路奔腾进入潮汕，潮汕背部的莲花山脉是其分派。它是潮汕与兴梅地区的天然界线，也是潮汕的屏障。

莲花山脉和从它两边伸出的大南山脉、南阳山脉，形成一个面朝南海，张开双臂成“门”形的格局，紧紧拥抱潮汕平原，这是一个巨大的人，对其所爱的环拥和怀抱。将北方的寒气和雨季挡在背后，而将来自海洋的温暖热流纳入胸中，流经潮汕平原的三江，从群山逶迤而下，在水口处迂回……

这一风水原理，奠基了潮汕老厝的建筑格局。烟桥对潮汕平原的这种格局，有着更深刻的依赖。它是潮汕平原走向北方，倾向西部的最后一个重镇，在风俗与风水上的向心力与地理上的离心力，所形成的“间离”欲望是同等的。特别是在光绪三十三这个年份，从北方到烟桥来提取鸦片的北方掮客，和从虎门把鸦片运至烟桥的南方掮客，他们在烟桥的交集，使烟桥这个地方，无端就萌生了更多更为丰富的离愁别绪，南来北往的掮客们，竟使黑暗罪恶的鸦片，涂抹上一层温情的人性的近乎绝望的颜色。

周季礼入住的这家客栈，名为烟桥客栈。这是一个颇具风情又非常绝望的名称。多愁善感的马灿汉今夜也住在烟桥客栈。吸引着他的，并非这家客栈的名字，而是这家客栈进可攻，退可守，又相对隐蔽的布局。此刻，他的红马正伫立在一处高地注视着这家客栈。他身骑红马在驰过周季礼轿子时，不经意地打了一个响鼻。周季礼无意间探头伸出轿子窗口，对这个白衣红马的青年，飞过去茫然的目光。

周季礼每到一个陌生地方，便习惯性地四处察看巡视。他入了客房，先是站在屋子中间，犀利的目光四顾梭巡，从地板到天花顶棚，然后打开所有能存放东西的柜子桌子等抽屉，伸手摸有没有暗格或藏有机关，又轻轻敲敲墙壁，恐有夹墙夹板……确认一切安全无恙之后，方能放心。他的这种习惯，连丁贵都不可思议。丁贵知道他的习性，每次都先他而做，但周季礼就是不放心。明知这些事丁贵已经做过，他依然要亲自再验一遍。江湖险恶，人心叵测，这是周季礼必然要贯彻的处世警诫。

周季礼对陌生有一种天生的警惕，这种警惕使他时常处于敏感之中，刚才马灿汉的红马白衣，在他脑中留下了深刻的印象，这种印象在周季礼入住烟桥客栈之后，成为一个久挥不去的心影。本来，在烟桥这种龙蛇际会的地方，什么样的光怪陆离，何等出格的人事都见怪不怪。但是，马灿汉这个飘逸的青年，似乎和烟桥有着永远的冲突。周季礼忆起早年在广州他和一些人的交往，那些人中，偶尔有人会给他留存这样的印象。

周季礼踱出房门，到庭院里散步。此刻天色已完全黑沉，烟桥四处灯火阑珊。街巷上的灯笼在晚秋的夜风中轻轻摇曳，灯光在青石板路上晃出了颤抖着的色斑，令烟桥的夜晚别有一种魅惑的妩媚。周季礼唤出丁贵，又挑了两个轿夫。

这两个轿夫，高瘦的叫阿乌，胖矮的叫阿丙。阿乌耍的是短刃，能在马上使双刀。阿丙用剑，雌雄剑，善于出其不意锁人喉咙，封人命宫。另两个轿夫阿虎阿龙，又各是阿乌阿丙的搭档助手。这四人少年时便入周季礼家，拜周季礼为师。周季礼常年藏身“御品斋”，外人很少见到他的真形踪影，可他却常常在夜间出没，阿乌阿丙会不近不远地跟在他周围，见机行事。但凡周季礼只身离开“御品斋”，阿乌阿丙便会主动跟随，无须特别安排。师徒几人，心照不宣。每次外出，周季礼只管放心行走。

周季礼沿着大路，进入一条小巷。小巷里每间门楼，都悬挂着大大的红灯笼，各色人等，进进出出，热闹非凡。

周季礼择了附近一处居高临下稍为僻静的地方，那儿有一小酒馆。劳顿几日，还从未真正消停小酌。他择了一临街小桌，独自坐下，要了一壶黄酒：“熓七成热，小咸鱼，半只猪肘。”店小二自去安排。

丁贵、阿乌、阿丙围坐在门边小桌，三人正面对着丈把远处的周季礼。从地形到方位，都有讲究。若周季礼有事，他们瞬间便会飞扑相救。周季礼尽可安然端坐小酌。

周季礼环顾这间小酒馆。虽然不是晚餐时分，但店里却少有客人，很是奇怪。酒馆坐落在小巷地势最高的地方，小巷顺着山势，从高处往低处延伸分派出几条横街。小酒馆背靠大山，推窗只见一片黑黝黝的山影。周季礼坐在正面临街临窗的地方，一眼可俯视对街的屋顶，若稍有飞檐绝技，双脚蹬住桌面，便可自如地飞出窗口，直落对街上的屋顶。极目所及，半个烟桥尽收眼底。

有几位客人入内，全让店小二婉拒，周季礼自忖来得早，方能占得一席之地？想想也便释然。但此酒馆气氛有些怪异，似有大事发生。周季礼一个眼色，丁贵马上移至周季礼这儿，周季礼示意他坐下。菜已上桌，两人便对酌起来。

周季礼无话找话，这很不符合他的性情，他很少和丁贵谈论问题，常是指派他去做这做那。丁贵也习惯于主人的指派，他对周季礼从来就只有言听计从的份。

“你说那人怎的就消失得无影无踪了呢？”周季礼还是无法解开心中的郁结。他一直惦着持《箜篌引》的人。

“应该不会走远。”丁贵实在说不出更有价值的话。

“何以见得？难道已经在成田出手？谁会要这东西呢？”周季礼自言自语，“你说成田有谁能出得起这样的价钱？”周季礼似在问丁贵，其实在问自己。方圆几百里包括汕头埠，有这种见识，这种财力，收藏《箜篌引》的，正数倒数也数不出几人。

铜钵盂的郭信臣，他突然就想到这个人，继而又摇摇头。不会，此公常年在上海，不在此地就无此机会。若果撞到他手上，他定会要了。

郭信臣掷金如土，在上海滩，在潮汕是遍地传说的。周郭两家，说起来还有些沾亲带故。周季礼心想即使自己无缘，此宝贝落入郭信臣手中，也是幸事。

在潮汕富商中，他对郭信臣是崇拜得五体投地。实乃商界青年才俊。据说郭信臣的祖上，也是鸦片掮客。想到这儿，周季礼脊背有些发凉。传说中的潮汕五虎，哪一家祖上无缘鸦片买卖？

周季礼把郭信臣引为同道同好，仿佛只要落入郭信臣之手，他便能安睡，最终或许能入自己之手。郭乐善好施，又是慈善家，只要给他一个慈善的由头，又出得高价，郭信臣不会不放手。在他的想象里，他倒是希望此物早日为郭信臣收括。

他搜遍枯肠，就是再也想不出第二人，便追问丁贵。毕竟丁贵阅人多，他在店铺前台，见识了太多场面。

丁贵实在匮乏得很，他知周季礼此人很难敷衍，但此刻他近乎癫狂，不敷衍不行，怕要憋出病来。"郑家码头，对，郑老太爷！只有他出得了这个价钱。"

"没听说过他喜好这个呀？一个做海贼生意的粗人，懂什么古玩珍藏！"周季礼有些不屑，他见识过郑老太爷。周家生意的货运往来，少不了跟郑家码头打交道，但周季礼从不过问，全由本家兄弟周季荣乃一众侄儿经营，据说郑老太爷一家子都十分倨傲不羁。做海贼生意的，跟野蛮人何异？

"大人不记得么？郑家来请过好几件东西呢！件件都在五百两以上，都是大人破例匀出去的。那件镏金观音，不久前才拿走，付了款后半年多都没拿走，催了几回，才给他们送走了。"丁贵另外啰啰唆唆，倒把周季礼给说动了。

"这老先生送礼倒是很舍得出手的。"周季礼记得此事，那时他还不急于出手，想留给上海一位朋友，但郑家来了几次，最后说出了原因，要送给某位总兵大人，见周家为难，便又平添了100两银子，600银两请走了。

以郑家见识，他们这等门户，这等粗人，买东西要大的，重的，在手上掂出重量的。可《箜篌引》，就几张纸，能看得出分量？又不是地契、银票，他们能看得上眼？周季礼蔑视靠刀棒起家的人物。可是他忘记了郑家是做生意的，生意人如何不精于计算？

丁贵看出周季礼的心思，说道："又不是郑家自家要的，投其所好的事嘛，再轻也是重的。大人，看来只有郑家能出得起这个价。"丁贵愈想愈肯定。郑家人很要面子，不屑讨价还价。在丁贵印象中，郑家不但出手阔绰，而且很爽快。

周季礼觉得有理，便让丁贵寻机试探一下："就说有人送来一名帖，看看有意玉成否？"周季礼面授机宜。

"叔台，小的这厢有礼。"忽然有人从周季礼身后闪出，对着周季礼抱拳作揖，把周季礼吓了一跳，阿乌阿丙那边也忽地有了反应。

周季礼急忙起身回拜："兄弟，这是？"面前这位兄弟，形影似乎有些熟悉。约30岁，黑缎的瓜皮小帽，一身竹布青袄，干净爽利，很是清新。

"在下马灿汉，适才听叔台口音，应是同乡吧？他乡遇故知，四喜之一啊！"

马灿汉忽而转向丁贵："这位兄弟，想必也是见过的，哦，对了，成田御品行的掌柜吧！前几日，小的还到贵府品赏珍玩呢！"

"这样说来，兄台亦是成田圩人？"姓马，莫不是田中央的？周季礼寻思。

"正是。叔台莫不是鼎鼎大名的周先生周大人？海内无不知先生大名！久仰久仰！"说着，马灿汉又是抱拳一拜。

郭家、马家是传说中的潮汕二虎。另有一说是郭、马、周、郑为四虎，另有一虎有说是许姓，有说是陈姓，不一而足。五虎是为传说，但郭、马的辉煌和威风，在传说中却是难以置疑的肯定。

"家父是马文韬，祖父是马介腾，祖母马郑氏马老太太尚健在，和周大人是乡邻。"马灿汉自报家门。

周季礼连忙请马灿汉入座。后生可畏，马家教子有方，儿孙们十多岁便送出洋留学，有的学成归国，在国民政府中任有要职，有的留在国外，生意学术也蔚为大观。马家人精于生意更倾向于诗书，成田第一所女子学堂便是马家在光绪元年的杰作，马家老太太因节孝五十余年，朝廷赐三品诰命并建贞节牌坊，这些都是周家望尘莫及的。周家也做了不少善事，财力堪称富可敌国，但毕竟有土豪之嫌。周季礼对此常怀难言之隐。力争在此辈光复，这是他此生的夙愿。今日无意中见到马氏后人，又出落得一表人才，心生喜欢，心中便兴奋起来，忘了人在他乡，以为在自家园中，吩咐丁贵备酒菜，畅饮几杯。

忽然，周季礼心中咯噔，怎么就把马家给忘了？他的心思还在《箜篌引》上。

马灿汉大喜，他有心和周季礼周大人畅叙，这是他计划中的意外一步。没想到一切都如此顺意。他嘱店小二，把上好的酒菜办来。

周季礼万万没想到，当下的邂逅，及马灿汉的预设，他正在一步步落入马灿汉的圈套中，不过，这对周季礼而言，也未必不是好事。

自以为处事沉稳，老奸巨猾的周季礼始终也没能看出任何端倪。

是日，郭向笙祖叔公，在仁记郭氏宗祠召见郭仁卿。

郭仁卿这二十多年，在沪上经营钱庄，但每年十二月，迎神送神拜神，他作为郭氏长子长孙，必得依时回铜钵盂祭祀祖宗，在铜钵盂至少住上一个月，春节后才返回沪上。这一个月，上海的钱庄例常营业。

郭向笙是郭氏家族的长老，自然也是族长，郭氏家族人寿不少，但活到116岁依然精神矍铄的，几百年间，唯有祖叔公郭向笙。这位身材高大的老人，到了116岁的年龄，依然腰板挺直，声如洪钟。他早年参加过太平军。天京事变之后，他随太平军残部，从南京经江西入湖南宜章，越过坪石、南雄逃回铜钵盂，从此便隐居乡间。时年37岁。他在37岁时重新成为一个农民，向所有人隐去了太平军的这一段历史。直至民国建元，他才向族人公开了他太平军的经历。他高寿而为人瑞，以及他太平军的秘密，使他成为铜钵盂的传奇和神话。

1926年，郭仁卿76岁。76岁的郭仁卿，在93岁的祖叔公郭向笙面前，是一个孩子。郭向笙去当太平军时，郭仁卿刚刚出生。

郭仁卿每年都要见一次郭向笙，但每次再见郭向笙时，他都有一种极为陌生的感觉。这位祖叔公有一张轮廓过于分明的国字脸，尤其是下巴特别宽厚方圆，过分敦实肥硕的下巴，使这张原本就过分方正的脸，显得非常严峻甚或严厉，他长长的寿眉黑白参半，茂盛地生长在非常突出的眉骨上，像两丛蓬生的灌木匍匐着。这使得他本来炯炯的眼神，显得幽深而且难以窥测，看不出眼睛真实的活动。郭祖叔公，端坐在一张特制的，为他一米八几的身高量身定做的太师椅上。那是一张印度紫檀精雕细刻的圈椅，有五条腿，腿由厚重的托泥圈起。环形的椅背、连同扶手和五条腿，共刻着七七四十九条龙，或龙头，或整龙，一共四十九条。山形椅背突出的正中部分，却又刻着一只高踞其上，腾飞扑翼的朱雀，其状如凤凰。这张辉煌精致的圈椅，比一般的圈椅要大出两倍，恰似皇帝的龙椅。

潮汕山高皇帝远，俗话“潮汕厝，皇宫起”，意思是潮汕人建屋，是按照宫廷的模式来建筑的。朝廷对此好像并不在意，似有意放纵，并不入罪。所以，乡间族人，做回土皇帝，似乎也并不犯天条。族长郭向笙，就是铜钵盂的皇帝，虽然1926年的铜钵盂，并不保守，它的文明开放程度，堪比当时上海的风气。百多户的铜钵盂，人口不过三四千，却有过半以上的家庭，在上海经商。年底时，每家每户从上海往铜钵盂送龙银，用火轮船运，百箱百箱地运。然后建屋，不断地建“驷马拖车”，那种像皇宫般，又不比皇宫差的华屋大屋。

在1926年的潮汕，抑或在1926年的中国，93岁高寿，屈指可数。93岁的郭向笙，谁也不敢冒犯，谁都敬若神明。何况，这个人瑞活到93岁，一点都不萎缩，依然不减一米八几的身高，依然精神矍铄，依然没有老态龙钟。他坐在那张举世无双，有着四十九条飞龙和一只高高在上腾飞朱雀的椅子上，犹如一尊雕像，一尊关公或者孔子，抑或更像先祖郭子仪的雕像。他挺直着腰板，脸上看不到活动的表情。面对郭仁卿等儿孙行礼，只见他如灌木丛似的寿眉微微抽动，像微风吹拂过草梢似的晃了一下，算是回礼。

双方沉默了一会，郭向笙终于开口。

“烧了？”那声音如洪钟，在有限的空间里，发出了咣咣的回音，把郭仁卿吓了一跳。

他连忙回答："烧了。"

"呈县了？"这回温和了不少，说话没有十分用力。但依然有弹性的回音。

"呈县了。"郭仁卿连忙回答。"黄县长黄大人应予照准了。"郭仁卿未及祖叔公再问，赶紧补充应答。

郭仁卿示意郭若雨。郭若雨双手捧过批册，正想念与祖叔公听。郭向笙说："不必照念了，就是准了的意思嘛！说说钱款筹集的事吧。"

郭仁卿即掏出账本，正欲逐项读出，甫一开口，郭祖叔公竟挥了挥手："筹集完成就好，不必细细道来。造坊刻石，吉日求出了吗？怕是这个节气，常有风雨，难保工期。"说着，祖叔公打了几个哈欠。郭仁卿知道祖叔公烟瘾又到，只盼着他快快入屋去抽口大烟，快快结束这沉闷逼人的召见。

侍娘见状，连忙请祖叔公到屋里去，祠堂后天井的厢房，设有抽鸦片烟土的烟室。郭向笙喝了一口茶水，随侍娘入后天井去了。郭仁卿知道，这位族长今年的大事算是主持完毕，剩下的就等立坊那天，由他象征性地主持仪式罢了。

第七章

老舵工从小跟父亲撑渡，在船上听多了瞽师的演唱，特别是那些扮老丑的把戏佬，装腔作势的老丑唱腔，最令他神迷。《潮汕歌册》中的众多折子唱段，老舵工能随口唱出。老舵工并非目不识丁，小时在周家私塾上过几天私学，烦透了子曰诗云，只记得“混沌初开，乾坤始奠”两句话八个字，长大了又记住了“气之轻清上浮者为天，气之重浊下凝者为地”。从孩子练成六十多岁的老舵工，他又记住了《幼学琼林》的第三句：“日月五星，谓之七政；天地与人，谓之三才”。

官兵们在桃花渡守了三日，终于从老舵工的渡船上，带走了两个人。此两人操着外地口音，一上岸便一问三不知，死不开腔。这一下，便露了马脚。

这两人年龄不外二十出头，面色白净，细眉细眼，长得文质彬彬，一看就不是潮汕当地人做派，似乎是留过洋的洋学生。以往桃花渡上过往的年轻人，也有不少是洋鬼子打扮，但在丁未起事之前，即便穿着洋衣洋裤，戴着礼帽，大多也还留着辫子，无人敢剪了辫子还在街上大摇大摆的。除了那些入了外国籍的假洋鬼子、那些从上海返乡的买办之外。他们拄着文明棍，蓬着一头半人半鬼齐耳短发，招摇过市，引来路人一阵议论或谩骂。这两个青年人，一副批脚打扮，长衫短裤，腰扎水布肩扛长弓篮，斜背着批袋和长杆雨伞，毡帽底下也拖着一条小辫子。镇守郑贵昌还是一眼看出端倪，喝令他们站住问话。

他们就是死不开口，不得已爆出声音，一听便是外地口音。有一兵丁去揪他俩的发辫，一下子把辫子给揪了下来，原形毕露，猛然一场对打。这两人拳脚并不怎么样，在老舵工看来，都是些三脚鸡的角色。但见官丁们围住这两人便是一顿恶打，长刀并未出鞘，却刀刀都砍在这两人身上，没几回合，两人鼻青目肿，束手就擒。

老舵工见了干着急，在心中支使着这两青年如是打法，却不敢上前相帮。在乡里，他算得上是一个刁民，可再刁也不敢和朝廷作对，他只好作壁上观。

只见郑贵昌始终在一边旁观，他本以为轻易拿下这两个逆贼，不费吹灰之力，可见这两人虽然没甚功夫，却胆大异常，竟然敢对着这铁桶一般的官家围堵，挥舞拳脚，拼死反抗。他明白这寡不敌众的抗拒无济于事，心中在钦佩之余，还是为这两青年惋惜。眼见得这逆反之罪，早几年是要凌迟枭首的，至少也在280刀以上。光绪帝虽已废除了凌迟，但那惨酷之状，无人能忘。郑贵昌虽是个武举，但他乡试时却是先中了秀才举人，然后再考了武举的，满腹子曰诗云不说，诗词歌赋乃至一笔令人惊煞的馆阁体，也是行走龙蛇，不在话下的。

郑贵昌心情复杂，却尽量不露声色，他喝令将两人绑起，鸣金收兵。

十万批银和少年批脚的故事，终生在马伯心头牵绕纠缠。他不是一个侦探，也非历史学家。可是7岁的那次目睹以及乡间屡屡的传说，特别是少年和批脚搭上了身份，少年惨死前的一幕，时时在惊扰马伯的人生。传说越多，他记忆中的少年乱党就越是真切。传说中的每一细节，都丰富了那林姓少年（马伯已认定了《岭东日报》中那则旧闻所说的人物，正是他目睹的林姓父子）就义的因由与故事。马伯自己便也主动地进入传说，他是最有资格成为传说中的人物的。他此生是注定与这个少年乱党结缘了。

自从在旅馆墙上读到《岭东日报》之后，马伯下意识地关心每一片字纸，也养成了读报的习惯，他是他们那一代批脚中，最有学问和学养的。在20世纪初年的批脚队伍中，马伯极有可能是一个特例。虽说批脚都必粗通文墨，否则，连批封都看不懂，门都没有。而自18世纪以降，潮汕乡间大量家庙私塾书院的兴起，民间教化大盛，以宗族宗亲为乡村建设体系的古旧潮汕，旧学新学、传统现代之互相穿插，同谋共荣的状况，实在并不鲜见。像马伯这样，当过水客，往来于东南亚潮汕之间，出过洋却又浸淫于民间底层的水客批脚，是潮汕封闭的社会生活中的鲇鱼。

“兄台，烟桥这地方如何？”马灿汉深知周季礼每到一地，对其文史饶有兴趣。他想勾起周季礼对烟桥的好感，再说别的事就会方便得多。对这位大收藏家而言，奇世珍宝恐怕是最能引发兴趣的东西了。未容周季礼作答，马灿汉从怀中掏出了一个小巧的物件，褪去包裹的红丝布。是一个宝石蓝加金彩的陶瓷酒杯。他双手托举，置于周季礼面前：“请兄台鉴赏。”

周季礼眼前一亮，双手捧过，细细端详：“元代蓝釉、金彩、撇口，敛足，折枝纹，描金。”他一口气作了诸多品评，看得出他爱不释手。

“兄台喜欢，就留着把玩，我不喜好这些，也不懂。”马灿汉随意说道。

“哦，不不不，不能夺人所爱。但问，此物从何处获得？元代的瓷器，倒是不少，但蓝彩就显得稀罕了。而且还描了金。”周季礼自言自语。

“刚才在烟桥的地摊上，看着顺眼，一块大洋就取来了。”马灿汉更其轻松地说：

“一块大洋？”周季礼有些吃惊，他沉吟道，“加两个零都值，兄台这是……”周季礼十分感叹：“烟桥这地方，虽初来乍到，但感觉气场强势，荒沉了上百年，潜藏了多少古物啊！”

周季礼把杯子包好，双手捧还马灿汉。“君子不能夺人之好。这杯子是无价宝物，还是马先生珍玩吧！”

马灿汉嘱丁贵收起：“君子一言，驷马难追。承诺送人的礼物，怎好重又收起？兄台不是陷小弟于不情不义么？”

周季礼无语，只好欠身一拜，命丁贵收起：“容当后谢！”

“兄台喜欢的话，明日陪兄台到街上走走。烟桥这地方，真正藏龙卧虎呢！哦，对了，有一事想请教兄台。”马灿汉说着，看了丁贵一眼。周季礼会意，示意丁贵回避。

马灿汉开门见山：“兄台可认识陈天华、林达？”

周季礼大惊，冷不丁马灿汉说出这样的话，是什么意思？“黄冈起事”刚刚过去月余，清廷到处在捕杀革命党。马灿汉所说这两个人物，一个蹈海日本，世人皆知，是一个铁杆革命党；另一位林达，也是个人物，在潮汕，几乎家喻户晓。他曾在潮州府城楼上演讲，咬指血书，舍命鼓动推翻清政府。

林达自黄冈起义失败后逃亡走避，如今生死未卜，清廷正在悬赏捕拿。马灿汉如此直率，似乎知我周季礼底细。中国同盟会受此挫折已奄奄一息，马灿汉究为何人？意欲何为？看来，在烟桥邂逅，并非他乡遇故知那般惬意。说不定此人早有图谋。周季礼生出一身冷汗，摸不清马灿汉的来路，是朝廷密探，还是革命同盟中人？

周季礼冷静下来，他毕竟老于世故，故作轻描淡写地敷衍道：“这陈天华嘛，是中国人便无人不知。而这林达嘛，是潮汕人也都略知一二。全是乱党！”

“兄台言重。当真以为他们是乱党么？”马灿汉故作轻松。他看出周季礼内心的警惕。也难怪，到处风声鹤唳。

“不是乱党还能是什么？”周季礼绝不主动松口。他还弄不清这马灿汉的真实身份。

“说穿了吧，我是林达派来的。兄台和陈天华是同志啊！”马灿汉平静地说出这番话，静待着周季礼的反应。他把目光投向远处。烟桥的夜晚真的很迷离。远处的孤树正在落叶，可惜是夜晚，看不到经霜红叶飘飞的风景。

周季礼依然不动声色。他干笑了一下，缓缓说道：“我与陈天华确有一面之交，他的文章我也是读过的。但他的主张我并不认同。年轻人嘛！过激在所难免。至于林达，传说而已。”

“好像不是这样，听说兄台与陈天华是志同道合，和林达则是生死之交。我很钦佩兄台的为人。”马灿汉此乃真诚说话。周季礼大笑：“你这是从哪儿得来的消息？牵强附会，不是事实。过奖了过奖了！还是说些别的吧。说这些可是要杀头的。”

周季礼一时无法证明马灿汉是红是白，心想自己不会是落入姓马的圈套吧？他莫非要我承认是中国同盟会中人，承认与黄冈起义有关，要诱捕我不成？像是又不像是。周季礼依然不敢贸然，在心里细细过滤这几日的状况，自遇上马灿汉之后的每个细节，有否落入他的窠臼之处？看来，马灿汉所言并非空穴来风，所言无一不实。但是，这样才更可怕。难道自己已经被人掌控？

周季礼是在极端秘密的状态下加入中国同盟会的。在日本时，孙中山就指示他作长期潜伏，绝对不参与一切公开活动，避免抛头露面。他以右翼的姿态沉潜在留日学生群中。这是孙中山的深谋远虑。他和陈天华的交往也是极端机密的。他甚至有意公开发表与陈天华意见政纲相左的文章《革命与宪政》，对陈天华《救亡意见书》主张暴力革命进行抨击，对陈天华耻于与康有为、梁启超等改良派为伍的态度，大加嘲笑。

这是发生在1903年人所共知的事实。周季礼这些刻意为之的文章观点，在1905年陈天华蹈海前后，反而为陈天华所实践。写下《绝命辞》并蹈海的陈天华，在1905年，已经渐渐收起他革命者的过激言论，反而对康梁的改良主张有不同程度的靠拢。即主张通过革命推翻清政府之后，达到实行“开明专制”的共和制度。这令周季礼意外。

陈天华蹈海时，周季礼已经回到国内。他们受孙中山指令，分头在国内酝酿发动各地起义。周季礼记得，他是在黄冈起义前夕，才见到林达的。他的任务是在华侨中筹款、购买武器，利用周氏家族遍布华人世界的批局，为革命党筹措起义资金。

黄冈起义失败，周季礼与林达失去联系。已经有一个多月没有任何人来与周季礼联络了。在潮汕，除了林达，没有人知道周季礼是中国同盟会的人。

没有林达与孙中山的密令，周季礼是绝对不会有所行动的，更不会愚蠢到自行承认是中国同盟会的革命党。那不是自投罗网吗？

这个马灿汉，并不可信。

他对丁贵使了个眼色，阿乌阿丙便有所警觉。周季礼环顾小酒馆的形势，此刻馆中人员不多，只有几个早先的食客，二三个酒保、店小二，别无他人。对付这几个人，丁贵和阿乌阿丙，可轻松拿下。

马灿汉似乎看出了什么不对，正欲说话，阿乌阿丙飞扑过来，拿下了马灿汉。此刻，店中其他几人，也迅速围堵过来，虎视眈眈，有随时把周季礼等人拿下的势头。

马灿汉挣扎着，喝住那几个自己人，然后轻声对周季礼说："你看，谁来了。"楼梯上，走下来一个人：长袍马褂，瓜皮小帽，辫子圈在脖子上。周季礼一看，那人正是林达。

林达系新桥人氏。

铜钵盂有十三乡，包括胜前、草尾、新桥等乡里；而新桥因有唐代古寺灵山隐寺而出名。古寺已存在千余年，香火很旺。新桥人因此便有些霸气。林达更是如此。

林达形销骨立，看得出是东逃西藏疲于奔命的结果。他的出现，令周季礼吃惊！他在黄冈起义险境，居然能够平安走脱，真乃奇迹。

"啊哈，周大人，想绑了我的人，好大胆子。"林达说着，一个箭步，飞身而下，对着周季礼，就是一个熊抱。

阿乌阿丙如堕五里雾中。

"周大人，你是不请自来啊！走，独上西楼，看风景去。"他一手拉起周季礼，招呼马灿汉，上了二楼。

"几个月不见，周大人富态了不少，看来，形势很好啊！"林达善于打哈哈，周季礼却拘谨。他看看林达，又看了马灿汉，一时还弄不明白状况。革命形势过于复杂。黄冈起事功亏一篑，出了叛徒，军机泄露，现在形势倒转，到处在捕杀革命党。有人反水，有人归顺，有人被砍头，真正是人鬼不分。

烟桥是个没有王法的地方，是一个死灭了近百年，又让鸦片掮客复活的地方。现在看来，革命党也掺和进来，在这儿找到人间乐土，看林达踌躇满志的样子，这个化外之地，看来又要不安宁了。

周季礼没有那种老友重逢的喜悦与热情。刚才他受了一些惊吓，尽管有阿乌阿丙护卫，但黄冈起事的后果令人心有余悸！正如当年陈天华的蹈海，让他难过惊悸了许久。看来，他本质上是无缘革命党的。正如他对祖上承继来的“春怡茶馆”的生意一点不感兴趣一样。

他的生命里更多的是那些残砖碎片，包括飘零于世外的这帖那帖，那些看似无用并不能当饭吃的东西，令他魅惑神迷。黄冈起义死了几百个革命党，几个被俘的领袖，被残酷斩杀。那些人，当年在日本，激情满怀，忧国忧民，以为一起义，便革命成功，拥立共和。昨日还在高谈人生未来愿景，如今已成鬼雄。而这个侥幸脱逃的林达，亦如丧家之犬，陷入烟桥这化外之地。人生究为何往？他有些弄不明白了。一生自以为澄明，自以为活得家国有责，他现在却倍觉迷茫，此刻，连那魂牵梦绕的《箜篌引》，得失与否似乎也并不重要了。

林达自然不知也不想知道周季礼此刻的想法，他还沉醉在邂逅老友、劫后重逢的欣喜中。先在烟桥休养生息，再谋东山再起，这是他的革命理想。他准备几天后，借周季礼之力，南下广州，与孙中山会晤，再行起事。

他到烟桥的第一个计划，便是让马灿汉把周季礼弄来烟桥，目下只有周季礼有能力帮他摆脱困境。

祖叔公走后，郭仁卿留住郭若雨：“光德里的马老夫人午后将到‘仁记’来，商谈造坊铭石事宜。请侄兄务必同座。”

郭若雨一听便心中打鼓，他早已闻知造坊之事，马家老太亦有想法。廖太夫人出自光德里，自朝廷晋二品太夫人时，光德里马家便放出风声，愿意承担造坊铭石等等的一切费用云云。光宗耀祖之事，在潮汕是头等大事，有些想法，也在情理之中。此事经仁卿说起，若雨便心生警惕。他自幼便随父母在上海生活，对乡间俚俗规矩本就生疏，可对马家却不陌生。银青大夫的世代显赫，在铜钵盂可是家喻户晓。成田与铜钵盂一江之隔，可谓鸡犬相闻。马家光德里的碉楼灯火，在最黑暗的黎明时分，可照亮铜钵盂的仁记寨门。光德里碉楼日夜长明的灯火，在郭仁卿的孩童时代，便已熟悉无比。仁记巷的尽头，是练江的一个码头，那儿有一只专供两家仆役来往的渡船。从仁记码头，只消两下撑篙，渡船便可滑至光德里寨墙的临河台阶。郭马两个家族的孩子们，在一起玩耍，也不分彼此。夏天水满时分，孩子们在练江里游泳，就像在两家共有的游泳池里游泳一般。

马家提出要为造坊出钱，是否还有别的要求？郭若雨马上就想到这一点。

原说是马家老太午后前来拜访，可来的却是账房先生马老叔公和马灿汉。马家老叔已经八十岁了，还做着账房先生。马灿汉此时也已年近四十，丁未起事时，他还是一个不到二十岁的年轻人，二十多年过去，脑门谢顶了。郭仁卿多年未见马灿汉，甫一见面，两人惊呼，互说对方长得年轻，并不显老云云。

郭仁卿知道，马灿汉丁未之后便参加了新军，在武汉的新军里，参与打响中国第一枪，也是辛亥革命的有功臣子。只是不知他在国民政府中，有何高就。

马灿汉身着中山装，挎着文明棍，有一副民国政府官员的派头，略显谢顶的头发，梳成大背头，油光水滑的。马老叔公身着藏青色长袍，脑后还拖着一根辫子。马家本是新派，后代们早在19世纪便纷纷出洋留学，在民国政府中任职的不少。都共和了，光德里却活着这个誓死保皇，死也不归顺民国的清朝遗老。

诸位在客厅里坐定，互相寒暄之后，便扯起家常来，开始怀旧。马老叔公始终是一副与己无关的样子，坐在那儿，一个劲地吸着水烟。他刚刚在光德里吸足了鸦片，此刻是神清气爽，吸着水烟，纯粹是摆个架势，做个样子而已。在来之前，他已仔细交代马灿汉，说什么，该怎样说，岂知马灿汉却和郭仁卿天南地北扯起闲篇。他咳了一声，马灿汉马上明白老叔公的意思，便入正题。

马灿汉问："造坊之事进展如何？"

郭仁卿笑而不答，一心一意摆弄着工夫茶，他把三只茶杯斟满，一一送到各位面前的茶几上："喝茶，喝茶。"然后才慢吞吞地说："老叔公有何指教，造坊之事，敝人也无半点经验，一切都待请行尊来打理。"

"自然是工匠之事，不知择地否？"马灿汉关心地问。

这是最为敏感的，也是郭仁卿郭若雨最担心的问题。早就听说马家愿意无偿贡献土地，说明马家早就有把造坊地点框入马家地盘的意思。

"刚刚有一些眉目。"郭仁卿欲轻描淡写，反倒把马灿汉撩拨得有些气燥。

郭若雨有些急不可待。他急于把事情摆明，免得彼此似在猜谜、博弈。此事与马家无甚干系，郭家本无须多虑，太过考虑马家的想法。马老夫人姓郭，不姓马，这是谁都明白的道理，她早就是郭家的人了。他大声道："造坊讲究的是天心十道，先生找到之地，正合天心十道的格势，美轮美奂之地，老祖叔公也是许可了的。"他说了一个谎，此事并未禀报郭向笙郭老祖叔公。

马老叔公此刻轻轻地"哦"了一声，他口中有痰堵着，声音显得迟滞，像含了鸡蛋似的，大家都听出了他的意思，有些诧异。马老叔公明白，郭氏祠堂主事的是郭仁卿，不是郭向笙，郭家老叔公只是一个摆设而已。但这个摆设也很重要，有时甚或比郭仁卿更重要，场面上的决策，没有郭老祖叔公撑持不行。

"多有请教，何谓天心十道，有何讲究？"

"这也是风水先生的说法，天心十道，是谓前后左右之山也。坊位取方位、风水。得后有盖山，前有照山，左右两畔有夹耳之山，谓之四应登对。盖照拱夹，故以此证位之周正、起应承合，不可有一位空缺，凡真位必有之，点位之际，须详审勿使偏脱，否则便为失位。故左右夹耳之山不可脱前，不可脱后，前后盖照之山不可偏左，不可偏右，如十字登对为美。又言水聚天心，位前明堂中心，若有水融聚，谓之水聚天心，主巨富显贵。铜钵盂本名正是由天心十道之局势而来。灿汉兄台，一定知晓铜钵盂的渊源传说，寨前之深潭正是聚富之水，而方圆左右前后，则兼顾着，照、夹耳之高地气势……”

郭仁卿见若雨说得酣畅，恐有违初衷，让对方有自诩之隙，便打断若雨的述说：“先生的话皆为吉言，信其有无，还是得实地研判，惠风和畅，吉象呈祥方可，此事自当细议，亦为急不来的事。”

马灿汉一时无语，想起此来还有更重要的事欲议，本来他对造坊落地谁家，并不存遐想，按古例古训，马家并无权利。只是郭马两家，有千古渊源，又多亲朋纠结，故造坊选地，须考虑有利于两家风水格致，此乃为首选之举。马老叔公有自己的理论，他过于看重廖太夫人的二品名分。在他看来，廖氏乃马家继出的女儿，于幼时过继给姨表廖姓人家，现在正本清源，原系马家所出，马家享此名分，在情理之中。

马家自银青大夫创基之后，来自官家的晋赐便为稀薄，故他对此事极度关怀，也盖出于此种心情。他尤看重前清的名分，他极想借此重振马家风范。尽管马家子孙，在民国政府中任职的不少，在地方上也算得家势鼎盛，仅在黄埔军校就任的就有三四位。马灿汉便是黄埔军校一期教官，深得蒋校长器重。

马老叔公一直未言语，他知多言无益，此处也不是他马家说话的地方。他之登门拜访，是让马灿汉当前锋，他甫出面，郭家自然不敢轻视。马灿汉有更重要的事情要办。

“二位兄台，敝人今日拜访，实有一事要与兄台商榷。小儿在黄埔任职，一心欲兴女学，此乃时流之需，我辈不甘落后，故响应黄埔之教旨，力倡男女平等之新潮流。粤东地处闭塞，新学之风未及刮起，特别是敝乡，新学更是寥寥。后辈留洋归来，对此多有批评，拟发起办一女子中学，正寻求兄台等在族中疏通，合力将女学办起，滋益乡邻，倡兴新学。如何？”

“办学一事，兹事体大。”郭仁卿看了若雨一眼，似在寻求赞同，“我与若雨概无意见。早年族中便有办义学的打算，但遭逢乱世，无从谈起，现民国共和已十余年，理当重拾旧议，马家祠堂是大祠堂，风范千古流芳，政府里也大有人脉，我辈当积极响应。”

马灿汉一听大喜，只要郭仁卿这位郭姓大佬不反对，此事就成功了大半。以马灿汉的计划，这女子中学不但是新学，还以教授英文为主，并鼓动更多女生留洋，学习西技，宣传女权。

若雨始终不语。既然郭仁卿已经大包大揽，代表他的意思表示了态度，也便作罢，只是他自觉有些地方似乎还有间隙。一面力主造贞节坊，一面又力倡女子新学；既宣扬女权，又衍续女诫，表彰贞女节妇，其中岂无互相抵牾之处。在郭若雨看来，之所以重拾光绪旧事，彰其旌表，正因共和之后，洋风日甚，男女之关系沦丧，三千年之节义道衰，世变方亟，遂造坊铭石，以固守嘉言懿行，壹范昭垂。郭若雨未想通此事，心有间隙，便道：“此两事难以同日而语，以敝人之见，还是分开两议为好。兴办义学当无意见，私塾家学，历来两大家族，世世代代都未敢忽视。儿孙荫福，多成大业，我看可慢慢再议，办学也不是一日二日之事，还是从长计议吧！”

马灿汉是急性子，他最见不得若雨此等脾性。凭马家之力，兴办义学不是问题，只是马灿汉还有更宏伟的计划，不但办女子中学，还想依上海圣约翰大学的模式，在粤东办女子大学。他志在将西洋之民主思想、独立精神，通过技术转化为国民意识，在粤东落地生根，并为国中楷模。粤东地处省尾国角，科技兴邦是必由之路，创办一所科技大学，乃粤东兴盛之出路。光德里之所以兴旺发达，近代人才辈出，乃百余年来，儿孙皆送往欧美西洋留学，学成归国或海外创基，均为翘楚。马家遍布海内外的批局批馆，主事的均为马家外派的留学仕子，此仅系经济一脉，政商界更是人才满满。

他一时没有把这个宏伟目标说出，却迎合若雨的意思，说道：“仁兄所说极是，古今诸事，多有抵牾，就看如何以观，如何以变，尚待时日吧！不过，义学之事，还望兄台多多关怀指教，郭马两家，素有渊源，互为亲戚，合力之下，泰山可移也。”

马灿汉望了马家老叔一眼，期望他言说几句。马老叔公干咳了一下，却说出了一桩让人摸不着头脑的旧事。

“有一事相求，但问仁卿先生，敝人受季礼周先生仁兄所托，有问仁兄可曾听说《箜篌引》的下落？”

郭仁卿心中一惊，马家老叔这是什么意思？他如此直截了当，毫无过渡，亦无遮掩，他是否知道了什么秘密，直接就切到郭仁卿的死穴。他细细沉思，平静下来。

“先生为何说到《箜篌引》？”他想看看马家老叔的反应，引他先说出个所以然来，再作应对不迟。

马家老叔很是淡定：“我亦是受人所托。”仁卿知道，周季礼先生喜好古玩，他的御品轩在粤东古玩界，是鼎鼎有名的。20年前，周先生曾与《箜篌引》阴差阳错，擦肩而过。为此，日后他几乎遍访古玩市场，盼与《箜篌引》再见。

说起《箜篌引》，郭仁卿心中一惊，马创英什么意思？他为何此时提起这方名帖？又从何而知名帖在我手中？

马创英察言观色，见郭仁卿并未否定，反陷入一种难以言喻的状态，他确信《箜篌引》在郭文卿手上，那些街头传说并非无中生有。

“《箜篌引》多为伪托，哪有真迹？”郭仁卿不置可否。他心中颇为疑惑，想一探究竟，便问：“老叔怎么对这事有兴趣？也玩字画么？”

马创英并不正面回答，却道：“听言仁兄要把《箜篌引》出手，我便随便问问。若是真迹，老夫也想欣赏欣赏。”

郭仁卿岂是马创英对手？经不起马创英三言两语，便被套了进去。

“敝人从未把它当作真迹，《箜篌引》失传已久，岂有真迹？”

“也难说，世事难测。虽已失传，然再出江湖也未必不能。这么说来，仁兄手中真有《箜篌引》？”马创英咄咄逼人，“何不让老夫见识见识！”

“也就一伪托，敝人自珍而已。老叔若有兴致，看看无妨，也好向老叔请教真伪。几张旧帖而已。”

马创英心中大喜！郭仁卿旋回屋中，取出一锦盒，让人搬出一案桌，将锦盒置于案上。

马创英双眼紧随郭仁卿活动，他异常激动，这稀世珍宝，岂是一般常人可能赏鉴？想不到，这郭仁卿经不起三言两语撩拨，就露出了实情。这周季礼果然厉害，他早就看出郭仁卿的软肋。他之所以不亲自与郭仁卿交集，却有意把消息说与马创英，让马创英先行打探虚实，他再与郭仁卿斡旋不迟。

郭仁卿打开锦盒，从中取出一长卷，这就是举世闻名的《箜篌引》了。在马创英看来，这《箜篌引》亦与一般书帖无异，并无特别之处。

长卷在长案上徐徐展开，一展真容。

第八章

老舵工郑耀堂眼怔怔地看着刚才还眉清目秀的青年，此刻脸面已血迹模糊，被五花大绑押走，心中便不是滋味。他对兵丁没有成见，谁不是好人家的儿郎？虽说好铁不打钉，好男不当兵，但人总得糊口谋生。谁又愿意风来雨往地撑船过渡？

他帮不了谁，也无法帮谁！他对官府没有好感，老实说，也没有成见，官就是官，民就是民，各安其业，这是几千年的世道王道。这些年，又是太平军，又是义和团，现在又来了革命党，老舵工只觉得来了一拨就心惊一回，宁做太平狗，不为乱世人，这是父亲一辈子的教训，他不敢忘。小时也学过几下拳脚，那是为了防身，遂了父意才不去学艺，可从未出手。老舵工眼见这两青年，明显是受了欺侮，即便是乱党，也不得如此毒打。

老舵工郑耀堂受了刺激，桃花渡虽然并非太平之地，可几十年来，也并无横行乡里的事发生，更与兵戎无关。今日两青年无端被掳走，说是乱党也好，老舵工总觉得凄凉。

想无想处，老舵工便干脆引吭高歌一曲：

李相害人不看天，害得梁家实惨凄，一家分散他乡去。举着三尺有神祇，岂容凡间乱所为，神明暗中却自推。神鬼虽是无见面，但看天上有五雷。奸臣惑主展威风，昧言瞒上假尽忠。有日泄露事败露，难免法场受剑锋……

他唱得悲愤，又唱得婉转，唱成老丑，又唱成小生，再唱成青衣，怎样拿腔拿调，总是唱不出心头郁闷，干脆说念道白，他在心中顾自做鬼做怪，就是无法释怀。想到舱中有酒，干脆拎去饭铺，一醉方休。

桃花渡今夜无月，本是九月十五，正是月圆之夜，桃花渡口，再无桃红柳绿。此刻，三杯浊酒下肚，他便顿时释然。谁都并不可恨，谁叫你是官家，从了强权，谁又叫你为乱党，欲夺了人家权位，此恨绵绵，此情长长，各有所好，也各有所理。

老舵工想着，刚才那两个批脚，长弓篮和批袋，似未被官家拿走，散落在码头上，袋中若有批封，那如何了得！几家欢喜，几家愁怨，都与那批封有关，想想那批袋若不被风吹走，就应该还在码头上。他急急付了饭铺的菜钱，拎着剩酒，往码头上赶去。

无半点月色，九月十五的星月之夜，此刻却黑暗不见五指，老舵工向饭铺主人借了灯笼，举着灯笼，照着小街巷的崎岖路石，东倒西歪地往码头上走去。

到处是虫鸣蛙鼓，入夜的寒露打湿了路石，很滑，他几次险些跌倒，灯笼在寒风中闪烁。他在码头上到处映照，不见那批袋的踪影，只见两把长杆油纸雨伞，倒在坚硬的泥地上，如两个未成年的僵尸，僵尸上光荣落满了寒冷的雨雾。满江乌黑，不见一点渔火，练江在今晚真正地沉睡了。江岸上有芦苇在哭叫，那些从地底下吹拂出来的劲风，呼啸着掠过芦苇，发出了低沉喑哑的声音。

沉沉夜色中，瞽师在远处的乡村里唱诵。

那天郭同志陪马伯在小巷中散步，水沟里有几块老屋的地砖，那是八角形、五公分厚的老砖。据说这些明清老砖，是用糯米和三合土夯成烧制的，用锤子砸，也只是砸出个白印。马伯便去捞砖，坚持要带回光德里，砖很重，每块有十斤八斤。郭同志只好自己去搬，搬了三四回。马伯很满意。

马伯至今都穿着大裆裤，随便拧出两头，打个结束腰，无须裤腰带的那种。郭同志说马伯全身上下都是博物馆。

郭夫人说，自从郭同志和马伯在一起，半年多来，郭同志老成持重了许多，似乎老成了好几年，至少十年以上。有时说话，自然而然地半文不白起来。真是近朱者赤，风雅了不少。

郭同志说，马伯那代人自然平朴的日常生活做派，便是今日人们追之莫及的风雅。这种感受，别人难以理喻。郭夫人表示赞同：那时的人们，有那么多的礼节，虽然繁缛，可也表示相互之间敬畏敬重的厚重。人是不能生活得太随便太放纵的。

郭同志有些吃惊，马伯也常常这样说，人一放纵，就没了伦理，没了天条，也便轻薄轻贱。

在马伯的最后岁月，郭同志似乎已经无力牵住马伯的思路。马伯在郭同志眼中，是一匹无法驾驭的野马。尽管马伯依然是那样温雅，或者说这种温雅和光德里空荡荡的老屋一样，像老屋屋脊上随风摇曳的衰草，以及衰草上瘦弱枯萎却又柔韧的草叶，努力向天空，向四面吹散的风，传送着最后的果实。那些细如草芥的果实在风中飞翔时的样子，就非常的温雅。它们代表着一种顽强，却又表达着一种无力抵达的遗憾。

马伯此刻的心情就是如此。他有些喘息地说着一些话，这些话与1907年的场景非常吻合，尽管郭同志对1907年的那场血案，血案所包裹着的时间以及气氛一无所知，仅限于一种干枯的来自书页的历史叙述。那种历史，也与马伯的口述大相径庭。或者说那是一种关于概念肯定，关于革命英雄主义的虚无描述，剥去表面的历史想象之后，真相便所剩无几。特别是在马伯的纪略之中，真相显得惨酷同时失却了逻辑的规范。

马伯并不意会郭同志的目的及动机，他全然沉浸在另外一种境界中，仿佛回到童年，回到一个令人不可理喻的年代。那个年代只有7岁，于马伯而言，一个只有7岁的年代，幼稚野蛮得不可思议。

在一个7岁孩子眼中，世界是什么样子？没有好坏，没有对错，更没有善恶。而世界在一瞬间，却把一切没有的东西，以血淋淋的方式，呈现在孩子面前。用罪恶的鲜血，洗去了孩子的纯洁与明净。

郭同志如听痴人说梦。他完全被马伯的梦呓带进了一个又一个的惊人的梦魇之中。他开始与马伯一起，在八尺的狭迫之中，看到了百年前的光德里，那些活在清朝的老人和孩子。那些老人早已死去多年，那些孩子也早已成了老人，而马伯是迄今活得最老的当年的孩子。

郭同志和马伯当时的对话，以及对话的场景，外人已经无法重新描述，就连郭同志自己，都难以复述。马伯无异于在说胡话，而那些胡话，对于清朝的1907年而言，却又是何等清醒冷静的预言。

马伯说，那时，并不知道清朝会崩溃，还有几年的时间，后来才明白，清朝是一定要崩倒的。1907年离1912年民国建立，也不过五年时间。无人知道五年之后的民国，会是怎样的国家？从剪了辫子，皇上相继驾崩，女人天足，“乱党”坐了朝廷，皇帝换成总统，“乱党”成了民族英雄。那个15岁的少年看不到这一切，后来民国的英雄谱里也没有他的名分。

所以说，马伯不单是一位历史学家，同时还是一位哲学家，马克思所说的那种用皮肉思考的哲学家。郭同志算是在马克思死去一百多年后，终于明白了马克思的微言大义。

马伯只记得那位少年。

马伯有时糊涂有时明白，他的喃喃自语，郭同志已经习惯。郭同志每天至少有8个小时和马伯形影不离，有一段时间，他竟然搬到光德里，住进了和马伯八尺一墙之隔的厢房里。

有一日，郭同志终于听明白了马伯的一个说法，就是关于那十万批银的事。我曾说过，马伯在说到1907年的事情时，他的表述是半文不白的，非常切合那个年份人们的说话习惯和书面语言方式。那时现代汉语还没有主张，更说不上普及。语言流通还是一种准文言的方式。马伯在他老年时分对往事的讲述，非常自觉地退回了那时的言语，这是一个非常有趣又深具性格魅力的现象。这也是郭同志不得不将他尊为历史学家的原因。

而在我眼中，马伯还是一个讲故事同时分析故事的高手，说他是一个优秀的小说家或文学评论家，一点也不过分。他对半文不白的语言钟爱以及熟练程度，令郭同志叹为观止，将之作为一种当下罕见的民间语言或语文来尊崇。

上得二楼，坐定。周季礼慢慢恢复过来，明白这儿是烟桥，不是成田，不是春怡茶馆和御品斋；明白烟桥是个什么地方，林达已经失败如丧家之犬的现状；明白自己曾是林达革命党其中一员，对这个现状担有责任。他最重要的明白，就是重树革命党的自觉。原本，在他再度回归御品斋，又意外沉入《箜篌引》的幻梦之时，他的革命身份也自行丢失了。何况黄冈起义失败，革命党作鸟兽散，自己对所谓革命便也再无责任。

此刻周季礼才真正明白，这一切都没有过去，而是更深地沉入泥淖之中。林达活生生地站在他身边，那些死去的义士们，灵魂却左缠右纠地扯着他，这回恐怕是连御品斋也回不去了。

曾记否，当年在日本，意气方遒，热血沸腾，坐而论道。怎么就没有想过，有一天要拿起刀戟，杀人放火包括身陷囹圄、押赴刑场！而一旦走出，就再无侧身而退的可能。

此刻，周季礼纠葛着许多许多的想法，马灿汉多次招呼他，他才从迷茫中回过神来。他真的有些六神无主。

林达不愧为坚定的革命者。他分析革命形势，大谈烟桥作为根据地的种种优势，最后，他提出了两个问题，要周季礼斡旋完成。

第一，希望能借助周季礼的力量，到东南亚华侨中为革命党筹款，以借购枪雇人之用。第二，黄冈起义阵亡的烈士，每人须发放两千大洋的抚恤金。这是事先约定的，不能食言。这笔钱必须通过侨批，秘密发至烈士亲属手中，也就是说，必须通过周季礼家族的侨批局来秘密发放这笔钱，显然，这也是一件十分冒险的事，要瞒过清廷官府耳目，是有杀头之虞的。

对于给黄冈起义失败吓得惊魂未定的周季礼来说，这无异于悬在他头顶之剑。

他不想拒绝，更不能敷衍，却也无法大包大揽。总之是无法可施。

这些任务由马灿汉说出，林达只在一旁颔首默许，周季礼仔细倾听，唯恐丢掉某个细节。

平日里，他在御品斋里可是气势如虹，谈天说地，评古论今也其言凿凿。当年在日本与陈天华唱双簧，演得活色生香，那些文章既有法理也颇有文采，绝对不是泛泛之辈可能写就。而今，面对马灿汉的教导与指示，他无计可施。

“筹款之事我可以去谋划。至于通过桥批发放抚恤金这一项，可能还需从长计议。不是不为，是为不能。”周季礼完全变成另外一个人，他的委顿里有太多的无奈与颓唐。他忽然就感到人生全无兴味，连《箜篌引》也毫无诱惑。

林达把这一切都看在眼里。他虽然激进，但毕竟做过实际的基层发动工作，少了一些书卷气，而多了一些沉稳。他自己也是从周季礼类似的阵营中走出来的，只是家道中落，早些尝味了人生的无常苦辛。他对周季礼也颇为理解，并不把他设想为叛徒或落伍者。当下唯有周季礼能够帮助革命走出困境。马灿汉也出身大户，但他无裁决权，拿不出钱来。他在老太太马郑氏那儿碰了一鼻子灰。周季礼有能力，但他真的让革命吓破了胆，弄得太过太僵，反而于事无补。虽然如此，但目前重要的还是钱和办法。林达一时也想不出两全其美的办法来。

马灿汉比林达更急，现在不仅仅是刚才所说的两件事，需要大量钱财。起义失败之后许多后续之事，在大搜捕中，也需钱去打点各路官吏，否则遭受更大损失。

马灿汉年轻气盛，在马郑氏处一无所获，对自己对别人气都不顺，周季礼又是这个态度。眼看山重水复疑无路，他忽然便祭出一计。

他对周季礼说：“兄台，参加同盟会时，人人手写盟书宣誓，你还记得吧？我是记得清楚：×××当天发誓：驱除鞑虏，恢复中华，创立民国，平均地权，矢信矢忠，有始有卒，有渝此盟，纵任处罚。对吧？我说得没错吧！”

周季礼不语，过了许久，他冷冷地：“你是说我无信无忠，有渝此盟，理当处罚？”

大家都僵住了。

周季礼一时竟不再害怕。也许他想起什么，便朗朗道：“我亦念一段诗文与你们听听：谦谦君子德，磬折欲何求？惊风飘白日，光景驰西流。盛时不再来，百年忽我遒。生存华屋处，零落归山丘。先民谁不死，知命复何忧？知道这是谁写的？曹植。《箜篌引》。”

丁贵在楼梯口张望，他不敢贸然上楼，楼下还有几位悍人，在他们眼中，那就是杀千刀的革命党。丁贵并不知周季礼在日本的事，也不知他加入同盟会。丁贵对同盟会也没有认识，但他对革命党有一种天然的反感。他天生就是清朝的臣民。他心目中，周季礼与清廷官员没有什么不同。都是衣食父母，应该是一样的。在周家，他很受用也很受器重，阿乌阿丙和阿虎阿龙也一样，没人打骂他们，命该如此，不争富贵，一切都很合理。他对主人忠心耿耿，也无其他妄想，而革命党搞什么起义，先杀人放火，再被朝廷砍杀，活该。丁贵就一顺民，没有什么不好。

丁贵在楼梯口听不清楚楼上争吵什么，但似乎感觉到周季礼与他们是一伙的，好像因为内讧在争吵什么。他一时也有些慌神。他让阿乌阿丙等做好保护主人的准备。

林达以为暂时很难使周季礼心悦诚服，心里却有些后怕。烟桥虽是个化外之地，但也不是一块乐土。敢在烟桥立足的，都是强人，每个掮客，都服务于某个团伙，有人有枪有地盘。这些人对革命党也没什么好感与认识。凶悍之徒加上利益驱使，利益在前，很难不出问题。

马灿汉太直率，把问题说得太死，很容易把事情推到反面。周季礼不是初生牛犊，革命性不强但心计颇多，这种人弄得好，可利用其技，弄不好反而会坏了大事。这次黄冈失败，就是一个教训，准备不周密，内部意见没有统一好，组织纪律也有问题。连起义消息都外泄，资金方面也未能有效落实，失败是自然而然的事。几百人人头落地，现在几位首脑困在烟桥，要保持这点革命火种，也是不容易的事。

周季礼是一救命稻草，也是一定时炸弹。刚才周季礼读《箜篌引》，那是什么诗？曹植的悲怆之境。歌舞酒宴上乐极悲来，人生短促的喟叹！浓艳之笔，富贵之境，却是盛时不再来。周季礼饱读诗书，其寓意变化多端，绝对不仅仅是对曹植诗的直引，他在指桑骂槐，含沙射影，抒发无中之有，有中之无。林达亦是一雅好慷慨之人，他读出了潜伏在周季礼身上的危险信号。

如何化险为夷？在林达看来，比固守烟桥更为重要。

烟桥客栈突然住进来十几个官衙捕快，这些人占去了二层楼客栈的底层，十几匹军马分散养在客栈的围墙边。烟桥客栈顿时成了兵营。烟桥的大街小巷，一夜之间贴满了县衙捉拿人犯的“告示”，十几个人犯的画像贴在墙壁、旗杆上。本来如梁山水泊般的烟桥，一下子变得杀气腾腾。十几匹马，驮着十几个县衙捕班快手，在烟桥的街路上，煞是威风。

烟桥的人们，大多是鸦片掮客，他们在别处见多了这些狐假虎威的捕快，常与他们交手，知道他们的底细。有的捕头确实厉害，武艺了得。一般的快手，也就是三脚猫的角色，大多是乡下募来会耍三两拳脚的乡民，碰到真的，也不是掮客们的对手。敢在道上行走的鸦片掮客，个个都是武艺了得的行家，否则不敢吃这碗饭。

周季礼虽然没有当过鸦片掮客，但他的朋友中，却不乏本事高强的鸦片掮客，大多还是客头，手下总有十个八个掮客跟随的那种。

周季礼、马灿汉等人，就住在烟桥客栈二楼。林达也刚刚从别处挪到烟桥客栈来。他几乎在同一时辰，与那些捕快一起进入烟桥客栈。幸好画像画得不真，林达又在逃亡中脱了原来的形影，否则，便瓮中捉鳖了。

捕班快手班头胡须六，不经意地瞥了林达一眼，没看出什么，林达还冲他莫名地一笑，算是客气地打了个招呼。

周季礼一早便到街上去，见到那班捕快，在街上到处巡走。他细细地端详着布告和人犯画像，心中想着这些被通缉的人物。这些名字他都听说过，虽然从未蒙面，但想着他们没有被砍杀，没有被活捉，逃亡终究会有避难的机会，心中便为他们祈祷。

林达的赏金高达银圆二千两。其他人有的五百大洋，有的二十大洋。看来清廷是有心要把他捉拿归案，凌迟示众？周季礼暗笑，捕快大约没有料到，所缉捕人犯，就在他们鼻子底下。彼此同住在一间客栈，林达们还在他们头顶逍遥呢！

他还是有些后怕，若有人告密，或林达做出点什么动静来，岂是这些捕快的对手？尽管他对林达没有好感，尽管他自以为已不是同盟会中人了，但他还是不希望林达马灿汉们出事。

人们在告示前众声喧哗，捕快们就混在人群中。毕竟是鸦片掮客，他们绝对不把捕快们放在眼里，这是烟桥人的权利与风格。

令周季礼疑惑的是：捕快们为何会扑到烟桥来？这个历来三不管的地方，怎么就成了衙门的目标？这十几个人，确实在烟桥。准确的线报，是捕快们扑来的原因。周季礼开始感觉突然降临的危险。自己很可能已成了陷于烟桥的瓮中之鳖，说不定自己的名字，也在捕快们掌握的名单里，只是还没有被画像悬赏捉拿而已。

这段时间，传得最多的就是，县衙快手们在黄冈起事现场，找到了起义乱党的花名册。革命党确实有过短暂的成功，他们起事占领了县衙，自立为县政府，不到两天，便被左右夹击而来的官军打得落花流水，四出溃逃。大量文件的散轶，是可能的事。自己的名字，不可能不在其中。至少在日本时的有关文件，会有痕迹存在。幸好，他加入同盟会用的不是本名周季礼。当时不知为什么，竟填了一个从未用过的小名：周灯。那是儿时乳娘给他起的。也许正是这个缘故，这个叫周灯的人才逃过一劫，暂时没有被悬赏捉拿。烟桥不是久留之地。

《箜篌引》在郭仁卿这儿，已经静静地躺了近二十年，他没把它太当回事，一是他无暇把玩，二是他未把它当作真迹。他自然知道真的《箜篌引》价值连城，系中华十大名帖之一。他不敢相信自己有如此福分，冥冥之中天赐神品。多年来，他有时会记起，也有神品天降的自喜，但从未当真。我郭仁卿一生善行是做了不少，可也利欲熏心，胆大妄为，把茶山当聚宝盆，玩烟桥于股掌间。有什么不敢为？这《箜篌引》，岂是我郭仁卿这污手能够触摸？

他常自嘲于本真的邪恶。虽未做过恶事，但经营茶山，也算不得什么善为，故在江湖上努力低调，乃是他的信条。现在，他烧了茶山，洗清罪孽了，可以轻松，可以沾染神品了，这是他的逻辑。因而完全放松了对马创英的警惕。他自认已到了与世人品鉴《箜篌引》的时候了。

马创英被面前的神品震撼了！他的老手有些哆嗦，隔空比画计量着《箜篌引》的尺寸。郭仁卿令人拿来软尺丈量。

“纵36.1厘米，横1147.5厘米。”郭仁卿报出了尺寸。他完全卸去戒心，与马创英无间。

“尺寸是对的，纸也是那时的不错，其自识：‘冬日烈风下写此，神在千五百年前，不知知者谁也。’”马创英读出帖上自识，沉吟良久，“说得何等好啊！岂是今人可比，今人谁能道出如此自负又聪明的心声。”马创英一洗过往在人前的矜持与老朽。

在马创英面前，郭仁卿不想多言，一是他在书法方面，并无太多修为，恐一语错谬，丢人现眼。二是宠物自珍，还是让别人评价溢美为好。他曾请高手看过，无人视为赝品，他有足够的信心，不怕马创英等多言非议。所以，只享受马创英的赏鉴便是。

“朴拙，沉劲而不失流丽，是美丽的丽。”马创英特别强调。“当其下手风雨快，笑声未到气已吞，不错。一点不错，是为珍品也。”马创英完全变了另一个人。那个在光德里终日如幽灵一般，如古木朽木一般，不苟言笑且乖戾寡情的老头，此刻似换了人间。年青，激情勃发，疏放不羁。

“你看你看，从心所欲不循规。得欧字之骨，颜楷之雄，褚字之秀，虞字之腴，直追魏晋人遗意。古人评点得不错，正是如此，是祝允明真迹。”

郭若雨、马灿汉已然事外，他们对书法素无兴趣，也无助兴之机，局面全由马创英控制，连郭仁卿也无插话的机会，众人只观马创英一人独舞，不亦乐乎。

“有形而不贯而气独贯的独草。你看这里，有如行云流水的今草，亦有气势奔放的狂草。不论何种草书，皆开张舒放，跌宕奇逸，笔力遒劲，点画狼藉。看似乱其实不乱，看似散其实气脉贯注。不因率意而见潦草，笔笔断断而后起，转中见点画……”马创英侃侃而谈。他亦如草书般风骨烂漫，天真纵逸。

“美女妖且闲，采桑歧路间。柔条纷冉冉，落叶何翩翩。攘袖见素手，皓腕约金环。头上金爵钗，腰拥翠琅玕。明珠交玉体，珊瑚间木难。罗衣何飘飘，轻裾随风还……”马创英完全变为少年狂子，竟然当众手舞足蹈，歌吟诵叹起来。八十多岁的老人，一破光德里的阴霾，褪去全身盔甲，完全暴露在众人面前。

郭仁卿看在眼里，突然有所悟。一幅字画，可以瞬间改变人啊！《箜篌引》在身边旷日持久，却从无暇当庭欣赏、细细品鉴，更未从中体悟到人生乐趣，在混沌中过了将近二十年。而今，它却让一垂垂老者枯木逢春，盖有者，亦无也。若无者，亦有也。

官兵抬走了诗丐，而郭仁卿若在梦中，从昨日午夜，于今时短，却恍如隔世。此诗丐何人？纠结着郭仁卿。转角街口已复平静，行人寥寥，烈日当顶，市声渐息。郭仁卿于心不甘，拾步往街口走去，忽见烟馆便在眼前，信步而入。

中午的烟馆十分清静，几无闲人，几个佣人在天井里忙碌，见有客人入内，有人便迎上前来。郭仁卿便问诗丐事由，说昨日午夜，见诗丐入内，为何白日便倒毙街头？

佣人们都推说不知，郭仁卿见其中有少年，便呼他过来，引入室中：“若知情，便道来。”说着，摸出一个龙银，压在他掌中。那少年正是昨夜见那诗丐的茶房。

诗丐抽足了大烟，便和衣而卧，直至天亮日上三竿，方才起床，未及梳洗便拾物走人。少年说着，忽然醒觉：“您便是昨夜赏他银钱的大人？”

郭仁卿诧异：“你怎知此事？”

“我见过大人的。昨夜我在门口迎客，亲眼看见。对了，那疯人临走还留有物件，嘱掌柜呈与大人。”少年说着，“我去通报给掌柜，就说先生已到。”

“慢着，怎知找的人是我？”郭仁卿道。

“大人送与疯人的钱袋上有名号。他把钱袋和一包袱放在掌柜那里，嘱送与大人。”少年急急说道，有些喜出望外，见到贵人了。

掌柜前来，是个四十几岁的中年人，见出有几分老道。一见郭仁卿，便十分殷勤，满口是郭大人郭大人的。

郭仁卿说：“你认识我？”

掌柜忙说：“在烟桥，谁不识郭大人，大人在烟桥把脚一跺，怕是地震呢！那茶山……”掌柜欲言又止。

郭仁卿把手一挥：“不说茶山，就说那人如何？”

掌柜连忙捧出包袱，连同郭仁卿赠与诗丐的钱袋，钱袋上果然镌有郭仁卿的宝号“永茂源　郭仁卿”字样。这袋是装批银的，上面还有详细地址，是为恐遗失批封特意制作的。

郭仁卿的专用钱袋，每个钱袋，一般装有五十大洋。诗丐只用了五块，余四十五块。郭仁卿解开包袱，是为一长卷。他未及细看，包起走人。顺手递给掌柜十块银圆，少年五块银圆。致谢。

第九章

这个胡须六，本也是鸦片掮客。

这日，胡须六正在刷马，抬头便见丁贵从客栈大门出来："这不是丁掌柜丁东家吗？"胡须六的大嗓门把丁贵吓了一跳。丁贵四处张望，寻找招呼他的人，见是胡须六在喊他，一时怔住了。这马六怎么当了捕快了？他心中咯噔一下。这几日陪主人周季礼在街上逛地摊，行遍了烟桥的大街小巷，深屋大宅，没有少遇见这些捕快，他并不在意，知道他们在抓捕乱党。乱党太可恶，把世界搅得不安宁，给朝廷添乱。丁贵对乱党并无好印象，但没想到马六当了捕快，还是个捕头。

这胡须六，正是成田乡上马氏家人，祖上是光德里的长工佃户。胡须六少时在光德里私塾上过几天学，粗通文墨，15岁便去做了那种叫"吃淡水"的水客。这种水客，无须出洋，只在乡镇之间往来，承收"洋水客"从国外带回的批银，再分送给乡镇里的批脚，由批脚们逐家逐户送批。他把批脚们送回的

“回批”清点复制汇总，再上呈给“洋水客”。

这份工作不甚复杂，但必须心细殷勤。做了两三年，胡须六见“鸦片掮客”更合自己心性，经人介绍，便去做了鸦片掮客。做了几年掮客，发了点小财，岂知一次跟人从缅甸往虎门“背烟”，在云南一个叫孟佬的地方，让官军打了，丢了烟土，捡了一条小命回来。把原来发的小财也丢得精光，只能回到光德里打短工，做些舂米挑担的杂役。眼看到了成家时候，依然光棍。经马郑氏作保荐给县衙，做了快手，好歹也算成了一名书吏，有一份固定的饷银，勉强供奉家用。

这胡须六在光德里做短工时，免不了常到御宝行来，从丁贵这里取些珍玩，让马郑氏把眼。有时马郑氏也拿些古玩，让丁贵、周季礼鉴品。丁贵每次都会打赏几枚碎银给胡须六，胡须六很是感激。

胡须六见到丁贵，如见到恩人一般。寒暄几句之后，胡须六忽然神秘地问丁贵：“掌柜何事来烟桥？”他觉得奇怪。

丁贵连忙说来龙去脉，关于名帖《箜篌引》。胡须六知是宝物，却不知其详。那几年，他在御宝行和马郑氏之间跑腿，道理他是明白的。既然东家倍觉惋惜，他也为之着急。

丁贵正想询问胡须六来烟桥的情况。他一直在为主人周季礼担心，那天的情形，使他联想到主人是不是遇上革命党了。而那些革命党似乎与主人熟稔，不知有何瓜葛？沾上乱党，可不是好事！且不说扯上了官司是非，革命党是什么东西？敬而远之为好。这几日烟桥风声紧，虽然这里不是官军的天下，可也不是主人的天下，那些鸦片掮客也不好惹。

见到胡须六，他反倒有些心安：朝中有人，胡须六岂无先保护乡里族人的道理？他不禁有些高兴。

周季礼见丁贵和一官人捕快说话，看那神情似乎还很熟稔，心中生疑，正在踌躇，思量着是否上前搭讪。丁贵见状，忙小跑过来：“大人，那是本乡的马六，光德里的人。”

“哦！”周季礼心中一颤，不知是何滋味。是高兴呢，还是恐惧？在烟桥，遇到乡里，可却是捕快。马灿汉也是光德里的，却又是革命党。怎么都凑到一起了？他一时心中有些乱。眼见马六也奔了过来，他腰间的朴刀叮当作响，很是惹眼。

马六倒很有礼貌，见了乡贤周大人，十分拘谨又欣喜非常。这周大人是谁？可是成田数一数二的大文豪、大玩家。周季礼深居简出，马六很少见到他，每次去御宝行，都是丁贵出面，难得见到周大人。

周季礼对这个马六并无印象，但听说是光德里的，倒也放下心来。

“官人辛苦！鄙人周季礼，此厢有礼。”周季礼说着，作了一个揖。

胡须六有些心慌，连忙行礼。

阿乌阿丙等人轿子已到跟前，周季礼便连连作揖告别，独自上了小轿。

胡须六扯住丁贵，无比谄媚地说道：“周大人真是伟男人，有便引荐引荐，到春怡院去做个役工也好，捕快这事，做不久也不能做的，还是回乡下去安稳。”

丁贵最怕荐人，担责不说，作保之事最是烦人。这胡须六太过江湖，在道上经历无数，变得不知底细，也斤两未明，如何荐得？口里却说：“那是当然，当然！可春怡院哪里是官人待的地方？”

胡须六不正面回应，却问：“春怡的姿娘，雅吧！”满脸是“痴哥相”。丁贵见他不正经，那嘴脸有些下作，连忙敷衍着：“那些地方，可不是官人能去的地方。雅不雅，要官人说了才算，小的也从未去见识过呢？”说着，便追周季礼的轿子去了。

胡须六是打定主意要黏上丁贵这个贵人。他见丁贵跑开，猛上前一个马步，把丁贵拦住。胡须六个子不高，却有些力气，把丁贵扯了个踉跄，丁贵吓了一大跳。这个粗人，从不顾别人的方便，他拉丁贵，便说请他去喝酒，有事相议。

丁贵拉扯不过，又不便一口推辞，再则，说不定在烟桥，还得借力胡须六呢。便说先去侍候好主人，等会儿再议。胡须六这才把丁贵给放了。

林达这几天都不敢出门，烟桥四处张贴他的画像，其他几位到烟桥走避的革命同人，也各自隐匿起来，靠马灿汉四出联络。看来，必须避过捕快眼目，尽快逃出城去。只是城外也四处有驻兵关防，城中反而见得安全。起义失败，一个多月过去了，除了马灿汉带来的消息外，与省城的联系全中断了。每天他都让马灿汉到烟桥唯一的“批局”去询问，看看有没有通过“批封”传来的消息。起义失败了便迅速撤到烟桥，这是起义计划中的方案，林达相信孙中山会派人前来联络。

可是马灿汉离开省府将近半月，虽然带来一些银两，上峰却因情况未明，烟桥也无法传递出消息。原本计划撤至烟桥，是考虑到马灿汉家族在烟桥有一“批局”，郑姓和郭姓在烟桥也有鸦片掮客落脚的烟馆。但烟桥这些联络点，似乎已落入官兵之手，早在官衙把控之中。原本安排接应的人下落不明，现在唯一可靠的是马灿汉家族的“马至诚批局”。这一个多月来，批局也和水客失去联系，邮路让官军切断了。必须尽快找到别的鸦片掮客，打通烟桥和省城的联系。

“马至诚批局”的老板，是马灿汉的五叔马文荣。马文荣是马郑氏的第五子，几年前才从泰国安顺机构回来，在烟桥创办了“马至诚批局”，专门为鸦片掮客做“走水”。与水客略有不同，走水既做水客同时兼顾另项业务，那就是从本地带出新客，到南洋去当“洋水客”。是一种既当水客，又当“客头”的营生。鸦片掮客不是一个固定终生的行当，许多人都是先当鸦片掮客，发了财赚了钱再去当水客，开烟馆或开批局。也有当了水客赚不到钱，便冒险去做鸦片掮客的，往往返返，反反复复，全看运气福祸而定。

马文荣从小在南洋批局中做伙计，这是马氏家族培养后代的另一种方式。有资质的留洋读书深造，再回来做生意。无兴趣无资质读书的，便必得去做几年伙计，或在自家行业，或去工厂公司，皆可。马文荣15岁出花园后，便去了泰国叔公的“安顺机构”当学徒。安顺机构在光绪年间，从做批局到做邮政局再做保险，兼营碾米、金铺等等。马文荣在火砻做了三年伙计，再去批局做了三年收封员，六年后21岁做了银行襄理。45岁时受母命，落叶归根，带着妻儿回到光德里，五年前到烟桥创办马至诚批局。

“马至诚批局”，五年间打通了福建、江西、兴梅地区三省交界处包括潮汕铁路所及地区的侨批业务。光水客就不下五十名，批脚更是无数，发递批点星罗棋布。当然，结识的鸦片掮客不计其数。五年来，

“马至诚批局”没有一封错递漏递，从未缺一封回批……每年都有不少错批、死批，即地址或姓名错漏一时无法送达的批银。至诚批局往往要花上几个月或一年半载时间，派专人寻访，最终送达，无一滞阻。

马灿汉一直很犹豫，要不要让林达见马文荣。他对马文荣的政治倾向不了解，叔侄之间少有来往。马灿汉常年在美国留学，留学归来长期住在上海，他在圣约翰大学有教职。1905年在上海加入同盟会。黄冈起义失败之后，宋子文推荐马灿汉给孙中山，力荐马灿汉潜回潮汕救助林达等起义首领。在宋子文看来，马灿汉的家族海内外声势显赫，物力财力势力都足以支撑他在南洋和潮汕大显身手。目前最重要的是筹款，而烟桥的经济命脉，又为马家把控。那些鸦片掮客，不能无视马家势力，包括钱财和地方势力。宋子文显然高估了马灿汉的能力。作为马家的长孙，他还不足以撼动马家的权柄。要马灿汉在短时间里化解一切，甚是不易。

无论如何，马灿汉都必须促成林达和马文荣的会晤。马灿汉唯一可保证的是，马文荣不至于出卖林达。但也难说，人到绝处，会作何选择，难以料定。

回到茶山寓中，郭仁卿请来太清先生。

两人在亭中端坐良久，话已说完多时，而神情乃在那诗丐身上，其阴魂不散。此刻茶山正近黄昏，残阳如血，远山鲜红，在落日的辉映下金光灿灿，而近山谷之处，却已阴风寒冷，两两相逼。郭仁卿心中如冰火两重天。他终于憋不住，问太清先生：“没有话说？”

太清沉吟良久，终于一声长叹：“自古英雄多惨凄，马革裹尸无家可归啊！”

此时离丁未起事失败的六月，已经过去半年，诗丐似是与起事有关。果然，半月之后，诗丐的头颅悬于烟桥城楼木笼之中，官府的告示如是写道：

“烟桥城守李应时，侦得要匪詹廷敬踪迹，半月前会同浮山汛弁梁长庚，禀报惠潮饶总领，于日前密派哨弁，带勇三十名，星夜驰往烟桥城中旧街围捕，当将该匪捕获，解至行营途中，该匪咬舌自尽，割头悬置，以儆匪众，光绪三十三年腊月二十八日。”

原来是詹廷敬。郭仁卿终于明白，那晚诗丐是认出他们父子的，在万木草堂一见，于今已经十载。原来詹廷敬一直在黄冈出没，参与起事。

在万木草堂时，郭仁卿就曾听詹廷敬说起《箜篌引》的事。他对曹植的诗作有很深的表情。

詹廷敬除了“绝命辞”外，没有给郭仁卿留下片言只语。他们之间也仅在万木草堂有过一面之交，相谈甚欢，却未及深交。他对郭仁卿的敬重与信任，也许源于郭仁卿的大度与无私，那十万银圆的捐款，足以窥视一个人的品行，将之视为仁人志士。如今，太清先生只能当如是解。这是詹廷敬在离世之前，把如此贵重珍视的无价之宝，托与郭仁卿的唯一解释。

可是，詹廷敬在受到郭仁卿的馈赠之后，再度相逢却做出这等选择，次日又为官府所掳，这又究为何因，令太清先生百思不得其解。这期间发生了什么事？他一直处于官府追捕之中，不堪受辱而自尽。可是明明见到官府兵丁到来之前，詹廷敬已倒毙街头，分明不是如官府所说，被掳押解途中，咬舌自尽。官府如是说情有可原，而真相究竟如何？郭仁卿每每经过烟桥街口，或想起烟桥，便会溢出重重疑问。仿佛诗丐詹廷敬如在眼前。还要死多少人，清廷才会土崩瓦解？郭仁卿一无所知。

马创英告辞，出得门外，却又回头：“老夫真是爱不释卷，能否将《箜篌引》借老夫一阅。”忽然觉此要求太谬，不及郭仁卿答允，连忙抱拳作揖：“老夫失言，失言，歉甚歉甚。”坐上轿子，走了。他是真的需要《箜篌引》。

郭仁卿想，周季礼也在记挂着《箜篌引》，可是却从未听他说过，彼此也算是至交了，20年来，多有交往。既然周季礼知道《箜篌引》在郭仁卿处，他如何忍耐得住？可见此公太过阴郁，不动声色，让马创英暗度陈仓。

关于詹廷敬，还有诸多疑点没有弄清。郭仁卿细忖，他从未向外人说起过偶得《箜篌引》之事，唯有太清和信臣，而太清和信臣绝对不会与周季礼有涉。至于外间传说纷纷，蛛丝马迹从何而来，也未可知。

这几日，郭仁卿让沉睡了20年的《箜篌引》搅拌得寝食难安，死去多年的詹廷敬，夜夜在梦中，令他惊恐万状。消失多年的诗丐和万木草堂中风度翩翩的风流才子詹廷敬，轮番出现在郭仁卿的白天和黑夜。是人是鬼，他难以分清。

诗丐是如何到烟桥来的？他为何不来找郭仁卿，却在烟桥流浪？又为何恰巧在午夜无人之时，偶会郭仁卿？这些，真的是偶然吗？冥冥之中，似有神的安排。

郭仁卿又找出《箜篌引》，摸出放大镜，逐字逐句，每一笔画，连同纸面每一角落，都细细搜寻一番，希望从中发现蛛丝马迹。他像检查那位消失已久的詹廷敬的身体一般，连一根头发也不放过，却一无所获。《箜篌引》上，没有半点与詹廷敬有关的迹象。只是这个长卷，大约在与詹廷敬流浪途中，遍渍詹廷敬的体温汗渍，纸面多有洇渍的痕迹，似乎还残留着诗丐狂羁落拓的味道。这味道令郭仁卿着迷。

祝允明生于明英宗天顺四年（1460年），卒于明世宗嘉靖五年（1526年），享年67岁，字希哲，江苏长洲人（吴县）。因其右手多生一指，故自称枝指生，又号枝山。祝允明生于宦胄之家，外祖父徐有贞、祖父祝颢、岳父李应祯皆饱学之士，又精于书法。祝允明5岁便能作经尺大字，9岁能诗，稍长便博览群书，为文多奇气，因其性疏放不拘小节，又好饮酒，放浪形骸，故仕途并不得志。弘治五年（1492年）中举人，正德九年（1514年）55岁时出任广东兴宁县知府，嘉靖元年（1522年）转任应天府通判，未几辞归旧里并构筑怀星堂，与同郡文人唐寅、文徵明、徐祯卿交往甚善，人称关中四才子，终年67岁。

第十章

马伯的大名叫马伯良。后来他年纪大了，人们便叫他马伯，把良字省略了，年青的马伯良变成了年老的马伯。

马伯良在12岁这一年，从马家私塾辍学，直接进入马文荣的马至诚批局当学徒。按辈分，马伯良是马文荣的远房侄儿。马伯良的父亲马文彦是马家的长工，一家人住在光德里后库的伙巷里。马伯良虽然是长工马文彦的儿子，但从小和光德里的孩子们一起，在光德里长大。光德里的后代大多出过洋，西风东渐使光德里的生活颇有几分洋风洋气。其实，光德里有两个世界。前厝包括马家宗祠，沿袭古制的生活方式，既封建又专制，奉行族规家法。后库和伙巷，住着长工和侍役，大多与马家沾亲带故，这里是一个下人的世界，马家凡出过洋的后代们，儿时也大多在这儿生活过。后库是孩子们的天堂，前厝是成人们的府第。

这时离光绪三十三年（1907年）已经过去了五年，这年1月1日，中华民国成立。对于大多数中国乡村而言，并无太大变化，沉重的中国乡村，依然生存在呆滞缓慢的状况中，12岁的马伯良，虽刚刚懂事，却有一种恍若隔世之感。一个全新的世界进入马伯良的内心。首先是脑后那根讨厌的辫子剪掉了，推成小平头，脑袋空荡荡凉飕飕的，虽然有些不习惯，但清爽利索多了，早上起床免去了梳辫子的麻烦。民国对于一个孩子来说，没有什么太大的不同，可是世界却大不一样。离城市较近的乡村，女孩子们纷纷放足，扔掉了又长又臭的缠脚布，自由自在地上街去，到新办的女校去上学。

马至诚批馆养着几十个批脚，一个伙计，两个学徒。马伯良是最小的学徒，12岁，刚刚入行。大学徒郑万里20岁，来马至诚批馆已经两年多，再有几个月就要出师。郑万里必须先去跑几个月批脚，然后转升伙计，在批馆里方有看铺的资格，那时，批馆会再收一两个学徒。

学徒要有人保荐，光德里送来的学徒，保人自然是马老太太。只是这两年马老太太已渐不理事，马伯良改由老叔公马创英作保。马郑氏马老太太作保人时，从不画押，由马创英代签保人姓名，其实也是马创英做主，并无不同。现在马伯良由马创英作保，马创英便把马伯良的父亲马文成叫来，细细地做了盘问交代。

马文成是光德里的老长工，负责养花养草，平日里一个人干活，也都在僻静的地方。他经常见到老叔公马创英，也少不了听马创英关于花草养殖的指使，他都是唯唯诺诺，低着头听话，甚至很少抬头与马创英对视。他对马创英很有印象，这是个苛刻的老人。老人话不多，但听起来很毒。他与下人说话，总让人觉到明显的斥责，除了斥责，马创英的确也无特别的话要说。

马创英的职责就是管理好这所深屋大宅，特别是东西两个屋顶炮楼，炮楼是他每天都必得光临的地方。有时，他会深夜突然到炮楼上去。他去炮楼时，要经过后库的花房，马文成就住在花房隔壁的伙巷里。马创英走过伙巷天井时无声无息的脚步，常常把马文成从睡梦中惊醒，似乎他半夜三更的警醒，为着的便是在马创英经过时，及时醒来。

马伯良去批馆做学徒的事，是马郑氏马老太太的安排。子孙后代包括五服之内的小辈们的出路安排，都由马郑氏一手计划。大至少爷小姐们，小至光德里的任何一位长工、佣工的后代，马郑氏都会有悉心的关照。如今，这个担子，由马郑氏交给马创英。

马伯良一辈子难得有几个印象深刻的时候。他记得很清楚，除了光绪三十三年，他7岁时目睹行刑斩首那个15岁的少年，令他魂飞魄散终生惊悸外，就是在12岁时，父亲将他带到马创英面前的那个场面。

那天早晨，父亲临出门时，手上蘸了一些水，在他半短不长的头发上撸了撸，抹得看起来有些油光光的，又在他脸上拍了拍，叫他别怕。父亲带他去见光德里人人惧怕的老叔公马创英。要去马至诚批馆当学徒，必须先过马创英这一关。虽说马至诚批馆是光德里自家办的批馆，但批馆收徒募人的行规及手续一丝不苟。光德里的人去批馆，除了要由马创英作保外，首先要经马创英看验过。以前是马郑氏马老太太还好，老太太仁慈宽厚，除了赞赏外，便是几句勉励的例常话，不会有什么挑剔。马创英这一关就不太好过，他凡事都看得很重，尤其对孩子特别严厉。他有时会到家塾去巡视，见到调皮捣蛋的孩子，他会情不自禁，极为认真地喝令孩子席地而跪。他用戒尺一下一下地打手板子，让孩子数数，数错了便重新打过。孩子不敢哭闹。

马创英面孔严峻，他那双鹰眼藏在深深的眉骨里，眉骨上是两道浓密的竖起的眉毛，令他本来就锐利的鹰眼显得深不可测。没有人知道他眼睛中究竟看到了什么？

马创英是光德里的幽灵。

他仿佛是用他的影子在巡视着光德里，没有人知道他会在什么时候，就突然出现在你身后。他的声气无处不在，却又踪影莫测。

“庚子年生的！”

空气里传过来沉闷的声音，那声音似问似答。马文成连忙称是。

“六月十五，闰六月十五，岁在立秋，公历七月廿四。”还是沉闷喑哑的声音。厅堂里很暗，虽然是早晨八九点钟，但厅堂坐东面西，东边的阳光让后墙挡住，又是阴天，马伯良刚才跟着父亲马文成入得厅堂，只感觉一片昏黑，眼睛还没适应过来，不知那声音从何处传来，他赶紧梭巡着四周。父亲马文成早已习惯低着头说话，他知道马创英老叔公就坐在厅堂正中右侧的那把太师椅上，那儿背阴。马创英像一团阴影，悬浮在宽大的太师椅中。马文成不习惯直视马创英，并不是怕他，只是遵循一份光德里的古礼。马创英向来不苟言笑，言辞又吝，从没给下人一个好脸色，马文成归结于他的性情如此，何况马创英还是一个老烟鬼。吸不吸烟，判若两人。

马创英声色虽然喑哑，但听得出心情不坏。他居然对马伯良的生辰了如指掌，随口说出，似在问话，却很肯定。

“庚子有两个立秋，小人生于闰六月，六月流火……”马创英喃喃自语。

马文成知马创英非常迷信，对人的生辰八字命数尤为敏感，他非常在意马创英对自己儿子马伯良的命相掐算，但马创英并不与他讨论。马创英独自在那儿南无阿弥陀佛，他并不摇头晃脑，也不掐指算卜，只在口中喃喃自说自话。马文成努力倾听，从空气中寻觅来自马创英似有若无的片言只语。马创英的神机玄语只有他自己知道明白。

马伯良却听得清楚。他虽然对自己的八字命数全然不知，但马创英老叔公的胡言乱语在他看来，却十分有趣，他在马家私塾里多少也学到一点关于生辰八字的说法，私塾先生郑老先生本身就是一位算命先生。

“此格四柱中虽有不洁之神，但其无法为凶，反被吉神飞冲，因而得禄，若逢伤官月建，如凶处未必为凶，内有倒禄飞冲，忌官星亦嫌羁绊，此格唯有四日，即庚子、壬子、辛亥、癸亥……乃飞天禄马格矣！”

马伯良虽不解其意，但为吉格贵格的意思，他是听明白了。马创英旁若无人，他只顾自得其乐。光德里无小事，件件小事都是大事。这是马创英的认识，他领导光德里，与领导一个国家没什么不同。他要对每一个人负责，哪怕是给批馆荐一个学徒，也万万不可大意。

马创英第一次如此真切地关注马伯良，这个长工之子，其八相五形令他有许多说法。此孩子虽未长开，但面方阔如田字，此乃富贵之相。《南史·李安人传》言：宋明帝大会新亭楼，劳诸军主，樗蒲官赌，（李）安人五掷皆卢。帝大惊，目安人曰：卿面方如田，封侯相也。马创英想着这个典故，心虽未大惊，时下国号刚改，改朝换代尚未明就里，大富大贵之说尚早，但此孩子未可限量，说好了是光德里的荣耀，说不好也或为光德里的神煞。风雨飘摇之中，世事难说矣。他突然就没了好心情，一阵倦意袭来，打了一个哈欠，便对马文成说："午后先送伊去批馆吧！随后再差人把荐书送去。"说着，便独自进入里间。马文成唯唯诺诺，连忙唤马伯良离去。

马伯良不明就里，觉得这位惧怕的老叔公好生奇怪。说也奇怪，他并不惧怕这位神情严厉的老叔公。在私塾时，让老叔公打手板子，他不但不痛，反而觉得好玩。他从老叔公严厉的神色中，窥到一丝嬉戏的味道。他觉得这位神憎鬼厌的老叔公，有几分老顽童的意味。他始终没有把这种发现告诉父亲。

马至诚批局，在烟桥最中心的十字街头。批局是一座"四点金"府第，大门面东，前有照壁。门匾书有"紫气东来"，是吴昌硕的真迹，上款镌有"马文荣仁兄先生雅属"，此"四点金"建筑耗时五年。"马至诚批局"刚刚乔迁至此。批局先前在另一条街上，一座荒废百年以上的"下山虎"，如今那儿是马文荣的水客们落脚的地方。现在马文荣独自住在十字街头的批局，亲自掌握批局事务。

马灿汉向五叔祖露了自己的身份，马文荣并不惊讶。在他看来，清朝已百孔千疮，不值得维护，但离倒台尚远，共和是迟早的事，但这与小民百姓何干？自有政治家去操心。国家兴亡，匹夫无责。倘若有责，还要政治家做甚？马文荣端坐在太师椅上，呷着香茶，这茶是他亲自从烟桥山上采来，洗净晒干，即冲泡饮之。他是个自然主义者，什么人做什么事，命也运也，无须强求，这是他的观点。他请这位马家长孙喝了茶再说，他已整整听马灿汉演说了两个时辰。他一直非常耐心地听马灿汉说，他并不十分反对马灿汉所言所论，人在年青时都这样，热血偾张，偏至偏激。革命党大多是留洋的青年知识分子，他在国外见得多了，他不想与马灿汉争辩。

马灿汉见五叔无动于衷，对革命党也似乎并无十分肯定的意思，心中更加焦急。他急于要攻下五叔，让他迅速转到革命党阵营中来，他马灿汉才能报答宋子文的力荐之恩，才对得起孙中山的嘱托。见马文荣始终不温不火，一时气涌上来，他终于忍不住，直言道："想不到五叔居然是一个保皇党！"

马文荣哑然失笑，慢悠悠呷了一口苦茶，又用碗盖抹了抹茶沫，笑道："保皇党有什么不对吗？何况我什么党都不是。党争是最可怕的。不是吗？你们革命，主张暴力，主张武装斗争，流血的是谁？是民众，是兵勇！他们为谁流血？为皇上，为孙中山，还是为他们自己？你说说看！斗争、打仗、流血，死的是民众和官兵，他们之间有仇吗？连谁是谁都不认识，不知道，就杀死对方，互相残杀，为什么？从太平天国到义和团，一次战争就死了几千万人。何为？我知道我很无为，在你们看来可能很幼稚，很反动。可是，他们不幼稚，不反动，起义不还是一败涂地么？"说到酣畅处，马文荣忘记了自己一贯主张不问政治莫谈国是的训诫。

这番话令马灿汉十分惊讶。五叔在他心目中，向来是个笃实的生意人，居然能说出这番充满义理与激奋的话来。他有足够的理由理论反驳五叔，可是他又一时难以说出五叔错在哪儿。

马灿汉冷冷地说："五叔，这些话肯定不是你的意思。康有为、梁启超从来所持的就是这种观点，反对革命，主张君主立宪，你比他们更加离谱。"

马文荣笑笑，又呷了一口茶："哟，这茶很苦，但还是不够苦，你说呢？"他不想激怒这位留美的侄子，也许他有他的道理。但是，他比侄子更明白国破家亡的痛楚。拜赐潮汕地处省尾国角，自有它的好处，至少疏了兵患。他沉吟良久，终于说道："我不想和你争论。我们马家向来爱国惠民，兴办女校，观念不可谓不新；修桥铺路，仁义道德不可谓不明。乡村建设从来都是马家的宗旨，惠及民生更是先祖的遗志。可是说到谁来当皇上，谁来主宰这个国家，用什么方法来治理国家，真的不是我们马家的事。我们考虑不来，也无须去考虑。一封送不出去的错封，没有对的地址，找不到对的人，这才是令我马文荣夜不能寐的事。至于孙中山还是光绪，谁当皇帝，真的不是我辈说了算数。"马文荣从来没有说过这么多话。

马灿汉一时无语。五叔马文荣如此顽固，这是他从未想过的。这些话，在马老夫人马郑氏那儿，他早就领教过了，他见她挪动五寸金莲，碎步行走的样子，就已对太祖母失去了信心。他真的很想一把火烧了马家光德里。把屋契分给平民……痛痛快快地革命一把。

马灿汉忽然心生奇想，他目光炯炯地看着五叔，说道："五叔，假如我是革命党，官府正悬赏捉拿我，你当怎样？告密领赏吗？"

马文荣一惊，但马上沉实地说："我知道你是革命党，至少受革命党蛊惑，我不会告发你。但是，我真的想提醒你，革命不是办法，流血不是办法，中国不能再流血了。以我看来，康、梁的办法也不是最好的办法，可是，总比让平民流血好吧。"说着，他把桌子上一包碎银推到马灿汉面前："不多，它足够你和你的同志们，在烟桥用上几个月了。"他又补充了一句："天天有捕快到这儿来查批，天罗地网啊！"

马灿汉瞥了那堆银圆一眼，大约有五百大洋吧！他并不满足，眼中有些不屑不满。他的目的是至少上万元，否则杯水车薪。

马文荣大约看出马灿汉的不满，心生不快，这也太无理了！这钱可不是抢来骗来，至少是五百批脚一个月的血汗钱。他本想把这个意思说出，忍住了。以他生意人的想法，不再与这个革命党侄子周旋是对的，至少与他应该有个了断。也劝他悬崖勒马，别与朝廷作对。马家对这个长孙抱有大期望，他不能自毁前程。

不断有人进来通报事情，马文荣坐不住，他站起来，把手按在那堆大洋上："赶紧离开烟桥，这儿是个是非之地。这些钱，就请他们笑纳吧。我区区马文荣，只能如此了。"说罢，走出厅堂，把马灿汉一个人撂在那儿。

深秋的阳光在天井里切割出半阴半阳的影像，麻雀在瓦棱上跳跃着，这些自然的生灵，凭着对自然界的敏感，应对着这个多事的世界。它们快乐吗？它们不会痛苦吗？只有麻雀自己知道。

马灿汉很茫然。马文荣的话他很不爱听，可是那些话似乎更像实话，他从来没有想过革命让千万人流血这件事。他也从来没有想过，对垒的士兵之间并没有私仇，他们真的是在为公义作战。互相残杀吗？想破了头，都想不明白。

林达终日在二楼的房间里，足不出户，透过窗格子，他可以看到远近群山。近处的杂木林最早呈现着秋天的颜色，树叶由绿变黄变红，开始四处飘飞落叶了。远处的群山是青黛的，越过这些群山，大概就是通往省城的大路了。黄冈起义的血腥场面，战友被押赴刑场斩首的消息，都令他彻夜难寐。他也思考过，这种起义到底值不值？清廷会在这种动荡中土崩瓦解吗？

那些捕快，老是在院子里活动，刷马或者喝酒。仿佛是来休假，而不是来抓人犯的。奇怪的是，他们从不到二楼来骚扰，仿佛二楼并不存在似的。那个叫胡须六的，倒是有几次往二楼窥视，那种表情，令林达难忘，却又猜不出什么意思。丁贵每天要从林达的房间经过好几次，每次都感觉到他放慢了脚步，似乎想打探些什么。这个丁贵，太令林达不安。

周季礼的四个轿夫，个个彪悍却像无头无脑的莽夫，总是扯着大嗓门在安静的庭院里大声吼叫着说话。周季礼却像一个幽灵，很少在庭院里走动，一出房门就坐上轿子，此人哪有革命党的味道？林达明白周季礼这种人，革命党纯粹因为他们手中有钱，才对他们另眼看待。他最不待见的，便是周季礼说话，总是左一个孙中山先生，右一个孙中山先生。客栈老板亦是一个鸦片掮客，背烟土赚到钱，便开了客栈，终日抱着烟枪，泡在烟土里，见了姿娘，枯干的双目便充血变得色迷迷俗不可耐。

林达对烟桥的一切，都无好感。尽管他来到了烟桥，只去过两个地方，一是临街的小酒馆，其二便是蜗居的烟桥客栈。

这个满是鸦片掮客，到处是暗娼的烟桥，让林达倍感革命的必要。可恨的是周季礼，始终阴阳怪气，让人啼笑皆非，不明就里，无可奈何。有时，他真想在烟桥马上发动一场“烟桥起义”，把黄冈起义的耻辱洗刷。这个想法折磨了他好久。比起黄冈，烟桥的革命可能会容易一些。起码没有官府的势力，却有民众的力量。难道掮客们不是民众吗？这些民众愿意跟革命党革命吗？问题取决于革命党能对他们承诺什么，最终能给他们什么。这是最重要的。民众并无思想，所以需要革命党的思想来启迪民智，这就是革命党存在的理由。应该把这个想法向孙中山汇报，在烟桥发动起义，把这个化外之地变成革命摇篮。林达想得头脑发热，越发认为革命形势紧迫。问题是，当下如何能与孙中山取得联系？

有人敲门，是马灿汉和周季礼。一见周季礼，林达来了热情。这几天，周季礼就是避而不见，同住一层楼，却从不串门。林达是不便，周季礼是不想。

周季礼没有进门长谈的意思，他站在门中，对林达说道："兄台，我是来告辞的，鄙人即刻回乡，后会有期。"作揖再三。

林达见他拔腿就走，连忙示意马灿汉留住他。

"兄台，略坐一会嘛！"

周季礼犹豫了一下："好吧，就小坐一会，兄台有何吩咐？"

"岂敢，岂敢。"林达连连作揖，"周兄走得如此急迫，家中有事？"他意味深沉。

"无甚大事。只是离家多时了，得回了，没别的原因。"周季礼有些窘迫，他不习惯这种无话找话的敷衍。

林达干脆开门见山："兄台，前几日所托之事，还请兄台费心，我想就让灿汉兄一同回去，也有个照应。可好？"

周季礼心想，无所谓，反正有些事是无法办，办不成的。先姑且再说吧！便应道："甚好。灿汉兄台是马家翘楚，他出面会更顺利一些。"周季礼没有想得更多，他只是巴望快些离开。

"尊兄一路走好。"林达意味深长地说。他提起早已放在八仙桌上的银洋，说道："这里有五百大银，是马灿汉兄五叔马文荣送来的。算是对革命党的一点支持。马先生是党外人士，此举令人钦佩，我们会记在革命党的账上，革命成功时，加倍奉还。这五百大银，是半条命的价码。革命党欠了马先生半条命的人情。我林达，有半条命是马先生的。我这半条命，他随时可以拿去。"

他说得慷慨多气，周季礼听得毛骨悚然。在日本，周季礼一直隐在后台，最多弄弄笔墨，和在前台洒血的战士们少有接触。林达这般江湖话语，让他心惊肉跳。

革命党是失败了，可他们是些什么人？周季礼并非不明白，革命党的大小领袖，多出于豪富之家，都是抛弃家业，扔了富贵荣华，赴汤蹈火的仁人义士，也都是行走江湖的侠客，起码是敢于断臂的壮士。这点，周季礼从不怀疑，从黑社会到革命党，从秘密社团到公开叫板，革命党被谓为乱党，正是由此而来。

林达也算得上潮汕巨富之一。参加革命同盟时，他不但在潮州府城楼上歃血盟誓，鼓吹推翻清廷，还把祖上传下的18座府第卖了，换得光洋捐给同盟会。这些豪举，在《申报》上早被渲染，纷纷扬扬。今日，他为这区区五百大银，折腰于马文荣，匿于客栈斗室之中，困兽犹斗，或将以命相殉。林达一番话，周季礼听得心内忽冷忽热，如坐针毡。

林达说得慷慨激昂，一时竟忘了楼下便是官府捕快。板壁隔扇四处通风，楼上喧哗，楼下可听得一清二楚。捕快们随时可能扑将上来，擒个正着。

周季礼无话可说，只能连忙请林达收敛声气："隔墙有耳，请先生小心为是，捕快就在楼下……"马灿汉早知捕快们一早便已出动，此刻客栈别无闲人。林达如此激动，实在是做戏给周季礼看，周季礼是他们最后的希望，也是他们最大的危险。对于林达周季礼而言，他们要么成为坚决的盟友，要么你死我活，各自都有告发对方的可能。在林达看来，周季礼成为叛徒的可能性不是没有的。听马灿汉说，胡须六和周季礼是同乡，还有过交集。至于胡须六是光德里的佃户一说，马灿汉有意忽略了。

周季礼一番话，说得大家都不言语。

胡须六领着两个兵丁，突然出现在房门口，让所有人大吃一惊。

胡须六把手按压在刀鞘上，一只手叉着腰，威风凛凛地站在门口，只见他大喝一声："谁人在此喧哗！"

胡须六早已在楼下多时，他骑马在屋场中转了几圈，本想在众客官面前要耍威风，岂知听见楼上众声喧腾，也不知何人在扯什么鸟淡。他骑马耍威风无人喝彩，大不痛快，便上楼来看个究竟，谁人敢如此放肆？

周季礼背对着门，胡须六他一时没见到周季礼，只见林达愣在那里。胡须六和马灿汉打了个正面，表情有些错愕。马灿汉他原本相识，幼时在私塾里一起念书，已经有20年没见了，胡须六一时没有认出马灿汉，又觉此人面熟。面面相觑之中，马灿汉上前作揖："六兄，不认识我了？光德里马灿汉呀！"马六胡须六心中欣喜，连忙抱拳作揖："贤兄久仰，受愚弟不才一拜！"然后叙家常。童年往事，亲丁内虾，支离破碎，不亦乐乎！

见到周季礼也在此，更是诧异。细一想，都是乡里啊！林达也上前作揖："请受在下一拜！晚生有礼。"

在一派寒暄客套之中，胡须六便见得斯文，刚才还怒气冲冲，此刻如沐春风。他乡遇故知，便邀诸位到望江楼饮酒。

马灿汉一想甚好，林达却有些犹豫，周季礼细想，此乃一好机会矣。和捕快大人一块饮酒之人，还会有乱党的嫌疑么？就此洗刷然后再择机行事，岂不一石二鸟？

过了几日，郭仁卿正想去拜访周季礼，不想周季礼却先登门而来。

成田周家与铜钵盂郭家一河之隔，有码头渡船相通，但两家大人们却少有往来。无事不登三宝殿！细细寻思，郭仁卿与周季礼，有多少日子没有见面了？起码有三五年吧。周季礼也是个神游之人，一年总有三五个月在外浪迹。

"久仰久仰！"郭仁卿听得通报，忙出门外前花园迎迓。

但见周季礼一副中山装打扮，手中有文明棍，还戴顶礼帽，活脱一个孙中山架势。在成田乡间，自民国共和之后，周季礼的声望便扶摇直上，他公开了丁未起事领袖的身份。在御品轩厅堂里，公然贴出了几大帧在日本与陈天华、孙中山，在广州与宋教仁、黄兴的巨幅照片。还有一些丁未起义的密谋画面。

周季礼虽称隐居在家，并不参与政治，但县长见他，都必得下马迎候，礼让三分的。郭仁卿只是一个民间传说中的维新英雄而已，没有任何名分。周季礼就不同了，他在社会中，是一个地地道道的开国英雄，从维新变法到丁未起事再到立宪共和、民国建元，他都是一个藏在幕后的英雄豪杰。今日亲自登门拜访郭仁卿，在铜钵盂也算破天荒的事。

"听闻仁兄在沪上已成首富，如今回归故里，又要兴办女学。想当年，仁兄之气魄，国中几人有？真乃大人之举。康梁变法不成，真有辜负仁兄之虞。”周季礼滔滔不绝，见郭仁卿似要开口谦虚，连忙打住，复又开言，“仁兄是名副其实，不必谦虚，过分自谦非真君子也。”

郭仁卿只好打哈哈：“不提当年，纯属年幼无知之举。至于兴办女学，谬矣！仁兄过奖了，此举乃马灿汉兄台之议，我可不敢贪天之功。也无此胸怀，容得下天下女子的自由解放。”

“仁兄谬矣。兴办女学之事，不但在潮汕政商各界，传得纷纷扬扬，在暹罗安南凡潮汕人口，也已家喻户晓。都拜仁兄英明，老夫也佩服之至。”说着，他举起文明棍，在空中扬了几下，“仁兄英明。”

郭仁卿见周季礼有些癫狂，心想此公老来变得张扬，说话似无分寸，把街谈巷议，说成实事，让人蒙羞。他低声问道：“仁兄无事不登寒舍，有何指教，在下洗耳恭听。”

“好，说正事说正事。老弟，不瞒你说，老夫今日登门拜访，只想见一眼真迹，《箜篌引》。”

“是否真迹难说。但小弟一直心存忐忑。仁兄怎知《箜篌引》就在我这里？从何处听说？”

“这还用得着听说吗？已经传说多少年了。仁兄就是守得住秘密，佩服佩服。连对兄弟我也藏着掖着，想是怕我抢了？我今儿就是来抢的，明抢的！”

郭仁卿连忙唤人沏茶，借故走开一会儿，心中想着如何应付这个周季礼。他知道，一旦东西到他周季礼手中，就有可能不是郭仁卿的了。他想要的东西，没有拿不到手的。他拿不到手的东西，那东西可能也就废了一半。古玩商们，很信周季礼的。这是没有办法的事，一物降一物嘛。即便人们可以不信古玩商周季礼，可也难以不相信开国英雄周季礼。

周季礼说了半天闲话，却不找郭仁卿拿《箜篌引》。他甚至不主动提《箜篌引》这三个字，却和他大谈祝允明的其他书法。

郭仁卿的心思尤在《箜篌引》上。他想和周季礼研究的是：《箜篌引》是如何流出紫禁城，又如何到了詹廷敬手上，再到潮汕民间。马创英言语中，曾说到周季礼曾与《箜篌引》失之交臂。那么，在他郭仁卿偶遇诗丐詹廷敬之前，周季礼一定与詹廷敬有过接触，且出示过《箜篌引》，而以当时情况，周季礼不可能不对《箜篌引》动心，詹廷敬更无法敌得过周季礼的纠缠。他们俩一定有过交集，只是不知道当时发生了什么事？照理，周季礼更有机会博得詹廷敬的信任。

詹廷敬是参与了丁未起事的，逃脱之后并未走远，在烟桥一带滞留了近半年，最后偶遇郭仁卿至被害，这在清廷告示中可以推测出来。

郭仁卿打断周季礼的话："仁兄请听我说，你知道詹廷敬君吗？"

"当然，死得很惨，在烟桥被枭首。听说在押解途中，咬舌自尽，再被枭首，悬于城门示众。可惜啊！"

"我亲眼所见，并非被官丁俘虏，而是倒毙街头，再被官丁抬走枭首。我就在现场，只是无能为力。"事隔20年，郭仁卿依然伤感异常。

"为什么突然说起詹廷敬？"周季礼很是诧异。詹廷敬这位仁兄，他在万木草堂见过。虽说在省城那些日子，几乎日日见面，但此后并无联系，他于丁未起事后，在一个处理义士们后事的秘密会议上，听到詹廷敬未走出潮汕，孙中山发来密令，务必找到詹廷敬并解救出潮汕回省城。几日后，有人来报，说詹廷敬首级悬于城头。革命党还以为是清廷官府的诡计伪托，后才证实詹廷敬真的遇难了。

"当时我还准备了三千大洋，准备抚恤詹廷敬家属。后经多次查找无果，也就作罢，那钱还存县局里。"周季礼忽然想起，刚才郭仁卿说詹廷敬遇害时，他就在现场，连忙问道，"你是最后见到詹廷敬的人？"

郭仁卿点了点头："他还给我留下一些东西。"他把当时情形，前前后后以及墙上的"绝命辞"，一五一十地说与周季礼。

此刻，郭仁卿自感和周季礼回到年青时代的万木草堂，回到和詹廷敬一起的日子，也因此拉近了与周季礼的距离。他拿出了《箜篌引》。

周季礼在《箜篌引》面前，足足沉默了几个时辰。郭仁卿挥笔把詹廷敬的"绝命双诗"写将出来，他惊叹自己如何一气呵成，把事隔20年的"双诗"一挥而就。那堵街口粉墙，也许早就让某次战火炸塌，或让岁月摧毁，可那两首"绝命辞"却永不消逝。

周季礼老泪纵横，他忍住了啜泣，有些哽咽地说："我与詹廷敬也有瞬间错失！"他把那天"御品轩"的情形说了一遍："现在看来，来人定然是詹廷敬，他问丁贵要价五千大洋，也就两条半人命。还未等到与我见面，突然间他就夺门而出，消失无踪。"

"恐是有什么风吹草动，或见到追捕的官兵，或怕周先生周大人早已经叛变反受其害。"郭仁卿并无说笑。

"一切皆有可能。"周季礼说。"为了这稍纵即逝的《箜篌引》，我三下烟桥，找遍了一切可能的地方，也有想到会不会令郎郭信臣收了。那时，革命党正在为抚恤烈士筹款，这是在发动起义之前，对每位义士的承诺，战死了，便补偿两千大洋。丁未起义战死六百多人，每人两千大洋，这是个天文数字。潮汕一年的全部批银，都没有这个数。你说空怀一部《箜篌引》，难道与生命等价不成。那时来人仅要五千大洋，伙计丁贵没能及时留住来人，更不会想到来人与詹廷敬有关。就这样失之交臂！二十年间，我是时时痛惜，这《箜篌引》就在我眼前消失了，詹廷敬也因此命丧黄泉。"周季礼不无感慨。

"后来有人说仁卿先生偶得《箜篌引》，我亦喜出望外，认定为贵公子信臣所收。说老实话，只要名帖有个归宿，在心中想着温暖也就心满意足了。夫复何求呢！"

周季礼说得通情达理，只是詹廷敬死不能复生，若当时不是巧遇郭仁卿，《箜篌引》或许就将命乖运蹇了。这是郭仁卿时常思虑的问题。怎么就这么巧，让我遇上了？

"应是詹廷敬守候多时的结果。而仁兄未及时认出詹廷敬，令对方失望。他烟瘾正急，仁兄赠银圆使之吞云吐雾，吸食过量致死，也未尝不是。"周季礼所言，为的是让郭仁卿安心。詹廷敬已死去多年，如何辨析都是个谜，谁也无法说清。好在他还留下两首"绝命诗"，足以昭然垂范后世，也慰丁未英烈之灵。

"不。詹廷敬分明十分清醒，他临走还记得把所剩银圆及《箜篌引》托付转交给我，死前如此清明，非一般人所为。他之死并不那么简单，其中多有跷蹊。"郭仁卿的分析也颇有道理。

“可是，如果他是被人所害，事先便没有诀别人世的意思，为什么又要留下所剩之45块银圆呢？这不合常理。《箜篌引》带在身上，是个累赘，转交仁兄保管是为上策。若詹廷敬还将活命，作为诗丐，怎会又将银钱抛回呢？”

周、郭两人，一来二去，仿佛为侦探，为大状，反倒把《箜篌引》扔在一边。

“绝命诗云：为感浮生亦太劳，可怜无地处英豪。伤心未是中原事，犹向狂流着一篙。”周季礼念出了詹廷敬的绝命诗句，又指着《箜篌引》，“盛时不再来，百年忽我遒。生存华屋处，零落归山丘。先民谁不死，知命复何忧？何其相似乃尔。詹廷敬不逊祝允明矣！”

“詹廷敬读多了《箜篌引》，便也演出了一幕。捐躯赴国难，视死忽如归。”郭仁卿尤为感怀，便又对着自己刚刚草就的书法“绝命双诗”高声吟诵。

周季礼十分感动，把郭仁卿的书法收起：“拜赐仁兄书法，当为现世《箜篌引》尔？”

门楼外前花园，忽传来弦竹声，有人在唱潮州歌仔：

混沌初开天地人，一朝天子一朝臣，劝人为善勿为恶，到尾报应有分明。淡淡青天不可欺，举头三尺有神祇，害人终须害自己，点点滴滴无差厘。

今朝出有一事情，石岩洞内四妖邪，白猿妖怪居为大，木猴、琵琶、狐狸精。四妖拜盟同心机，相告相量刁龙儿。天师不能除妖怪，真命天子被妖迷。

出得门楼，见花园中有一瞽师。瞽师眉目清秀，地阁方圆，身细眼长，额高开阔，正是“凤眼波长宽自成，影光秀气又神情”。一个男人，却生着一对凤眼。若不细看，不像盲人瞽师。看他双目清澈，眼珠乌黑有光，拉弦唱曲时顾盼有神，不像一般的瞽师，时常双目紧闭，表情呈紧致愁苦之状。他比明眼人更富风情。正是隆冬腊月，他却穿着一件单薄的竹布长衫，一件马褂搁在一旁的条凳上。他独身一人，年纪在二十上下，这样年龄的瞽师，最受姑娘们怜惜。一听他唱曲，便知是潮州府人氏。潮阳普宁的瞽师，在唱曲时也仿照潮州口音唱腔，但那浊重的潮阳口音，还是未脱生硬，其装出的绵软音质，夹杂着金石之声和海潮粗重的喘息，更适合去唱老生老旦。

周季礼、郭仁卿两人听得入神，干脆在门楼里拖出两张矮椅，就地听起歌谣来。

第十一章

马文成是个花匠。

花匠马文成终日都在花圃里忙。花圃在后库山墙外的池塘边，从后库的偏门出去，经过一小段堤坝一片小树林就到了。马文成一个人管理着花圃，他每天要好几次来往于花圃和光德里之间，把在花圃里培养好的花草鼓捣到光德里，又把光德里那些凋谢的花草弄回花圃里重新拾掇。

马文成的拿手好戏，是培养一种叫水烛的咸水草。俗称水蜡烛。

水烛是一种属香蒲科的蒲草，是一种多年生的草本植物，植株高大，地上茎直立粗壮，叶片很长，如优美修长的长剑，夏秋开花时，会结成如蜡烛一般的花形。

五月的乡村，有流水经过的河沟滩涂，会生长着一片片绿油油的丰美水草，细长细长的绿秆，和着茂密但又在风中疏朗的叶片，柔软如毯，迎风摇曳，空气中有微甘微苦的甜味，这就是俗称香蒲的水蜡烛。《汉乐府》有诗：

“君当作磐石，妾当作蒲草，蒲苇韧如丝，磐石无转移。”七八月时，秋风已起，此刻的香蒲才真正显示了水蜡烛的艳丽与风采，细长细长的绿茎上，托举着深红、浅黄或娇白的花穗。那花穗说不清是花呢，还是果实？酷似红蜡烛、黄蜡烛或白蜡烛。蜡烛向天开放，向天挺举，如在案头般挺立，遑论在风中在雨中在水中的行走。这是六七月间的香蒲，“人生多寒露，蒲草畏秋风”，不知是那位诗人的印象或感觉，在马文成眼中，蒲草从未怕过秋风。

立秋过后，在潮汕平原，秋风已至，可寒露还离得遥远，霜冻就更是无影无踪。这时正是水烛长势喜人的时刻。河沟里，贯通练江榕江韩江水域的湿地，特别是靠近海水的地方，半咸半淡的湿地里，水蜡烛是水中天王。香蒲还是一款非常尊贵的野生菜蔬，埋在土里的根茎，白白的，嫩细如膏。花穗结成的蒲棒，也就是所谓的水蜡烛，整个花穗布满毛茸茸的羽毛，那就是蒲黄。蒲黄是一种止血药，凉血止血活血化瘀。这种卑微的水蜡烛，在一望无际的湿地中，成片成片地匍匐着。远远望去，只见如绿色的毛毯，绿莹莹的在微风中起伏，那红的、黄的、白的蜡烛花并不扎眼，而那铺天盖地柔软的绿却令人难以忘怀。

马文成对花草的钟爱，全在水烛这儿。他把培植在大缸里的水烛，送给马郑氏马老太太。马老太太爱不释手，欣赏有加，从此，一年四季，老太太的庭院里，多了一个特制的大盆，盆里养着各种颜色花穗的水烛，即便在寒露到来的霜降时分，老太太的庭院里也少不了那盆香蒲。

马文成把各种不同颜色的水烛同养在一个盆里，那些本来颜色分明的水烛，红的黄的白的花穗，到秋后竟变幻出更多的颜色。香蒲的根部有许多分蘖的胞芽，这些胞芽在拥挤的水下空间里，互相咬缠，芽胚互相穿透，竟然混合出绛红、浅黄、晕白等等颜色，那是一个万紫千红的水烛世界。

深秋时分的平原，海风呼啸着从远远的海边袭来，而马老太太的庭院里，却沉浸在五彩缤纷的春色中。每逢中秋来临，马郑氏照例会多给马文成几块龙银。她会牵过这位胼手胝足的侄孙的大手，把他粗糙如同磨刀石的大手轻轻展开，从怀中掏出三五块银圆，放在马文成的手掌中。

马文成是个话不多的人，他每天独自一人在花园里营生，养花，无人可以说话，他会对着花草说话。幽静的花圃里总有人声，总有大声或细声的对话。有人生疑，传说花圃里有鬼，报到马创英那儿。马创英暗访过一回，他明白这是马文成自说自话，只是别人在心里说，这个马文成自己对自己粗声大气地说，似乎在与人吵架。

马创英话吝，可在心里，他也常常大声地对自己说话。

在马郑氏这儿，马文成一句话也说不出来。在光德里，他是马家的第三代长工。马郑氏有意让马文成的第四代有出息，执意把马伯良送去批馆当学徒。“到时自己开个批馆吧！”这是马郑氏在民国元年对马文成说的话。

多年之后，马伯良还记得，父亲马文成在转述马郑氏这句话时的情形，那时，他满眼是希望和喜悦。他说得很轻，一反他平日里粗声大气的做派，说给母亲听，又对着马伯良说：“听听老太太吉言，马家就看你光宗耀祖了。”到马家自家办的批馆去当学徒，意味着将来要做批馆伙计，然后是掌柜，何况马老太太把话说白了，“到时自己开个批馆”。这不是儿戏，是马家掌门人的交代与安排。

马家老太太每年赏赐的银圆，足够马文成一家一年四季年节的开销，潮汕初二十六，月月有节，旬旬有祭祀，香火钱是一年中一笔不小的开销。一年四季的水烛，嫣然开放，讨得老太太欢心。马文成也因此得了天大的好处。他更热爱这人见人爱的水烛了，这水烛是那直通神明的纸船明烛。

马伯良蜗居在八尺里，每当夜静时分，他望着古旧的陶瓷烛台上，会点着时节祭祀遗留下来的半截红烛。对着那一动不动似乎凝固了的火光，年老的马伯良会突然怀想起父亲对着母亲、对着自己说话的那个夜晚。那时真的以为，到时能自己开一个批馆，一个叫马伯良，或叫马文成的批馆。这是马老太太的吉言，也是他们马家三代长工的伟大梦想。

父母已经去世多年，自己也来时无多，他有时还庆幸，那年最终没有办成批馆，保住了一个贫雇农的名节，土改时还分了光德里一个八尺。要是那年开成了批馆，成了资本家，把三代贫农的清白名节丢了不说，落个资本家成分，拖累了家人，糟蹋了自己。

他常常在夜深人静时，对着那火苗一动不动的半截红烛，想来想去，想不出个头绪来。童年时，他做梦都想着做光德里的主人，哪怕是半个后库的主人，后来去了批馆做学徒，这种想法反而淡了。尤其是后来做了批脚，守着成千上万的银钱和批封，那些银钱和批封，全滴着血泪血汗，封封粗看一派欣喜，细究皆不忍卒读。他手头有几十封错批或死批，随便抽出哪一封，都让人窥见心酸之事，人生百味百况，无数的批封和回批，言简意赅却衷情难以言表。

这些日子，周季礼深知，虽与林达、马灿汉无正面交锋，但各自心存芥蒂，何不趁此机会，化解了事。否则，要轻松走出烟桥都难！革命党是什么？擅长的就是暗杀，暗箭难防，远没有胡须六这厮来得简单。

周季礼大声说道："承乡贤马先生美意，诸位请到望江楼小酌，马先生请客，鄙人做东。请，请，请！"

一干人下得楼来，林达恐其中有诈，他最末一个下楼。他总觉得事有蹊跷，胡须六尾随周季礼，或说周季礼带路前来捉拿，有所预谋不是没有可能。不会是鸿门宴吧？事已至此，已无退路。楼下都是胡须六的兵丁，逃无可逃。他们几人在前，十余兵丁在后，形同押送，亦是烟桥一景。林达一时没了方寸。这个周季礼，耍的什么把戏？

望江楼筑在烟水之滨。

烟水从山峡中流出，在丘陵中洇出了几大片湿地。山水来自一条狭长的谷地，在山口处山势骤然开阔扩大，如拉开帐幔般。周季礼远远便惊见，此山势水流，龙脉开帐而出，形如帐幕，两角分明，有带下垂，大龙渡水，必然开幛作势，力量增强，水流奔涌无拘无束而去，此去凡遇山山环，遇水水抱，山水因之吉福。

此时乃正午，刚才一路还稍有灼热之感，此处却凉如初冬，时节离秋分尚有几日，这里已经弥漫霜凉之气。阳光天色如经水浸一般，沁人肌肤，乃美人冰肌玉洁之谓。水边小丘之巅，筑有灰墙红瓦之府第。三进天井，前后花园，两边伙巷的"下山虎"，沐在水气山色之中。门匾上有“望江楼”三字，有说是怀素真迹，有说是祝允明仿怀素体的，不一而足。但有一传说，便是筑厝时，此字帖为主人在水中偶得。烟桥是粤东北上必经之路，上京会试的举子监生必溯河跋山而去，烟桥是他们在广东境内的最后落脚点，而烟水便是他们上京途中最后的故乡水。

择了一处亭阁，亭阁三面背山，一面望水，风景煞是好看，周季礼一时间忘了不快。他本心中无事，只是有些郁烦，如今各路翘楚聚在一起，虽各怀鬼胎，但愿各自化解心中郁结，从此各奔前程，便无烦忧。他只望快快把酒喝了，各自走路就好。

林达入此山中，开始还十分紧张，一路上思量，看不出胡须六周季礼有什么阴谋，那些兵丁也嘻嘻哈哈，无半点警惕，便放下心来。但兵匪相聚，总是心有戒备。

马灿汉一时还弄不明白情况，事态如此发展，全无控制之力。他完全让形势推着走，只是担心林达一时疏忽，露出破绽，让胡须六看出，抓个现场。他内心提防周季礼，不管从哪儿看，他都太像个阴阳家。你永远看不透他心里在想什么，看似散淡的人，深浅叵测。

胡须六与林达几次谋面，第一眼便有感觉，似乎在哪儿见过？有些面熟，后来见过几面，这才捉摸出似与画像中某人有些相似。他有好几次偷偷到过林达的住处，看不出有什么破绽，就一潦倒的读书人而已。这几年在乡间，这种穷困潦倒的读书人，日渐见得多了。几年前便有“裁科考之谣”。乡间秀才监生们如丧考妣，士子们人心摇动，卒皆惶惶。光绪三十一年（1905年）科考正式停止，士子们心若死灰，看得眼前一切，均属空虚。胡须六虽无深究其中原因的能力与智慧，但他作为捕快，日见乡间盗贼渐多，有的如林达般的秀才举子，在科考无望，走投无路的情况下，竟沦为盗贼，或为劣绅。

胡须六办过不少这类案子，也许眼前之林达便是一个。但见他脸上似有伤痕，不是旧痕而是新伤初愈所致，他心生疑窦。不会是案中嫌犯吧？因为是周季礼的熟人，不便刨根问底。又见马灿汉亦同道，便暂时打消了深究此人的念头。打狗还须看主人，何况与马灿汉同出光德里。胡须六哪怕丢掉捕快班头的俸禄，他也不敢冒犯光德里。自己的保人，正是马灿汉的祖奶奶马老夫人马郑氏。有一天始终要叶落归根，回到光德里的。成田光德里是马家的天下，胡须六一家，从祖上就靠着这棵大树生活，他可不愿意为了抓一个人犯，而断了和光德里的缘分。

各人坐定。周季礼辈分大，自然坐主位；林达为客，坐客位；马灿汉依客位坐。胡须六虽曾是长工，但今日他可是官衙中人，本该坐正位的，但目下关系复杂，又出门在外，何况是周季礼言明请客做东在先，哪里敢坐正位？周季礼见他犹豫，无所适从，便请胡须六坐在自己旁边，免去规矩一说，也让胡须六见出尊敬。这样格局，胡须六正好与林达坐对面，有端详林达的意思。马灿汉把这一切看在眼里，十分焦灼，唯恐出事。

周季礼叫来两角酒，每角约有半斤，清淡的米酒，无甚酒力。烟桥此地，酒分两种，一为果酒，以此地山中盛产之杨梅、橄榄、青梅等泡酒，甜果清酒，十分解乏；另一种为烈酒，那是掮客们海盗们从山外传入，烟桥人依法酿就，以高粱和粳米，再加猪白肉酿制，有叫肉冰烧的。那酒浓烈，却又清洌圆润，皆因猪白肉将酒中渣滓滤去，又有发酵之肉香轻扬于酒气之中。

周季礼知有此酒，但恐方家喝醉，误了大事，便叫两角清酒来。可是，胡须六却意欲肉冰烧，其情真切。他自去柜台上，提来四角肉冰烧，足有两斤，把两角放于林达面前，自己占了两角。那意思分明。林达是个酒仙，此刻有些松弛，便不十分在意。

这林达也是个性情中人，15岁中了秀才，后来志在抗清，坚决抗拒乡试。看他独自跳上城楼演讲，刺血盟誓，便知此人血性。两角酒于林达而言，如同把水淋在石上，瞬间化无，他有这个道行。

烟水自古有大红鲤鱼，五六斤最好，秋天最肥，肉味却清洌。尤其是那红中带黄，如蟹膏颜色般的鱼鳞，入口甘软酥香，没齿香甜。

胡须六让掌勺炖了两条，暗红紫绿的苏叶，浮在黄油奶白的汤汁上，煞是诱人。

光绪年间的烟水物产丰盛，烟桥的鲤鱼从天而来，举世闻名。亭阁里浸淫着浓浓的鱼香，酒香，只是人心是浊的。

胡须六一心要把林达灌醉，让他口吐真言，然后拿下再做交易，演一出捉放曹。而林达也有想法，趁自己未醉之前，把胡须六灌迷糊了。无事则罢，有事便把胡须六做掉，也让周季礼得个教训。革命党人从来是干真的，黄冈起义杀敌无数，胜利在望终又落荒而逃。然革命火种却生生不息，清朝的狗奴才们只有苟延残喘的份，绝无横行霸道的活。

林达觉到胡须六是单身入内的，那些兵勇并未进入望江楼，他们在楼外的小食铺上将就。这胡须六虽然武艺高强，否则也做不了捕头，但身上也只有蛮劲而已。自己虽然无甚武艺，但对付一个酒鬼，没有问题。他已观察过望江楼的环境。从山后溯水而逃，没入湿地，神不知鬼不觉，兄弟们在山路上接应，趁机逸出烟桥，因势利导，再行出路。至于和周季礼的新仇旧恨，以后再慢慢计较，林达想得周全，耽于思虑之中。胡须六连敬两次，他皆惘然，这更引发胡须六之警觉。他虽是个粗人，但见林达从一开始便神思恍惚，心中有事，便有几分坐实，提防。

没有喝过如此美味的鱼汤，马灿汉赞不绝口，连连夸奖胡须六是个美食家，带到这么一个人间仙境般的美味之都，便敬酒以谢。毕竟是同乡同厝的童年伙伴，有如兄弟情谊，马灿汉此刻是毫无他虑的。

面对马灿汉，胡须六并无戒意，尽管心中克制酒量，却也无可推辞。何况他并无算计此鸿门宴的危险，自以为主权在握，不把林达一介书生放在眼里，要个小把戏而已，并无溅血美宴的居心。故他喝得尤为轻松，放纵。

周季礼没有想得太多，他只是想早些解脱，也没把林达想得过于复杂。在他看来，只要胡须六这个粗人，不执于公事，为官敷衍，看在乡里乡情的分上，大事化小，小事化了。何况现在一点把柄都没有，各自好自为之。大路朝天，各走两边。谁都为自己留后路，皆大欢喜便是。周季礼便敬酒胡须六，他想好好招呼胡须六，化解他身上的匪气，多多添加激发他的乡里情谊，这才是他宴请做东的目的。

林达是个看不透的人物，革命党自觉责任大过天，欲执天下之牛耳，这常常令周季礼自惭形秽。他害怕林达与胡须六之间，会生出什么麻烦来。他总觉得这顿饭气氛不太平。

胡须六多次敬酒林达，林达频频应战，却似乎有诱胡须六狂饮，自己却留有余地自保的意味。周季礼看在眼里，这种存有企图的做派，隐藏着极度的风险。照理说，林达应趁此机会，修好各种关系，以趋避可能的危险，化解危机。林达似有机谋，欲置胡须六以绝地之意昭然，连胡须六这个粗人都看出来了。

胡须六一口把一角酒全喝下，然后把酒角顿在桌上，怒喝道："尊兄为何诈酒？"一句话把林达惊得惶惶然。心想这厮酒量却好，且不是一介莽夫，能看出端倪，可恶！他一把捧起酒角，咕咚咕咚一饮而尽，顿时面色潮红。林达紧握双拳，在胡须六面前乱晃，咬牙切齿地叫道："兄台，如何？"像是炫耀，又像在攻击。他双目充血，恶狠狠地吼叫："兄台也来一角，怎样？"

忽然电光一闪，一袭白光从亭阁窗棂处飞过。周季礼隔窗望去，正午阳光下却乌云密布，远处似在瓢泼大雨，天空裂开血口，血水奔泻而来，霎时淹没了整个亭阁。桌椅在血水中撞碰，流失，所有人顷刻让血水吞噬……周季礼一阵晕眩，闭眼睁起，一切如常，原来是一场噩梦。可把他吓坏了。

分明是詹廷敬，在万木草堂前厅天井里的青石条凳上，端端正正地坐着，拉着椰胡。那天天气极热，广州城小街里的男人们都打着赤膊，在泛着青光的青石板石条上喝着大碗茶，把乌龙茶泡在大缸子杯里，大口大口地牛饮。詹廷敬拉的曲子是《雨打芭蕉》，点点滴滴，嘈嘈切切，把一个夏天，让春雨给浇打得寒意逼人。

詹廷敬是个斯文人，他不能打赤膊。万木草堂的客人们，也都是些读书人。但是，詹廷敬拉得投入，汗水洇湿了他的脖颈，他解开了竹布长衫高领的领扣，嫩嫩的肩胛露了出来。他的肩胛上有颗如红豆般的红痣。

周季礼对郭仁卿耳语："看那肩胛上的红痣，相术家以为是极贵之相。话说，胛上有红痣，常秘不传，人皆谓此是日月相。"日月即明，明即纳日月之光亮，集昼夜之精华，人事非富即贵。那时，郭仁卿并不为意。在万木草堂走动的人，的确是与众不同之辈。此后不过十年，当年出入万木草堂的人，大多死于非命，戊戌六君子，砍头于菜市口，康梁流亡海外，凡与变法维新，与康党有涉的人，都在清廷的刀斧下，死伤的死伤，放逐的放逐，作鸟兽散。现在细细研究起来，个个都有奇格，人人都有异象，非同日生，却同日死。正派反派，同归于尽，如詹廷敬，最终贵为诗丐。

郭仁卿把瞽师当作詹廷敬，仁记花园便也成了万木草堂。不觉已是万家灯火，周季礼也不知何时，已经离去。瞽师游弋于仁记深巷之中，巷中的街灯又再次点燃。

午夜的寂静掩盖了田园蛙鼓和夏虫的低吟。直到仁记巷的所有门楼，都逐一关紧，光德里碉楼的灯光，便贼亮贼亮地投射在仁记楼台的屋脊上、门楼里。自民国以后，光德里碉楼的长明灯改换成那种可以四处转动的探照灯，可以把光投射到远处，投射到练江河上的探照灯，巨大的、惨白的光束，在夜空中任意地切割着黑暗。

探照灯是黄埔教官马灿汉的杰作。它的到来，使潮汕平原午夜的更夫丧失了神秘感，变得无足轻重。人们谈论这些会飞来飞去的灯光时，那些传承了三千年的更夫们，脸上便有一种茫然无措的表情，在吆喝“小心火烛，平安无事”时，开始底气不足。没有一种声音，会比那飞来飞去的灯光传得更远。

次日凌晨，郭仁卿踱出花园，忽见正对面粉墙上，似有二行诗，字迹隐隐约约，似是用瓦片轻触墙壁，然后有字痕。郭仁卿细细辨认，方看明白：“所向无空阔，真堪托死生。”他一时不解其意，也不知何人所刻。细细观察，全为新痕，应是昨日所刻，前日天下大雨，而刻痕未经水洇。

其时太清先生正在烟桥，离铜钵盂有百里之遥。郭仁卿便着人抬轿，将太清先生请来，太清先生此时已八十有五，垂垂老矣。仁卿烧毁茶山，烟桥揄客式微，批局也所剩无几，烟桥几成死城。太清先生入深山隐居，轻易不出山门。

太清眼睛已不好使，睹物如在云雾中，但居然能摸索出壁上诸字，并判为轻手轻脚之人所刻，所谓手无缚鸡之力者为也。

“此两句为杜少陵诗，两语人知其妙，而不知其所以妙。盖良马蹀躞奔腾之时，步步着实，所以说无空。又步步不越尺寸，所以说无阔。唯其如此，所以堪托死生也。良马之忠勇根于谨慎与实阔。读书之细，阅历之深，乃能知良马之谨慎，之实阔，方能托生死。”太清一番解释，把郭仁卿惊出一身冷汗。这两语当是来自千山万水，为仙人所托。他猛然记起昨日瞽师所唱潮汕歌谣，唱的正是《升仙图》。这两语莫非是瞽师所为。谁托生死呢？郭仁卿不敢多想，心中却明镜一般，更添惶惑。今夜又将有噩梦缠身了，郭仁卿想得头脑发麻。

太清只解释了两语字面，并未说出其中奥秘。而这两语，于郭仁卿形同偈语，他深知此生的罪孽，已经到了报应之时。旧日的一切开始复苏，诗丐、祝允明、《箜篌引》、瞽师的出神入化以及墙上莫名两语，加上太清先生的解释，件件事蛛丝网结，郭仁卿的命数正在网中。死去20年的诗丐詹廷敬已然死里逃生，从烟桥回来，游弋在仁记巷中。

郭仁卿确信那瞽师正是詹廷敬，他见瞽师肩上也有红痣。

一连几日，郭仁卿着人在铜钵盂四处寻找瞽师，还派人去到烟桥，然一无所获。瞽师如人间蒸发。郭仁卿便问侍娘，那日见瞽师在园中弹唱否？侍娘一脸茫然，问遍了仁记巷中诸人，无人眼见瞽师。只是西屋的长工，长着一双斜目的批脚陈，说那天好像听到弹唱，便见一穿竹布长衫的后生在园中走来走去，好像在寻找什么丢失的东西。潮汕有说法，斜目之人是可以见到鬼魂的。郭仁卿信了批脚陈的话。他以为只有批脚说了实话，其他人都有意瞒他。

之后几日，郭仁卿似活在神仙谷中，成仙成道，一反常态，独自去到巡视埠，练江上旧码头的集市上，在茶馆里，沏一壶清茶，便与茶客们闲聊。总有闲人围在他桌旁，听他讲古说道。今日他讲的是一艺成名的故事，说是故事，倒不如炫耀见多识广，他变得好为人师。

“陆子冈治玉，是为子冈牌。”郭仁卿拿出佩在胸前的子冈玉牌，逐人给人欣赏。“鲍天成治犀，雕刻犀牛角。朱碧山治银，濮仲谦治竹。”他顺手从筷筒里拿起一把竹箸，有人问，做这简单器物也有技术么？他并不正面回答，却说：“你未见过竹雕，不怪。”

“嘉兴王二漆竹，赵良壁黄元占治锡，李昭一作荷叶，李马勋治扇，周桂治镶嵌，吕爱山治金玉，小溪治玛瑙，蒋抱云王吉治铜，雷文张越治琴，范昌白治三弦子，杨茂张成治漆器，江千里治嵌漆，胡四治铜炉。淡氏笺，顾氏绣，张氏炉，洪氏漆，孙春阳烛，文衡山非方扇不书。吴兴薛晋侯铜镜，歙曹素功制墨，吴穆大展刻字，顾青娘王幼君治砚，张玉贤火笔竹器，皆名闻朝野，信今传后无疑也。”郭仁卿一口气把国中手工艺人一网打尽，高山流水一般，博得满堂彩。

“有一技之长，何愁不富贵发达。潮汕人腌咸菜，送番批，也可养家糊口，购地置房，娶妻生子。哪家财主不是刻苦勤劳起厝。”郭仁卿说得兴起便刹不住，他对着几个天天在此泡茶馆的年轻人说：“不是我教训你们，天天见你们几个在茶馆耍泼，如何是好？再说几宗给你们长长见识。工于螺钿的是义千里，宜兴泥壶是时大彬，江宁扇则伊莘野、邱侍川，书画装潢则是庄希叔，可谓虽小道必有可观者矣。”

有一泼皮抢郭仁卿话头：“我也知道不少呀！”

郭仁卿：“说来听听！”

“青屿青蟹，东湖西瓜，山浦酥糖，峡山柑饼，潮阳熏鸭，海门鱼仔，赤沙泥蚶，苏州橄榄，乌汀狮头鹅……”泼皮意犹未尽，很是得意。

郭仁卿表扬了他：“这小兄弟是个美食家，他知道的全是吃食，挑其中一件，细细去做，亦是不可小视的。”

泼皮听了表扬，喜滋滋的，连忙双手敬了郭仁卿一杯茶。

忽然有人来报，郭仁卿夫人有恙。来人气喘吁吁，传话郭仁卿赶快回仁记巷。

“慢着，你说夫人怎样啦？”郭仁卿扶着来人肩膀，“夫人怎样啦！”

来人道，夫人在客厅里与人谈话，突然倒地，昏迷不醒，正在医院抢救。

第十二章

是夜难眠，孤单的马伯良在光德里空荡荡的老屋中走来走去。每一处地方，总能唤起某些记忆，听得见一些声音、哭声或笑声。这些地方属于光德里的正房部分，这里是马家老爷小姐们的居所，马伯良的生活区域在后库，他很少能够到这些地方来。现在，这些地方早已人去室空，马家祠堂的屋顶已经坍塌，门楼石匾上的“银青家祠”四个石刻大字却依然遒劲苍雄，在夕阳的辉映中，孤单但却雄浑地挺立着，石缝中长出的衰草，轻拂着银青大夫昔日的手笔，显得倍加凄清。

如今的光德里，连老鼠的影子也找不到。不知哪儿来的几只山狗，在草丛中做窝。那儿曾经是马家私塾的地方，鼎盛时期，有五十多个孩子上学。那是光绪三十三年（1907年）的事了，到了民国元年（1912年），马家私塾也就仅存二三十个学生，马家后代大多出洋或到省城读新学去了。

马伯良有一个藤编的匣子，这是马至诚在1949年出洋时留给他的礼物，那时里面还装着满满一匣子的旧币，旧币下面有两根金条，算是马伯良为马至诚批馆服务将近三十年的一点红利。马至诚什么也没说，连匣子里装什么都没有说，只是在临走时，把它送给了马伯良。连“后会有期”也来不及说，马伯良就踏上了去台湾的火轮。那时胡琏正在抓壮丁赴台湾。马伯良见到那些溃败的国民党兵，见到那些刚刚穿上军装，眉毛被剃得精光的新兵，魂魄都飞散了，也顾不上客套，挟起匣子就跑。

这个匣子里的法币和金圆券没顶什么事。那两根金条，险些使马伯良万劫不复，这是后话。

匣子里装了几十封错批、死批。

错批、死批年年都有，并不出奇。那些年兵荒马乱，海外客户和国内亲属人生莫测，诸事多有变动，以至于批封批银无法投递，又退不回去，但批脚们毕竟熟门熟路，总有送出去退得回去的机会，只不过多耗些时日。马伯良从15岁当批馆伙计同时兼送批银时起，到45岁时，已经送了30年的批封、批银，送过多少错批，救活多少死批，那些地址不详或地址变动，收封人死亡又再寻继承人或原封退回的事，不胜枚举。

这几十封错、死批，静静地躺在匣子里。1949年，新中国成立，那些年，人口迁移变动很大，死批送不出去不说，有些错批也成了死批，至今都没能送达。

这些批银，马伯良从青年时代读到垂垂老矣，读着几十个家庭几百个人的悲欢离合，读得滚瓜烂熟，读得他夜不能眠，读出了惊心动魄，读出一身冷汗。

马伯良每晚临睡前，都会打开匣子，取出一封死批，细细阅读。这些死封，他以前从未打开过，几十年了，他不知批封里夹装着什么东西。他只是小心翼翼地取出批封，先凝视着这些不知抚摸过多少回，取出多少回，又原样置放于匣中的批封。年深日久的凝视和轻轻的触摸，这些批封已经粘附着一层有些油亮的物质，类似古董上的包浆，或红或蓝或黑的字迹，显得更为深沉厚实。而信封上的护封印章和如意章也愈发油亮鲜红，这是马伯良几十年来，每一年几次阅读抚摸产生的油渍效果。他只有保持经常的翻拣，才能使这些批封不至于变脆、虫蛀，被岁月尘封毁损。每一次的看视抚触，他都是分外小心，每一次都想从中寻找到激活它们的灵感。他甚至还做了备份，用同样大小的规格，依样画葫芦地仿制了一份。

这是6月的深夜，马伯良在面前展开的一份批封，叫分拨批封，正面写着详细地址，“信至潮阳县贵山都隆津乡古楼村后宫田埂旁石碑处”，收批人处写着：林守发吾儿收。右侧一行小字为：“外付去龙银壹拾伍元查收，由叻田寄。”批封上印着几个印戳：其中一个阔大的印章，足有4平方厘米，上方刻有“新加坡”字样，正中刻写“至诚栈”，两边分别为“余事不用”及“专理收批”。这是“至诚栈”批局在收批时的印戳。批封背面上下骑缝处，印有多个护封印章，“护封”两字为篆书，批封中缝则印有多个“如意”章。

这是一封从“实叻”（新加坡）寄出的番批，在光绪二十二年（1896年）寄出，在至诚批馆放了近十年，无法投出，据说由十多个批脚传送接手送批，多人寻访近百次无果。退回“实叻”也寻无寄汇人。此封是民国十五年，即1926年转到马伯良手中的，此前已经流转了21年。只要批封正面上没有印上“侨汇兑讫”或“讫付”的蓝色方章，以及“换发存单”、“至诚回批”等朱砂印章，这个批封的漫漫长旅就没有终点。在马伯良这儿，不，在所有民间批馆，这个批封将永远不停顿它前进的脚步。

这个批封背面，是工整的蝇头小楷，密密麻麻地写着46个人名，每人名下最多十元，最少一元，是一位女士分给46位亲友的新年腰金。

可惜这46位亲友，在光绪二十二年这一年，没能如期收到这份腰金。这个批封上的地址，地名共有六个，错了三个，大约是送寄人出国日久，对家乡的语言及记忆都有问题，有些地方称谓也显离奇。任是批脚们如何努力，此批就是送不出去。

这份批封在马伯良心中，已经读过了无数遍，他甚至闭上眼睛，都能想象出这46个亲友的模样。他根据每个称谓的语言语义判断着这个人的情状，包括年龄、相貌、性情和性别，以及与寄汇人的亲缘关系。漫漫长夜，马伯良有的是时间，可以在想象中遨游。

六叔、三婶、何锦伯、补鞋姆、春松婶、英姑、玉新婶、锡泽嫂、猪中叔……46位亲友，称谓不出五服，但却姓氏繁多，关系芜杂。可见其中有家人至亲，亦有家丁仆佣，乃至街坊乡邻，不一而足，马伯良通过这个批封，可见的是一个类似光德里一般庞大的家族，它连带起半个乡村的人情世故。

批封左侧，名单之处还附有一行小楷："各各聊作腰金之需，并代致安，馀存三十元收为口情之用可也，特此。母□□"收封人为"吾儿"。

马伯良最后一次触摸这个批封时，岁月已经过去了将近90年，它是在光绪三十二年，即1906年寄出，而马伯良在他弥留之际，将之交给郭同志时，已经是将近90年后了。它暂时的停脚点，只能是侨批博物馆，让后人瞻仰，等候其中的某位后人，前来认领。这样的奇迹，也许只能发生在这个叫汕头的地方。

烟桥是个龙虎之地，烟水在山为虎啸，在水为龙吟。而独处于山缘水口的亭阁，正是龙虎吞吐之地，血光之灾在所难免，全看在座诸人的福气、祸殃、恩仇，而取舍未央也。

胡须六毕竟见多了，他知此厮心中有事，本想放他一马，三言两语，博得周季礼尤其是马灿汉的感戴，为自己留条后路，此乃大幸事矣。其中风险，杀头无异，放走乱党，凌迟之罪，不足畏惧，胡须六为的是求得个乡里乡亲的人情。可是，林达这厮显见无礼，一心往死里相逼，意图险恶，弄得不好，反取了小人性命。胡须六瞄了周季礼一眼，似乎告知他自己的决断，周季礼看出胡须六的意思，必须阻止胡须六的行动。他连忙奉上酒角，急唤三位兄弟，一起敬乡贤官人马六仁兄。马灿汉会意，他刚才也让林达的举动吓坏了。这胡须六只可感化，相尊相敬但求无事，切切不可轻侮轻视，此等血性鲁莽之人，其实是最重情谊，最为性情的。见周季礼呼唤，他迅速扯了林达一把，三人同时站起，捧角，同敬胡须六。

胡须六却不好意思起来："小的何功之有，敢劳几位大人敬酒？小的一口闷了。"说着，饮了满满一角。

只见胡须六不胜酒力，脑袋一歪，磕在桌子上，他真的醉翻了。

林达望了马灿汉一眼，同时做了一个刀劈的手势，示意欲为。周季礼看在眼里，急忙把手按在林达手上。马灿汉一手搭在林达的肩上，三个人目光碰在一起，各有含意，又一时不甚明了。周季礼摇了摇头，林达见状，扭头看住马灿汉，微微颔首，马灿汉也摇了摇头。林达向亭阁外边四顾，只见树丛中、田野里人影幢幢，这是跟随而来，埋伏多时的革命党人。周季礼沿着林达的目光看去，更为坚定地摇了摇头。"机不可失，时不再来。"林达轻声地说，望着马灿汉。

"弃身锋刃端，性命安可怀？"周季礼同样轻声呢喃。这是曹植《白马篇》中的诗句。

马灿汉听得出这诗一语双关的意思。他非常佩服周季礼的明智，反觉得林达鲁莽和危险。

周季礼会好账，丁贵和店小二搀扶胡须六往外走。只见十多个兵丁，个个将手按在朴刀上，排成两行，站列在亭阁甬道上。还有一些兵丁，散在四周树草之中。马灿汉倒吸了一口冷气，无意间瞟了林达一眼，林达脸色冷若冰霜。是在为刚才失去机会懊恼呢，还是庆幸从了周季礼、马灿汉的意思，没有轻易出手？殊不可知。

胡须六已醉得不省人事。周季礼吩咐马灿汉，快快回去烟桥客栈，收拾东西，在胡须六醒来之前，快快走脱，这才真正是机不可失，时不再来呢！

此时，离亭阁十尺开外的另一亭阁里，有一个人独自在那里饮酒。自始至终，他目光透过两个亭阁之间的茂树，把周季礼这边的情形看得真切。虽然不知就里，也估摸个七七八八。他想，这一干人，全不搭界，兵勇捕快和几个书生在一起饮酒，岂非秀才遇到兵，能有什么好事？他本想看一出好戏，不料好戏刚刚开头，却让那年长者给化解了，真乃扫兴。

此人长袍马褂，瓜皮小帽。腰间似藏有家伙，二十岁上下，一个人占坐一个亭阁。一角酒，一个小酒杯，连个小菜也没，就坐在那好几个时辰。看不出是什么身份，打扮也很平常。

面目清秀，手脚却又钢筋铁骨，半边袍子掖在裤腰上，显得轻盈干练，似随时与风同行，化羽腾飞而去。

此人姓郭，名德容，字信臣。铜钵盂人氏。他认识周季礼，周季礼却无缘识见，只知他在江湖上的名气。祖上是鸦片掮客的“客头”。财产富可敌国，从不炫富，故知者不多。

回到烟桥客栈，兵丁们忙乱着照顾胡须六。周季礼马上让林达穿上自己的衣服，扮作周季礼，窜进小轿子中。四个轿夫阿乌阿丙阿龙阿虎，抬起林达，趁乱便出了客栈大门。不多时，马灿汉披上白色风衣，骑上他的红马，红马踩着碎步，也出了寨门。丁贵和周季礼，这才装作上街闲步，主仆两人，出了客栈，扬长而去。

兵丁们进进出出，竟然没有人来拦阻查问。

烟桥南来北往只有一条大路。大路在湿地和群山中蜿蜒延伸。小城虽然人口不多，但城池却大，屋厝散落在丘陵湿地和树木之中。疏落的房屋把小城的范围辐射得广阔。掮客们各有私宅，各自为政，各各控制着一块小小的地盘，这也很符合潮汕民居自成一体的特点。每座厝屋，就像一个独立的城堡，城堡以独立的碉楼为标志，一座碉楼大约就是一个家族。这和光德里的形制很是相似。

周季礼与马灿汉约好在城外马文荣的“下山虎”汇合，从烟桥客栈到下山虎，有十里之遥，轿夫抬轿要走一个半小时，马灿汉策马先到。林达和周季礼，直到黄昏才抵达马文荣的“下山虎”。此刻，太阳已经下山。夜间出城很是危险，一行人按计划在“下山虎”住下。

“下山虎”颇大，有几十间屋厝，光马文荣批馆的批脚就有五六十人之多，然牵亲带友，不同商号的批脚们，有时会相邀相约出行送批，故“下山虎”一般情况下会有七八十个批脚住宿，人员流动性也很大。批脚们各自餐食，院子里、走道上，到处是生火烧柴的小泥炉，一到做饭时分，“下山虎”里里外外，便升腾弥散着柴火炊烟的气息和各种各样吃食的味道。

马文荣的“下山虎”在光绪三十三年的烟桥，是人丁最为兴旺的批脚家族。这个庞大的家族，在此后30年间，鼎盛时期，流动的批脚人群，每天达到二三百人。当然，鸦片掮客也夹杂其中，以批脚身份掩护，逃避民国政府稽查人员的追掠。

林达一行，进入“下山虎”这个底层脚色杂居的场所，人们投过来疑惧惊诧的目光。“下山虎”除了老板马文荣外，从无有身家的人光临。周季礼觉察到了危险。此乃龙蛇混杂之地，马灿汉也觉出了环境的诡异，可是已经退无可退。

“下山虎”虽地处城边，却陷于城角一隅，背后是高大的寨墙，没有飞檐走壁的奇功，休想攀越脱走，加上“下山虎”所有的房屋，都不对外开窗，窗只开向内庭，全部出口只有一个大门。而此座“下山虎”，大门不在正中，是为侧开。“下山虎”前门还加了个前座，四角上各有一金字形房间压角。这种建筑，已不仅仅是“下山虎”，而成了“四点金”。

马文荣的“下山虎”，形制复杂，它以大门为嘴，嘴却侧开，尤为怪异，两个前房为“前爪”，俗称“伸手”，后厅为肚，厅两旁各有大房为“后爪”，整座屋宇有如浑身是劲，张开大口吸纳天地精气，时时蓄势待发的下山老虎。这座由“下山虎”再添加前座的巨大屋厝，其实是联结了三四座“下山虎”再加前座和后库的“四点金”。屋厝内形制复杂，便于藏匿，可是，它有内敛防守的功能，却无主动突围的可能，大门若被攻击阻守，则屋厝便形同牢房，屋里的人难以逃逸。潮汕民居突出了潮汕人善于保守而少攻击的本性。有防无逃的“下山虎”，让林达一行坠入了瓮中捉鳖的险境。

后库和前庭隔着一块空埕，由两个对开的侧门相连。这里相对幽静僻冷，是水客或客头住宿落脚的地方，和前庭那种嘈杂拥挤的环境相比，后库显得清雅舒适。

林达悄悄差人到联络点与同党接头，打算凌晨时分出城在路口会合，逃离烟桥。他没有把这个计划告诉马灿汉。

马文荣早已候在后库的厅房里，见他们陆续到来，便张罗着宴请诸位。

马灿汉先到“下山虎”，却不忙着去见马文荣，他第一次到“下山虎”来，便四处走走。这儿虽是马文荣的地盘，但落脚的人全是批脚掮客，这些人来路复杂，甫一入内，便觉得有一股戾气。在他的感觉里，几乎所有人的目光里，都闪烁着如老鼠般既胆怯又窥探、如鹰隼般既犀利又凶残的光芒。这样的目光令人战栗惊悸。他走进天井，天井里摆满各式炉灶，大多是小红泥炉，操持饭桌的多是赤膊男人，罕见有一二姿娘，也是衣袖高绾，放足大脚，看得出是长年跟着批脚男人，走南闯北的角色。男人们对她们并无好感，女人们大多面善目慈，只是烟熏火燎，没了颜色。烟桥这地方，似乎没了男女之别，人人都在江湖上，为生计奔波。

马灿汉不管是何人，所见到的，全投以笑脸，一路走过，双手作揖，谦恭有加。

有报马文荣已在后库迎候。

郭仁卿随来人回到家中，只见前后天井里空无一人，家中寂静，不像有大事发生的样子，连忙问报信的。报信的是本家侄子郭豫璜。郭豫璜说他刚刚从批局回家路上，遇到慌不择路的三婶，三婶告诉他姆妈出事晕倒了，示他快去找郭仁卿。他一时心急，以为姆妈在仁记巷呢。说着，又有一伙计来报信，说姆妈在批局，请大爷快快去见姆妈，去慢了恐怕危险。

赶到永茂源批局时，批局门口聚了好多人。郭仁卿进到里面，见到夫人郭郑氏，老妇人已清醒过来。老医师林行舟见仁卿，连忙行礼。郭仁卿频频回礼，着急地问：“如何？出了什么事？”

“夫人受了惊吓，一口痰上来，堵了气脉。夫人心脏本就不甚强健，一下子上不来气，便晕了过去，现在好了。我再拆几副中药，慢慢调养，不能再急气了。”

仁卿舒了口气。

郭郑氏是郭氏家族的大内总管，郭仁卿虽是老大，但家里家外包括永茂源批局的大事小事，均为郭郑氏打理。铜钵盂的风俗与其他地方略有不同，由于男人们大都在上海、南洋经商，家中产业便由女人们操持。久而久之，老家的女人里外操持，且尤为能干。这也是铜钵盂姿娘了不起的地方。

无缘无故怎的气急了？郭仁卿心想。十几个儿女，几十个孙儿，大部分人丁在国外在上海在重庆，庞大的家族，上海有几家银行，南洋有几间金铺、米笼。生意的事，老太太管不着，可人丁平安，儿孙诸事，足够老太太牵肠挂肚的。平日里郭仁卿并不多想，此刻却心中生疑，刚才进得门内，似乎见到几个生人。他连忙叫过来账房先生郑万通。

郑万通向他眨眼，示意借一步说话。他连忙出门外来。郑万通对他耳语。郭仁卿大惊："查出来了么？"

"哪里，刚刚才发现，钱银还在清查。只是前几日刚到的批封，丢了整整两个批袋，少说也有几十封呢，这就事大了。几百年都没出过的事啊！"郑万通也被吓得不轻。刚才恰好大娘来永茂源查账，听说了，一口气上不来，就晕过去了。

"那几个生人是谁？"郭仁卿十分警觉。

"来领批封的批脚，草尾那边人氏。你不常来批局，他们不认得你，故没有招呼。"郑万通悄声说。

郭仁卿复回夫人房中，安慰夫人，握了一会儿夫人的手，把夫人的手握在手心，轻轻拍了几拍，然后随郑万通到库房去。

库房窗户离地面二丈高，窗棂是拇指粗细的铁条，几根铁条被挤成一个大洞，可容一人出入。窗户本来就小，盗贼定是个身轻个小的人物。

"报官了吗？"郭仁卿突然想起，直愣愣地望着郑万通。郑万通不解其意，是报好呢还是不报好呢？他连忙应道："还没呢。你说报还是不报。"

"请先别声张。几十封，是多少封？闯了大祸了！"郭仁卿急红了眼。这在侨批界，是多大的祸事啊！钱银事小，但事关几十家的家事与家计。从来没有发生这种事，有失盗财物银两的，没听说过盗贼盗了批封的，说出去，人家也不信。

"先安顿好几个外乡来的批脚，就说明日再来取封。消息没有张扬出去吧？"郭仁卿非常颓丧，这等事，谁也不能怪。只能怪自己，当初就觉得库房留窗户不好，但南方地湿，批局又地处河边，库房没个出气纳气的地方，也成不了局。风水先生倒是堪舆过的。说是应该开窗，财源广达三江，应有通气之处。

“没有。但恐怕外人也已看出，只怕……”

“只怕什么！没有明说就且包着。报官是迟早的事。”郭仁卿有些气急。

伙计对郑万通耳语。郑万通脸色大变，转而对郭仁卿说：“失窃银圆二万块，批封四十三个。”

郭仁卿沉思道：“这就奇了，盗走银圆不错，可盗走批封，全无道理。兑不了钱银的批封，盗去又有何用？”他心生疑惑，此事似不简单！可一时也想不出个所以然来。

只见门外出现了一队乌脚警，为首的是警察局长郑武扬。

郭仁卿心中一惊，他的鼻子倒是很灵！连忙迎出门去。

郑武扬见郭仁卿，忙着点头哈腰。各人在中堂坐定，无须寒暄。郑武扬关切地问：“损失多少？”

郑万通伸出两个手指。

“二千？”

“二万。”

“狗屎的，这么大胆！掠了二万！早死仔，不想活了。看我不操他法办，不姓郑。”郑武扬粗声大气。

伙计进屋来，又对郑万通耳语。众人翘首以待，想是又有了新情况。果然，郑万通对诸位说：

“是燕子尾干的。”说着，把伙计刚才递给他的信封交给仁卿。

仁卿看也不看，转手递给郑武扬。

郑武扬打开信封，信纸上赫然写道：“燕子尾请借二万元一用，拜托。”纸上还贴着一根羽毛。

“是燕子盗，不错。”郑武扬一口认定，“这字、这羽毛，是燕子尾的。”

“谁是燕子尾？”郭仁卿不明就里。郑武扬呷了一口茶，又悄悄问郑万通：“有酒吗？”郑万通立马唤人拿酒来。郑武扬这才对郭仁卿说："我先给仁兄讲个故事吧，燕子尾可是个不可不知之人。"

燕子尾在烟桥无人不知，武艺高强，吃喝嫖赌，无恶不作，专挑鸦片掮客出手。至少民间传说是如此，据说无人见过燕子尾。

此燕子尾，传说身世颇为复杂。原为一年幼之乞丐，少时在峨眉山门，偶为道人收留。道人从小习剑，练雌雄双剑，说是两剑藏于密室，从不示人，使用时则横扫千军，无人能近其身。剑能自飞，遇之者皆肢解。道人见小乞丐性情敏慧，有意收之为徒。而小乞丐无家可归，在寺庙里有口饭吃，便也规矩乖巧，服侍道人颇为用心，道人亦十分疼爱小乞丐，为之名燕青。每日三更，道人便唤燕青练习剑术，十年间，燕青已成人，果然身轻如燕，尽得师父轻功，且剑术高强。

道人视雌雄双剑为神器，从不将剑示人。燕青多次乞求道人师父，欲睹双剑，均被师父拒绝。说道："神器非可妄用，妄用则自招祸患。江湖险恶，必有破其剑术之高人，汝欲双剑何用，师父教汝习剑，不外乎防身而已，岂可有他用！"

燕青本就恶野之人，只因生计栖身寺庙，现已长大成人，见道人师父屡屡不肯让其双剑，遂心生怨意恶念。又听闻师父说过逢蒙杀后羿之故事，我说得没错，是逢蒙杀羿吧！郑武扬问郭仁卿。他对这个成语尚一知半解，野史上这样说，他未深究。

郭仁卿明白这个典故，遂说道："老子曰：逢蒙学射于羿，尽羿之道，思天下惟羿为愈己，于是杀羿。就是说，逢蒙是后羿的学生，后羿是夏代有穷国的君主。逢蒙跟后羿学习射箭，学得了技术后，逢蒙想，天下只有后羿的剑术比自己强，于是便杀了后羿。"

"所以啊！猫就比老虎聪明，猫教老虎，知道老虎学得最后一招后，一定会把自己吃掉，所以，最后一道法术爬树，老猫就不教给老虎。果然，老虎把猫追到树下，老猫爬树走了，逃过一劫。"郑武扬得意扬扬地说，"老道人就没有这么幸运了。虎子把他给杀了。取得雌雄双剑，游走江湖。自命为燕子尾。只是，何为燕子尾呢？"郑武扬不解，求教于郭仁卿。

"我也不知其详。大约是燕飞空中，能手抚其尾之故，没人能见，也为传说而已。”郭仁卿敷衍道。他心急如焚，又无计可施，只得与郑武扬谈典故。既然警局都已关注了，只能听任处置，便说：“大人有什么线索么？听得出大人对燕子尾颇为知晓！”

郑万通也是个古灵精怪之人，正史野史烂熟于心，平时喜好搜寻奇书怪说。对民间流传的大盗燕子尾，他倒有几分知晓。真实的燕子尾，早已是前清故事。如今之大盗，不过伪托燕子尾之名，此燕子尾非彼燕子尾也。碍于郑武扬的身份，他一时不便说破。郑武扬说的燕子尾，确是前清的盗贼，《野史述异》中说得明白清楚。

郑武扬带人勘察了库房，又里里外外巡视了一番，留下两个警丁守住库房，便告辞走了。郭仁卿取来几枚银圆，顺势放进郑武扬的口袋。民国政府的警察，月薪也就两三块银圆。

郭仁卿并不寄望于郑武扬，他知道警局的能耐。这种江湖上的事，还得找江湖中人解决。只是此案十分蹊跷，贼人究竟是为着财物来的，还没有听说有人盗窃批封的。他始终有更大的忧心，不知这等破天荒的反常之事，预示着什么天大的后果。批局最看重的是信誉，诚信是批局的生命线。

第十三章

昨夜下了整整一夜的大雨，哗哗的水声从黄昏直到天亮未停歇。蜗居在八尺里的马伯良，听着从屋檐上哗哗流泻的雨水声，一夜不敢合眼。那时马家祠堂还没有完全坍圮，有几处门窗的条石歪斜开裂了，窗框的支撑部分长出了许多乱蓬蓬的衰草，每到风雨天，风雨便猛烈地冲击着墙体虚浮部分，马伯良用尽办法也无济于事。年久失修的老屋，最怕漏水和风雨的侵蚀。

屋顶的横梁，原来非常密集。多年来，住户在困难时期揭不开锅时，便把屋顶横梁逢二取一，从屋架上锯下来卖钱。1979年落实侨房政策，住户把房子退回，临搬走时，又悉数锯走，留下几根勉强撑持。据说光德里的横梁全是印度小叶紫檀，这种木材从来都很昂贵。失了支撑的马家祠堂，不敌风雨，坍塌只是时间问题。

这一夜，马伯良在八尺里，等着那一声倒塌的轰鸣。黄昏时开始下雨，他便去祠堂查看，见墙壁四处开裂，几根屋柱也已倾斜，明知回天无力，雨再下个不停的话，则马家祠堂坍塌就在今晚了。

这座经历过清朝二百多年，又撑过民国三十年，在风雨飘摇中又走了几十年的马家祠堂，其命数也许就在今晚。于马伯良而言，这种担忧已不是第一次，每次都意外地平安渡让过去。而今夜？他不知道。

雨越下越大，在瓢泼大雨的哗哗声中，他努力辨认有否异样的声息。没有。直至午夜，他迷迷糊糊地打了个盹，激烈的雨声把他惊醒。

他再也睡不着了。

他又搬出那个藤匣子。

他固执地以为，今夜马家祠堂必倒无疑，也不知道怎么会有如此想法。他在等待着崩塌的那一声轰响。

雨一直在下，凭雨水砸地的声音，他知道今夜雨不会停了。马家祠堂非倒不可了，就在今晚。

有好些时日没有动这个藤匣子了。匣子蒙上了淡淡的灰尘，他轻轻掸去灰尘，空气里有一种淡淡的霉味。其实，阴暗的八尺里，一直有这种霉味，经久不散，尤其在漫长的梅雨天气，八尺里就显得更加阴暗与潮湿。所以，马伯良总是把藤匣子放在高处。

他再也睡不着，雨声顽强地喧闹着，压住了大地上任何声响。八尺里却显得更加空寂落寞，风雨把电线刮断了，15瓦的电灯泡闪了几下，灭了。八尺里一片幽暗。马伯良点起半截红蜡烛，已经好多时日没有点燃这半截红蜡烛了。

他展开了一页批信。这也是一封死批。批封上写明“外付国币壹拾贰亿伍仟万”。这是国民党政权崩溃之际发行的金圆券。那时金圆券已经论斤算，一斤金圆券换不到一斤大米。马伯良记得很清楚，他曾经用两个大箩筐，挑了近百斤金圆券，从城里到乡下，一百多里地，走了两天半，才把金圆券送达。

岳母大人尊前。

敬启者，久未修函问安，殊为抱愧，遥想大人精神康健，至以为念，兹有启者，闰三月十五日，寄华侨客头带上诸物，岂有收到？兹将诸物列左：青丝布两块、乌丝布一块，共十四尺四寸，红水尼一块，蓝花布一块，青花布一块，虾色花布一块，红花布三块，辉灰色花布二块，深蓝色布一块，墨水色布一块，共六十三尺半。帽两顶，袜一双，涎围一个，衫裤四副，板绫裤一条，川绸裤一条，肚腰十二个，树棍鱼一尾，盘七个。谅以收到，刻值轮便，寄上大银四元，届时查收为荷。耑此敬请。

金安。

愚婿郑盛添

丙子年五月初一日

这个批封，马伯良读过无数遍，是所有死批、错批中，他读得最多的一封。每次读来，都惹得他心酸好久。批封中所列物品，头几年，马伯良还经常在库房中看到，梅雨天气时，用油布包裹上，置于高处。天气放晴，取出来，放到天台上晒太阳，年年如此。后来马至诚批局被土改队查抄，这些物品东放西放也就没了踪影，这最是令马伯良惶恐。一种无法交代，失信于人的酸楚与愧疚，在他心中隐隐作痛。

这位名叫郑盛添的女婿，寄出的物品可谓无微不至，给出是谓岳母大人，可内中物品无不与妻儿相关。当他目光触及“帽两顶，袜一双，涎围一个，衫裤四副……肚腰十二个，树棍鱼一尾，盘七个”这些字眼时，马伯良忍不住号啕大哭，以他七尺男儿的身躯，佝偻在窄小眠床上抱头痛哭的姿势，令人心酸唏嘘。

他是看一回大哭一回。八尺处于光德里深宅大院之中，而光德里除了马伯良，空无他人，即便是山崩地裂的号哭，也无人知晓。

马灿汉这是第二次见到马文荣，才两天工夫，马文荣似乎憔悴了不少。马灿汉心里想，五叔是否来了烟瘾？此刻是晚餐时分，正是酒足饭饱，吞云吐雾几口大烟的时刻。其实他对五叔很不了解，只凭猜测罢了。

马文荣见侄儿一脸狐疑，不解其意。马灿汉十分歉疚，两天前从五叔处取走了五百大洋，今日又把这些“人犯”引到“下山虎”来，见五叔如此憔悴，他一时竟不知如何说好。

五叔打着哈欠，马灿汉连忙说道："五叔先去歇息吧，吸几口提提精神，有事我再去找你。"

马文荣冷冷地说："我不吸鸦片的，这几日连鼻烟也断了。烟桥成了孤岛，水客也进不来，批馆全无生意，多少人等着批银救命。你知为什么吗？"

"为什么？"马灿汉明知故问。

"你真不明白？"马文荣忧心忡忡。他从袖中摸出一个玛瑙鼻烟壶，用烟勺挖了半天，挖不出丁点鼻烟来，只好用手指抹了抹烟勺，在鼻孔上狠狠地嗅了一口。一丝淡淡的薄荷味，在空气中似有若无地游弋着。

半个多月来，烟桥半生不死，鸦片掮客们大多走避。水客被阻在海上、陆路，全被官兵拦阻，严查水客。批银进不来，批脚们取不到批，无批可送，聚集在"下山虎"吃闲饭，乡里乡亲们等不到每月按时附来的批银，纷纷找到批馆来。

"昨日在街口，官兵追捕人犯，当场斩死了两人。那是两个新入行的鸦片掮客，见官兵查巡，慌张之下夺路便跑，官兵围捕，挥刀便砍！两个年轻人，不到二十岁，横尸街路。"马文荣平静地说给马灿汉。

马灿汉不语。他不想和五叔多言，他听出五叔抱怨的意气。五叔对黄冈起义的反感，那天早已领略。起义胜利了没得说，失败了理当让人肆意评断，马灿汉心中不快。

家丁引来了林达。马文荣与此人第一次谋面，只见此人年纪轻轻穿戴却老气横秋，他一眼便知这正是远近闻名的林达，黄冈起义的始作俑者林达。

林达见马文荣诧异，心知自己穿了周季礼的衣衫，显得不合身份。他说明原委，把外衣大褂褪下，露出了一身竹布长衫，显出是一个年青的革命者。

马文荣开门见山："久闻周先生大名，请问周先生有何吩咐？"

林达也不客气："久仰兄台英名！晚生有劳兄台，于今晚送鄙人等出城外。万谢！革命党人不会忘记兄台的恩情。"

“此时出城不难。可是出城之后，先生又能走出多远？能去到何处？”马文荣不紧不慢。他想帮林达，明知帮不上，城里城外，已经让来增援的官军围个水泄不通了。在他看来，革命党纯粹是瞎闹。中国之大，岂是区区一小地方之民变所能改变矣。以卵击石之事，不是潮汕人所为。

他本想对林达说出自己的想法，劝告他们趁早向官府自首，免了杀身之祸。但他始终没有说出。他知道这些年轻人，一旦受到革命党的蛊惑，便无法回头。

林达并不正面回答马文荣。他确实也还没有想到出得城去，将会如何？他只是想着，必须尽早逃脱烟桥。胡须六不会善罢甘休，烟桥形势不容乐观。刚才派出去联络的人没了消息，其他党人一时无法联络上，恐已出事。现在的问题是情况未明，一切尚无从谈起。先出得城去再说，迟了连出城都难。

马文荣见林达无语，似在考虑周详。想想在烟桥潜伏下来，也不是办法。烟桥虽地处生僻，但人色过于芜杂，官府耳目也多，掮客们亦多图利，极易让官家收买。倒不如先出城去，找地方暂避风头再说。

“鄙人倒有一法，未知兄台以为否？”马文荣沉吟片刻，对着马灿汉耳语。

马灿汉面有难色。

林达见状，便道：“兄台有话便明说，晚生并不计较。”

马文荣如此这般，直说得林达愁肠百结。

马灿汉思虑再三，对林达说道：“我看只能依五叔的计划行事了。晚了，恐怕也走不成。”

周季礼和马灿汉不在追捕之列，胡须六暂时不会对他们怎么样。按马文荣的计划，马灿汉和林达兵分两路，林达扮成批脚，和几个批脚一起混出城去，出城后往东五十里，有一处茶场，乃马文荣结识的鸦片客头的祖业，林达可以到那儿避难。马灿汉则上省城，找孙中山联系，再回来与林达接头。躲过这一关再说。

林达只好同意，他急于和孙中山会晤。而这一来，在茶场藏匿三五个月也有可能，马灿汉上一趟省城，来回得费些时日。茶场虽在山中，也难说保险，最糟糕的是中断了联络。上得山去，安全有些许保证，可是那些暂时失去联络的同党，再无联系的可能。

批脚们一般在凌晨寨门大开时，陆续出城，林达必须在黎明的朦胧天色中和第一批出城的批脚们一起，混出城去。

家丁来报："下山虎"已让胡须六捕班围住。胡须六正在前厅，叫嚷着要见马文荣。

事发突然，把马文荣吓呆了。

马灿汉、林达和马文荣面面相觑，林达望着马文荣，注意着马文荣脸上的微妙神色，似乎在拷问：马文荣不会把我们给交出去吧？林达的忧虑仍在周季礼身上，他始终对这位曾经的同党心存疑惧。在革命低潮时分，所有的同志都不可信任，这是他多年的斗争经验，尤其是这些唯利是图的商人。周季礼老奸巨猾，万变不离其宗，革命信仰本就不坚定。他在日本，读过周的保皇文章，尽管他明白那是在演双簧，但很难说不是周季礼的真实想法！而面前这位五叔，不是同志，也难以作为同盟者。刚才见出他的慌张，很难保证他在关键时刻不会出卖。

马文荣的确慌乱，在他的经历中，甚少碰到如此棘手的事情。他必须面对胡须六。可让他在胡须六面前演戏，实在是天大的难事。

马灿汉自告奋勇，要去见胡须六。他并不把胡须六放在眼里。他总不至于对光德里的恩人下手吧！

"不行。"林达坚决反对。这无异于同时证明林达就在"下山虎"，马灿汉无法自证其说。问题是，胡须六为什么会找到"下山虎"。

是周季礼的诡计？借刀杀人？和胡须六一起演了一场戏，要害在马文荣身上？或是马文荣自演一场苦肉计？林达脑海里一下子闪过许多问号。

主张来"下山虎"的是谁？是马灿汉。那么马灿汉也难逃其咎？他从上海来？不错，是有孙中山的手谕。但是，他为什么会从上海专门赶到广州，再到潮汕来营救？在林达看来，原来合乎常理的事，此刻疑窦丛生。

还有，马文荣竟想到让林达去茶山，而茶山主人却是一位鸦片客头。鸦片客头是什么人？他与马文荣的关系？一个批馆掌柜，和鸦片客头成了至交，其中有什么勾当？

胡须六如此准确地摸到“下山虎”来，点名要见马文荣，没有准确情报，怎么可能？

林达以他天才的脑袋，迅速地分析着各路人物各种情况。

林达忽然想到，在烟桥客栈，从胡须六鬼使神差地上楼来，到胡须六邀请诸位去望江楼，不会是周季礼安排导演的一场戏吧？包括逃亡“下山虎”，紧接着胡须六跟踪而来。

为什么？难道为那二千大洋的赏金？

那马文荣的五百大洋捐款又是为什么？

林达糊涂了。

周季礼嫌疑最大，马文荣次之，而马灿汉始终是个谜。如果这一切都没错，那自己此刻已被置于死地。林达不禁有些绝望。

林达正在思虑之际，忽听通报胡大人到。马文荣急忙让林达、马灿汉避入里屋。林、马两人刚刚进入里屋，只见周季礼出现在厅堂门口，后面跟着的人，正是捕头胡须六。林达透过隔扇，抬头望去，窗外空埕上，十几个兵丁分成两行，雄赳赳地站在那儿。林达一下没了主意，本能地侧转身体，竟是无处可逃。

马文荣一见此局面，立马瘫软，原本四处踱步的他，一屁股跌坐在太师椅上。这回是真正粘上了官非，起码是窝藏匪类，半生清白全葬送了。

马灿汉更是大吃一惊！虽说半天前大家还在一起喝酒，称兄道弟，可此时，形势急转直下，形同水火。他一时也没了主张。

这个胡须六，马文荣也是认得的。只是平日里忌惮官兵捕快，见到这副官衙的打扮，马文荣便本能地畏惧。眼下这个局面，马文荣所受惊吓可想而知。

周季礼和马文荣也是老相识了，可是不打招呼，撞上门来，他自觉有些失礼，连忙作揖致歉：“尊兄恕小弟鲁莽，未经通报便前来打扰，失敬失敬！”

马文荣有些气恼，脸面上不好看，但经周季礼一说，便缓了面子。心想，何须把胡须六带到这里，真真没有见识。周季礼也许知马文荣的意思，又道：“在埕上见胡大人匆匆而来，晚生便跟随前来与尊兄问安。歉甚歉甚，望尊兄海涵。”

周季礼愈是客气客套，马文荣愈觉事有蹊跷，心中便七上八下，又见胡须六似并无恶意，便稍微平下心来。

胡须六也是个懂规矩的人，从小在光德里长大，虽没见过五叔几回，但常听人说起。他一见马文荣，便连连作揖，朗声说道：“小的奉县衙之命，前来烟桥派差，缉拿黄冈起事贼人，抽空特来敬马爷问安。昔日在光德里承马太奶奶施恩，得一家温饱，又得保荐到县衙当差，小的自当谢恩马家大人。”说得真切，竟有几分动情。马文荣不知真假，他还没有完全从刚才的惊吓中清醒过来。先是周季礼一番委婉之辞，又是这胡须六的真切表白，瞬间颇为得体，说话也十分中听，便有些明白，原来是乡邻。

郑武扬走后，郭仁卿马上到夫人房中，夫人已经清醒，他问：“慧心，可好些了么？”

“头疼得很，只是此事如何是好？无法交代啊！仁卿，你倒是要想想办法。批脚都在等着呢！”夫人有气无力地说，眼中流出两行清泪。

仁卿给她拭去眼泪：“你先休息一会儿，睡睡就好。我着人去把药煎了。我会处理好的，你好好睡吧！”

郭仁卿想去找找周季礼，在这地头，周季礼比自己能耐多了。凡事到他那儿，都会有个说法。

郭仁卿唤来郑万通，约同到周季礼处，先让郑万通前去通报。

郑武扬回到局里，忖思燕子尾，是何方盗贼？近日已有多人来报，被盗者均收到有燕子尾留下的信函，失窃的也多是大户人家。看来，这是一次有谋划的劫盗，不像个别盗贼之所为。他刚刚细细观察郭仁卿的库房，窗户离地有二丈来高，外墙又临练江，从水面飞上窗户，似乎只能用飞钩悬索方能蹿上窗户，而这也是所谓燕子尾的绝技。有说他能飞檐走壁，连同他的雌雄剑，也能在空中飞斗自如，似有灵性一般。这些传说，都来自于盗贼惯于使用的飞索飞钩。这在江湖上并非特别的奇技。在郑武扬看来，通通都是小儿科的把戏。

这个燕子尾是谁？他在哪里？郑武扬很是好奇。破案倒在其次，见识这个传说已久的人物，亲自抓住他，看他究为何方神圣，这是郑武扬在走出永茂源批局时，油然而生的一个欲望。自丁未之后，潮汕匪患频仍，偷鸡摸狗的事也渐渐多了起来，他很想抓个把大盗，杀鸡儆猴。他的匣子炮，已经有许多日子没有冒烟了。刚才仁卿塞了十个银圆在口袋里，此刻他还觉得口袋沉甸甸的，惬意！这是他三个月的饷银。心想，不亲手把燕子尾抓住，刑之以法，也不好向仁卿交代。

传说中的燕子尾武艺高强，尤其是他的雌雄双剑，无人可敌。虽从无人形容过雌雄双剑形状如何，但可想而知，然双剑再厉害，能敌得过匣子炮吗？笑话！现在可不是比试武艺的时代，是枪炮说话的时代。就算你是黄飞鸿、方世玉、霍元甲，也敌不过一阵炮轰。郑武扬想到这里，心中一乐，叫过来勤务兵，让到练江里找个鱼佬，弄几条白鲢鱼来下酒。

勤务兵是个兵油子，山东人氏，姓闫名玉，原在县衙门当差，不足十月，便共和了。县衙捕快跑的跑，斩的斩，倒是这个捕快新丁被新成立的警察局留用了。闫玉这个名字叫起来还好听，可写起来，跟阎王差不多，所以熟悉他的人，都不叫他本名，全叫他阎王，他也并不计较，叫阎王更好，有气派。闫玉今年30岁了，长得一表人才，在铜钵盂成田一带，人缘很好。他来潮汕多年，也说得一口流利的潮阳话，这尤为不易。他和当地人混了个熟，潮阳话也说得，没人把他当外地人。

他是郑武扬的得力干将，特别会为他去弄些下酒的时鲜。到练江上找鱼佬弄几条河鲜这件事，是他的拿手好戏。他在河岸上，能飞身跃上距离河岸丈把远的小船上，而且轻轻立定，小船还不见得摇晃。他偶尔的这种把戏，会唬得鱼佬们一惊一乍。

在警局，郑武扬也只和他有私交，说是勤务员，实则就是郑武扬的把兄弟，酒肉朋友。他月薪也就二块银圆，可从不缺钱。唯有这点，让郑武扬心有不悦，凭什么他这么不缺钱？一定是在外有野食可捞。

闫玉面相清雅，笑起来还有点弥勒佛的味，他的单眼皮笑成一条缝时，其笑佛的形影就更其浓郁。他是唯一不住在局里的警员。至于他住在哪里，就连郑武扬也不知情。

关于燕子尾的传闻，郑武扬还是在闫玉那里获悉的。先是闫玉讲燕子尾的故事给他听，后来还把故事的蓝本给他看，就是那本《清朝野史述异》。

在警局中，除了郑武扬外，闫玉是唯一读过几年私塾的警丁。自烟桥有燕子尾出没之后，关于燕子尾的传说就惟妙惟肖。似乎有人故意在渲染燕子尾的故事，唯恐人不知有燕子尾其人。

同样令郑武扬不解的是，燕子尾为何要盗走番批？这些批封，到燕子尾手里，等于废纸。

燕青杀了师父道人之后，逃出寺庙，流窜于川陕豫湖，又入两广，似乎无处不有燕子尾的踪迹，而且其速度势头之猛，有如坐飞机盗窃一般，今日还在川陕，明日便传在两广，其神异，有日行千里之说。

有云：某钦差携眷出京城，舟驶至洞庭时，钦差之女国色天香，偶启开船之篷窗，远眺山光水色。忽见一人踏浪而来，衣着神情翩翩，在浪花中行走，却并不沾湿点滴。女以为遇见神仙下凡。那人踏浪而来，昂然立于船头，竟是一翩翩少年。钦差大怒，喝问何人。少年答：我正是江湖上传说的燕子尾！钦差大惊：你就是那个传说中的盗贼么！

少年笑着说："我既是盗贼，可今日并非为盗而来。不为金银而来，不为衣物而来，只是愿为大人的女婿足矣。"又说："限你三日，速将女儿送来我住之某处，可免你一家受难。否则，将你杀了，再取女儿。"旋即踏浪而去，飞一般消失在烟波里。

钦差大惊失色，烦闷至极，回味刚才燕子尾的话，不禁心寒。适此时东南风紧吹，推动船帆，行驶如飞，一日不到，便抵武昌。钦差将此事告知总制，并言必将燕子尾捉拿归案。总制便急急传谕各府各县，限期捉拿燕子尾。

各县衙见谕，捕官们无人不知燕子尾的厉害，无人不大惊失色，无人敢主动承担抓捕燕子尾的职责。有一老捕官精通剑术，可与燕子尾一决，但却老矣退休故里，且不肯出山。老捕快有一侄儿，颇精剑术，但经商在外，须召他归来。侄奉命火速赶回县衙，老捕快遂命他去擒燕子尾。侄一听也大惊，连连推说自己不是燕子尾的对手，擒拿不了燕子尾。只有上五台山，请师父下山，或可与燕子尾交战。

五台山上之师父，正好是峨眉山上被燕子尾所杀师父之师兄，悉师兄被燕子尾所杀，大怒！誓与师兄报仇。但言“杀燕子尾，无须吾下山”，令侄把手掌舒开，在侄左手掌上一通符咒。嘱侄找到燕子尾时，展开左掌，以符咒对之，则燕子尾将自愿随行，可将燕子尾引至督署。侄如此照办。一日，终寻得燕子尾在街市游荡，侄伸手展示符咒，燕子尾果然随其身后行走，侄将之引进督署，统制连夜升堂。

总制大声喝问：“汝是燕子尾么？”声音大得出奇，似为壮胆，把自己也吓了一跳。遂命左右兵丁迅速擒拿。可怜燕子尾刚才一路浑噩，不知所以，一时还没从晕眩中醒过来，经总制大声喝问，倒一下子把他给唤醒了。未等兵丁出手，燕子尾双剑在空中飞舞，电光闪烁，侄与兵丁均不能近身，刹那间，未等兵丁们出手，燕子尾已腾空而去。

总制惊骇万分，急道：“真是燕子尾呀！真神人也。此盗神出鬼没，似妖孽一般，不可不除！”马上命兵丁们跟踪缉拿。

侄见一计不成，五台山师父当有妙计才好，遂又再上五台山问计。师父沉吟良久，说道：“事已至此，我也不必念师兄弟之情了。弑师父，本应行凌迟之法，今日当是死期。”便对侄密语：“燕子尾全赖雌雄双剑，双剑在身，则人不可能擒获。燕子尾必有所好，侄得计谋，即下五台山布置。”

侄回复总制，如此这般，总制大喜，令侄照此计划办理。侄取千两黄金，送至名妓处，对妓说：燕子尾为大盗也，汝终为所祸，若助官府擒拿，可转祸为福，又得千金，何如?

妓即允诺，侄并告妓，何如何如。

是日，燕子尾到名妓处，名妓细语曰：侬与汝共处甚久，未能尽欢，皆因汝二剑不离身体，妾又惧兵器，今夜何不将二剑取下，交侬藏起，侬亦得尽其战技。燕子尾一听，淫心大发，即解下身边双剑付予名妓。名妓此时方正视双剑，该剑长约三尺，然精光炯炯逼人。名妓移步，假装将剑放入匣中，却乘势收入袖筒之中，转身进里屋便溺，遂把双剑插入便桶中，坐溺其上。旋与燕子尾翻云覆雨，不亦乐乎。

名妓趁势两手抱紧燕子尾，按约定大咳一声。燕子尾惊觉，大事不好！但身体已让名妓紧紧箍住，且精气已泄，便大叫："今夜毙命于此矣！可恨！"遂反身跃起，双手持起名妓双脚，猛一用力，名妓身体裂为两半。侄等兵丁，簇拥而入，将燕子尾扑地而擒，五花大绑，押至总制衙门。

总制连夜升堂，大笑曰："燕子尾，今日何不速飞腾而去？"话音刚落，燕子尾破口大骂："糊涂狗官，使出如此下三烂之诡计，秽我双剑。燕子尾死得光明磊落，只恨无时杀汝，待阎罗王处再算账不迟。"又破口大骂侄等狗腿。总制大怒，即令官丁斩于阶下。有人呈上双剑，只见双剑刀光全废，暗灰失色。

此乃嘉庆年间事，后人或有为双剑叹惜，但有高人点拨，双剑皆为不祥物，何足惜矣。燕子尾不足为道，峨眉山道人习此，又错收盗贼为徒，岂不等同于自杀乎。燕子尾之孽，也为道人之孽也。

《清朝野史述异》中记载了这个故事，闫玉读过多遍，滚瓜烂熟，却把"此乃嘉庆年间事"忽略，或是故意为之。闫玉认定，此燕子尾便为彼燕子尾，万事古今同。不同的是，古人给出了教训，如今又有燕子尾，便不会重复其辙。闫玉对燕子尾的结局，有充分的信心，婊子和戏子，怎么能够相信呢？他为嘉庆年间的燕子尾鸣不平，江湖上人，最恨使阴招的小人。

第十四章

天亮时，下了一夜的大雨停了。屋檐上有燕子在鸣叫，欢快地啁啾。马伯良蜷缩在眠床边，他高大清瘦的躯体，常常是这样曲卧着，一张并不宽大的眠床，他也只是占了一小半。他习惯蜷缩双脚地侧卧着，他似乎从未舒展过自己的身躯。从心理角度言，这是一种自我保护，当然，这不是马伯良思考的结果。

生命于他更可能是一种有责任的活着，活着的有责任。郭同志对此有所研究。只是光德里每一个有雨、有滂沱大雨的长夜，在空荡无人却狭窄简陋的八尺之中，马伯良孤独于世外的那些有雨、有大雨的夜晚，任是郭同志再大的学问，也无法解释得清楚。

去过光德里的人，都没有机会，或说不会留意叫八尺的陋室。由五座“驷马拖车”组成的深宅大院光德里，有多少条伙巷，又有多少大小不等的八尺或类似八尺这样的屋子，或说叫作通道的地方，好像没人说得清楚。我曾经和从事建筑设计的朋友，细细地勘察了一番，于他们而言是简单机械的问题，却也依然一头雾水。每个八尺，都静静地待在它们应该待的地方，它们安静地命定地等待或无言地面对着，任人述说品评，可是，总也让人数不清楚。起码我从来就没有数对过，那些搞设计的朋友也是。这本是一个天方夜谭的问题，一个无法解释的问题。只好由它去了。马伯良对此更是莫衷一是，他从来就不曾思考诸如此类的问题。

这就是光德里留给世人无数奥秘中一点常被忽略的印象。

那天夜里，马家祠堂好像没有倒塌。

马伯良有许多个相似的夜晚，而光德里的秋天和春天常常是多雨的。只要练江涨水，江边的湿地涌进成片成片的水葫芦，在池塘和水洼里不要命地疯长，光德里就必然会有终夜不息的豪雨。

有时，在光德里以外的街巷，或许是月朗星稀，煤油或豆油点燃的街灯，那种椭圆形，犹如批脚的长弓篮般形状的红灯笼，一动不动地耗散着橘红色的光芒。任是光德里风雨交加，一巷之隔的街路却静谧幽闲，风清月白。东边月色西边风雨，很少有人在深夜时分，去留意关心光德里这种天象忤逆。马伯良最早发现这种情状，但他始终缄口不言。

马家祠堂在什么时候坍塌？马伯良说不出准确的时间，似乎倒塌多年之后，人们才意识到马家祠堂究竟是倒了。好像马家祠堂的倒塌，是一件期待已久的事。一座早就断了香火的破祠堂，在外人心目中，早就没有了敬畏。人们真的已经忘却了这座隐匿在城市中的深宅大院么？这些深藏在市声中的深宅，离光怪陆离的市井仅咫尺之遥，可是却冷清萧疏。荒树衰草，残垣断壁，只是檐前画梁，石上雕栋，在无奈地倾诉着曾经的繁华与奢靡。那种破败与衰落，那些深锁隐没了的昔日声气，似乎连遥远的回声也难以捕捉。在辽阔的潮汕平原无数的城市繁华中，随处可以寻觅到这些飘零于岁月时空中的旧日碎屑，它们像不死的魂灵，借风雨交加的阴晦天气，以及从山间或海上吹拂而来，穿堂而过的雾霭，在这些古旧败落的墙垣中，无目的地游弋。

我在去光德里的路上，拐过几条街路，街路上的青石板已经被撬去，残留着细细沙石。小巷和门楼交错，光德里和硕士第、大夫第、资政第就在前面，近在咫尺。刚才的熙攘市声还留在耳边，瞬间却已经雨冷风寒，从空荡荡得有些令人发怵的长长深巷中，隐约传来瞽师拉着椰胡幽怨的弦竹之声。

瞽妹牵着瞽师，在无人的街巷中缓缓而来。

马伯良少年时代光德里日日的风景，此刻却在这无人的深巷中，冉冉升起。

那些着长衫马褂瓜皮小帽的男人们；那些藏在小巧华丽锦轿中的姿娘们；那些颠着小脚，提着小小花篮食盒，在小巷深处的土地庙烧香祭拜的妇人们；那些倚在门楼边，啃着瓜子，对着街巷探头探脑的少妇们；或规规矩矩地坐在门楼照壁前，让挽面婆绞面的女孩们；还有卖三味橄榄、卖草粿的小贩们，提八索的货郎担，补炉窗补锅的炉窗佬，牵着公猪游乡配种的“牵猪哥”们，阉鸡阉猪阉牛的阉佬们，穿行于街巷中四处流动的五行八作……此刻全从地底下浮出路面，在这些恬静无人的街巷中神出鬼没，荒凉多时的街巷忽然间就热闹起来，各种各样的吆喝此起彼伏。

马伯良儿时熟悉的歌谣，忽然就从深巷里隐隐约约飘浮而来。

正月二月掇①柑皮/ 三月四月卖杨梅/ 五月六月煤②草粿/ 七月去抢孤③/八月来卖芋/ 九月绕④鱼鲜/ 十月粜新米/ 十一十二錾羔钱⑤/ 一年过了又一年。

（注解：①掇，此处潮音读do^{8}（与“夺”同音），拾取。②煠，潮音读$sɑ^{8}$，用水煮熟，此处作“煮”之义。③抢孤，潮汕民俗，每年农历七月十五中元节，民间团体举行“施孤”（也称“祭孤”）仪式，向孤苦无依的鬼魂施舍。仪式上祭品丰厚。祭祀仪式完毕之后，将祭品抛掷给民众，民众互相争抢，谓之抢孤，参与抢孤者，多为穷人和好奇的青少年。有身份的人不屑为之。④绕，此处潮音读作$riɑo^{4}$，“赶着做买卖”之义。⑤羔钱，潮人祭祀用的一种纸钱。）

这种晓人智慧的儿歌，街头巷尾到处都有，从潮汕唱过乌水、唱到实叻（新加坡），唱到暹罗的穷街陋巷中，让异邦人笑破肚皮，不知所云。

马伯良当年在暹罗做水客时，就常常被异邦人问起，唐人母亲唤儿女回家吃饭时的话音腔调："早死仔，猛猛回家食饭"。各种潮汕方言说这话时，差别很大，但其腔调及余音袅袅，却大同小异，其神情话音蜿蜒流转又嗔又爱之势，令人诧异，让人笑死，其味无穷。

潮汕话的神奇，只能意会，无法言传。

空荡荡的光德里，给了马伯良所有来自童年少年和青年的记忆。只有留在光德里，留在他的八尺里，马伯良方能度过那孤寂的漫漫长夜。老年的马伯良，无须再去劳作的马伯良，他每天的工作，就是从早上到夜晚，在光德里的每一个角落里不停地游走。每一个角落都遗留着他旧日时光中的痕迹，那些痕迹深深地刻印在他的记忆中。每每脚步停留在马创英马老叔公坐落在后库偏西的小院，庭院门楼石匾上"三长阁"三个大字依然炫目。原本填满红漆的三个大字，红漆早已让雨水冲洗殆尽，花岗岩刻出的字迹，却依然笔画边角锐利清晰，似老叔公那双锐利异常的鹰眼，在阳光下熠熠生辉，闪耀着高深莫测的幽微之光。

老叔公是在80岁上离开这间庭院的。马伯良记得非常清楚。那一天，马伯良正欲去送批，被父亲叫住，他赶到光德里时，睡着老叔公的巨大灵柩，正由八位大汉，从庭院里抬出来。因为还没有找到合适的龙地，老叔公的灵柩不能入土，故一切礼仪全免，灵柩要安放在马家宗祠的灵堂里，待到寻觅好龙地之后，再行丧葬大礼。有的人家，灵柩一放就是十年、二十年、三十年才入土的，都是常事。光德里的马家宗祠里，就安放着不下十座未入土的灵柩。

老叔公的灵柩，直到1954年，潮汕地区开展"打柩"运动，全面清理未入土之灵柩时，方草草葬了。新社会，不再讲究风水龙地。老叔公只好暂时委屈，入土为安。

马伯良经常梦到老叔公。这位神色严厉，性格锐利，性情古怪却又不动声息的老人，活跃在马伯良的心里。

这种莫名的印象，连马伯良自己都莫名其妙。

有好几次，马伯良偷偷溜到马家祠堂，在老叔公的灵柩前，坐了许久，鬼使神差地就坐了许久，有时他会觉得灵柩里好像有了动静，是老叔公在棺材里翻身。马伯良曾经以为老叔公是不死之人，他强悍得似金刚不坏之身。可是，他真的死了。马伯良有时甚至怀疑躺在灵柩里的这个人，也许不是老叔公。老叔公活在另外一个地方。只要走进光德里，马伯良就不得不产生这样的想法。

这个胡须六，虽长得五大三粗，与昔日模样完全不同，但一经说起，他多少还有些印象。特别是说到太奶奶的保荐，此事光德里无人不知，缘因光德里从来不与官府来往。保荐胡须六之事是个例外，全因县衙知县林大兴大人履新，前来光德里拜见马郑氏，并言初来乍到，盼望马郑氏举荐一捕班快头，熟悉地土乡情，又稍有武艺的乡人为好。原来这知县是邻县的新科进士，与马家的孙辈马灿雄同为举子，故有这同学之谊，马灿雄嘱知县林大兴，履新之时，请拜见太奶奶以指点迷津。在潮汕为官，拜见土地奶奶十分至切。

马文荣放下心来，见周季礼也说得在理，便不敢怠慢，竟如他乡遇故知一般，招呼两位坐下，饮茶，一时忘了林达就躲在里屋。

彼此客套完毕，又叙了来往烟桥诸事，派差公务各事安好，谈话颇为融洽。周季礼不知林达已见过马文荣，他刚才来见马文荣，纯粹为了打探马灿汉、林达此后的行踪及安排。恰遇胡须六，也让胡须六意外。各自说了来意，方知胡须六将换防回县衙交差，另由惠梅潮镇守林大兴派兵前来烟桥清剿乱党。他特来马文荣处请安作别，回光德里时好有个交代，免得马太奶奶怪责，若问起烟桥诸事，不好回应。

胡须六说明来意，此来竟与林达等无关。言谈之中，这胡须六似乎并不知马文荣与林达等的瓜葛，这令马文荣十分欣慰，原来是一场虚惊。

胡须六言者无意，周季礼与马文荣，包括藏在里屋仅隔扇之遥的林达、马灿汉却大吃一惊。一个胡须六尚可对付，惠梅潮镇守林大人派兵前来，这动作就大了！定是闻到什么风声，否则无此换防调兵的道理。

周季礼心想，这胡须六来告辞的真意难辨，但此消息却不啻一个警讯。周季礼想，必得探听惠梅潮镇守的兵丁是否已到达烟桥，有多大的动静，又怕胡须六生疑，便有意关切地问：“胡大人星夜启程？鄙人还想为大人饯行呢！”

胡须六不正面回应，却说：“后会有期！小的公务在身，也不便多饮。此前酩酊大醉，险些误事。在烟桥再也不敢，见谅见谅。”

“这惠梅潮镇守林大兴林大人也到烟桥么？”马文荣似出于好奇，无话找话。

“据传绑了几个乱党，要在烟桥行斩。说是烟桥多为刁民，鸦片掮客也极为嚣张，丁未起事武器给养，查出多为掮客们资助募款。此来烟桥，杀鸡儆猴，那是一定的。林大人亲来监斩，这也是朝廷规矩。”胡须六在马家人面前，全无痞劣之气。他视光德里为至尊，言语不但正经，而且情真。这让马文荣听得舒服满意，故马文荣说话便没有了客气客套和生分。

“哦，还有一事，容小的向尊兄禀告，此案也涉连多家批馆。乱党遗下的文件中，写明募来起事钱款，由几家批馆经手，朝廷对此事颇为注重，令镇守大人彻查来龙去脉，听说饶平都那边还抓了十几个批馆东家，连水客批脚也不放过。”胡须六有意无意的说辞，令马文荣大惊。他马上想到那五百大洋，这还是少的。此前批馆经手的几笔钱款，数额巨大，每笔都在七八千大洋以上，如此大宗款项，又在“丁未起事”前几月之间，不被联想怀疑才是怪事。想不到革命党办事如此草率，连累了诸多商家。马家批馆，恐遭不测。马文荣心惊肉跳，自己分明已经跌入火坑！里屋就藏有乱党，若胡须六觉察发狠，自己不就是人赃俱在的乱党么？这些都是砍头的罪。

马文荣渐明白胡须六此来的意图，言语之间，分明是来警告。动机当然不容置疑，他不禁有些感激。

周季礼也听得心惊胆战。这林大人善者不来，来者不善啊！他有些后悔自己此行误入烟桥，以至于牵涉其中，林达若被捕拿到案，供出同党的可能性极大。这胡须六究竟又是什么人？愈觉看不明白。他来拜见马文荣，意在通风报信，还是……他弄不清楚。

明知林达是乱党，可胡须六就是不说破，碍于马家亲缘？周家邻里？还是另有他图？总之是扑朔迷离。胡须六貌似一个粗人，却又心思绵密，处事面面俱到。午间醉酒，想必也是个手段，有意放林达一马？那又意欲何为？周季礼自诩阅人无数，对胡须六这种粗人，反而失了左右的方寸，摸不透。

马文荣有意宴请胡须六，再行细谈，有个在官衙的耳目差使，于日后也有好处，他存心巩固与胡须六的关系，便道：“鄙人先前未为大人接风掸尘，如今大人将离烟桥，鄙人理当陪大人小酌一二杯，意在饯行，如何？”

“小的公务在身，不敢多饮，时亦不早，多谢尊兄。告辞，有用之时，请尊兄多多派遣。”说着，起身告辞。马文荣不好再三挽留，悉听尊便，殷勤送出门外，始回。

林达、马灿汉回到客厅。

刚才胡须六与马文荣一席话他们听得明白清楚，现在出城恐怕很难。惠梅潮镇守林大兴，正是镇压黄冈起义的刽子手。若不是他带兵前来增援，黄冈起义不会是这个结局。

胡须六此来既是礼节性的，也别有深意，起码为自己将来重归光德里留条后路。他把这些重要情报通报给马文荣，让马文荣感激不已，也使他内心更加忐忑。无形中，马文荣自觉已成了林达们的同党，等着林大兴林大人宰割，如林大兴要追查马文荣批馆往来钱款，马文荣只能坐以待毙。再加上资助林达的五百大洋，罪加一等。马文荣愈想愈怕，看来烟桥是待不下去了。胡须六此来，分明在暗示危险信号。此时不逃，更待何时？他果断地对马灿汉说：“赶紧去准备一下，天亮和批脚们一起出城吧！”

马灿汉也顿觉形势危急，林达恨不得马上就走，到茶场暂避。

家丁来报，周季礼已随胡须六出城，着家丁转告马文荣：不辞而别，歉甚歉甚。

马文荣听闻消息，十分无奈，大难临头各自飞，也在情理之中。他即着人为马灿汉、林达准备批脚服装道具，只等天亮便启程出城。成与不成，就看各人造化了。

茶山在烟桥北面五十里处，是由南往北必经的隘口。从隘口走山间小道上行800米，岭顶上有几个山丘，山丘密林让雷火烧出空地旷野，经垦殖而为世外桃源。郭氏大爷仁卿公，已在此地经营了两代人。五十年间，尽管烟桥有瘟疫，有后患，人去城空荒弃近百年，但茶山无恙。

仁卿公在茶山筑起了庞大的山寨，山寨如在云中。一条蜿蜒的羊肠小道，从隘口绕行而至茶山山寨，小道九曲十八弯，时而没入峡谷溪涧，时而隐入林中茂草，一路多有暗器机关，外人无法抵达。800米山道只容马匹、小轿行走，山外货物搬运，全靠肩扛马驮，这是仁卿公的安全谋划。五十年间，没有那朝那代的衙役官吏，能够上得茶山。茶山孤悬世外，似天堂的秘境。

仁卿公的家在铜钵盂，离此地尚有百里之遥。家眷从未登临茶山，这也是仁卿公立下的规矩。男儿15岁出花园，其成年礼便是从百里之外的铜钵盂，徒步到茶山来，行程三日三夜，不得歇息。三日后礼毕，再在山上度过三月，与家丁劳役同吃同住同劳作，三月后始得归去，又徒步而返。仁卿公从20岁上山垦殖，至今逾20年，他每月还从铜钵盂坐小轿到隘口，然后徒步800米上山，小住几日始归。

烟桥很少有人见过仁卿公郭氏，有见过的，将其传为神人。

烟桥的道人，为人写回批的太清先生，人称“写批杨”，他在烟桥设摊观相写回批逾20年。在他口中，仁卿公是一个神话传说，他去过茶山，凭对其山势地理堪舆又及仁卿公其人面相，有过精彩描述，这些描述在他的手记《神相丛钞》中，占了不少篇幅。

有人在美国大都会博物馆中，看到太清先生写于光绪三十年（1904年），用馆阁体抄写的手稿《神相丛钞》。他逝世之后，手稿由他的弟子带到美国，几经流转，终成美国大都会博物馆的藏品。

在《神相丛钞》中，太清先生对仁卿公的面相描述多有褒扬：“郭仁卿者，其四渎深且阔。”四渎者，长江、黄河、淮河、济河。相术家喻指耳、目、口、鼻。耳为江，口为河，眼为淮，鼻为济。四渎须宜深阔崖岸，有川流之形，不欲汗漫破缺。耳如长江，阔而深，有重城之副，紧则聪明，家业不破。又说其目，深而长，则为寿贵之目。

太清先生年长郭仁卿十余岁。太清先生死于民国二十七年即1938年，他先于郭仁卿而逝，故《神相丛钞》中并无关于郭仁卿的终年介绍。

烟桥的人，眺望没在云雾中的茶山，如望云中仙境，那仙境不在人间，也就少人问津。在仁卿公的时代，烟桥茶山也仅止于传说，人们对这个荒僻之地并无兴趣。后来南来北往的鸦片掮客在烟桥过往得多了，忽然发现有一种烟膏，居然有着烟桥的标记，一朵淡紫、洒金的双色杜鹃花，品名称为金丹、泡泡，做得颇为精巧。每粒指甲大小，刚好够烧一泡，省去了手捻的麻烦。烟膏在焚烧时竟流溢着一种淡淡的花香，不但便于焚烧吸食，更有一种属于烟桥，只可意会难以言传的烟桥韵味。在吸食鸦片膏时，呼出的烟气中竟然飘着只有烟桥空气特有的气味。

烟桥漫山遍野长有一种开黑色花的杜鹃。杜鹃在春天开放，树上同时长有淡紫、洒金的双色花。这种双色花杜鹃只长在茶山上。杜鹃的花朵及颜色类似茶花，因此烟桥人便把长有杜鹃的花山称作茶山。烟桥的味道由茶山而来，茶山上飘来的杜鹃味道，有一种血的味道，有种微苦的清香。

烟客们发现，在烟桥城中，仁卿公开的烟馆里吸食鸦片烟，有特别的意味。不可思议的是，每盒烟膏附有一戒烟药丸，名“退瘾丸”。言明吸用此丸，费钱少而功效多，或索要药方，取草药者悉听尊便。这就奇了怪了！大烟馆并备戒烟药方，而此方中君药便为杜鹃。有说此方从北方由掮客们传来，又有一说是仁卿公多年研究调制而成。而太清先生则说，早在《本草纲目》中已有记载，不过仁卿的烟馆又植入双色杜鹃等物，令此药有奇效。

仁卿的烟馆及其烟膏因此大卖，人们以为吸食仁卿的金丹、泡泡，便不易上瘾且有解药，似更放肆。清廷早已禁烟，而烟馆却半明半暗营生，至少在光绪年间，地方上取缔并不严苛。

是日仁卿又于月中上山。山下有工房，此乃茶山之山门，轿子轿工均在此歇息，并不许上山。

曾经有人想擅闯茶山，一睹究竟，然无一成功。不是死于机关，横尸山野，便是让流石流木击中，伤残而逃，或遇鬼魅惊吓，抱疾而终。

太清先生的解释是，仁卿公通识“奇门遁甲”以营造茶山之局势。有言道：“因命风后演成文，遁甲厅门从此始。”仁卿何等人矣！“帝得风后于海隅，登以为相，得力牧于大泽，进以为将。风后作兵法十三篇，孤虚法十二卷。始立遁甲一千八十局。”此乃王之术数，而仁卿得悟于心，在茶山隐遁五十载，素以幽隐之道，机微之理，通于神明之德，以遁甲为名，谋运程之行。

予毒药又予解药，是无法抑毒之横流，且行且阻，且流且堵，也为奇门遁甲之局也。

这些解释和民间传说不绝于耳，仁卿并不以为然。今日他上得山来，为的是要在山上会晤太清先生，再决定一个人的生死。

深秋时节，红叶满山，茶山上的杜鹃叶子也渐变黄，更显出毛茸茸的枝干，在风中萧瑟着强拗的意志。杜鹃的名声并不甚好，生离死别，伤悲啼血，仁卿却不以为。当年20岁，上京会试，经过烟桥正是春水泛滥之时，满江洪水，梅雨霏霏，少有的春雨泛汜残路断桥，阻滞在烟桥月余。眼看会试时日已近，无法抵达，干脆便在烟桥逍遥。满山的杜鹃和满街的鸦片掮客，令囊中无多的郭仁卿，干脆入了水客的行当。

那时烟桥还无固定的批馆，批脚每月一次从潮州到烟桥，又匆匆带着回批归去。其间，批脚在烟桥送批，与屋主多有错过，既拖延批期，又阻滞批银的递送。郭仁卿便在旅馆中，为客地的批脚们做代理。从潮州来的批脚们，一到烟桥，便把批银集中托付给郭仁卿，由他统一派人递送，批脚们倒成了水客。

郭仁卿干脆租了一个屋厝，开了烟桥第一家批馆。批馆没有名字，也没有挂牌，代理了五六家潮州批局的递送业务，每月批银不少于两百封，钱款也大多在万元以上。每逢中秋、春节，批封多达五六百件，连福建江西的批局，也连带让郭仁卿代理。

有日，仁卿送批给太清先生，那时的太清先生还是个“代写书信”的书生。他从15岁连考五年，连秀才也没考中，在烟桥做了两年的家塾先生，后来东家病殁，家塾办不下去，他只好撑了块布幡，拖了张桌子，在烟桥十字街口的僻冷巷头，为人代写书信，填写回批，也为不识字的水客，誊写回批底本。

康有为对着《申报》久久沉思。他的思绪沉陷于1896年在万木草堂与郭仁卿的往事。那位潮州怒汉在惠如楼的义举，给他留下深刻的印象。后来，当革命处于低潮四处逃亡之时，他有过寻找郭仁卿救助的想法，但苦于无法联络，而这潮汕怒汉，似乎从那时起，便人间蒸发。潮汕是他很想一去的地方，那儿的人生性敦厚且侠义忠勇。虽然与那地方的人相识相处很少，但对潮汕的人事，他还是颇有兴趣的。

此时的康有为，虽然名家名流架势犹存，但身体与生计状况堪忧。有时还得写一些字幅，让小妾把字幅辗转送到画商处兜售，以换回一点日常的排场。

康有为放下《申报》，无目的地巡视着包厢外来来往往的茶客酒客，很想找个人来聊聊天，小酌几杯。他空落落的心，忽然有一种强烈的冲动，很想回到1896年的万木草堂。

郭仁卿那十万元捐款，后来都花在哪里？都做了些什么事？他已经记不清楚了。但此事难以磨灭。康有为令茶房取来笔墨纸砚，随手写了一张便笺，令人送至上海金陵中路大世界对面的永茂钱庄，盼与郭仁卿一晤，他准备在舍下辛家花园，与郭仁卿共享历史性的会面。

康有为回到辛家花园，径自走进书房，嘱仆人把大门关起，不让任何人打扰。六夫人张光轻敲书房门，康有为也将之拒于门外。

他取出一刀荣宝斋贡纸，纸边印有“大清光绪御制”，乃晚清宫廷委托北京荣宝斋所制，纸微泛黄色，纸面泥金绘云龙纹，线条纤细俊美，画意极富宫廷气息。他小心取出其中四张。这等贡宣在市场上已然绝迹，偶尔在琉璃厂可以买到，但很难保真。康有为轻易不拿出这等珍藏。今日他想写上四个条屏，赠与郭仁卿，算是见面礼。

他在书房里踱来踱去，不时回到画案边，拿起毛笔，却又踌躇再三。心中已无激情，而有一些伤感。老之将至，变得犹豫，这不是他康南海的精神。对郭仁卿，他似有一种难以廓清的情怀，一时反倒没了主意。该为这位潮汕怒汉写点什么呢？

他忽然想起几年前（1921，辛酉年秋月）信笔挥就的“旧作五首”，那诗倒是符合此时的心境。

湖波澹淡卷帘风，梦入华胥事已空。

二十七年春色过，烟迷雨冷忆行宫。

海西庵阁对藏书，听涛山访怀故居。
步苔种树多遗迹，日夜涛声不扫除。
黄牛山下石矗矗，缥碧清溪藤荇覆。
空山十里不见人，但有鸟号长杉绿。
绝顶双峰峭壁悬，翠崖丹磴万松喧。
山里茅庵禅寂者，先争一觉法方圆。
庭荫南柯方梦觉，几堆大藏读桴伽。
吾生自有安心法，所过此欣即是家。

康有为正想差人把刚刚写好的四条屏送到永茂钱庄，忽报梁启超来访，康有为大喜。

梁启超此时正在北大教书，此来是为商议康有为七十大寿事宜。进到书房，看康有为重书六年前旧作的四条屏，连声叫好。康有为重书旧作，陷入旧情，梁启超并不感意外。“二十七年春色过，烟迷雨冷忆行宫……”他心中有些凄然，对康有为说：“先生不必过于伤感。若他日有著二十世纪新中国史者，吾知其开卷第一叶，必称述先生之精神事业，以为社会原动力之所始。”

此时，门外有人声，梁启超知是康同壁，连忙起身迎迓。康同壁如风一般，进得书房，朗声道：“梁先生说得何等好啊！知我父亲大人者，无不为梁任公矣。若论中国之近代史，而称颂父亲为维新第一人，必无疑也。”

康有为心情大悦，他重温此“旧作五首”，正有此心，唯恐共和之后，人们渐忘维新之历史。没有百日维新的渡让，没有戊戌六君子血洒中华，即便孙中山有再大本事，在朝在野的识见，也未必如斯。这是康有为耿耿于怀的。人骂他复辟也罢，开历史倒车也罢，康有为自认，他是站在历史隘口，为中华民族承前继后的第一人。

康有为此前因参与张勋复辟（1917年），力主用虚君共和制，定中华帝国之名召开国民大会，此议为康有为议政之败笔。既与清室贵胄保皇复清的意图相抵触，又与门徒梁启超维护民主共和的努力相龃龉，因此政见不同而影响了康、梁之间的和气。此时的梁启超，早已排除了这些党争的纠结。此来上海，不过为师谋七十大寿之生日排场。甫一见康先生又沉湎旧时岁月，不禁感慨万端。昔日在万木草堂，英姿勃发，如今同人皆垂垂老矣。梁启超只想让康公快乐，便拣好听的话说去。

“令国事诚有大不忍言者，剥报之复，会有其期，戊戌以后之新中国，惟先生实乎辟之。今之少年，或能讥弹先生，然而导河积石，孰非闻先生之风而兴者，事苟有济，成之何必在我。先生其亦或可稍抒悲悯，雍容扶杖，以待一阳之至也。”梁启超直把康有为比作如孔子一般的人物，如此颂圣，当使康有为欣慰至极。

康有为心情大悦，康同璧在一旁推波助澜。她知老爷子近日常坠入怀旧之中，与身体日渐衰弱有关系。她很欣赏梁启超的识见与大度，甚至感激梁启超，常在父亲备受诟骂之时，力极维护父亲的事业与名望。

康同璧念及此，不禁动了感激之心，忽然说道：“梁公受我一拜，知我父亲者，非梁公莫属。”

梁启超不正面呼应康同璧，却问起她的“天总会”来。康同璧甚为惊奇：“梁公什么时候也关心起中国的女权运动？”

“吾非老朽，惯来力倡先生的主张，反对缠足。你这位万国妇女会副会长，中国全国妇女大会会长，不至于如此孤陋寡闻吧！”

正说着，有人来报，并递上名帖。康有为一看，是永茂钱庄的郭信臣。

“信臣？”康有为并不识此君，但一看是永茂钱庄的，便知与郭仁卿有涉，马上高呼：“快请信臣先生！”

康有为转而兴奋地对梁启超说：“你猜此来何人？”

“先生且讲。”梁启超见康有为老夫聊发少年狂，刚才还见他沉溺于百日维新旧事，不能自拔，此刻却对来人兴奋不已，便问：“此君何人？”

“老友矣！须臾便知。”康有为兴奋之情，溢于言表，这让康同璧也倍觉意外。

康有为对梁启超耳语：“郭仁卿也，当年在万木草堂，不，在惠如楼，十万批银，先生已忘？”

梁启超大悟：“记得记得，哪里能忘！”连忙起身，走出门外迎客。

第十五章

多年以后，太清先生还记得第一次和郭仁卿谋面的情形。

那日午后，烟桥阳光普照，大十字路上，并无多少行人，几顶轿子匆匆而过。太清先生见有人光临，抬目一看，扑入眼帘的是，此公生着一对“播神耳”，一种高耸过眉的耳相。俗话说，耳高眉一寸，永不受贫困。耳若挈起名曰播神耳，耳能齐目角，平生病少寿长，才智过人。太清先生一时来了精神。此为午时，正是烈日当顶，正阳天气之时，猛见此相公奇人奇相，此播神耳，乃万金之相。未及来人言语，太清先生用目示意安静，无须言语，并欠身请来人坐定。

来人系二十岁左右的青年，紫色绸袍，绛色皮马褂，黑缎瓜皮小帽。坐下时两手平放膝上，无声无息，凝然不动。太清先生大喜，此人呼吸调匀，气出入无声，龟息之细，渺然不闻。盖能惜其气如加龟息者，可保长年。象龟之息，岂不有以乎！

来人似乎有话要说，正欲开口，太清先生又以手相抑，主静。

郭仁卿也是饱学之人，铜钵盂的年青举子，知道遇到高人，大凡流落民间草野的家塾先生或街头半仙，大多有过惨淡的求仕经历。装神弄鬼，求财无常见怪不怪，但通六经，识周易，察言观色而切中肯綮的也大有人在。

郭仁卿本是来送批的，主人便是这位太清先生。可是太清先生竟不让他多言语，仁卿便且由他处置。

太清先生双目如炽，仁卿公觉得高人目光所及之处，如火烧火燎。心想不可轻侮，便安坐以待。

仁卿对相法略有所闻，见高人注意自己脸面，知观鼻矣。鼻，在相法中，别称“中岳”、土星、土宿、审辩官。在相术家眼中，鼻高踞颜面中央，为一身之气的出入门户，其形象好坏，与其人的气质、性情、福寿有密切关系。鼻如中岳，一面之表，欲高而隆，不宜尖小，光润者吉，昏暗贫夭。倾陷斜曲者灾厄缭绕。这些都是相术的陈词滥调。仁卿等着高人开口，他已不止一次遇到游方术士的大惊小怪。太清先生终于开口：“相公年上寿上皆在鼻上，光泽丰起，不贵则富。隆起有梁，坚而有骨。准头丰大，色贵悦泽，可喜可敬。不过……”

这个“不过”的转折，也在情理，一切都在仁卿预料之中。仁卿不想在此纠缠，便掏出批银：“先生可是安启大人？”

太清大人连连摆手，示意仁卿请慢，待他把话说完。太清先生对批银并不着急。

“不过，古人云：飘飘鹤骨仙，飞动鳌背庭，瘦应成鹤骨，闲想似禅心。所谓墙薄易坏，酒薄易酸，绢薄易裂，人薄易亡，秀而无神谓之薄，相公形貌薄弱，然未至无志，薄而无气方为无志。相公近日有恙？心事颇重矣！”

仁卿本不想在此多言，但先生一席话，却引发他的思虑。在烟桥多有时日，荒废上京会试赶考，此事铜钵盂全然不知。虽去意已坚，可父命尚无法交代，流落烟桥之事，郁结于胸。便道：“先生所言极是，晚生正于踌躇不前之中，先生有何教诲，盼指点迷津。”

“哦，原来如此，果然心有郁结，便见其形渐颓。有言道，德在形先，形在德后，即如项羽重瞳，形则善矣，然而咸阳三月火，非残暴之气致之乎？竟而刎首乌江，形何足恃哉！形者，人之材也，德者，人之器也，材既美矣，而副之以德，犹如雕琢而成器也，是以德在形先，形居德后。”

“先生说的是树德，养心？”仁卿略有所悟，“以德养形，俱德形相生。”仁卿呼出一口浊气，顿时胸中颇为澄澈。

太清先生又言：“荀子曰：相形不如论心，谚曰：有心无相，相逐心生，有相无心，相随心灭。”说着，收起风幡，抬步便走。仁卿急步追上：“先生，请慢，还有批银。”

太清先生接过批封，只见批封上写道：“吉信烦至汕头烟桥安横街，安启大人代收转 家慈大人亲拆，外付龙银20元。自暹罗陈火煌托。”居中一个大大的“难”字。太清脸色大变。

太清先生双手接过，来不及写回批，匆匆走了。仁卿见太清先生情绪骤变，亦不勉强，心想，改日再取回批不迟。

烟桥种植鸦片的历史，无人能够说清。《潮州府志》也无记录。但在野史传闻，尤其在“潮州歌册”中，似有隐约线索。

从18世纪开始，有人专门从事“背烟”的行当。从缅甸、老挝，肩扛背驮几十斤鸦片烟土，徒步越过边境几十公里的高山密林，进入内陆之后，再走小路、公路，由掮客带往各地贩卖。经烟桥从南往北，是一条近路。

从缅甸、云南、广东，经烟桥往北，这条贩烟之路，在17世纪以降，造就了闽粤两地多少富家大户。许多人靠当鸦片掮客发财。几代人下来，聚集了大量财富，然后再改做正当生意。潮汕大家族，祖上多有从事鸦片掮客的经历。几个世纪的岁月，洗白了曾经血腥的记忆。

当我再度写下这些文字的时候，仿佛嗅到老屋檐头石雕的狮子和奔马在古驿道上撕咬溅血的味道。那些镏金饰银的浮雕和梁上的故事，遮掩了多少难以言表、生离死别的衷情，以及道上惨酷的杀戮。掮客们的血，从缅甸密林中开始沁出，如同鸦片果实上被利刃划开的第一刀，烟膏从绿色的果实中汩汩流出，变成乌黑的结痂。这个过程，贯穿流淌了从密林到都市的全部行脚。这些行脚，消弭了无数人的生死，几代人颠沛流离的人生，自然也就分化了富人和穷人，天堂和地狱。设若它们从缅甸经中国再回流东南亚，可是重新注入中国时，鸦片变成了批封。如果由缅甸经烟桥流向上海，则蜕变为“光绪龙银”，再由小火轮，经台湾海峡辗转回潮汕，再由郑家码头承接转汇到“汾阳世家”、“资政第”、“大夫第”和“光德里”。

潮汕平原无数的“下山虎”、“驷马拖车”、“四点金”以及深刻的门楼，门楼上的名人匾额背后，沉淀着的是先人们的血泪，那些夕阳中的捎客和批脚们的身影。

郭仁卿也许是烟桥最早种植罂粟，又是最后一个亲手焚毁罂粟的人。

光绪三十三年（1907年），郭仁卿独自上到茶山，山寨大门口外，已有家丁在迎候。他远远见到家丁，却隐入树丛之中，从草木中绕行到一处高地。从这儿可以鸟瞰到茶山几座山丘。时已深秋，漫山遍野是罂粟收割后留下来的褐色秸秆，在微风中强硬地伫立着，一排排，整齐有序，似在迎候这位久违的强人。

立秋刚过，时在公历9月，旧历却还在八月。因黄冈起事，从5月到9月，到处都在搜捕乱党。正于戮乱的烟桥，风声鹤唳，郭仁卿不便到茶山来。时隔5个月，已是翌年2月，原来鲜红的罂粟花，已经结出了圆圆的果实，被雇佣的农民，在半人高的花朵和果实丛中，忙着割取鸦片生浆，一种奇特的气味，弥漫在空气中。

烟桥茶山海拔800米，这里的罂粟一般在9月播种，次年2月开花，3月到5月收割。茶山终年湿度在10°~20°之间，很适合罂粟种植，因地处高寒，罂粟生长稍慢，同期播种，开花收割却比低海拔的金三角要迟一个月左右。这种迟熟的罂粟，成色沉厚，且有一种烟桥十分特别的韵味，价格自然要比别处的贵出许多。

烟桥的鸦片主要销往上海，郭仁卿在上海有隐蔽的烟行。

8月的茶山，几百亩罂粟已经收割完毕。残留在山坡上的褐色秸秆，纤细的秆骨顶着黑色的罂粟壳，在微风中轻轻摇晃，原来狭长如剑的罂粟叶片，已经变黄，发黑，开始蔫枯。今年鸦片又是丰收。郭仁卿远眺着满目的秸秆，心中有些满足，有些酸楚，有些说不清道不明的心绪。20年过去，他原本以为在茶山这个与世隔绝的地方，隐匿了20年的巢穴里，更多的是收获了财富，包括铜钵盂的一切，那一切是以光宗耀祖的东西背后，都由茶山这个烟窟支撑着。他没有告诉更多的家人，他把茶山的秘密深藏在内心，只有少数几个家人知道。他内心始终深藏着一个恐惧，从光绪到宣统到民国，他都时刻准备着把自己的脑袋献出去，用自己的双手捧出自己的脑袋。

自第一次无意间登临茶山，他就让茶山的诡谲迷住了。这里，虽然陌生却似曾相识，分明在某个虚幻的未知的时辰中，他就已经游走其中。他熟悉每处山坳，每一条细小的让树草掩饰着的溪涧，甚至他也知道溪涧中每一条小鱼的前世今生。每一块长满青苔的河石上，都似乎刻着他郭仁卿的记忆。

这里是什么地方？空气里流荡着和缅甸密林空地中那种烟熏火烤之后，一场大雨之后，或者是一场血洗之后的味道，那味道缭绕在树梢，在草叶最末端的神经之处，让人颤抖震裂心痛心悸不已。那是什么？是什么？他一时还没有醒悟过来。

他拨开一处溪谷的草叶，扒出地表腐殖的草根落叶，黑色的土地沁出血一般暗红的湿润。抹在手上，呈现着一丝诱人的血色。他嗅着土地的腥气，那腥气里有着异常的魅惑。

他突然就看到了一片丛林，丛林中有无数条无人知晓的羊肠小道，小道通向一片又一片的开阔地，那些开阔地盛开着举世闻名的花朵——罂粟。

每到9月，这些土地就会冒出淡淡的、嫩嫩的新芽，它们在往年烧过秸秆的焦土上，铺上一层柔软的似有若无的鹅绒一般的颜色，吸引着你去抚摸它，像婴儿的肌肤似的，有一种难以言喻的愉悦，天空因此便有了魅惑的声音，那是无人能够招架的诱惑。

郭仁卿不吸鸦片，但他爱嗅罂粟花幽幽的暗香。那种香气似有若无，有微微的人体味道，又有一种青涩的腥气。郭仁卿可以细细分辨出含苞待放的罂粟骨朵，在欲开未开时的那种迫不及待的气息；将要结果时那种无可奈何的凋谢；以及原本肥厚饱满的果实，经过千刀万剐，流尽最后一滴浆汁，而日渐枯萎、坚硬如斯的躯壳，最后跌落的那一声叹息。

烟桥是个诞生鸦片掮客的地方，从17世纪，烟桥就有掮客出没，几百年间出过许多鼎鼎大名沉浮江湖的掮客大佬。同治年间，朝廷开始禁烟，烟桥的掮客不减反增，在朝廷禁烟最为严苛的时候，即1840年鸦片战争爆发之时，有人在烟桥开始种植罂粟，开启了烟桥种烟的历史。南方边境的烟路暂时被切断了，却诞生了烟桥的罂粟。在郭仁卿看来，既然到处都是烟馆，从庶民到朝廷命官，有哪个不吸烟土的？他给自己找了个不吸烟土的理由，人人都吸烟了，得留几个身强力壮的人去种烟、贩烟，否则，到哪儿去找烟土？他之所以在烟桥种烟，为的正是肥水不流外人田。凭什么让洋人把中国人的烟钱给掳掠走呢？又何须千山万水地从英国人那儿买烟土呢？这就是一个由举子而流落为民间草莽的中国人士，在150年前的政治经济学。

光绪三十三年（1907年）之前，郭仁卿家族很少涉及侨批生意。因为始祖郭子仪的威仪，流芳千古，后人多为官为相而鄙薄商贾。直到明清，民间经商风气大盛，而鸦片掮客还不算纯粹的商人，充其量是为商家的跟班，有更多镖客的成分。比起一般的小商小贩，郭氏家族更倾心于鸦片掮客，这种有着江湖侠士习气的营生，大起大落的财富，混合着血腥的气息，非常符合家族的风度。来自遥远岁月皇亲国戚的精神遗存，又有着天然的忤逆皇权管约的血性，两者非常矛盾地交织着，成为郭氏性格中不羁的秉性。这种秉性有时被隐匿于无形，如在皇恩浩荡、荫庇无边的年代，狼性叛逆的足迹被打扫干净，莺歌燕舞鼓乐升平使郭氏子孙乐不思蜀。而一旦坠入乱世而于颠沛流离之时，蛰伏于血液中的妖孽便醒来，四处呼吸。郭仁卿历经光绪、宣统年间幽暗岁月而营造的茶山神话，仰仗、鼻息于朝纲，而又让烟桥陷于罂粟之海，虽历数危殆，却终于平安无事。几十年间，茶山为郭氏家族创造了长富不衰的神话。

从天空或从茶山主峰的悬崖鸟瞰，遍植罂粟的茶山，几座微微起伏的丘陵，溪谷和山峦自然形成的边际线与分水岭，浅淡或浓重的植被颜色，极为自然地画出了地形的轮廓。

来者系一中年男子，并非郭仁卿。来人送上名帖，原来是郭仁卿长子永茂钱庄老板郭信臣，也是沪上大名鼎鼎的银行家、慈善家。

康有为大悦："仁卿先生乃敝人知己也。三十余年未见，忽在《申报》上闻先生壮举，钦羡之极，故冒昧相邀。仁卿先生玉体可安好？"

"家父郭仁卿，现正在潮汕来沪途中，专程来拜见康先生。若知梁先生也同在沪上，家父不知怎样欣喜！"郭信臣第一次见康有为先生，又恰巧在此见到梁启超，心想，此乃绝世之喜，千载难逢，大喜过望。在商界中人眼里，康、梁当为旷世奇才。

说起焚烧茶山之事，康、梁感慨万端，如此识见，当为仁卿无人者矣！一把火烧了半生积蓄，何等大气！皆为国家大义所动。康有为把这个意思说给郭信臣听。郭信臣十分感激，遂将来意说明。

在座诸位的话题，全在郭仁卿，自然便谈起昔日旧友，万木草堂时期的革命同志。郭信臣虽未与诸君谋面，但在郭仁卿口中，也知之一二。那一年，郭仁卿把信臣接来上海，正式承接永茂源的生意。那时，郭仁卿还专程带信臣去北京，到菜市口去吊唁谭嗣同。郭信臣说起这段旧事，康有为老泪纵横。今年9月，他将去北平，有意去作最后的吊唁。

梁启超此来，一是为明年3月康先生的七十岁寿辰，一是安排康有为赴京叙旧。康有为邀信臣同往。信臣满口应允，并对康有为说起，多年之前，家父郭仁卿曾携他同往北平，去过与"公车上书"及"百日维新"相关的几乎所有地点。

郭信臣说到宣武门外达智桥松筠庵，"公车上书"时，康有为曾召集一千三百多举子在此地集会。郭信臣记得，那年他也就三十岁出头，达智桥松筠庵的旧貌，至今仍然历历在目。一千三百多举子顶礼膜拜，同声跪求的壮观场景，令人瞻敬。后来又去了菜市口戊戌六君子行刑的地方。郭信臣记得很清楚，经过鹤年堂药店时，郭仁卿睹物思人，竟潸然泪下。郭信臣向康有为述说当年在北平的每一细节，令康、梁唏嘘。

一席话，康有为更看重郭信臣的造访，当即决定了回拜永茂源的时日。

梁启超听说永茂源钱庄，似有所悟，他问郭信臣："信臣仁兄，永茂源可是在金陵中路？大世界对面的那一间？"郭信臣连连称是。

"先生说得没错，永茂源系家父1896年创办，专营银行与侨批。先生知道敝人的钱庄？"

"当然，沪上赫赫有名的招商银行，堪比花旗、汇丰，是地地道道的民族商业银行。敝人偶尔会去光顾，取从泰国来的侨批。那年月，经常可见一潮汕老人在银行门口当差，还有一印度阿三，一土一洋，很有趣味。那潮汕老人还在那吗？"梁启超满是温暖的回忆，又道，"永茂源的客户，大多是广东的商人，好多广东商人，都是我在永茂源认识的。旁边小巷里还有一间余记牛什，去永茂源，自然顺带去余记牛什小酌。而今安在？"

信臣连忙回应道："那潮汕老人便是家父郭仁卿。他自万木草堂捐款十万之后，不敢回家乡，便到沪上。后创办永茂钱庄，隐姓埋名了十余载，十年前才由我接班。"这一说，让康有为梁启超惊异非常，康有为赞道："昔日只知仁卿仁兄侠义好施，却不知仁卿兄还有如此卧薪尝胆之大谋大略。仁卿兄不为将帅，也应为良相矣！"梁启超更是欣赏："这样说来，我与仁卿兄是多有错失。仁卿兄知我，而我不知仁卿兄矣！"

梁启超兴致很高，他的粤腔官话，说得流畅，但依然有浓浓的乡音。郭信臣是潮汕人，听粤语并不顺畅，他还是听懂了梁启超话语的韵味。

康、梁在家父心目中，是两座大山，在郭信臣心中，自然不能例外。刚才进入辛家花园，那气派着实让郭信臣吃惊。康先生六房姨太，几十名仆役，看这气派排场，每月开支不下几万大洋，此等豪华气派，在郭信臣看来不凡不易。郭信臣出生于潮汕世代富胄之家，先祖郭子仪四子之十七代传人，广西按察史郭浩，到潮阳铜钵盂开基创祖，到郭信臣这一代，刚好是廿三代。代代有贤人传人，不曾中落，虽家大业大，也不敢如此铺张。

此次他替父亲收到康有为邀请家父做客辛家花园的帖子，当即电告远在潮汕铜钵盂的父亲郭仁卿。父亲正在潮汕筹建郭节母廖太夫人之节坊，侄兄郭若雨还筹处出版《郭节母廖太夫人清芬录》，拟一函四册，集国中特别是沪上名人名家为之旌表。悉闻阔别多年之康有为先生，致函送帖相邀约，喜不自胜，急急电告信臣，不日将返沪上，亲自拜见请教康有为先生。

“家父还嘱恭请康先生大人，为太祖母，请旌表二品诰命夫人郭廖氏贞节坊旌题牌匾，题词也请先生斟酌。”郭信臣把家父仁卿的嘱托，原封不动地禀报康有为。

康有为毫不推托，转而对梁启超说道：“也请诸多至贤为仁卿节坊孝匾旌题。此事不能含糊，夫人为二品诰命，万世师表矣！老夫定广为拜托，多多执行。”康有为又细细问询了建坊及出版纪念册的缘由情况，郭信臣一一作答。

说到前清旧事，康有为颇亢奋：“世人皆说老夫为保皇党，这点倒合我意，皆事实也。但我也不反对共和，虽然对孙文所作所为不敢苟同，但时与势进，孔子为万世师表，孔教为华夏民族之宗教，这个认识自然也应传之万世。我辈虽无力回天，可是，待国人醒悟之日，孔教之统挈中国，是无可置疑的事。”

康有为对建节坊事大为赞赏，以为仁卿在此时（1926年）兴建节坊，钩沉半个世纪之前的清廷旌表，续并20年前的圣召，是行当其时。他对着梁启超、康同璧说：“如今军阀混战，相互割据，党派林立，国共两党貌合作，却心怀各异，孙文已死，而蒋中正胎停腹中。一会下野，一会复出，残局遍于国中，惟孔教是为救国之正道。正道于已死之人心，其旌表于无形，是以匡时救世之也。”

康同璧虽然不认同父亲的宏论，但也并不冲撞正于亢奋之中的父亲，她倒是想听听梁启超的说法，梁启超却一言不发，只是频频颔首，让康有为说。在私人场合，梁启超倒常常恭谨谦让，善事尊长。倘有政议有宏论，在文章中说。在侃侃而谈的老师面前，他尽量克制言谈的欲望。尽管他心中实在有太多反驳先生的话语与理由。但是，建坊无妨，贞节牌坊也为国中风景。他倒是想听听康同璧这位激进的女权主义者的议论。

自夫人李蕙仙逝世后（1924年），梁启超性情大改，他变得沉郁慎言。尤其对老师康有为的态度，也更加大度宽宥。郭信臣虽然初见康、梁，但两位大师的品性品格，他还是看得明白的。父亲郭仁卿身上，也隐约可见他们的影子。生于相同年代的人，大约脾性相投之处甚多。

在辛家花园已留驻多时，郭信臣告辞。康有为本想请郭信臣在家小酌，奈何永茂钱庄还有诸多杂务，见郭信臣坚辞，也就不好强留。康有为让康同璧取出刚刚写就的“旧作五首”四条屏，赠予仁卿信臣父子。信臣如获至宝，连连道谢。

郭信臣走出辛家花园，梁启超、康同璧送到门口。天突然下起小雨，郭信臣的汽车停在街口，从辛家花园到街口还有一小段路，梁启超为郭信臣撑伞而行，康同璧随行在侧，三人在雨中同行。

已近黄昏，小巷里烟雨迷蒙，华灯初上。这是旧中国偏安一隅的大上海某日傍晚，时近旧历七月十五盂兰节。三人一路无语。

多年之后，郭信臣在即将被赶出仁记老屋的前夜，他预感到郭氏家族即将彻底沦陷之际，决定以坚死自杀来了结一个时代与个体生命的关联之时，他想起了这个黄昏。这个从辛家花园到街口的短短路途上那些漫长的雨中行脚。没有人能够重现并描述那雨中纷飞的思绪，三位在中国近代史上以不同方式留下痕迹的人彼时的心境。

马伯死了，政府很重视，在小区里给他开了简单的追悼会，出乎意料的是，宣传部、文化馆等部门都送了挽联。

马伯是个孤寡老人，九十五岁上殁的，算是高寿。他的朋友同事，在这几十年间，陆陆续续都走了，年轻人大多不认识他。前些年，还见他一个人，拄着手杖，去市场买些菜品，见到迎面而来的路人，他会侧身站到一边，让人走过，他才又起步。不管遇到大人孩子，他都如此，这是他的习惯。这些年，他腿脚不太灵便，身影便在街巷中彻底消失了。

马伯住在老屋里。老屋在一片墙上涂满“拆”字的棚屋区中。这些“拆”字原本是鲜红的，经年累月，鲜红变成土红，最后成了隐约可见淡淡墨迹。至今没有拆成的原因，据说有许多问题、争议，有事关侨房的，土改时分给农民，1979年落实华侨政策，又从农民手中拿回来，物归原主，可原主都在海外，交给亲戚托管。政府要进行老城改造，要拆，又不能强拆，酿了几次血案之后，“拆”屋的事也就不了了之。但听书记说，还是要拆的，只是还差些手续，再做些细致的思想工作。

这些老房子，都是些明清两代的建筑——下山虎、四点金、驷马拖车。三进天井，前埕后库，还有阔大的花园回廊，可是大多已经破败不堪。土改那年，房子分给农民之后，花园做了牛圈，天井搭建了伙房，前埕圈起来养猪养羊，伙巷里堆满了化肥氨水，终日有一种怪怪的味道。1979年以后，老屋里的住户在十几年间陆续搬出，生产队分拨了宅基地，他们去建了新屋。老屋搬空了，有的还被锯走了几根屋梁，据说那些屋梁是印度的小叶紫檀，有点值钱。

华侨屋主很有意见，生产队，现在叫居委会，便把托管人叫来开会，让他们写个委托书，委托居委会代为集中保管。但条件是居委会有权出租，租金作为保管维修费用。托管人除了少数无新屋可住，依旧住在老屋的人除外，纷纷写了委托书。居委会便把屋子分租给从外地来打工的人。

老屋居住条件早已落后，没有卫生间和自来水。水井里的水也有了味道。附近有化工厂，地下水受到污染，这样的老屋，自然也租不到好价钱，收租金也很麻烦。打工仔流动性很强，常常是十天半月便走人，有时连租金也收不到。居委会十分后悔，捡了个烫手山芋。

马伯身体还好的时候，他便主动做了房东，他总是殷勤地对那些租客讲些浅显的道理，及时把租金交到居委会去，还外加一些签名画押的租约、钱款收据等等。居委会的青年工作人员，认为马伯过于烦琐，几元几角还不够喝一杯咖啡！委托人也不计较这几个钱。不过，他们也还觉得马伯是个会计人才，这么老朽的人，居然还会理财，至少明细准确，无懈可击。

马伯用毛笔写字，不习惯用钢笔，他那手俊逸的毛笔字，从未引起人们的关注。

马伯一个人住在一座大屋下山虎。

在20世纪70年代，这座下山虎里住着三十几户农民，百多口人，连同牲口家禽，每一块方砖上都站立着生命。到90年代初，大屋里剩下了年过九十的马伯。

马伯原先住在一间叫八尺的小隔间。八尺其实是厢房和伙巷的通道。一般老屋都是坐南朝北，八尺则是四通八达的过道，既通南北厅，又通东西伙巷和天井。若把所有的门都关起来，八尺便成了一间约四平方米的没有窗户的单间，恰似一个棺材。马伯从土改搬进这间八尺到去世，五十年间，他都住在这间八尺里。这座下山虎的住户早已搬空，他依然不愿挪窝，依然住在八尺里，一个人守着一座空荡荡的如宫殿一般的老屋。

马伯去世的时候，恰逢我出差路过成田，同样年迈的母亲便让我去送花圈和礼金。她说马伯是个难得的好人，好得不能再好的“走水”。母亲所说的“走水”，便是旧时送番批的批脚或水客。马伯还不太老的时候，我曾见马伯到家中来，和母亲一起搓麻将。他算得上是一位高大伟岸的男人。

母亲也姓马，他们都在五服之内，沾亲带故，族内每有红白喜事，偶尔会碰到一起。何况光德里离马伯住的下山虎很近，只隔了一个巷口门楼。

第十六章

茶山的形势居然呈现太极图的形制。

光绪二十年（1894年）夏至，罂粟刚刚开始收割，漫山遍野是粉红、鹅黄、鲜红的罂粟花朵，花朵簇拥着一颗颗翠绿色圆滚滚的果实。是日，太清先生和仁卿于罂粟园中行走，彼此正于壮年。仁卿年过四十；太清先生未及天命，袖中的拂尘沾染着罂粟的花粉，便有一种否极泰来的仙气。

太清忽然在一处洼地停住脚步，自言自语："刚才明明是向西，阳光从东边来，没有拐弯，此刻却已向东，阳光从西边来，何故？"说着，他环视四周，又望天空，再在地上梭巡一番，他叫住在前头低头走着的郭仁卿："尊兄，请听我一说。"他把情形细说与仁卿，若有所悟，他指着脚下地方说道："此乃阴地，只有在正午时分，阳光直射，这小块洼地才能见光。一刻钟时分，阳光西斜，洼地成荫，每天24小时，只有一刻钟见光，其余全为阴域。

故此地所生长之草木，全为阴生植物，虽然见光时间不长，却长得蓬勃丰盛，此乃充分吸吮天地正阳，吐纳有致之故。洼地形制为圆，色为墨黑，而周围均为大木，疏朗又不失密致，主阳地之故。”

郭仁卿不解，不知太清又有何高论。

太清一拍大腿，把手中拂尘在空中扬了几圈，大声说道：“尊兄，你我正行于阴阳之地，茶山乃阴阳鱼矣！”

“此话怎讲？”仁卿听出端倪，只是并未全解。

“茶山地形如圆，其中沿水小路呈S形，把圆地切割为阴阳之势，左半白，即阳地，右半黑，即阴地。阳中有一洼地，即阳中有阴生。阴地有一白点，即阴中有阳生。”他指着远处一突兀巨石，那石在阳光下熠熠生辉，“那石便是阴中之阳，此茶山是为阴阳鱼矣！”

仁卿笑道：“在先生看来，茶山乃神异之地？怪不得无人敢扰，无人能扰。连皇上也网开一面，疏而有漏？托先生之福祉，万谢！”

太清颇为认真：“天象天命不能不信。茶山初创，年有十载，虽为逆天之作，却风调雨顺，百物皆盛；然有违朝廷纲纪，却也平安无事。窃以为，与此地地缘天分有关，易有太极，是生两仪，两仪生四象，四象生八卦，八象定吉凶，吉凶生大业。茶山人迹罕至，在云里雾中，千年而见一面，取象数之说，为太极之象。可喜可贺！”

仁卿喜不自胜，便笑道：“在下也有一见，未知先生听否？就教于先生。且茶山所为，乃逆天之行，却犹蒙天之怜恤包容，未兵祸未贼盗。鄙人也知作孽，不可久为矣，故乐于修桥铺路，兴学兴教，以洗罪孽。老子曰：有物混成，先天地生，寂兮寥兮，独立而不改，周行而不殆，可以为天下母，吾不知其名，字之曰道。为虚无之系，造化之根，神明之本，天地之元，万象以之生，五行以之成，奉道而为，与天同寿。鄙人不才，还请先生多多赐教，指点迷津。”

“尊兄言重。”太清心情不错，此地形令他大悦。两人且走且喜。

太清先生和仁卿在山林中行走，不觉来到巨石处。巨石乳白如洗，下方上圆，阳光照在巨石上，反射着炫目的光芒。太清举头仰望，心情大悦。忽然，他沉重地对郭仁卿耳语：“天机不可泄露。此石乃阴阳鱼之阴鱼之目，即阴中之阳，尊兄当善待之。”

“何解？”郭仁卿不解其意，他对阴阳家本无恶意，亦无敬意。自从废了科举之心，陷于鸦片掮客之流，与引车卖浆者为伍，特别是做了鸦片种植园的开山鼻祖。他心中便绝了圣贤之愿，自诩陷于万劫不复之地，为金钱计之小人矣。

太清却认真：“尊兄当真不解其中大意？”

“不解，鄙人于草野多时，虽曾为举子，实连范进也不如，请先生破解。”

“尊兄应知白鱼入舟之说。”

“太子发升于舟，中流，白鱼入于舟中，王跪取，出涘以燎。出于《尚书·泰誓》。”郭仁卿不无得意之色。“四书”“五经”，岂难得了郭氏举子。若不是在烟桥遇阻，上京会考连中三元也非难事。郭仁卿虽不知太清先生底细，但太清先生毫无功名却是肯定的。不过，他也不敢小看太清，民间草野，卧虎藏龙。他在烟桥这些年，见识了不少民间高人。

“白鱼入舟，天之瑞也。鱼无手足，象纣无助。白者，殷正也，天意若曰，以殷予武王，当待亡助。今尚仁人在位，未可伐也。”太清先生似有所悟，观白石而感叹。“此石为阴中之阳，为白鱼之目，为莽莽茶山之唯一巨石。是为点睛之物，阿睹也。又阳为白、为北、为上、为白鱼之象卦。白鱼入舟，姬武建业，周武王东观兵，渡河中流，白鱼跃入王舟，武王遂克殷，受天命。”太清先生神神叨叨，咬文嚼字，令郭仁卿有些烦腻。仁卿虽为举人，但他从小尚武，郭氏家族中历来武举多于文举。何况先祖郭子仪、创基祖，也为武将军。不过，他还是想听听太清先生的茶山问卦。

“茶山虽在岭顶，但东北高西南矮，其势北阳南阴，东生西灭，皆为阴地，若不是幸有此巨石点睛，则茶山死矣。又尊兄八字有多木而无一土，占土为王乃尊兄得天独到的运命。茶山因尊兄得以阳刚，得以茂盛。不过……”太清先生欲言又止。

这是星相术士的惯技，郭仁卿多有领教，不以为然。他并不言语，静待太清絮叨。

太清见无反应，并不望着郭仁卿，却目中空洞，似在遥眺远方，静听天籁，只等对方叩问，方显神异。

郭仁卿自然明白，他想听的是“不过”之后的玄机，便故作急切地请教太清。

“先生刚才既说到白鱼入舟之吉象，又言茶山阴郁之解题，然又再生曲折，又当何解？”

“尊兄真的想听，想知道其中玄妙？”太清认真地注视郭仁卿，目光直逼得郭仁卿神色无以藏躲。意在挑衅的郭仁卿，此刻当真不明白太清所言为何？

“直言无妨，鄙人既敢在烟桥茶山舞弄，也犯了朝纲天条，怎么说也算半个宋公明宋江，请兄台直言。”说着，把辫子一甩，圈在项上。又撩起长袍，掖进腰间，把一只脚蹬在路基上，双手抱拳作揖：“请先生多多指教！”

“在阴地做阴事，是为积恶。”太清看着郭仁卿，静待他的反应。

郭仁卿做出无所谓的样子。太清见仁卿并无反应，便道：“积恶之事，必以积德方解。此也乃一阴一阳之谓也。恰如此地之阴阳，又有白鱼克之，阴中有阳，而阳上加阳，因补缺圆通，则还有几十年的运程。今年是光绪二十年（1894年），光绪若有四十年，则四十年后茶山尽毁，天下再无茶山，皇上再无烟桥。”太清斩钉截铁地预言。倒真的把郭仁卿吓了一跳。

说到积恶，郭仁卿马上就明白了太清的意思，太清说了半天风水堪舆，意在转折之处的玄机。此亦是郭仁卿隐遁于心的病症，在日常交往中，他最忌讳的便是“鸦片”两字。

茶山，对外说是茶场，种茶的地方，可烟桥并无生产茶叶。烟桥人家所饮之茶，全来自福建安溪。可是茶山的鸦片烟土，却源源不断地流向海外海内。上海的烟行，还破天荒地给茶山烟土打上了商标：双色杜鹃。颇有深意的精美商标，多少泄露了烟桥的秘密。

关乎积恶与否，无须辩解。鸦片战争过去不久。林则徐虎门禁烟，举世闻名。烟桥烟馆林立，烟鬼遍地，也是不争的世道。鸦片掮客是一份收入颇丰风险巨大的行当，也都是世人皆知的事。

郭仁卿倒是想听听太清说说如何积德的事。吾郭氏家族积德之事还做得少么！郭仁卿扪心自问。还有几十年的运程？太长了。他早就有了收山的心思。

“康熙61年，雍正13年，乾隆60年，嘉庆25年，道光30年，咸丰11年，同治13年，光绪过去了20年，还有多少年？茶山呢？过去了30年，还能有多少年？也许就在今日。”郭仁卿不无惆怅地说，像在问太清，又像在问自己。

马灿汉再度从昏死中醒过来。

他身处一个陌生的地方，记得这之前他被关在一座山间破庙里，审讯他的是一个自称游击队长的人。此人长得高大敦实却一脸烟色，话说得很简短，态度却十分强硬。一开场，这位游击队长就说认识他，也知道他叫马灿汉，他们是同一个村庄的同乡，他也姓马，是本家，但却是两个阶级，这是他特别强调的。

这位马队长对他似乎并没有什么要求，只要他老实招来，就不用受罪，甚至可以马上放他走。他说得很轻巧。只是每说一句话，马灿汉没有及时回答，他便会示意站在马灿汉身后的游击队员，猛地一巴掌把马灿汉打翻在地，马灿汉啃了一嘴泥。

马灿汉不止一次地回答马队长：“我是共产党，大家都是自己人。”他每每说出这些话，马上就会招来一顿毒打，以及哄笑。

马灿汉知道落在这些人手上，有理说不清，说了也没有用，便不再作声。他没有把事情想得太严重。自从那天被俘，他就以为事情很快可以说清，他甚至有一种找到组织的欣喜。可是，事情的发展完全出乎他的意料。这支游击队几乎完全不听他的辩解，将他当作国军少将参谋处置。马灿汉请他们送他到县里去，他们毫不理会。

一连几天，他们把马灿汉五花大绑，扔在破庙的泥地上，再用一条铁链子锁住他的脚，一端系在石柱子上。没有人再来理他。马灿汉以为他们把他抛弃了，想着要如何解救自己。只要跑到县里，就有机会说清身份。三天没有饭吃，他饿得昏昏沉沉，一头栽倒在地上。

马灿汉再度醒来，见地上有一盆水，二个煮熟的地瓜，几块咸菜，脚上的铁链和身上的绳索都不见了。他虚弱地舒展了筋骨，捡起地瓜，小口小口地吞咽着。有了一些气力，马灿汉开始观察这个陌生的牢房。

窗口用木板封住，从缝隙处望出去，是大片水田，不远处是河流，河流上有木板搭成的小码头，码头伸向河流中的栈桥旁边有一只渡船，这情景非常熟悉。马灿汉视野里突然出现一棵树，是平原上一棵孤零零的树，那树有阔大的树冠……树冠覆盖着河岸，树杈带着茂密的枝叶伸向河面。记得儿时，孩子们爬上树杈，向河水跳去。河边有几排脚踩的水车。他仿佛听到人踩水车的“咿呀”声。水流从水车里“咕噜咕噜”喷涌而出的声音，那声音清亮欢快。有一条小路，从河岸上蜿蜒而来，穿过稻田，从大树下经过，直通到码头那儿。码头对岸也有一个码头，那码头就直接联通着铜钵盂的仁记巷。只有从光德里后库的窗户，才能看到这样的风景，这风景让马灿汉焦灼已久的心情安静下来。原来，他们把自己关进了光德里。

看来，光德里也被没收了，这没有理由。马灿汉心想。

自丁未起事，光德里就是起事的大本营之一。孙中山通过光德里在海外筹款，光德里在海外的几间批局，全是革命党的联络站和钱库。南来北往的交通员，也大多经过光德里，或落脚，或避难。若不是有地方势力保护，丁未失败，光德里差点被清廷荡平。

往前算去，1898年的百日维新，光德里也为康梁筹过钱款。民国建元，光德里出了一个县长，二个黄埔教官，三个省议员，四个县党部主任。抗日战争与解放战争，光德里出了两个国军中将，四个少将，中下级军官无数；共产党方面，从义勇军、新四军到八路军，各级将领，也不在少数。田中央村从清末变法、丁未起义，到辛亥革命，始终是个火药桶，军火库，革命党的根据地。潮汕地区第一次由共产党领导的农民起义，也发生在田中央村。在这些历史大义中，光德里都是革命的堡垒。想到这些，马灿汉心安了一些。

游击队里有好些人便是田中央村的村民，有些是光德里的佃户、长工。光德里世世代代，对得起这些穷苦人。马家老夫人，是方圆几百里地面上出了名的大善人，大慈善家，这是上了民国《潮阳县志》的，谁也抹杀不了。马灿汉悉心开掘着马家自从银青大夫以来的所有善举，他必须向那位顽固的游击队长，说明这些情况。

马灿汉明白那位游击队长不是个好对付的人。不是说他有多大本事，而是他基本上不听道理，油盐不进，排斥所有人，听不进所有人的意见。这种人极其自闭，也特别危险，这是马灿汉最为忧虑的。他一门心思就只想把马灿汉秘密关押起来，折磨他，目的何在？马灿汉猜不透。他话不多，却很坚决，绝对，只差自称“朕”，几乎一言九鼎，斩钉截铁，毫无辩驳的余地。这粗野简单背后，马灿汉似乎隐约感觉到一种不共戴天的仇恨，一种绝不轻易说出的不共戴天仇恨。马灿汉觉察到这一点，却猜不出什么缘由。

马灿汉至今不知道他的名字，他的底细，只是听他说他也姓马，自称认识马灿汉，也是田中央村的，如此而已。田中央村，无人不识马灿汉，无人不识光德里，无人不知光德里的百年翘楚，一个小小的村庄，出了那么多名人，做了那么多惊天大事，百年间无人不以为傲。这并不奇怪。

马队长阴鸷的脸相，马灿汉非常厌恶。但他很乐观，自己握有尚方宝剑。再过些日子，解放军南下，接管光德里，我马灿汉将水落石出。那时，在光德里说第一句话，说一不二的，可就轮不到马游击队长了。想到这一点，马灿汉心安了许多。必须养精蓄锐，保存实力，等待解放军到来。

要尽快逃出去，结束这土牢里的生活，否则前功尽弃！他必须重回胡琏军中，在最后时刻，完成周恩来交给他的任务。

他绞尽脑汁，想着如何脱身。虽然他少小离家，对光德里的每间屋子，不是十分熟悉，但是，这毕竟是自己童年的屋厝，自己的祖屋。被关在这里，他稍为心安。只要能够出得这间牢房，清楚这间屋子的方位，他就会有机会逃出光德里，回到460师。

如能如期完成任务，解放军南下的形势就会发生极大变化。他的任务是分化瓦解胡琏残部中的一个师，这个师正迫近潮汕沿海，一路抓丁，将壮丁带到台湾去。

半月前，国军少将参谋马灿汉，正是随这个师一路南撤。他中途独自潜回光德里，取一笔经费，在马文荣批局接头时，被埋伏的游击队抓获。他很想将这个任务告诉游击队，取得他们的帮助，保证这个任务提早完成。但长期地下工作的经验，告诫他不能轻易相信任何人，他也并不了解这支游击队的真正面目，看起来他们感觉又像是一支土匪武装。虽然游击队长声称是田中央村的人，认识马灿汉，也说了一些光德里的旧事，但在没有真正和当地党组织联系上之前，他不能和盘托出，更不能向这些“土共”泄露机密。看来，要想得到马队长的帮助是不可能的。

460师正驻扎在漳州，几天后会越过罗霄山脉，进入潮汕平原。马灿汉必须在约定的时间，与他们会合，履行约定，反戈起义。他知道，如果460师及早得到他被游击队俘虏的情报，那么光德里将会被夷为平地，游击队将一个不剩。他不能这样做！何况，此刻他身陷土牢，自身难保，光德里铁桶一般，连飞鸟都难以逾越。

光德里和一般乡村民居不同的地方，是马老太爷未雨绸缪，在初建时，就添加了两座四层楼高的碉楼。这种建置，在潮汕平原是很少见的。皆因田中央村正处于大南山区与平原的交汇处，大南山里时有匪患。两座碉楼使光德里固若金汤。碉楼上密布的枪眼，像无数双眼睛，监视着光德里里里外外的每一个角落。

有百多年历史的光德里，这两座碉楼及其长明不熄的灯火（1926年又被马灿汉换上当时罕见的强光探照灯），震慑并防止了匪患，几乎未曾发生过任何匪事。而今，牢固的防御反成马灿汉插翅难逃的牢笼。想到这，马灿汉不禁叹息，真是人算不及天算！马家老太爷未雨绸缪的所有机关，反落到儿孙马灿汉的身上，成为捆绑他生死的绳索。

马灿汉是1926年底离开光德里的。他主持“大中女子学堂”开学典礼之后，第二天，坐上蒋介石亲自派来的美式中吉普，颠簸了三天，回到广州黄埔军校，他再任军校教官，兼东江视察。此去二十五年。1950年岁末，他被关进了光德里。这一回，他不是坐着蒋介石派出的美式中吉普，而是随淮海战场溃败的胡琏残部，一路仓皇南下，最后在田中央村自投罗网，成了大南山游击队的阶下囚。此时，他在胡琏军中的军衔是少将参谋。

马灿汉于午夜时分，被绑在床板上，抬进光德里。

他明白落入游击队之手，就难有道理可讲。革命成功了，自己却有可能死在自己人手中。他心不甘，却又无从申诉。没有人听他说出实情。他被俘时，穿着国民党少将军服！当年从光德里走出时，他已是国民政府大员。当年在光德里主持“大中女子学堂”开学典礼时，尽管他并未穿着军装，但田中央村的男女老少，谁不知他是代表国民政府？谁不知道他在黄埔军校？谁没听过他口口声声蒋校长、蒋委员长的说辞呢？

他被关进后库厢房，那个带有院子的“三长阁”，原本是马家老叔公的小院。现在，整个“后库”的所有房子，都变成了牢房，关押着从各地掳来的“敌人”。

“三长阁”是附在后库边缘的独院，后面是一片水田，水田向练江河岸慢慢倾斜，渐渐没入河水。在“三长阁”的后窗，可以看到练江和江边的码头渡口，那里终年累月的景象，就是一座通往河中的栈桥，栈桥边泊着一条小渡船，码头对岸，是铜钵盂的仁记。此刻，窗外一片漆黑，看不见水田，也望不见码头和渡船，四野是空虚与寂静。偶尔有拉枪栓的声音，那是民兵在站岗时发出的声响。

屋子里一切似乎都没有变动，光德里的每间屋子，依其功能，老旧的摆设，大同小异。尽管光德里已经让游击队和农民协会接管，马家的全部人都被扫地出门，但新主人还来不及对马家老屋进行全面的改造。只是原本挂在墙上的字画，被扯了下来，有的堆在墙角，有的在院子里烧成了灰烬。马灿汉记得，这间马家老叔公的书房，摆满了各种各样的古董，现在，它们已荡然无存。他努力回忆他曾经熟悉的老叔公的屋子，屋子里的摆设，努力还原已成牢房的老屋旧日模样。

马家老叔公，那位矮小瘦弱的账房先生，在大中女子学堂成立之后，还活了很长时间。一直到抗战胜利，马灿汉作为潮汕地区的接收大员回到光德里时，还见到奄奄一息靠着鸦片烟枪苟延残喘的马家老叔公。不久，已近90岁的老叔公去世了，“三长阁”大约再无人居住。现在，却成了马灿汉的囚室。老叔公在世时，马灿汉记得有几次进入过“三长阁”。屋子里终日弥漫着浓浓的鸦片烟呛人的、混杂着鼻烟的怪味。老叔公的“三长阁”，一般是不让人进入的，但是他的孤僻与乖戾，阻不住马家长孙马灿汉的脚步。每次马灿汉闯入，难免受到老叔公无可奈何的恐吓，这恐吓根本不起作用。老叔公格外珍惜，从不让外人触碰的是他那把价值连城的老烟枪。那老烟枪据说是宫中造办处流出的宝物，嵌着各种名贵宝石，有碧玺、青冈石、和田冰种、绿松石和台湾珊瑚。最珍贵的是嵌在烟嘴上的一圈翡翠，这杆烟枪每日每次吸完后，老叔公都会将它擦拭得溜光透亮，抹上几滴橄榄油，然后套进一个用金丝银线编织而成的绣套里，供在他的香案上。老叔公去世后，这杆烟枪便不知所终。马灿汉曾几次想一睹这支传说中的老烟枪的芳容，都未能如愿，老叔公几乎寸步不离这把老烟枪。

马伯去世时虽然九十有五，不单古稀，已为难得的高寿。母亲听到消息，依然有些惊诧。她比马伯只年少两岁，今年也九十有三了。母亲儿孙满堂，五代同堂。从退休之后，一直有几个儿媳、孙媳侍候着。她那上海小姐的资产阶级做派和生活方式，在父亲去世之后，非但没有减弱，反而更加充实排场。

母亲中年时体弱多病，老年时却身轻体健。她一生中，除了“文革”十年受尽磨难之外，其余岁月，都活得惬意舒适。她13岁去上海读中学，18岁读那时最贵最时髦的协和医学院。四年之后，觉得做妇产科外科医生太血腥，又去读族人创办的圣约翰大学英文系，很是时髦。在上海读了十年大学，为了时髦和消磨时光。

那时外祖父在黄埔军校做教官，大革命之后在广东省国民政府做东江视察。在泰国美国有祖上传下来的兄弟公司，专做金融、保险，每年都有大量进项，外祖母又是郑家码头的千金，母亲便靠着源源不断的侨批过日子。

奢华的日子，把母亲惯坏了，一心想嫁给背叛地主家庭的革命者——我的父亲郭文雄。他们的恋爱经历，父亲来不及告诉我就英年早逝了。而母亲至今谈起年青的爱情往事时，还留存着青涩羞涩的神情。

我从“文革”大字报上，约略可以勾勒出线索，她和他是青梅竹马，她资助这个背叛地主家庭的少爷去革命，在革命加恋爱的时髦中，她既享资产阶级的生活方式，又在精神上吮吸革命的时代风气。她不放弃钟鼎之家，却又追捧乃至痴迷于名士风度。她尽情地挥霍着那个时代，从家族到国家所能给年轻人的所有权利与风尚。

母亲到年老的时候，依然很美，美得如同未出阁的少女一般的羞涩与优雅，她举止言谈的风度，令人深刻地感知一个只属于她和父亲的年代。那个年代甚至远离它所沉陷其中的大时代，完全消弭了人间烟火和血腥的气味，只属于他们共同的伊甸园。

我记得，“文革”之后，母亲被“文革”清洗得异常干净，干净得连身上的所有装饰，所有附加物都荡然无存，连一只手表、一枚金戒指、一条项链都没有。她从“文革”中返身归途之时，已经从一个上海小姐变成一个世上最干净最简单纯洁的女人。父亲已去世多年，他在这个世界上突然消失之后，便深深地走进她的内心，成为她心灵的一个部分，她因此了无负担，得以回到童年，做回一个不再任性的女孩。

听到马伯去世的噩耗，她依然哀伤不已，认为马伯不应该如此离去。我不明白，一个与她不同阶级的普通人，一个与她的生活完全无关的人的逝去，如何会在母亲这样的老人心头，激起如此巨大激烈的波澜?

我告诉母亲，礼金已送到灵堂上，因为马伯没有直系亲属，他的丧事由居委会代办，礼金便送到居委会会计那里。母亲因此也很伤心。

我还告诉母亲，马伯的丧事还算排场。宣传部、申遗办公室、文化馆连同居委会，都送了花圈或挽联。而母亲送的花圈是最大最贵的，这也是母亲的意思。

“为什么是这些单位送的花圈？什么是申遗办公室？”母亲不解。我一时也难跟她说得明白，便道：“马伯不是最后一个水客批脚么？这是申遗办考证的结果。至于申遗办，就是申请非物质文化遗产办公室。侨批已经成功申请为联合国非物质文化遗产。马伯就是这份遗产的最后一位传人。”

母亲有了几分笑容：“这么复杂！到现在才知道马伯的伟大？他一生都在受苦呢！谁真正关心过他呢！”母亲叹了口气，不再说什么。

“妈，马伯现在很光荣。他起码为申遗立了大功，做了一个活的人证。”我宽慰母亲。

我知道他们这一代人，这些生于20世纪初年的人，只要稍为有一点文化、接受过晚清与民国的启蒙教育，又在大时代的沉浮中经历一些家国恩仇，便心存忧患，对人性人生有太多的怜恤。既传统又现代，新旧文化伦理纠结得难以清晰。她和马伯那点依稀的童年记忆，竟然拖曳蔓延了将近一个世纪的挂怀。

第十七章

郭信臣当年出花园时，他的成年礼便在茶山进行。那时，他在茶山生活了三个月，练了三个月的刀枪，这是郭氏家族每个15岁少年的必修课。几乎每年每月都有少年出花园，每年每月都有少年上茶山行成年礼。

郭氏家族非常庞大，仁卿娶有三房，三房在十五年间，为仁卿诞生二十五个男丁。仁卿兄弟十五人，每个兄弟又各有子女若干，郭氏人丁兴旺。茶山上常年有三五个出花园的少年，似流水般轮代接续，习武修炼。仁卿请了一位教头，专事教练孩子们玩枪弄剑。

教头无名无姓，人称地豆八，中等身材，干瘦轻盈，身子似精淬的钢筋铁骨，一身武艺了得，尤其是剑术，三五把长剑短剑，难以近身。地豆八原来是鸦片掮客，在烟桥颇有名望，他挟带的烟土，从未失手。十年前，官府在烟桥清剿掮客，地豆八无意间逃向茶山，在隘口偶遇郭仁卿。郭仁卿见官丁追捕地豆八，便将地豆八带上茶山藏匿。原来他们在虎门接鸦片时，偶有交往，掮客之间，常有照应。官府是鸦片掮客共同的敌人。郭仁卿正到处寻请教头，见其武艺高强，甚是了得，便请地豆八在茶山落草。地豆八也不推辞，他早已厌倦南来北往九死一生的掮客生涯。

仁卿每每想起在隘口偶遇地豆八时的情景，依然心有余悸。

那天黄昏，正从隘口准备上山的郭仁卿，突然见到五六个官兵追赶着一个汉子，那汉子从他面前跑过，仁卿正想帮他一把，把他拉入草丛，逃避兵丁追赶。岂知仁卿出手突兀，地豆八只见眼前有个人影，回身劈面就是一掌，同时用两指对着黑影肋下轻轻一点，郭仁卿倒抽了一口冷气，霎时经络闭塞，呼吸不通，张嘴说不出话来，犹如木雕泥塑一般，整个人僵立在那儿，瞬时立定在草丛中。

兵丁寻不到人，往别处去。地豆八见兵丁走远，心想，刚才那人似无意伤我，我却伤人一命，遂急急返回。他见仁卿还僵立在那里，哈着腰挺不起身躯，迅即往郭仁卿后心猛地击了一掌，经此一震，郭仁卿方转过气来。

地豆八细细打量，原来是曾经谋面的仁卿贤兄，连忙道歉，屈膝一跪，请仁卿见谅。仁卿也不计较，本想帮地豆八，却无端遭到点穴立定，幸无大碍，可见出此公武勇高超，便邀他一起上了茶山。

那时郭信臣15岁，出花园，正在茶山修炼，便自然而然成了地豆八的开门弟子。

地豆八除了剑术了得，据传他还善于土遁之术，入地而没，既能飞行经日，也能坐虚空中与人语，又能入于地中。正是初去时没足至胸，渐入，但余冠帻，良久而尽没不见。此乃传说，没有人见识过地豆八的土遁。仁卿请教他，地豆八笑而不答，只是暧昧地反问仁卿道：“贤兄以为然否？”

在仁卿看来，地豆八能否土遁之术，并不紧要，只要能让孩子们在短短三个月里，学几下拳脚防身，免受歹人欺侮即成。让孩子们多少沾染地豆八点滴江湖侠气也非坏事。

地豆八从此没有离开过茶山，直到1912年，溥仪宣告“退位诏书”，清朝崩溃，后来郭仁卿又一把火焚了茶山，烟桥的鸦片掮客也作鸟兽散。繁荣了几十年的烟桥，再次沉落。地豆八也因之流落江湖，不知所终。

光绪三十三年深秋，是日，郭仁卿拾步上山，地豆八早已在半道迎候，两人在厅堂坐定，地豆八便将事情原委细细道来。

那日凌晨，林达扮成批脚，混在众批脚中出城。马灿汉身穿白衣，骑着红马，先他出城，直奔省城。

林达一身批脚打扮，中长夹衫，拦腰束了一条浴布，肩背长弓藤篮，长杆油纸雨伞，脚蹬千层布鞋，如此衣饰，倒也像极普通批脚。然智者千虑，犹有一失。马文荣、林达什么都想到了，如何应付兵丁盘问？如何逃避官府耳目？周身打扮，所有细节都反复推敲，恰恰忘了在信袋中装入批封，批脚送批而无批封，岂不怪哉？

是日凌晨，天未大亮，黑压压的城门口已站着兵丁，约有二三十个，个个神情严厉，对出城人众，盘查甚严。出城人众大多是批脚水客，为赶路送批，批脚水客通常早早出城，夜暗入城。平日批脚出城，和守兵多有交融，今日兵丁们却个个严肃，如临大敌。林达见状，十分紧张，几次想退回城中，可是，苦于已经排在队伍之中，无法脱离，只好硬着头皮往前，城门一侧悬着几个人头，蓬头垢面，无法辨认何方人氏。林达与同党们已失联几日，这些高悬的人头中，是否有自己的战友？ 或许仅是官府弄来恫吓的替死鬼，这是官府惯用的伎俩。

日日有乱党被抓捕砍头示众的消息，真真假假，皆为茶余饭后的谈资。林达管不了那么多，只有设法逃脱，才有后路可走。

见到兵丁挨个盘查，所带之物全被翻出仔细检查，林达这才想起自己扮作批脚，却囊中竟无一批封。他顿时紧张起来，他连批脚的行话行当也不甚了解，如何能混得过去？再有四五人就要轮到林达了，此时，只见前方一阵骚动，原来有人闯关。前头几个低头挑担的人，突然摸出匕首，分别袭击了几个正在埋头盘查行人的兵丁，有一个兵丁被割去了半个脖颈，血如喷泉，直喷向天空。整个头颅搭在肩上，圆睁着一双充满恐怖的眼睛，仍直挺挺站立着，须臾，方轰然倒地。林达看得真切，几个汉子一路砍杀过去，在黑蒙蒙的天色中，只见几个人影纠在一起。霎时大乱！人们四处逃窜，林达连忙抛掉身上所有东西，趁乱几步窜出城门。他明显觉到有人在帮他逃脱。当第一个兵丁被割颈砍倒的瞬间，有人便拉起他往城门口奔跑，如旋风一般的甩转，使他有迅速窜出城门的机会。

有一种熟悉的气息，在空中飘过。

那一刻的回忆，尽管已无法拼凑出明显的细节，但是，在那样的情况下，凭着自己当时的情状，要只身逃出城来，似乎并不可能。细细回想，似乎他一到烟桥，一进入马文荣的“下山虎”，他便在庇护之中。排在他前面的那五六个人突然行动，好像也是有所安排而绝非偶然事发。那些人似乎知道林达经不起盘查，林达的脸画就贴在城墙最显眼的地方，和那些高悬的人头置于同一视野之中。他们有意突然闯关，人为生事，救出林达。

惊魂未定的林达逃出城来，那几人好像并未逃出，城门在混乱中被重重关上。那些人生死未卜，凶多吉少。

林达一口气跑出十余里，按照计划约定，他必须于出城之后，到十余里处的路边雨亭，有人等候接应。

林达身上沾有血迹，周身查看，并未受伤。原来是在混乱中沾了那些人的血，他来不及去想其中蹊跷，刚才那一幕让他忆起三个月前的黄冈起义。一切都没有过去，也不会过去。同志们血沃中华，鞑虏不死，中华无生路。只要一息尚存，就必须掀起更大规模的起义。

天已大亮，雨亭里空无一人。林达坐立不安，唯恐兵丁追来，又不敢走远，便在雨亭四周转悠，找了个隐蔽的草丛藏起，静待来人接应。

突然有人把刀架在他脖子上，令他慢慢站起。刀刃似陷进肉中，一阵钻心的痛，林达一时未敢反抗，心想定是中了埋伏。他顺从地慢慢站起，那人把刀在他脖颈上慢慢地游走拨弄着，他被慢慢逼出草丛。

“兄台，请报尊名贵姓！”

口气如此客气有礼，动作却又如此霸道乖戾，林达有几分明白，来人是来接应的无疑，即老实报上姓名。

来人从怀中摸出一张脸画，这张脸画在烟桥已无人不知。林达只感觉颈上的利剑抽走了，他转头见到一张蒙面的脸。

对方看着林达，目光停在脸画上比较，忽地抱拳作揖：“小的有所冒犯，请兄台随小的上山。”此人正是地豆八。

两人一路无语，到了隘口，地豆八叮嘱林达，踩着他的脚印走：“满山都是机关、兽夹、弓弩、飞刀和罗网，到处都是！行差踏错，命丧黄泉，小心行走为好。”一番话把林达听得心惊肉跳。地豆八恐林达不信，随手拾起一块朽木，向附近一处地方掷去，霎时，从地面弹起一棵被弓弦钩起的小树，那朽木被弓弦紧紧勒住，甩向天空。地豆八头也不回，继续往前走去。

800米山道，九曲十八弯，走了好几个时辰。地豆八走得飞快，林达紧赶慢赶，被远远抛在后面。地豆八不时停下来，坐在山石上，等着林达前来。林达气喘吁吁，也不知前头究竟为何，心中懊悔，没有跟马灿汉冒死潜回省城，如丧家之犬，躲在荒山野岭，这不是革命党的风格。从黄冈逃出来的几位同志，大多已经殁命，刚才城门一役，那几个人或战死或被捕，很可能无一逃脱。他想不出那几个人是谁？他确信自己的侥幸逃脱，一定出于一个连自己也不知晓的周密计划。

有人来送饭。

送饭的是个老头。平心而论，马灿汉虽然受到游击队马队长的折磨，但每日三餐倒没有亏待他。对于连日在军中劳顿疲于奔命的马灿汉而言，故乡的吃食，哪怕是粗茶淡饭，也颇为惬意。尤其是那从海里直接炊煮的“鱼饭”：巴浪鱼、那哥鱼等等杂鱼，酸咸菜、乌橄榄、咸驳壳等等配菜，都令马灿汉胃口大开。带着一种亲切和温暖，自然也就倍觉安全。毕竟是回家了，居然还回到光德里，这是真正的归家。

老头矮小如侏儒，满脸是卑微的神色，一头白发浓浓地盖住了半个面庞，马灿汉认出老头正是“地胆头”。

最后一次见到“地胆头”，是1926年，大中女子学堂开学典礼之后离去的那天。那天，“地胆头”把许多潮汕吃食送到中吉普上。送行的人多，轮不到“地胆头”说话，他默默地把东西放在车上，安顿好，便站在一边，愣愣地看着马灿汉的车起动、离去。这对少时的伙伴，在临别时没有什么话说。

马灿汉与“地胆头”属于不同的世界。这位穿着国民党军服的英俊军官，在“地胆头”目中，是一位顶天立地的英雄、伟人。他20岁时，就已经是丁未起事的主谋之一。还不到30岁，已是国军中校。如今，又是国民政府要人。蒋介石亲自派专车来接这位马家少爷，这是多大的荣耀！“地胆头”怎样往高处想马灿汉，都不为过。马灿汉在他眼中，太伟大了！

“地胆头”早已听说马灿汉被游击队抓住了。这几年里，造访过光德里的，有共产党游击队、绑票的土匪、国民党军队，还有保安团，各式各样的人物，轮番到光德里来吃大户。好在光德里和三教九流，各路人马都有交往。马家主事信奉祖上遗训：来的都是客。下至水客批脚，上至县太爷、国军将领，乃至各路民间英雄包括鸡鸣狗盗之徒，无论是好人善人或强人悍人，光德里一概不予得罪。只要说出道理，要钱要物，全无所谓。但有一条，万万不能伤人，万万不能野蛮不讲道理。从银青大夫到马家老叔公，从宋朝到抗战胜利，自有光德里以来，光德里始终恪守祖训。

如今，光德里一夜之间成了死牢。破天荒的大事，让“地胆头”遇上了。

“地胆头”对马灿汉依然有几分生分，但毕竟是童年旧友，马灿汉又虎落平阳。门口有游击队员把守，“地胆头”不敢轻举妄动，只向马灿汉丢了眼色，把装着饭菜的食盒放在炕桌上，把马灿汉扶上炕床躺好，从衣兜里拿出一张便笺，悄声与马灿汉聊了几句，便说“全写在里面”，然后匆匆走了。

马灿汉展开信笺，只见几行娟秀的小字，似是一女子所写：“明日有火。趁机，屋后码头，铜钵盂。”

笔迹有些熟悉，但记不起在哪儿见过。是谁所写？马灿汉猜到组织已知他落网之事，有人接应他脱逃。

他到460师策反之事，高度保密。在淮海战役结束之时，周恩来亲自召见他。

那回，他在战俘营中已待了好几天，一直等待来人接应。严守纪律，他不能向任何人泄露自己的身份，只能在战俘营中等待命令。到了第五天，来了一队人马，把他绑了，带到驻在蚌埠的军部。

军部在小镇的一座周姓祠堂。马灿汉被带进里屋，一进屋，他一眼看见了周恩来，还有另外两位上了年纪的老军人。周恩来上前为他松绑，然后示意其他人回避，屋子里就只有他和周恩来两人。

他是在黄埔军校时和周恩来认识的。那时，他还不是共产党员，他们几乎天天见面。后来成了共产党高级将领的林彪等人，都是马灿汉的学生。马灿汉在黄埔，一直到1925年，蒋介石开始准备北伐，他才到国民政府任东江视察。之后，再未见到周恩来，但是，许多任务，都有周恩来的手谕或口头传达。事隔多年的重逢，双方都非常激动。

“欢迎回来。”周恩来很含蓄地说道，“先生受苦了，一切安好？”

马灿汉一时找不到合适的话，只是握着周恩来的双手，猛烈地摇动着。“与虎狼同道，无宁日啊！这下好了，日出天晴，东方欲晓。敝人也可马放南山，刀枪入库，采菊东篱矣！”他终于说出了多年的憋屈与向往。

周恩来哈哈大笑：“马先生，真君子也，来去浩浩荡荡，我恩来当无语可说。”他忽然又严肃起来，说道：“马先生，润之也让我代为问候，他最近写过一篇文章，先生一定读过，就登在《新华日报》上，题目就叫《将革命进行到底》。”

马灿汉心中一震，周先生又有什么计划？他来不及细想和表态，周恩来把他引到地图前。

这是一张东南沿海作战图，红色的箭头是解放军的行进标识，蓝色箭头是国民党军的行动标识，其红蓝箭头的终点，都共同指向福建东山和广东汕头。周恩来的指示杆重重地敲在东山与汕头这两个点上。

“这是460师残部，他们将在潮汕与另外几个师残部会合，然后从汕头向台湾溃逃。他们现在一路抓壮丁，带到台湾，补充兵源。现在的任务是，要让这几个师的残部集结而成的新460师官兵，在溃逃之前，放弃抵抗，全部换上解放军军装，成为打击胡琏抓丁的正义力量。”周恩来简明扼要，一言九鼎。

马灿汉倒抽了一口冷气。他明白周恩来的意思。他虽然还未得到明确指示，但此刻，他的内心还是抵触的。他心中没底。虽然几年前回过潮汕当接收大员，但那里的人事十分生疏，策反一支自己并未掌控也未参与其中的军队，过于冒险。特别是在战俘营中，他发觉自己可能露馅了。似乎有人觉察他的神情有异于一般的战俘。以他64岁的年龄，他不可能是普通一兵。在最后决战时刻，马灿汉为了免于在战场上被当作目标，他并未着少将参谋的军服，也并未在战俘中暴露身份。而现在，他要重新穿上少将军服，混入460师中，这是险中之险。他不被俘虏好说，他成了俘虏又脱逃？这将如何自圆其说？马灿汉对此的忧虑并没有说出，但周恩来似乎已经考虑了这些。

“我们将安排一次意外脱逃的机会，你可以串联几个俘虏一起逃脱。这种掩护很有效果。他们就是最好的人证。”周恩来对马灿汉耳语。

“还有！”临别时周恩来叫住马灿汉，“马先生，策反需要大笔经费，亦请先生先行张罗，胜利后加倍奉还。只有先生能够筹措，这也是中央选择先生执行此任务的考虑之一。”

周恩来紧紧地握住马灿汉的手，直视马灿汉的眼睛，投射着复杂的目光。他一定也考虑到了许多的意外。可是，这是一件不得不去做，必须有人去承担的重任。他相信马灿汉一定能出色完成这个任务。以他早期在潮汕革命的经验，他对潮汕人的信义与魄力，有充足的信心。周恩来神情复杂地凝视着马灿汉，脑海里晃过马灿汉青年时代的影子。

周恩来的期望与信任令马灿汉感动，他暂时不去想更多的事，暂时忘记了这项任务的危险与艰巨，只想着早日归队。460师的师长李汝名是他在保定军校十九期的学生，他有信心。

马灿汉反复斟酌着这纸条上字的意思，只要在火起之时，趁乱逃出光德里，直奔河边渡船，对岸就是铜钵盂，那儿有人接应。这就是字条传达的全部意思。

不会是一个圈套吧？马灿汉忽然意识到事情不会如此简单。他到马文荣批局联络失败，此事无人知晓。写纸条的人是谁？必须见“地胆头”，问个明白。

马灿汉隔着窗户，对守门的游击队员说：“我要上厕所。”游击队员只好把门打开，却拿了绳索，要绑住他双手。他笑笑说：“这里是光德里，我往哪里跑？绑住我的手，我怎么上厕所？”游击队员很小，也就十六七岁，他对马灿汉满怀敌意，始终平端着长枪，把枪口对准马灿汉的胸口。马灿汉笑笑说：“小兄弟，你别紧张。我不会跑，也不会害你。论年纪，我可以做你的阿爷，哪有爷爷会伤害孙子的呢？”那孩子依然很紧张，始终不说话，只是把枪抵住马灿汉。

马灿汉看那枪并没上膛，准星也长满了锈，根本就是杆打不出火的坏铳，做做样子罢了。如果有心逃脱，他瞬间便可下了这孩子的枪，置这孩子于死地。他也知道，这光天白日的，即便把这孩子放倒了，也跑不出这光德里大院。倒是关他的屋子，只要有东西将窗口的铁条拧弯，从窗口翻出去，通过水田，再渡河，是一个不错的选择。既然“地胆头”他们已有了计策，将计就计。

好几天没见到阳光。

这时日头很毒，石阶被阳光烤得烫人。马灿汉出得房门，见后库场坝上，三三两两的游击队员在走动。几间屋子里关着一些人，他弄不清楚关着的是些什么人，反正是游击队的敌人，或说是马队长的敌人。他正想走向伙巷口去小解，他熟门熟户，知道伙巷门口有一个便池。突然听见一声大喝：“站住！”转眼间围上来几个游击队员，为首的正是马队长。马队长随手甩给守门的小游击队员一大耳光：“谁让你把犯人放出来的！”小游击队员憋着气没哭出声来，吓得打哆嗦。

“马灿汉，你想干什么！想逃跑？这光德里是姓马，可不是姓你家的马。”他颇为得意，话里有话。马队长姓马，这光德里如今是马队长家的了。

马灿汉不想与他扯淡，他抓住机会对马队长说：“我说我们都是自己人。只要把我送到县上就可弄清楚。我还有重要任务要完成！你这是在耽误革命工作！”马灿汉正色道。这话他已对马队长说过许多遍，马队长就是无动于衷，他甚至连查都不想去查。看他的样子，是想把马灿汉关起来毙命，他认定马灿汉就是国民党，地主阶级，光德里没有一个好人。

马灿汉不记得田中央村有马队长这个人。他年龄五十不到，五大三粗很威武，一张国字脸上有一圈疏朗的络腮胡须，增添了那张国字脸的粗豪和威严。马灿汉不便问他名字，努力搜索记忆中与此人有关的印象，可是一无所获。在他的记忆中，马队长绝对是个空白。可是马队长对他马灿汉，对光德里，却了如指掌，而且还深仇大恨不共戴天似的。

马队长连声冷笑：“你这国民党反动派，死到临头，还嚣张！冒充共产党，想到县里去投降？别惹怒我，一枪让你去见阎罗王！”他恶狠狠的，有些狰狞。

“我要去上厕所，让开！”马灿汉对围着他的游击队员吼道。那些人面面相觑。马队长的驳壳枪狠狠地砸在马灿汉的脖颈上，大声吼道：“把他关进去！憋死他！”

几个游击队员几乎是拽死狗似的，把马灿汉扔进牢房里。

马灿汉这才真正感到危险与绝望。他从马队长眼中，看到了异样的凶光，那绝对不是单纯对所谓敌人的目光那么简单。他与光德里有世仇？至于有什么世仇？马灿汉想不起来。马队长反复强调他是田中央村人，他也姓马但不是光德里的马，这是什么意思？

1949年以前，马伯一直在做水客。先是搭红头船，没有固定起舶的日子时辰，全依海上风时而定，平均每月往返两次，时间几乎全在海上，晕船呕吐、不堪其苦。后来从新加坡，经泰国到汕头，每月有定期小火轮。马伯水客的日子稍为好过一些，也颇为安全。但海上事故不时发生，总之是乌水难涉。

1949年后，南洋去不了，马伯便转做批脚，此前他也兼做过批脚，熟门熟路。他一直做到1975年，批局业务完全收归邮局银行管辖。此时的马伯，也已年近七十五岁，本就不是正式职工，无退休一说，成了无业游民，便做起了“代写书信”的营生。老一辈的人，知道他做过“走水”，便称他“走水马”。后来的年轻人也称他“走水伯”，已不解其意。

几十年间，几乎没人关心过他的“走水”经历。“文革”中有红卫兵寻到他，贴了他的大字报说他是卖国贼、南洋特务、里通外国等等。马伯一个小人物，无官无权无势，一个乡村送批的流民而已，即便再大的罪名，也没有多少批斗的价值，被贴了几张大字报，陪着“走资派”批斗了几天。被扭去扫了几天大街之后，马伯见再无人过问，也就索性不去扫街。扫街是怎样丢人的一件事呵！令马伯耿耿于怀。他一生都不会原谅当年居委会那个令他去扫街的造反派！这令郭同志有些意外。马伯一生经历了那么多苦事，都不计较，区区扫街这件事，怎么令他如此挂怀？

尊严与利益，孰轻孰重？郭同志终于有些明白，想就此话题，做一番深入研究，写论文发表一下关于人权的见解。马伯对此一笑置之。

第十八章

到了山顶，地豆八将林达带入一间厢房，并嘱：“兄台在此歇息，小的唤下人来侍候先生。我家贤东要三天后方能会见先生。贤东从外地赶来，略费些时日。”

“请问尊兄，贤东何人？”林达明知故问，只想从地豆八口中套出更多消息。他有些迫不及待。三天，于他而言，过于漫长。他急于见到此地贤东，以便重新组织革命力量。官府大牢里还有四位革命首领要营救，现在火烧眉毛的大事，是筹款。抚恤烈士，营救同党，都需要钱。林达最后选择并同意到茶山避难，和马文荣的默契，是说动郭仁卿为革命慷慨解囊，救燃眉之急。

地豆八并不正面回应，只是说道：“原来兄台与贤东并不认识？”

“早有耳闻。久仰久仰！”林达心想，此地十分怪异，犹如匪寨，漫山遍野全是鸦片罂粟。其主人郭仁卿既是个举人，又是鸦片掮客，种植园主，在烟桥爆得大名，也是江湖巨子。他想早些见到此人，必是革命同道，至少也是江湖侠士，此等人最易被说动，也最具造反精神，仁义礼智信，不成功便成仁，最易为主义肝脑涂地。虽未蒙面，却有气味相投的感受。

茶山三日，无事，除了几个杂役常在跟前出现，地豆八也似地遁一般，三日里罕见踪影。

茶山上物食应有尽有，颠沛流离，在逃亡路上餐风饮露了几个月的林达，如在天堂。厢房里有诸多摆设，书架上竟有多卷《十六国春秋》。林达忍不住细细品鉴。《十六国春秋》成书100卷，又有序例1卷，年表1卷，合计102卷，作者崔鸿，字彦鸾。有史记称，该书在北宋时已不知去向。在烟桥荒山之上，竟能见到古本《十六国春秋》，如在梦境。

林达取出其中一卷，细细翻阅。

《十六国春秋》，指两晋之后，中国北方先后建立“五胡十六国”。五胡指匈奴、鲜卑、羯、氐、羌，此外，还有巴氐族与汉族，实际上建立过23个国家，他们各有国书，但内容残缺，体例不全，繁简失当，错误百出。崔鸿从公私藏书中搜集史料，网罗各国旧史，费时二十多年，写成纪传体的中国北方十六国史《十六国春秋》，全书严格按时代先后，将各国史事排比在一起，打破各自为界的旧框，或增或损，凡遇矛盾之处，即“稽以长历，考诸旧志”，审订评议，力求完美无缺。后人所见的版本是明代屠乔荪、项林等的辑录本。

这位郭仁卿是何许人也，居然秘藏了早已失传的《十六国春秋》古本。

林达陆续又有了新发现，书架上不单只有珍贵的宋本《十六国春秋》，还有《吴越春秋》、《越绝书》、《洛阳伽蓝记》等等。这些书大多为孤本、绝版。《吴越春秋》，作者赵晔，字君长，东汉会稽山阴人，著有《韩诗谱》、《诗道微》等书，今仅存《吴越春秋》共6卷10篇，前五篇记吴事，称内传，后五篇记越事，称外传，所记皆吴越春秋末期二国诸事。

这些珍本均为野史精品。郭仁卿对野史如此珍视，可见此君所喜所爱。林达似遇旧知，心中一块石头落地。本以为茶山为化外之地，落难寄于鸦片掮客、土豪劣绅檐下，有辱革命党人的名节。岂知这位仁卿大人，还有如此雅兴，可见文韬武略，道行颇深，一时竟有相见恨晚的迫切。

半年多来疲于奔命的日子，终于在茶山这座由罂粟簇拥包围着的山岭上画上了句号。只要郭仁卿可靠，在茶山就是安全的。他上山时，沿途所见，已领教主人心机之缜实。山环水复，可谓步步为营，处处机关，不要说花拳绣腿的清兵，就是八国联军，茶山一夫当关，万夫莫开的架势，也令洋枪洋炮无可奈何。

这三日，林达终日读《十六国春秋》消遣时光。黄昏时便到山坡各处走走，倒也悠闲。在郭仁卿的书房里，林达多有发现。郭仁卿书架上，一摞绣面线装的日记，第一天就引起了林达的注意，他克制了两日，不擅自翻阅这些日记。但又一想，自己身陷险境，又入陌生之地，郭仁卿此人，也仅是经只有一面之交的马文荣的一面之词，总难令人心安。出于革命党人的警觉，他在第三天，终于下决心读读这些日记，知己知彼嘛，没有什么对错。革命的方式，其实是不择手段的。

林达取出了其中一部。从光绪三十一年（1905年）读起。

正月初一（2月4日）

元日以吉祥语为要，毋诫子女曰：今日为岁首，不可妄言，出口须谨慎，俗皆如此。

正月十一日（2月14日）

天下学校全改为学堂，学堂者外洋各国之民也，其中一切章程全遵日本之所为，最重测算、技巧、格物一门工艺也，讲求工艺之精巧，非吾儒所谓格物，在即物而穷其理也。学术之坏不知伊于胡底耳。

九月十七日（10月15日）

下诏停止科考，士心散涣，有子弟者皆不作读书想，别图他业，以使子弟为之，世变到此，殊可畏惧。

暹罗来批银7000银圆，殊为不易，兑现送伯仁先生，以资建女校之用。

九月十九日（10月17日）

甫晓起来心若死灰，看得眼前一切，均属空虚，无一可以垂垂永久，惟所积之德庶可与天地相终始。但德不易积，非有实在功夫则不能也。

日来凡出门，见人皆言科考停止，大不便于天下，而学堂成效未有验，则世道人心不知迁流何所，再阅数年又将变得如何，有可忧可惧之端。

昨日在县，同人皆言科考一废，吾辈生路已绝，欲图他业以谋生，则又无业可托，将如之何？

吾邑学堂业立三年，而诸生月课尚未曾废，乃于本月停止，而寒唆无生路矣。事已至此，无可挽回。

科考一停，同人之失馆者纷如，谋生无路、奈之何哉。

三月二十日（4月14日）

昨日午后太清诸君来……又言，省城学堂林立，其中学生以洋式为重，凡为古貌者辄屏逐之，议论毫无忌讳，指斥时政得失，此犹小焉者也。竟敢显言“排满”两字，叛逆情形业已呈露矣。数年来学堂中所培植之学生，此类固多，闻之寒心。

林达越读越觉心寒，这是一个顽固的保皇党！对革命党有诸多抵触。他很想知道，光绪三十三年的郭仁卿是一个怎样的人。这两年时局变化很大，特别是在士人阶层之中，废旧历立新历废科举而立新学，不啻对旧士人仕途以致命打击。他要弄清这位先生，对新党的看法。这是性命攸关的事情。

光绪三十三年（1907年）

正月初二（2月14日）

阅上月廿六日《申报》，东洋游学毕业生，多系革命党，装束皆为洋式，私运军火回华，专与国家为仇，各省学堂之学生入其党者亦众，该党渠魁孙文，中山人，出游日本，遂倡革命，现在声势甚大，行踪诡秘，封疆大吏饬各属文武，一体严密防范，凡获该党，即行正法。

昨夜四更，有贼七八人将烟桥烟馆明火，用大石砸铺门，抢去鸦片烟及一切器具等物。前月亦有几起，该盗贼繁兴时也，官府闻为革命党所作。因有乱党，遂有此害，是否？

正月初十（2月22日）

当是时，政虽求新，而制度服饰未曾改易，乃人多有洋装者，容貌为洋夷之状，而失中国人之形，彼何人？斯则为学堂之学生，富贵之子弟也而已……

五月廿八（7月8日）

世道大变，自庚子年（光绪二十六年）始人心于是大坏，风俗于是大乖，至学界风潮于是大涨，凡出洋游学，即在学堂之人，多入无父无君之境，诚有不堪设想者。

突闻饶平之黄冈，有党人起事，占据数城，复被剿灭。据传乡人也参与其中，进犯官衙，杀封疆大吏，官衙已捕获乱党多名，又见四处悬红搜捕。当此叛逆之世，其不叛逆者亦皆以叛逆为是，纷纷附和……

此地据黄冈不足百余里，黄冈起事，消息当日便传至四乡八里。郭仁卿不出两日便在日记中有所感慨，可见他对此事倍加关怀。此乃正道抑或反道？不得而知。

他还是摸不清郭仁卿的真实倾向，他对新党无好感这是肯定的，对孙文尤无认识，斥为乱党。他在心里反复思量，将如何与之周旋。

三日后的正午，郭仁卿如期而至，在岭上清风阁与林达晤面。

地豆八先期把林达引至清风阁。那儿已摆好酒菜，三个座位成品字形，面对北面，远近是逶迤的群山，这些山岭是南岭的余脉，山势依然雄峻，近处山峰上有飞瀑泻下。峡中有河流，河流在峡谷中穿行，偶有小舟，在正午阳光下艰难地溯河而行。

林达颇有感触，河山依旧，但已残阳如血，孙文的宏图大略，从越南到云南蒙自，延至粤东，无一起事成功，国已破，人在天涯，心正冷，血还在流。

他以为三个座位，其中是地豆八的位置，正在诧异，只见两位长者已到亭阁之前，猜想其中一人便是郭仁卿。

郭仁卿快步走进亭阁，抱拳作揖："久仰久仰，敝人郭仁卿。有所怠慢。"随即又介绍身边那位："尊兄太清先生！"

三人寒暄，入座。郭仁卿主位，林达和太清先生分坐两边。坐南面北，风景这边独好。

正午时分，虽太阳当顶，但在800米高的山顶，又时在深秋，凉风嗖嗖，面对辽远广袤的群山旷野，野渡深河，神清气爽。林达也尽扫烦恼。

但见郭仁卿五旬左右，太清先生一看便知是羽客道人，约有七旬。林达估摸他们之间的关系，大凡在道上行走，又家道殷实富足的乡绅豪客，身边总有小神仙相伴相随，有如幕僚军师，出谋献策，指点江山。

林达从袖中摸出信帖，双手捧与郭仁卿："此乃马文荣仁兄之手谕。请先生台鉴。"

郭仁卿将手谕置于桌边，说道："既是马先生挚友，在下当予兄弟之谊。先受在下敬酒一杯，为仁兄洗尘。"

太清先生也客气一番，三人便话入正题。

地胆头送来晚饭，他一进门便关上房门，还插上门闩。他凑近马灿汉轻声说："九少爷，守门的是铜钵盂仁记巷郭五叔家的儿子跳鱼，自己人。有什么要交代的事，就快些说吧！"

"我必须马上出去，迟了就坏大事了。地胆头，我真是共产党，有重要任务！你一定要帮我逃出去。还有，你去找郭信臣、周季礼他们，就说我回来了。你跟他们说，我被游击队抓到这儿了。"

地胆头说："我不管你是什么党，党都不是什么好东西，杀来杀去的。当年闹革命党，多少人头落地！丁未起事，你忘记了么？怎的又去当共产党了？"地胆头情绪有些不对，有些埋怨马灿汉。这么多年，"光德里"吃了不少这党那党的亏。一下子是国军国民党的天下，一下子又是共产党游击队的天下，一下子又是什么保安团、还乡团的天下，闹哄哄的，每回都有人死，每回都有人头吊上城门楼。所以他从不走出光德里，害怕走出光德里。现在好了，连光德里的人也被扫地出门了，光德里变成大牢了。他不无抱怨地说着。马灿汉知道无法让他明白，也无时间无心情去与他细说他一时听不明白的道理。

忽然有人敲门，很急促，地胆头打开门，见是跳鱼。跳鱼急急地说："地胆叔，巷口好像热闹，我去看看。"他朝地胆头使了眼色，示意他看好马灿汉。

"你放心，快去快回。"地胆头并不以为意。

马灿汉突然对地胆头说："此时不走，更待何时！"说着，便打算冲出门去。

地胆头连忙阻住他："你跑了，跳鱼怎么办？还不被打死！我怎么办？脱不了干系！再说，你出得了这个门，他们游击队十几个人堵在巷口呢！你逃得掉吗？"

"为什么堵在巷口？"

"昨天，一队国民党的残兵，好几百人，来抓壮丁，就驻扎在街上。还押着几十个壮丁，个个都被剃光眉毛，剃了光头，像鬼似的，用绳子串着。他们人多，游击队不敢和他们打，都撤到后山里去了，只留十几个人，守着光德里。如果残兵知道光德里关了这么多人，冲进来，那十几个游击队也完蛋。"

马灿汉一听，心中大喜，便说："你把我带到他们那儿，我自有办法。"这一说，可把地胆头弄糊涂了，他疑惑同时有几分惊恐地看着马灿汉："九少爷，你究竟想干吗？你究竟是什么人？你不是说你是共产党吗？你想找死？"地胆头一头雾水。

"一时说不明白，说了你也不懂。你带我去找马队长，我有本事让国民党部队撤出。否则，他们打起来，谁死谁活，难说了。马队长的命恐怕也保不住。"马灿汉想想，只好出此下策。

此刻，马灿汉真想把马队长这伙乌合之众交给国民党残部，让他们受点教训。过几天，460师反正了，再把他们保出来，让这帮流寇尝尝共产党的厉害。想到这几天让游击队折磨的苦况，特别是马队长强硬蛮横的态度，马灿汉恨不得一枪把马队长给毙了。他马灿汉戎马生涯几十年，什么时候受过这种委屈？连蒋介石周恩来都要礼让三分的人物，在马队长这儿，连条狗都不如。他极力压抑心头的愤懑，苦口婆心地说服地胆头按自己的方案去做。

岂知地胆头是个一根筋的人物，他认定马灿汉不是好人。虽然是童年伙伴，一起在光德里长大，但说实话，他对这位九少爷知之甚少。他在游击队那儿，说是共产党；国民党来了，又说国民党的话。马灿汉究竟是什么人？他有些害怕，更拿不定主意。他在光德里几十年里，见得多了，却见不得马灿汉这样的人物。他有些后悔，自己揽活来给马灿汉送饭。马队长以为他是光德里世代受压迫的花匠，而不知这个花匠与九少爷的因缘际会。

地胆头寻思，还是马队长厉害，一眼就看出马灿汉不是共产党。现在好了，马灿汉面目暴露了，他就是个混在共产党与国民党之间的两面人，一个骑在墙头的角色。马灿汉已不再是童年时的马灿汉，也不是蒋介石派中吉普来接他的国民政府大佬。他可能既是共产党，又是国民党，一个细作。地胆头越想越怕。他对马灿汉深怀疑惑，但并不后悔早已设局让马灿汉逃跑。

天色已晚，这是个无月之夜，蛙鼓鸣响，水田里传过来青蛙跳跃入水的声音，河岸上也似乎有“水鬼”出没的响动。光德里碉楼上的长明灯，不知何年何月已然熄灭，探照灯也停止照射，光德里沉陷在无边的黑暗中。

此时不走，更待何时！马灿汉顾不得许多。凭他在军中多年的身手，他三两下就把地胆头弄趴在地上。地胆头不明就里，以为死到临头，却并不惧怕，他正色地对马灿汉说：“九少爷，你想把我杀了吗？好吧，你下得了手，你就杀吧。杀了我你也出不了光德里，除了我，没有人会救你。”他并不反抗，任由马灿汉处置。马灿汉见状，笑着说：“我是为你好。先委屈你，把你绑了，好有个交代。我只怕马队长会把你杀了。这样吧，要不跟我一起走，要不就在此地等马队长来收拾你，反正今晚我得离开这里。有些事你不明白，待来日再作解释吧！”马灿汉用脚钩起地上的绳索，踢给地胆头：“你把自己绑上，做个局给马队长看，我走了。”说着，出了大门，消失在大宅的巷道里。

只见马家祠堂腾起大火，火光照亮了乌黑的天空，火星子如烟花一般，在夜空中炸开，像乱飞的礼花。马灿汉心中笃定，熟门熟路出了光德里的大门，奇怪的是，偌大的光德里，空空荡荡，空无一人。

见马灿汉跑出去，地胆头脸上泛过奇怪的笑容。他并没有把自己绑起，掸掸身上的灰尘，走了。他掏出挂在腰间的钥匙，逐一打开后库每一间牢房的木门，什么话也没说，独自走了。房子里关着的是田中央村的士绅们。游击队跑了，国民党又回来了，还关着这些士绅地主私塾先生干什么？难道让他们吃空光德里的存粮不成？快快各自回家去吧！他在心里吼叫。

马家祠堂天井里的那把冲天大火，是地胆头的杰作。他早已把木炭和湿柴焖在那里，上面盖上棉被，铺上稻草和干柴，再把几十块烧透变灰的木炭屑子，精心放置于湿柴架起的空隙中，过上几个时辰，复燃的木炭屑子会把湿柴烘干点燃，造成大火。马家祠堂长年上锁，谅马队长也不敢造次，撞开祠堂大门，那是每年祭祖宗族德高望重的长老的权重。天井正中的火堆烧上半个时辰便会烧尽熄灭，这是地胆头自以为得计的一个阴谋。以为以此可以把马队长们引开，让马灿汉有逃走的机会。谁知今天却来了国民党的残兵败将，如狼似虎的架势，把游击队给逼进山里去了。他的设局似乎无足轻重，毫无作用。地胆头有些丧气，但不管怎样，他还是成功放走了马灿汉。

马灿汉没有如约往练江渡口去。出得寨门，他走上大街，街上没有行人，似乎宵禁了。到处是拉枪栓的响动和吆喝声，清一色的北方官话腔调。马灿汉知道这是从罗霄山脉那边过来的残兵败将，这一路全是460师的人马。他刚刚走上街路，黑暗中便围过来五六个国民党兵，几杆上了刺刀的美式步枪，在他周围形成了一圈刀栅。

马灿汉缓缓举起双手，压低声音，非常威严地说："我是师座李汝名的少将参谋马灿汉，请速报师座。"一个士兵反过枪托，一把撞在他的小腿上，马灿汉不由自主，"扑通"一下跪在地上，双手便被其他几个士兵顺势扭到背后，死死地压住。马灿汉并不反抗，却用极其严厉的口气，对那几个士兵下命令一般："我命令你们马上带我到李汝名那，我有重要情况汇报，贻误军机，将军法侍候！"

他的威严起到了作用，吓到了士兵，其中一个年长的弯腰低头看了他一眼，也压低声音问："你真是少将参谋？我怎么不认识你？"口气明显缓和下来。

"放肆！贻误军机，首先枪毙的就是你！"马灿汉看他的军衔，是个少尉排长，补充道，"照我的话做，保你提升一级！混个连副，再赏大洋二十！"马灿汉认真地说，像是命令，又像是许诺。

士兵们还想捆了马灿汉，排长阻止道："想死啊！"迅速立正行礼："报告长官，460师少尉排长郑有才听命！"说着，双手扶起了马灿汉，掸拂着马灿汉身上的尘土，请马灿汉起身。"长官受惊，请长官原谅！"接着，又行了一个标准的美式军礼。

街上燃着几堆篝火，国军士兵三三两两围着篝火，席地而坐，有些是伤兵，头上缠着绷带，血迹斑斑。马灿汉看着这些疲惫不堪，军装褴褛的年轻士兵，心中涌起无限凄凉。他们也是农民的儿女，现在被赶到这天涯海角之处，弄不好葬身于此，溃逃到台湾那弹丸之地，也逃不过覆灭的命运。这些年在军中，见过了太多的流血牺牲，与日本人打仗，血流成河。除去抗战前国共两党围剿与反围剿战争不说，这三年的你死我活，兄弟阋墙，同室操戈，战场上死尸遍山遍野。

难道这就是孙中山总理遗愿？是丁未起义初衷？是百日维新公车上书的夙愿么？内战大局已定，战争马上就要结束，但还要死多少人，才能罢休？这三年来，马灿汉常常处于莫衷一是的思虑中。这也是在全国已经胜利在即，他还甘愿冒险接受特殊任务的原因。在最后的疯狂中，他没有把握完成这个任务。460师是铁血之师，溃退南下也仍然是困兽犹斗的狮子，受伤的狮子更加凶残。何况460师不是没有退路，有退路的军队，不是那么轻易改弦更辙的。何况，李汝名是谁？是蒋介石的嫡系，是胡琏的铁血兄弟。凭马灿汉的师生关系，能扳回李汝名一生信念，反戈一击？他心中没底，在周恩来那儿，他推诿不了也不愿推诿，可是弄不好，会被挟持到台湾，这是他最不情愿的。他深知做"细作"的艰险与屈辱。

就在马灿汉和士兵将要起行的时候，马灿汉似乎听到黑夜中有瞽师拉弦吟唱的声音。巷口的屋檐下，一个年轻的瞽师正低头拉琴，口中唱出凄绝缠绵的潮州歌谣。那歌谣在街上，如流水般断断续续，像被风扬起的水沫，在空气中沁入心脾，冷飕飕令人寒战。

新春打得难忍耐，碧桃被打肉亦糜，娘嫺惊到无精神，小姐跪下叫母亲：“无故将俺来毒打，为乜情贴共女陈？”安人听见气冲天：“泼贱你今免假痴，问你闺房何人在？速速对我从实提。二老单生你一身，又无男子袒香灯，爱惜你身如珍宝，幸喜今日你长成，不念你是千金儿，理当学正在房边，为乜来败我门首？房内谁人对我提！若不实说乞俺知，你身就着受磨喎，恁今娘嫺同心腹，二人活活掠来始。”新春被打不敢提。

马灿汉搜寻着瞽师的踪影。他在漆黑的夜色中，终于见到蜷缩在街角阴影里的瞽师，正睁着贼亮的双眸，死死地望着被士兵们簇拥前行的马灿汉。马灿汉心中不无得意。他刚才的确让瞽师的唱词触动了。这一生走遍天涯海角，唯有潮州歌谣那凄绝的旋律和幽怨的歌词，能勾起他对故乡的衷情思念，那种不能自已，无处诉说的愁绪，在凄婉的旋律中，总能寻找到安妥身心的角落和理由。今夜，在这命运转危为安的瞬间，他有些感激，有些动情地望了瞽师最后一眼，他深信这是一种不可再就的造化。

瞽师唱出他浮沉于内心的惶恐和不安，也给这不安些许抚慰。究竟是那旋律，还是那千古流传、世代相袭的情怀与寄托呢？他一时说不清楚。只是觉得有一种绵远的、难以言语推却不去的重压，此刻正紧紧地扼着他的咽喉，有一种濒死的危险，又有一种再生的希冀。一种非常奇怪的力量，紧紧地拽住他的灵魂。风吹过街路，在闪着些许火星与磷光的青石板街路上，马灿汉大步向前走去。夜色迅速地包围了他和士兵们的身影。

马伯是孤单的。

我童年时代的马伯，是一位高大精壮的汉子。平时很少见到他，他一个人住在下山虎的“八尺”里。孩子们有时会到空荡荡的下山虎里去玩，下山虎的大门常年不关。宽广的前埕有一小片花圃，原先种着几棵枇杷树，冬天，马伯会把枇杷叶摘下来，扎成一把一把，挂在照壁的钉子上，让冬天的寒风把叶子吹干。哪家有人患了口疾、咳嗽，便到照壁那儿去取上一扎风干的枇杷叶，熬汤，喝上几口就好了。后来，那几棵枇杷不知怎么的就枯死了。

花圃荒芜了好些年，马伯便开始种菜，那种腌制咸菜的芥菜，潮汕人俗称“大菜”。大菜在冬天生长，到了开春，宽大多皱的叶片簇拥着大大的菜苞。好的大菜每棵有十几斤重。马伯在灿烂的阳光下翻晒大菜，他高大的身躯蹲在地上，有些佝偻。他翻晒得很认真，把菜一棵一棵地摆好，上午把菜苞对着东方，让阳光直照到菜苞上，午后则把菜苞侧过来，让西斜的阳光把有些蔫的菜苞照晒得软软的。到了傍晚，晒软了的大菜，撒上粗粒的海盐，用双手反复地搓，一棵棵挤压进大土缸里，横上几根竹蔗，压上几块大石，然后用黄泥封缸。待到年底，腌渍密封了一年的咸菜就可以开缸了，黄澄澄的开缸咸菜有着独特的香气。而地里的大菜又到了收成的季节，又开始了一年的腌制。

潮汕咸菜就这样日复一日，一年四季如期而至，伴着潮汕人的童年记忆，直至老死。腌咸菜本是女人的活计，而马伯没有女人，咸菜就是他的女人，他的八尺里，有成田最香最好的咸菜。

第十九章

林达沉吟片刻，说道：“借尊兄宝地，略住几日，待省城有了消息……”话还没说完，郭仁卿便插话道：“尊兄有话直说，马贤弟怎样交代，敝人照办就是，不必见外。”说着，从怀中掏出几帖批封，一一铺排在桌子上。又道：“这几个批封，加在一起，总共12000龙银，怕仁兄携带不便，特让汕头马源茂批局代管，先生可随时取用。这笔款项，刚刚由水客从暹罗带来，仁兄怎样使用，敝人不知不说不问。至于所借该款，与仁兄无关，我与马文荣之间会有计较说辞。”说着，又把批封一一收起，叠好，双手捧给林达。又道：“即便批封在路上被歹人搜去，只要仁兄记住批封上的来往姓名，即可在马源茂处报上明细，顺利取款。”

林达十分意外，想不到事情竟如此顺畅。12000龙银，这是12名起义烈士的生命。虽然远未达目的，但郭仁卿如此豪爽大方，已属不易。

关于乱党与否，关于郭仁卿的倾向

诸问题，已无再讨论的必要。

林达站了起来，双手抱拳，对两位先生连连作揖答谢："事成之日，当加倍奉还，先生之美意，我辈未敢忘怀。请受小弟一拜。"

郭仁卿连忙扶起："都是道上人，敝人也为一寒儒而已。今日世道大乱，各事其主，各行其是，有缘相会，四海之内皆兄弟。在下也不问仁兄英雄出处，仁兄也不必为区区银两挂怀。"说着，他踱到亭阁之前的草地上，对着远方，朗朗说道："混沌初开天地人，一朝天子一朝臣，劝人为善少为恶，到尾报应有分明。淡淡青天不可欺，举头三尺有神祇。"

林达见状，便笑对郭仁卿道："在下也来吟唱几句：神机不可泄露来，一阵狂风到厅前，腾云驾雾升天去，踏在云端笑唠唏……神仙下凡来说明，当天深深来拜揖，拜谢神仙恩万重。"

太清先生不甘寂寞，也唱和道："千万全靠恁大功，愿待神天相保庇，此去暗中得相逢，万事推排由苍天。"

三人惺惺相惜，却又无法深谈。林达不想坦诚自己是革命党这一身份，郭仁卿也无意说破这一危局。他本就对革命党无好感，只是囿于马文荣的拜托。这一万二千龙银，马文荣说好是暂借的。他自然不会计较这笔钱款，但他不愿与乱党攀上任何关系。救人危难是一回事，资助叛乱却无论如何行不得。

太清看得明白，而人微言轻，也不便多言，所谓哒破无水食是也。情分归情分，世情归世情。人在世上行走，分得清楚各自局势，里外关节，乃为大君子也。他对郭仁卿的为人处世十分欣赏，此公不愧为道上翘楚，敢作敢为不说，冒天下之大不韪，也绝无犹豫。用俗话说，郭仁卿是敢于也善于捞毒钱的。这里所说的"毒钱"，不是单指烟土鸦片，而是指一切有大风险、不易赚的大钱或偏财。太清第一次见到郭仁卿的面相，就断定了这种评价。郭仁卿之头额，是为罗汉头，前额肥厚悬突，而后颈敦实如鼓，眼眶却大，睛圆而不含怒，是谓中目虎顾，视物如射，意行直前，敢当天下大事。

目的已然达到，谈天说地，饮酒作对，只说人情世故，莫谈国是，岂不乐哉。林达是行过乌水的人，在革命党人中，他虽然是个士人，也中了举人，但是，他从言辞到行动，曾经是最极端最偏激的那一拨人之一。主张暴力推翻清廷，推崇暗杀绑架，因此最受孙中山欣赏。黄冈起义失败之后，他气馁过，在逃亡路上，有了太多的内省与退想。在这之前，尽管他态度极端，主张流血，但毕竟从未真正手上沾血。黄冈同志血流成河的惨状，终于使他看到了某些真相。英雄末路的衰颓，剑走偏锋的惨酷，都使他胆战心惊。惊怵于生命的脆弱、人的无助以及人的飘零，碰到胡须六时，他都自愧弗如。一介武夫，但游刃有余，进退自如，把底层生存的智慧，演绎得炉火纯青。他们都是能够成大事的人。

林达对郭仁卿已无防备。自与郭仁卿有所触及，包括读了他的日记，林达有一种豁然开朗的顿悟，对黄冈起义的某些方面有了质疑。这种起于某省某地的局部战争，对改朝换代的意义与作用，究有多大？他开始怀疑孙文的革命策略。

郭仁卿是个爽快人，心中藏不住什么，他忍不住要把事情说开，公开和林达讨论革命党连同黄冈起义的问题，但好几次，话到口边又咽了回去。鸦片种植和国人沉溺于鸦片饱受其害的事实，自己的所作所为，难以出口，使这种讨论变得虚伪和乖戾。当一年一度的鸦片，从每年九月的种子，到来年早春二月，变成漫山遍野的繁花，摇曳着饱满的绿色的浑圆浆果时，他无法压抑由此而来的兴奋，那种对源源而来的龙银的想象，令人疯狂、心醉。那些龙银不是用手指点数出来，而是用小火轮，一船又一船地满载而归。财富由暹罗小小的批封，或从上海经台湾海峡，如山般地堆积，然后运回“汾阳世家”。

每当深秋时分，凉风和寒冷袭进茶山，满山站立衰颓着黑色的罂粟秸秆，茶山一片凄风苦雨，空气里回荡着秸秆逐渐腐烂，散发着腥气时，那种凄苍的景象，连同板结的土壤，在风中哭泣的爆裂声，都让郭仁卿心寒而且害怕。那种让牛头马面、黑白无常现场捉拿，押跪在阎罗王面前，鞭笞火烙，打入十八层地狱似的恐怖，那种永不超生的惶惑，令他的凄惶无以复加。然而，一个难熬的短暂的秋天过去，当九月的及时雨再度湮灭了土地上的裂缝，当雨水又一次渗入板结的泥土，当再度被滋润的泥土又渴望着种子时，新一轮的罂粟又以它的妖娆，战胜了郭仁卿心中的阴霾。天空再度敞亮，回归它又一个冬天血一般的残阳夕照。

这是郭仁卿每一年必然经历的起落，他灵魂在这样的抽打中，日复一日地变得更加麻木和坚韧。他只能求助于太清先生。而太清先生自然能够给他满意的灵丹妙药，那是另一个世界的罂粟。相术和堪舆，多少能够医治郭仁卿的心病，起码他相信并笃诚于所谓在积恶之后的“积德”。

早在光绪二十二年（1896年）正月二十三日，郭仁卿的日记中如此写道：

吾里人民皆为种稻种菜为生，钱最活动，而食鸦片烟者十之七八，渐至贫不聊生，余于戊子岁（光绪十四年，1888年）得林文忠公退鸦片烟瘾的药方，费钱少而见功多，易于措置，余将此方录出，散于里中吸食鸦片烟者，照方和丸服，大有奇效，退了数人的瘾。皆曰，此方甚好。然退而复吸者，亦复不少，天意茫茫，殊不可测，真有翘首向天之意。今朝偶翻书籍，拾出林文忠公退瘾方在一片纸上所录，恐有失落，遂登日记，以备遗忘。

亭阁就在罂粟丛中，风中有罂粟带着腥气的香味。林达自始至终，都避谈关于鸦片的话题。以他的风格，若在日本，若在省城，若在同志们中间，他会早已言辞激奋地讨论种种问题。可是，现在他克制着对不悦之事的抨击。他从郭仁卿凄惶的眼神中，从他自始至终的规避中，看出了主人的忌讳。本来，人在茶山，最值得谈论的，便是鸦片的种植和禁烟的话题。禁烟也是革命党人关心的问题。可是，世人不知道的是，流向革命党的革命经费里，有多少来自于鸦片种植园！显然，也是一个无法明白晓畅的问题。所以，谁也不去提起12000龙银的出处。

太清的聪明与过人之处，是最能化解一切人间难题。一切兴衰善恶命数，都取决于人的星相，而一切的运程，都与风水堪舆有关。林达为天赐的革命党人，而郭仁卿又天赐于罂粟。他没有如此直说，但他的身份已使这一切昭然若揭。

地豆八来报：所请瞽师已到。

郭仁卿吩咐好生招待，下午五时，待黄昏将临时，再到亭阁吟唱。

林达不是第一次听瞽师吟唱《潮州歌册》。潮汕乡间，历来就有流落街头巷尾、乡村角落的行吟瞽师。常常是一老一少，有男有女，老的是师傅，少的是学徒。或是至亲，或是组合。

瞽师是一位年迈的老者，高瘦清癯，背有些驼。他一袭竹布长衫，瓜皮小帽，一副私塾先生打扮，身边带个十二岁左右的女孩。女孩生得清秀高挑，弯弯的眉毛下有一双明亮的眼睛，却是瞎的，令人心痛。

瞽师手提一把椰胡，女孩拄着长长高过头顶的竹竿，那支竹竿传了几代人，是那种罕见的金色石竹，竹节坚如磐石的那种。经年的风干收缩，竹竿上呈现着类似年轮的斑圈。竹竿有节奏地敲击着青石铺成的路面，在黄昏的暮色里显得分外凄凉冷寂。

老人扶着女孩的肩头，女孩拄着触地的竹竿。女孩穿着蓝底碎花小袄，头上发辫扎着细细的红头绳，扎出了一个双丫的发髻，锥形圆脸，苍白失血，明亮的眼珠，却一动不动。

亭阁外的空地上，老人坐在柞木条凳上，无须试音，便熟练地拉开了椰胡。低沉委婉的琴声，瞬间流过暮色苍茫的夜空。老人拉了一个前奏，然后自报家门：“潮阳井都人氏，官名郑行顺，各位看家有礼了。”说罢，又拉了一个过门，开腔唱道：

人生在世得看天，举头三尺有神祇，不义之钱不可要，到尾报应无差迟。钱银一道出苦坑，谋财害命难发家，刻薄成家无久享，天理全无错些些。

瞽师唱的是潮州名曲《水蛙记》，讲一个亲人之间谋财害命，求告无门，枉冤再三，最后日出青天的故事。

瞽师手拉弓弦，双目看地，声线冷漠，心如止水，唱得苍凉柔冷，中气十足，荡气回肠。

“人生在世得看天，举头三尺有神祇”，这两句歌词，几乎是所有“潮州歌册”演唱的开场白，也是众多故事的共同主题。

瞽师拉着椰胡，音色深沉，有一种遥远的回响，在高音处，好似空谷足音一般冷绝，凄厉。在中音区，琴声如歌如诉，嘈切之间，仿佛在讲述一段难以言说的沉痛家事。在低音部，椰胡特有的沉闷，呜咽喘息，时断时续，犹如气绝丝断时的中断，却又不绝如缕地延续。这一段长长的令人记切的过门，拉得林达沉迷不可收拾。只听得一个稚嫩尖细的嗓音，在异常缓慢的拖曳中，轻声细语地念白：

且说泉州安溪城，詹家积祖有名声，有一秀才名詹典，娶妻陈氏贤十成。夫妇相惜同心机，平同美貌共少年，二人同庚廿四岁，产下一子是男儿。取名詹玉岁三春，眉清目秀貌超群……

这本应清唱的开场白，让女孩儿细细童声念出，犹如石破天惊一般，交代得清清楚楚。随着椰胡婉转的起调，女孩跟着旋律唱出：

性情乖巧得人惜，父母惜伊有十分。典秀亦无大家财，乃是饱学个秀才，田地足食无忧虑，仅有一弟无父媛。他弟名字叫詹明，娶得妻房是姓钟，夫妻相同二十岁，产下只有一女身。詹明亦是能干人，年年贩茶过安南，意望发家成大业，自伊过番三年间……

女孩声线稚嫩而又尖细，却温和世故饱满得弹指而出。而椰胡的浑厚沉实，衬出了唱腔的无限柔情凉意。在茶山空旷的野地里，那种苍凉之感，直沁人心。连太清先生这个在市井中见怪不怪，百毒不侵的神仙，也摇头晃脑，努力忍住不让泪珠弹出。见过沙场秋点兵的林达，大约触到伤心之事，也在一旁闭目思忖，陷于孤独。

1926年9月，上海大世界游乐场宴会厅，沪上有史以来最辉煌的盛典。

从上午9时开始迎客，中外宾客近千人。第一个仪式是走红毯，这也许首开了中国走红毯的历史。近千宾客徐徐走过几百米的红毯，颇为新奇。红毯从西藏南路中段永茂源钱庄大门口，一直铺到延安东路路口的大世界门口。所有宾客先到永茂源会合，然后缓缓经过红毯，抵达大世界宴会厅。郭氏家族45位大佬，分列大世界门口两边，恭候宾客到来。为首的是郭门长老，93岁的郭向笙老先生。老先生专程从潮汕来，旅途劳顿，却神采奕奕。郭仁卿、郭信臣、郭任远、郭子彬、郭辅庭、郭承恩、郭若雨、郭大伟……郭氏家族在沪上的要人名人，皆并列迎宾。有意思的是，郭氏家人全部着长袍马褂，一律的瓜皮缎帽或灰呢礼帽，颇有几分复古之意。路人望见高悬的横匾，方知郭氏家人为祖奶奶撰书立说庆典。匾上写的是“《郭节母廖太夫人清芬录》盛世刊行、清二品诰命夫人贞节坊敕石垂范千古”等等字样。

祖籍铜钵盂的沪上电影人郑正秋、蔡楚生，带着电影队，现场拍摄，制作了一部纪录片。有传这部片子收藏于永茂源钱庄的保险库中，1937年上海沦陷，钱庄保险库被炸，影片连同几吨光洋化为灰烬。又有说这部片子，曾保存在郑正秋电影公司，后来随大批电影拷贝，丢失于电影公司在法租界的某一寓所。还有说土改时，这部片子在铜钵盂仁记巷“汾阳世家”郭信臣家中被农民搜出烧毁。各种说法都有。至今没人再见过郑正秋蔡楚生现场拍摄的电影胶片。《郭节母廖太夫人清芬录》，当年印制三千册，于今存世仅五册。

时在现场恭迎宾客的45位郭氏大佬，现已全部谢世，那见证现场盛况的上千宾客，百年之后，也都成了历史人物。轰动沪上的这一文化事件，之所以值得在长篇小说《铜钵盂》中留下一章节，意在本为细小的家族盛事，却为中国近代史的匆匆行脚留住了一个深深的印记。据《郭节母廖太夫人清芬录》一书的记录，参与此书撰联题词，并出席是日盛典的文坛、政界、商界巨子，不下六十名。他们均为20世纪30年代中国文化界最负盛名的大家。

这些人物，在这部一函四册线装书中，激扬了1926年现代中国的复古情怀：对一位母亲的颂圣，对一位节妇的膜拜，对中国传统女性的精神礼赞。它们发生于十里洋场的上海，在光怪陆离的大世界，上演了一出亦庄亦谐的旷世剧目。1926年9月，这场郭氏家事，在日日不乏大事发生的上海，并非惊天动地。它深远的历史影响，并成为20世纪中国重要的文化事件，皆因该书作者诸多名家大家，个个直接或间接地影响了中国近代文化及学术的历史进程。他们在1926年的这一笔致，即使在他们个人的学术经历中，也是不可忽略的一笔。

那天，最早来到的是康有为、梁启超。作为郭仁卿的昔日旧友和革命同志，他们在红地毯上并肩而行。此时康有为正患脚疾，梁启超也为肾病折磨，两位前清遗老，坚持行过几百米的红地毯，从永茂源行至大世界，风度依然。

康有为以为，唯此方能表达与郭仁卿的同志情谊。此前，他已为郭母贞节坊题写“天褒节孝”四个篆书大字，刻在郭母贞节牌坊正中的匾额上。

这座镌刻着诸多名家手迹的节坊，建于1926年，躲过了打土豪分田地愤怒的农民，在铜钵盂的旷野上，一直矗立到“文化大革命”，被造反的红卫兵推倒。精美名贵的石牌四散，而今无影无踪。

郑孝胥那天也来得很早，他在过道上遇到于右任。他对这位后辈很是器重。《郭节母廖太夫人清芬录》一书，他们同题书签，郑孝胥深以为慰，故对于右任客气有加。

于右任刚受李大钊之请，赴莫斯科敦促冯玉祥回国参加北伐，他于9月17日，将赴绥远五原，誓师成立国民联军，代表国民政府监誓、授旗并任副总司令。此次他特意转道上海，为《郭节母廖太夫人清芬录》题词并记。论辈分、政见，郑孝胥是前清遗老，与于右任并不搭界，但郑孝胥的“同光体”书法，颇为于右任所欣赏。

《郭节母廖太夫人清芬录》一函四册，每册扉页都有书签，分别为首册郑孝胥，二册于右任，三册刘未林，四册胡适之。

郑孝胥手中托着四册新书，翻到于右任题签的扉页，脸上现出欣赏的神色，却含笑不语。书法界向有“南郑北于”的说法。这两位书圣，在红毯上走到了一起。

郑孝胥终于说话：“先生的人品与文品，如其书其字，干净冷峭，含风含骨也。先生的《半哭半笑楼诗草》，敝人是百读不厌啊！”

于右任连忙回应：“先生过奖，晚生后学还向先生请教。”郑孝胥比于右任年长19岁，郑孝胥生于1860年，于右任生于1879年。他们年龄悬殊，而在书法界却平起平坐，郑孝胥不敢小视。

胡适比于右任小两岁，文名已如日中天。此次他不但为《郭节母廖太夫人清芬录》书签，还写了一段小序。“五十二年之苦节，七十五岁之高寿，始食贫而抚孤，终开先而裕后，生及见家门之盛，殁而名垂于永久，小人有母亦廿三岁而守节，积半世之苦辛，未能享一日之娱悦，执笔作颂，拊心凄绝。郭节母廖太夫人不朽。”

胡适今日也身穿长袍马褂，见南郑北于正在交谈，便踱向前去。恰好此时，代国务总理外交总长顾维钧也到了。似乎为了迎合今日盛会的复古之风，诸位民国大佬，不管是洋务派还是保皇派，不约而同地一袭古风，连留洋的胡适，也连连抱拳作揖。大家互相嘘寒问暖，逍遥走过红地毯。红毯两边，挤满观看热闹的市民。在沪上，也难得见到这等大佬云集的风景。

顾维钧见胡适渐离人群行走，连忙紧走几步趋前，连声唤：“适之仁兄先生。”顾维钧比胡适年长几岁，却尊胡适为兄长。他从袖中摸出手卷“请兄台评鉴”。胡适作揖回应，笑说：“总理大人，有何指教？”

顾维钧展开纸卷，请胡适细阅。胡适抬眼看了一眼，连连称：“好诗好诗！胡某人自愧不如，断断写不出先生如此好诗。”顾维钧一愣，此胡仁兄也够胡的，只看一眼，便连说好诗，从何说起呢？

胡适双手接过纸卷，合上，然后朗声背诵起来：

清旌节孝郭节母廖太夫人，苦节歌：我读汉书光武时，习闻郭主著母仪。今看节母千载下，遥遥家范或在兹。少读内则已知礼，温温雅度端容止。闺门余事生女红，承欢曲意娱甘旨。鸿案相庄挽鹿车，旋看淑誉遍乡间，每荐苹藻怀先泽，转悲风木泣皋鱼。驾虬赴阙难偕老，太息修文一何早。委身同穴更奚辞，大节硁硁心皎皎。重为诸姑何慰安，回看六尺泪汍澜。却思易箦相期语，殉身争及抚孤难。抚孤责重死不得，含辛壹志谋扶植。囊内糇粮身上衣，尽在慈母手中织。月黑霜高夜篝灯，机声轧轧和书声。深宵斗转机还转，侵晓机鸣鸡未鸣。由来母教多异器，连翩二难纷相继。蔗境甘回五十年，报得春晖酬母志。六珈象服凛朝仪，森森兰玉効斑衣。尚为周贫诫儿辈，持盈应念未达时。百闽学士临岭峤，松筠勒匾阐幽邈。清徽昔日闻盛朝，煌煌黄诰荣旌表。文孙司马绍箕裘，缅怀先德扬柏舟。更遵优例请褒典，峨峨坊石垂千秋。殷勤示予清芬录，字句清辉炫人目。语予懿行周且详，合播讴歌励末俗。吁嗟母节重如山，安贫抚孤古所难。一代贞珉空想像，怀清台畔水犹寒。

胡适一口气背出《苦节歌》，令顾维钧目瞪口呆。年35岁的胡适之，记忆力如此惊人，过目能诵，何况刚才仅瞄了《苦节歌》，便倒背如流。

这时，掌声雷动，原来在胡适忘我诵咏之时，红毯周围已围了许多人，胡适只顾摇头晃脑吟诵，未注意周围已成人墙，把红毯四周围堵得水泄不通。

顾维钧大惑不解，胡适看出他的疑惑，朗声道："早就从信臣先生处先睹为快。《郭节母廖太夫人清芬录》里的题词诗画，乃今日国中各界翘楚之作，敝人怎能放弃研习之机会，当然先睹为快。先生之《苦节歌》写到骨血之处。小人有母也同一苦况，岂不同病相怜乎。好雨知时节，好诗乃入心啊！顾总长多多指教！"一席话说得顾维钧七窍皆通，心悦诚服。顾维钧连忙说道："学兄客气了，小弟要多多向学兄请教！兄乃一介诗圣，今日方才面受，见识殊深，择日再到府上拜访请教。"

此时，年过八旬的吴昌硕、冯超然、王震、张大千，以及陈宝箴、朱祖谋等前清遗老遗少也陆续前来，各人便由红毯而入宴会厅，郭氏家族45位大佬，依次陪贵客步入大堂。

马伯口中，有源源不断的批脚传奇。只是郭同志有用之书读得太多，无用之书一窍不通，顶了个高考文科状元的桂冠，反而显得心拙，常常在马伯的答问中，把自己置于牛头不对马嘴的愚蠢状态中，有时竟惹得马伯不耐烦，自在心中笑说这现代青年学子，如此怠于常识，连做人做事的规矩伦理都不甚了了。好在郭同志面对的是一位可做他祖父的老人，且自己又属公务在身，所以处处当个孙子，也就认了。要论在单位里，郭同志的眼睛可不是横长的，而是竖起直立着，很少有人能入他法眼，对此，他也常常大言不惭。

可在马伯眼中，郭同志就是个小学生，连光德里家庙私塾里的少年也不如，几个汉字写得像狗爬似的，马伯对此的轻蔑，郭同志是无处不受刺激的。至于清廷民国的基本知识，郭同志就更是小儿科的科员，一概的朦胧混沌，这点特别令马伯失望。

民国的批脚，堪比一个历史学家，比现代学者还有学问！这是多年以后，郭同志不得不老实承认的，只是在郭同志醒悟这一切之时，郭同志自己也已经老矣。问题是，即便郭同志到了马伯的年龄，依然没有马伯的学识，特别是那些已经被电脑字链摧残得麻木不仁如鸡爪一般枯曲的手指，早已捏不住让人龙飞凤舞的钢笔，更不要说势如脱兔的毛笔了。

让郭同志懊恼的是，马伯那些亲笔书写的批封或回批，现在成了博物馆的镇馆之宝，成了向联合国申遗的宝物，价值连城。马伯死后，他留下的对联书法，一副普通的有光红纸，随便写就，却炙手可热。在郭同志看来俗不可耐的乡村对联，居然也拍卖十万八万。

而自己，才高八斗的高考状元，北大学子，如今连一张手稿也不曾有过。全部私人印记，都由那些电脑字构成，连一封家信也没有。他从没给父母写过任何书信，全是手机短信，连情书也打在电脑上。

马伯带给郭同志太多的焦灼和羞愧。郭同志对马伯7岁目睹的故事及此后的传说有兴趣，郭同志关心的是十万饷银筹集的人员与数字，而马伯对此却吝于言辞。马伯关心的重点在那个少年乱党的命运。他坚持说林姓少年根本就不是革命党，一点革命的意思都没有。他对郭同志把林姓少年写成同盟会成员，革命英雄，很是不以为然。

马伯坚持林姓少年是让清廷冤枉斩杀的，他从没想当乱党，也从不知批银是革命党筹集的经费。他只是一个新批脚，倒霉之处是他不幸地遭遇了这一事件，因为不明就里的送批，而致罹难。这个惨事，完全出于误判而致的冤狱。马伯甚至埋怨那个供出送批少年的革命党人：“他也不是一个好人！把少年说成了同党，完全在为自己开脱，起码不是一条汉子！将无辜少年置于死地。”

郭同志看得出马伯的立场，无意间已庇护清廷的滥杀。他直接把这个意思说出，惹来的却是马伯沉默的蔑视：这孩子火气太大！郭同志对马伯的崇敬只限于马伯的阅历，一个从前清活到今天的95岁老人，凭年龄高寿就值得尊敬，这点，郭同志美德尚存。

那个15岁的少年，如果不是1907年被处死，也许逃不过内战或抗日战争，即便侥幸活到新中国，也尚有诸多厄运在等着他。人的一生真是个谜，一个奇迹，无人能够预知，只能听天由命。活到95岁，真的不容易。郭同志此前从未想过此类问题，父母还未完全进入老年，自己已结婚生子，一路顺风顺水，顶着个高考状元及名校的帽子，活得很是惬意。现在担负了一个虽不显山显水却也不失时髦的“非遗”课题，许多人生人性问题，突然，因为马伯的到来和离去，令他有了全新的视野。

郭同志开始对88年前的那个少年有了浓厚的兴趣，他无法真切地洞悉少年当时的心情，他在临刑之际的惊恐与绝望。仅仅因为送了一个批封，就不可思议地把命送了。这种事说起来轻松，却是一个时代的痛。竟如同说一个神话传说。时间已把一切血污血腥，洗刷得干干净净，只留下一个骨架，有时连骨架也变得虚无抽象，变成一个概念。

而这一切，在马伯那里，却完全是另外一回事。那少年，是他生命中一块神圣的碑石。即便他的生命已经老朽，已经坍塌成一片废墟，那碑石依然坚挺，依然是一个人的15岁，上面布满青葱岁月和血的苔藓。马伯的心，大到容得下这块近百年的碑石。为了包容这块不断生长着的碑石，马伯以他自己的一生，谨小慎微地呵护着，滋养着，细细地辨认着那些岁月青苔的生长。仅仅因为他们后来成了同类。

自偶读那份《岭东日报》之后，马伯似成了一个历史学家，他开始留意每一条报上的旧闻，有关革命党或批脚水客的旧闻。这成了他批脚之外的唯一爱好。尤其是中国同盟会筹饷的有关资料。在他看来，这关乎那个少年的生死意义，他坚信少年被处决，是冤死的生命。

马伯的执着与坚决的心志，虽然令郭同志不可思议，他甚至以为这是一个事关老年痴呆症的临床案例。一个人7岁的记忆，如何深刻到这样的程度？以至于影响到一个人的一生，及对这个世界的极端看法。

马伯最后的岁月，那时他只是显得虚弱，腿脚有些不便而已，没有任何疾病折磨他。只是老了，老得有些难以动弹。马伯心中明白，上帝在召唤他了。人活得太久，也没甚滋味，只是有些遗憾，有些事还没有做完。关于那个少年之死，还有另外一些必须找人交代却依托无人的事。那些事也许永远也找不到可托之人，这是马伯尤为焚心的。本以为郭同志是个高人，又分外热诚，可以委托，但现在看来，也不甚放心。

郭同志也意识到了什么。他眼见马伯时日无多，心中也急，马伯实在是一个富矿，说是最后一个批脚并不为过。马伯的历史，就是一部中国水客批脚的历史。现在，郭同志就在这部活的历史周边，可他既走不进去，又难以转身而去，经历着前所未有的惶惑与迷惘。

中国的批脚水客，实际上是邮路未通年代的邮递员。这个职业延续了好几个世纪，在乡间以信誉取人，也以信誉为人称道。究其实他们都是些农民，一些生存于最底层的粗人。说是粗人，却也须略通文墨，记得住姓名认得地址，没有受过起码的教育，也做不了批脚。因为低贱，因为谋生不易，批脚手中握有他人银钱，却万万不得有觊觎之心。这正是这份卑贱卑微的行当葆有高贵之处，它高贵得无法言说，那本是人作为人最本质最平朴的坚守。当悟到这一点时，郭同志对马伯的崇敬就不仅仅在于年龄了。

那天郭同志去见马伯。马伯的八尺里，已经腾空了所有家什，原本拥塞着各种物什的八尺，显得有些空荡。为了护理的方便，八尺只留下一张床。马伯身高一米八几，他高大的身躯，多年来，都躺在一张仅有一米八的由两块门板拼起来的眠床上。他在这张床上，至少已经睡了六七十年，从二十多岁还没成家直到现在。

马伯精神尚好，只是已经走不了路。他半躺在眠床上，正对着眠床的墙上，贴着一张老旧的往昔招贴画，画中有一女孩，民国时期家居女子的模样，高领唐装月白衫黑褶裙，长裙曳地。郭同志知道这画中女子，是马伯心中所爱。据说马伯的初恋情人就是这个样子。这是传说，马伯并不承认。

那画实在太老旧了，纸质又黄又脆。郭同志曾经建议马伯换上别的，马伯不置可否，只是说："就那样吧，年头久了，由它去吧，看着舒服。也没什么好换的。"郭同志不便坚持。又知道了传说，便建议做个玻璃镜框嵌上，马伯只是笑笑："这样挺好。"郭同志便不再坚持。马伯言语很吝，他对旧东西情有独钟。

第二十章

凡是潮汕秀才举子，无人不晓得《水蛙记》。几百个从隋唐传至明清的戏曲剧目，融合南北方的弹词弹唱，唱尽了仁义礼智信、忠奸正邪的千古故事。这些故事以评弹大鼓的方式，由北至南，在潮汕得以保存传承，并以《潮州歌册》的刻印方式，流传至今，或唱或演，在潮汕平原广袤的土地上，生根长叶，薪火相传。为着一份正大光明、礼义廉耻的传宗接代，无数明眼或瞽目的艺人，挣扎着依赖着它们苟延残喘地苦度余生，散播光明。

郭仁卿似无所动。这一场节目，本不是他的意思，是由太清先生提议：恐客人林达在山上冷清，又从未谋面，不知性情偏好？文人雅士，谁不谙鼓乐！故请卖唱的瞽师，上山献艺最好，既消遣又怡情。

郭仁卿不明太清深意，以他好客乐施的秉性，太清之说甚好。茶山荒僻，饮食起居，还算舒适，但毕竟远离市井，茶馆烟馆酒肆全无，免不了一份冷清。听得瞽师盲妹一席动人心魄的演唱，竟把他撩拨得满心愧疚。人在做，天在看。《水蛙记》说的是一场冤局，但人生如斯，天网恢恢，疏而不漏，也是题中之义。他有点明白太清心机无端生出这种瓜连，太清虽未言语，却移花接木，把郭仁卿羞得心中战栗。

女孩唱了一个时辰，郭仁卿便吁他们小歇，喝水润喉，让地豆八为他们单独张罗晚餐，今晚在山上小住一宿，明日再唱场堂会。

三人分别各送出红包龙银若干，瞽师盲女感激涕零。若在往日乡间城圩，演唱半日，也就得小洋数枚，最多或一龙银不等。当然上山崎岖，山高路远，耗时耗神，但只唱一曲，便获十数龙银，是瞽师演唱十余日之收获。女孩儿跪在地上连连叩头。林达这时才发觉，一般人家的女孩已不缠天足，而这个女孩儿缠着小脚。是大户人家闺女？如何又流落乡间，成为瞽妹？听其腔调声色，隐约似有广府或客家口音。也许有悲惨身世？近年常有歹人，卷带良家儿女，或拐卖赚取银两，或“采生折割”，惨不忍睹。林达遂生一探究竟之念。

这是林达革命的理由，人间许多不平事，特别是非人的惨事，时时在触发他寻找其存在的原因，他总是以为有一个更邪恶的理由，在支撑着这些原因的合理性与合法性，而这些支撑以天理为借口，横行于世。

他以为他的革命，和陈胜吴广，和洪秀全们是不同的，并不仅仅是推翻一个旧政权那么简单。他革命的要义是建设一个新政权，一个平等自由，人人都有自由的新政权。而这个政权的建设，又不得不以杀人为终极手段，公开如失败的黄冈起义，包括不绝如缕的暗杀等等。他有时也觉到了暗杀的可耻。这是连古人也不如的。荆轲刺秦、鸿门宴、水浒梁山等等，虽然暗含玄机，但毕竟还是公开的对抗。

对于林达而言，他更倾向于公开的宣战，正如他在潮州城楼上，不顾满目的清廷官兵，手无寸铁，登楼演说。虽险些就当场横遭砍杀，但他自觉那样更加义正词严。

望着在夜色中蹒跚远去，消失在茶山树草阴影中的瞽师盲女，林达心头浮出了一丝丝难以言表的情绪。刚才瞽师手捧那几枚大洋时，发自肺腑的感激与内心极度卑微的情态，令他分外酸楚。不错，只唱了一曲，这一曲，他们曾在穷街陋巷，唱过无数遍而分文未获。为着每一个掷地而来的铜板，备受煎熬，又感激涕零。这是他们卑贱的生活。

想起以革命党的名义，从马文荣手中拿过来500大洋；从郭仁卿那儿接过来12000大洋，自然也感激，但不至于涕零也。甚至以为这是一种应该的合理的。在为革命筹集经费的过程中，成千上万的馈赠，那是常事。那里面不仅仅只是一种同道，还有一种共同的利益，在远方召唤。以革命名义的任何索取，其实都是对正义的透支。

他义无反顾地变卖十八处房产，把所得银洋交付给革命党。黄冈起事血流成河，漂浮其上的，自然有他十八处房产变换得来的银洋，而终将加倍地获得比十八处房产更多的财富，不是他革命的目的。他以死相殉，死心塌地的理想只有四个字：天下为公。

必须从马文荣，从郭仁卿，从清廷的国库中，把钱弄出来，分给瞽师盲女们。

入夜的茶山，在深秋的凉风中开始飒飒发抖，依然身着单衣的林达，在忍受着茶山深秋的寒凉，心中却炽热着暖暖的意绪。他好像已经悟到了天启与神明的旨意。黄冈起事遗留的惆怅与凄惶，正在茶山的冷意中悄然退去。茶山的晚宴已经开始。地豆八把晚宴安排得很是精彩。几碟地道的潮汕美味，专门从烟桥的大厨处送来。鸡鹅鱼鸭不必说它，单就一份生腌，便括尽了潮州菜的全部秘籍。

“生腌龙虾仔，仁兄，试试码头四的手艺。”郭仁卿说着，用象牙筷子，夹起一块带着青紫皮壳的龙虾肉，置于林达碟中。郭仁卿一手挽住衣袖，一手端起温酒，举在空中，又道：“谅仁兄先生，多日未赏此山色风景，品此佳肴，听此弦竹。来！为仁兄先生安好，深饮一杯。”

林达也生于钟鼎之家，潮汕生腌，再熟悉不过。生腌各种虾蟹，各种贝壳海产，却从未听说过生腌龙虾仔，便好生惊奇。

“这生腌龙虾仔，专挑南澳海礁石缝中生活的小龙虾。仁兄先生听说过，浪险过拍紫菜吧！上等的紫菜是生长在海流最激活的礁石上的，取紫菜的人常丧命于礁石海流之中，危险至极。这种青龙虾，就生长在激越的海流之中。取半斤以上、一斤以下的秋天青龙虾，从海水中捞起，不能过淡水，即用高度酒浸泡，再捞出以稻草包裹，内敷粗盐干渍一个昼夜，再调各种香料……沥尽水分，适时风干，此时虾肉充分吸纳酒色风味，既松且紧，既软又硬，既清香又浓厚，既咸香又清淡，此物之丰杂，之简约，之紧致，之酥脆，之绵硬。仁兄，皆是天上所无，唯潮汕独有？”

郭仁卿说到兴致处，独自仰天豪饮。

太清先生小心地夹了生腌龙虾肉，置于眼前，细细品鉴。“此龙虾未足八两，正于青涩之年，因于海水礁缝生存不易，诸多风浪，肉紧且硬挺，又经千锤百炼之美味炮制，弹牙却不黏附，一半神就，一半风月，恭祝仁兄先生，大风大浪而不惧，平安长生终须在。用潮汕俗话说：行好！行好！”太清先生双手捧盏，也一饮而尽。

“两位尊兄贤东，敝人行差踏错，流落江湖，过去无言细说，作罢。来日方长，且行且走。今幸得两位兄台错爱，偏安一隅，请受小生一拜。”林达说着站起，行礼作揖。又道：“小生虽不敢说尝美食无数，但这生腌龙虾仔，却是闻所未闻，乍见之眼界大开，也明白仁兄先生之深意。此恩此情，恐难以为报。生于风波浩荡之海域，又在与天地人搏杀中长成，再经千锤百炼之炮制，最终乃成盘中美味。此中情怀，恩予大海，情倾寰中，万谢万谢！”

仁卿与太清连忙站起。此刻茶山正于夜晚最黑暗时分，亭阁中烛火闪忽，咫尺之外，黑影幢幢，杂树婆娑，罂粟的秸秆，在夜风中扑地而倒，发出了喑哑的声息。

“敝人自饮三盏如何？”林达一手举着杯盏，一手把住酒壶，“这一盏，赠与昔日友朋。”说着，将第一杯酒洒向夜空，“这一盏敬天敬地敬父母。”又把酒洒向天空，“这一盏敬两位仁兄先生，也敬敝人自己，如何？”

三人一饮而尽。

林达兴之所至，又与两位饮食了二盏。忽然，他倾耳聆听，若有所悟，问道：“仁卿仁兄，刚才好像说到，‘品此佳肴，听此弦竹’，似真有弦竹之声？”

“还是仁兄先生绵细，弦竹之声？在下早已安排，日间那位瞽师盲妹，正在几丈之外弹唱，似有若无之声，更为疏美。可是？”

“敝人洗耳恭听。入座，入座！”

三人坐定，无言，瞽师正唱道：

明月当空照破云，相如所以得文君。苍天亦晓情人意，故使清风传语闻。吟罢新诗一律成，即诵几遍喜心胸。长春一见暗思想，小姐今已动春情……

虽几丈距离，瞽师也唱得低沉，但三人听得明白，这是潮州名曲《冯长春》中的男女错爱之情。

长春在旁相扶持，见她咏了我的诗。举头将我仔细看，看后默想头放低。定有所思个因端，但是未可造次言。只得假做不知觉，任她自己个心中。说罢移步出闺房，站在门外了窗空。

小姐见伊出门去，自思自想自己言。见这新来题此诗，口气宛然是男儿。果是一个男子汉，一定与他结罗丝。见伊容貌合我心，更兼与妾常对吟。有此才郎不匹配，过后要此恐难寻。但是未知真男儿，枉我费尽此心机。果然真个男子汉，我定与伊合佳期。

太清先生听得惬意，摇头晃脑和着节拍，郭仁卿似无感觉，他一直在那儿自酌独饮。林达心中明白，郭仁卿择此歌目的真正意图。听者有意就是。

民间对革命党多有猜忌，多有排斥，这是很自然的事。太清、仁卿冒天下之大不韪，收留乱党且不说破，全以江湖侠气为之，当属不易。林达几次欲陈心迹，引为朋党，话到口边，又咽了回去，世道之艰险，天下大同何易？不如做回瞽师，对光明污秽的世界，全以黑暗置之。他想起在日本的日子，陈天华蹈海那天，他正在银座狂饮，次日在图书馆，从报上闻天华噩耗。此前并无任何迹象，再读他的《救亡意见书》，后来又读《绝命辞》，乃知天华心志。

林达渴望同志，他几乎欲把瞽师引为同志了。在此苍茫的茶山之上，太清、郭仁卿当可拜托，却难交心，而瞽师唱词，却字字句句扑入心扉。

但是未知真男儿，枉我费尽此心机。果然真个男子汉，我定与伊合佳期。

谁予佳期?

周季礼独自逸去，马灿汉杳无音信，几个同党命绝烟桥，此刻虽花前月下，但黄冈血已冷，情已消，月未圆，人情叵测。

康有为梁启超早到，意在拜访郭仁卿。他俩早早走过红毯，便被迎至贵宾室，郭仁卿早已在厅门口迎接，一见康有为梁启超到，迎上前来，抱拳作揖。梁启超伸出双手，做环抱状，郭仁卿会意，大家都留过洋，对拥抱并不陌生，虽说今日一切都循古礼，已在请柬中说明，有言在先，但梁启超还是热情地拥抱了郭仁卿。

三十年未见，都已成老人。康有为端详着郭仁卿，连声说道："仁兄先生一点没变，还是壮实如初。敝人本已与启超相约上京，闻仁兄先生有此大典，故将行程挪后，一心盼与仁兄先生一晤。当年革命虽未成功，但仁兄先生其情可鉴，其功不可没矣。今日大典之时，戊戌之变的兄弟们，到会的不在少数，同盟会员也来了不少，于右任兄台也应允前来，仁卿仁兄真乃海纳百川也。"

一番话使仁卿兴致盎然，连忙响应道："有为先生真乃天生革命家、鼓动家。仁卿乃一小小乡间之人，岂敢与先生相提并论。今日太祖有幸，能得先生墨宝，并敕石刻铭，是郭氏家族之大荣幸也，请受小弟一拜。"说着行了一个大礼。

梁启超高声道："还请仁卿先生，谈谈潮汕乡村形势。"

郭仁卿连忙谦让："敝人区区一商贾而已，垂垂老矣，只知日出而作，日落而息，非先生之为政治家也。抱歉抱歉。"

梁启超道："先生谦虚了。早在万木草堂之时，已知仁兄先生忧国忧民，心怀远志，关切国计民生之大事。先生对维新大业的无私鼎力，吾等没齿难忘。先生经营批局有年，此乃支撑潮汕经济社会之半壁江山，就说说批局的事罢。"

郭仁卿心想，梁启超不愧是维新志士，目光锐利，对一地一时的社会活动判度明确。批局在潮汕确是经济社会的命脉，也是疏浚沟通潮汕经济的利器。郭仁卿很乐意与梁启超交流批局的话题。

“在潮汕，起码有两三成人口依赖批银生活。这是一个很大的人口比例，这部分依赖批银生活的人丁，基本上都能过上小康生活。若缺了这一块，风调雨顺之年尚好，若天灾人祸，则流民四出，饿殍遍野。只是有一个情况，不知启超仁兄有没有觉察，便是民国建元之后，滞留潮汕的清朝旗人，境遇悲惨，虽为数不多，但人口也相当可观。这些旗人很少尚有生计，也很少人能够体面谋生，沦为戏子、引车卖浆的旗人不少，虽潮汕人未必歧视旗人，但旗人自视卑微，啼饥号寒之家，耳闻目睹，情实堪怜。”

梁启超十分同感，说道：“在北京的旗人更是如此，皇城根下，清朝时作威作福惯了，现在坠入底层社会，颜面尽失，饱受歧视，也为自然之事。从富贵而坠入贫穷，有满人拉洋车，女眷为佣妇者，不在少数。众所周知，北平城中，至少有七千妓妇，其中大部分为满人。”

康有为亦十分感叹：“有道是，革命军兴奏凯歌，八旗生计付江河。就旗人的生存感受言，说是五族共和之时代，毋宁称之为‘后驱除鞑虏时代’更为恰当。”

郭仁卿知道康有为剑指孙文，这非仁卿的兴致，便把话题引开。此时，只见郭信臣和郑孝胥、于右任一干人走来，便上前迎迓。大家簇拥着，进入大厅就座。

大厅正中的小舞台上，悬挂郭节母廖太夫人的巨幅彩色画像，该像为张大千画作，朱祖谋为之题签：“郭节母廖太夫人遗像”。

朱祖谋又名朱孝臧，晚清四大词家之一。光绪三十年（1904年）曾出任广东学政，后引疾辞官，他是《郭节母廖太夫人清芬录》的主笔，其封面题签亦系他手笔。《郭节母廖太夫人清芬录·序》也为他所写。

朱祖谋和商衍鎏、喻长霖最后步入大厅。

高瘦的商衍鎏是中国最后一个探花，1904年清朝最后一次科举，番禺人商衍鎏以第一甲第三名的名次成为探花，任翰林院编修。民国建元，商衍鎏任国民党财政部秘书，善行书，人评其行书“贵在能以动人，行而不失空灵静默，一脱清气统贯全幅”。在《郭节母廖太夫人清芬录》中，他的题词为：“清封夫人旌表节孝准予建坊，郭节母廖太夫人懿行敬题一律以志钦崇：千霄绰楔耀乡闾，苦节冰霜半世余。教子有成安富厚，传家犹自诫盈庐。筠心励俗冬逾冷，护荫留芳岁不居。此日孙曾门鼎盛，百年慈范慕如初。戊辰八月商衍鎏拜稿。”

喻长霖是晚清榜眼，光绪二十一年（1895年）中榜眼，授翰林院编修。戊戌变法前，康有为曾对喻长霖说：非变法不能自强，有法斯有人，法为人之祖父，人为法之子孙。喻长霖答曰：法非人不能自变，有人斯有法，人为法之祖父。两人争辩不让。这段佳话，除当下在场的康梁外，多人知晓。时过境迁，喻长霖已隐居沪上，以卖文鬻画为生计，然议政议天下事仍然壮心未改。

大世界此时汇集了如此众多前清、民国的名师大佬，虽为郭氏太祖夫人旌表致贺，但政商文坛各界人士汇聚，复古未必不谈现代。有血气方刚如日中天的胡适、于右任、顾维钧、冯超然；有前清遗老商衍鎏、郑孝胥、喻长霖、朱祖谋；亦有垂垂老矣之吴昌硕、王震、吴士鑑，一场舌战在所难免。可惜郑正秋、蔡楚生的现场电影片已流失，否则，此盛会当为中国近代史上的隆重节目。

更值得记志的是，此次盛会之后一二年间，与会的多位名家大佬相继仙逝。康有为于次年3月逝于青岛，梁启超于1929年逝于北京，吴昌硕也于1927年11月离世，郑孝胥稍迟，于1938年亡故。

90年后的今日，我写下这些零碎的片断，却无法准确还原彼时彼地，沪上这一天的民国气场，以及民国大师们那永世无法重返的“民国范”，这才是最令人唏嘘的。

1926年，民国十五年，沪上风光无限。那个时代的商人、教授、文员、流氓、工农、女性甚或儿童，各有范式。哪怕是沪上棚户区里的妇女，也是干干净净，头发用水油蓖过，梳得一丝不苟，有些富态，一点不贱。何况当日当时的大世界，连康有为梁启超都光临的盛会，其民国气质、风度、做派，令人实难以想象。

胡适、于右任、郑孝胥，个个都是近代史上不可或缺的人物，旧道德新伦理应有尽有。正应了潮汕人的老话：琴棋书画拳，诗词歌赋文，山医命卜讼，嫖赌酒茶烟。乃一代人才矣。

在丁未革命发动之前，孙总理尝亲书一函，致香港富商陈庚如、陈席儒、杨西岩三人，请合筹军饷十万元，为惠潮梅革命大举之需，该函乃由河内邮寄冯自由，另交陈少白办理，盖少白于丙午春即协助陈、杨等设会反对粤督岑春煊攘夺粤汉铁路事，一切计划咸出其手，时《中国报》尚由少白主持，故亦不啻为陈杨等所设粤汉铁路股东维持会之机关报，《中国报》之被粤吏禁止输入广州，即由于此。因陈、杨等对少白颇能言听计从，当《中国报》以酬谢革命党人协助之劳，但等到《中国报》濒于破产时，陈、杨等竟食言而肥，才由冯自由、李纪堂、李煜堂等集资购受，方不致落于保皇党之手……

马伯在清醒明白之时，竟然喃喃自语，如背诵一般，咬字准确，一字一顿地念出如上的文字，宛如一篇八股文，起承转合，势若破竹，事件人名，一字不差。郭同志起初并不留意，后一再追问，马伯说这是曾经刊发于《岭东日报》的一则资料，连某年某月某日也说得言之凿凿。

郭同志后来查阅证明，马伯所说，无一虚言。果然是民国成立之后，三合会党人在报上公开描述丁未革命细节的文章所记。马伯是读过这篇文章的。民国的历史记载中，确有其事，孙中山在民国成立之前，其主要革命行动的经费，很大部分是向华侨筹款，然后以各种方式、渠道输入国内。其往潮汕输入，主要依靠水客批脚传送。那时（1905年前后）的华侨募款，全由水客带入，再由散布于潮汕地区的批脚们传送到革命党人手中，各地批馆起了巨大作用。

孙中山所希望筹募的十万饷银，究竟是否如愿以偿，马伯对此颇有说法。

总理与陈、杨等原属旧识，且因《中国报》两年来协助陈、杨等争路之关系，故亲致函请其助饷，知少白得书后，谓陈、杨等非有心革命，向之筹款，徒伤感情，遂退回原函不允代交。冯自由乃由《中国报》将该函直接送交德忌利士轮船公司陈庚如签收（陈系来往香港汕头之德忌利士轮船公司买办）。函去数日，即遇黄冈革命军起事，全粤震动。冯以陈、杨等久无复书，乃使李纪堂赴德忌利士公司访庚如探其意见，庚如竟对李扬言，革命起事为妨害商务，殊属不智，如此次黄冈作乱，彼之轮船公司营业大受损失，即为明证等语。李以庚如措辞不妥，遂据以报告《中国报》及同盟会诸同志，以陈、杨前不践协助《中国报》之约，已属负义，此次既不助款，尤复公然反对，咸为激愤，次日《中国报》即著有《民族与铁路》一文，痛论“今日救国须以实行民族主义为根本问题，根本既解决，则其它枝节可以迎刃而解，争路事件不过枝节之一端，有志救国者应从根本设想”云云。总理初意陈、杨二人必能助饷以接济惠潮之革命军，至是始完全失望。

马伯的意思，是那少年因送十万批银而致死命一事，似无可能。黄冈起事之前，孙中山欲筹十万银饷，可能有多种渠道，但其中之一，向陈、杨筹措无功，况一笔十万汇入，或由水客批脚一人带送，有悖情理。从东南亚或日本，即便近如香港，一笔十万的批银一次性带送，也似无前例，何况是如此重要用途，用以购军械、作军饷的十万巨款，更不可一笔带送，定然会分期分批输入。那少年可能是让人作为替死鬼。

郭同志以为马伯已走火入魔，如鬼附身。以他如此高龄之神智，耿耿于怀这些陈年旧事，其背诵旧日新闻，一字不谬，不是鬼使神差，便为灵魂出窍。但无论如何，马伯已令郭同志佩服得五体投地。郭同志的智慧再次受到考验。

第二十一章

460师已到汕头，师部就设在红砖楼。附近学校的操场，被围上木马铁枝，关禁沿途抓来的壮丁。壮丁们南腔北调，460师从淮北淮南一路南下，一路抓壮丁，壮丁个个被剃去眉毛和头发，换上国民党的美式服装，弄得人不人，鬼不鬼的。要跑也无处可跑，遇上军队，抓住了便就地枪决，被当作逃兵处置。

马灿汉到师部时，已是第二天黄昏。他被直接带到李汝名面前。

李汝名是他的学生，对他十分客气。虽然上峰有令，要严查马灿汉在战场被俘却又逃脱归队的情况，但李汝名却无事一般，把马灿汉当凯旋的勇士对待，只要马灿汉不说，他做学生的就绝对不问。他已知晓马灿汉所来为何！只是彼此都不说破，彼此都在等待一个密谈的时机。

李汝名接到马灿汉回家乡筹款被游击队俘虏的情报，正在想法营救之时，马灿汉却回来了。

在老师面前，李汝名客气有加，嘘寒问暖不说，早已让人在老妈宫定了一桌酒菜，为老师压惊。

潮汕无战事。虽然城市周边多股力量盘踞，从大南山向海边集结的东江游击队、地方武装力量游弋在城外乡镇，袭击国民党地方政府；城中地下党活动也很猖獗；但从福建方向溃退而来的国军，依然是势不可挡的。有些是直接从淮海战场溃败退下来，有些是从后方直接换防到汕头，准备从汕头渡海前往台湾。

汕头市在激战前夜，还算平静。460师一到汕头，就控制了港口和南来北往的几个公路门户，在烟桥隘口以南靠近汕头的地方也有重兵把守。460师在匆匆整编之后，显得有些生气，看起来还是一支不可小视的军队。加上连日来补充了许多壮丁，在人数上也算可观，兵员至少不会少于一个加强师。

460师师长李汝名，出身于陕西一个贫苦的农民家庭。说是贫苦，也是相对而言，他的家乡渭南，是八百里平川的陕西粮仓，只要风调雨顺，一般农民便无衣食之忧。李汝名自16岁从军，现年近50岁，正当壮年，却已有了退隐之心。何况妻儿尚在渭南，那里已在共产党手中，正在进行土改减租减息运动。

这几日，他派出几队兵马，四处查找马灿汉的踪迹。他一直在盼着马灿汉归来。

席间，马灿汉简要陈述了他这几日的遭遇。虽未筹得军饷，但总算平安归来，终会有希望，他不想让李汝名失去希望。

李汝名关心的是军饷问题，更为忧虑的是共军是否能如马灿汉所说，履行一切承诺，反正之后，既往不咎？他家在渭南，这些年经常从同乡口中传出延安整风的一些消息，包括1931年中共清党过程中残酷的故事。这些忧虑，他迟迟未敢向马灿汉求证，怕给他落个小人小气量的印象。

马灿汉见李汝名一脸菜色，非常疲惫的样子，便一语双关地问：“师座有恙？心中有事？”

李汝名强令振作，不置可否地说：“人岂能无恙？有心岂能无事？

老师，你看国民党当真已经走投无路？”他望着马灿汉，等着他的回答。

自从马灿汉从共军战俘营中逃脱归队，这一个多月来，他天天和马灿汉谈论时局，分析各地传来的战报。他也曾直问马灿汉，是否共产党的人？马灿汉不动声色岔开话题，任他如何试探，马灿汉就是不露破绽。

李汝名有些怀疑自己的判断了，认为这位少将参谋之所以重新归队，只不过是企图随军南撤，趁机潜回家乡潮汕而已。东北正进行土地改革，打倒地主、清算恶霸运动，或马灿汉急于回家乡，携家眷南逃台湾。这样的打算，在军中高层比比皆是，家眷的安危，是军中将士最为挂怀的事。

自己的家眷，在陕西渭南，那儿已经全在共军控制之下，全无走出的可能，他也就死了心。马灿汉的到来，给他带来了希望。也许只有马灿汉，能让自己与共军暗度陈仓，探讨一下后路问题。他摸不透马灿汉的真正心思。

他对这位老师颇熟悉，马灿汉一直在国民政府高层工作，与国共两党的高层人士多有交情。他甚至以为，马灿汉从战俘营里成功逃出，一定有共军高层的关系。他有时又会突然想到，蒋介石把马灿汉派到460师，是否另有用心，让他来监视自己？这也是完全可能的。这是军统中统惯用的把戏。马灿汉是谁？蒋的红人，这在军中高层，无人不知。马灿汉是同盟会早期会员，也算国民党的元老，他与宋子文的关系，可用情同手足形容。

这些天，李汝名想得太多，时局的诡秘多变，令他已经到了疑神疑鬼的地步。他本就是个多虑的人。每每召开师级会议，他便会有一种被人窥视内心的惶惑。他甚至怀疑自己，如果没有马灿汉在潮汕的力量，自己是否有本事把460师顺利撤到台湾。首先，军饷就是一个问题。当马灿汉主动提出，由他先行潜回潮汕筹措军饷时，他的第一个警觉便是，马灿汉打算弃自己而去，想必是为马家准备后路。这个想法，差点儿成为阻止马灿汉筹饷行动的理由，他不太相信，马灿汉会做出这种功于党国的选择。最终，他还是让马灿汉去了。可传回来的情报，却是马灿汉又一次被俘。

老妈宫飘香餐馆。

李汝名为马灿汉接风。席间，李汝名发现马灿汉身上多处受伤，双手腕也让绳索捆出了青斑，半边脸颊有些肿胀，该是被扇耳光扇出来的。李汝名关切地问："土共打的？"

马灿汉未正面回答，却说："根本就没有机会去筹饷。刚刚踏进批局，就被游击队逮了。本来以为潮汕还是国军的天下，穿着军服会保障安全，岂知田中央村已经赤化了。要不是杨排长收复失地，打进田中央村，我恐怕也就没命了。"马灿汉如实描述了此行的细节。

"有一个关系，不知老师以为有用无用。"未及李汝名说完，马灿汉打断了李汝名的话："只能我自己再回去一趟，动员我叔叔马文荣，从批局中借钱，才能解决军饷之困。"马灿汉不甘心，他想，只能先帮助李汝名解决军饷问题，才谈得上策反起义的事，没有地方武装的帮助，筹措军饷，单靠批局也无济于事。周恩来也给了他一个关系，这是当年周恩来和徐向前在潮汕组织武装斗争时埋下的革命种子。他暂时还不能暴露这个关系。

雨从黄昏时开始，淅淅沥沥，没有停顿的意思。海风从海旁路的街巷里灌过来，天气一下子变得冷飕飕的。街灯让风吹得明明暗暗。似鬼影的幽光，投射在坑坑洼洼的街路石上。

老妈宫是汕头最热闹的地方。由于460师的到来，到处都在传说胡琏抓丁的事，风声鹤唳。但老妈宫的夜晚，依然热闹非凡，人们对国军突然溃退汕头，并无太多的恐慌。460师驻扎在红砖楼，离老妈宫虽然不太远，但似乎也并未对市民生活造成太大的骚扰。

李汝名与马灿汉身着便装，在飘香餐馆并未引起食客的注意。夜雨淅淅沥沥，两个不速之客在临街的座位上小酌。多日来疲于奔命，此刻稍有松懈。尾随的共军并非南下主力，也不敢贸然与460师交手。台湾来的几艘军舰已停在港口码头多日，460师以兵员未及指标而迟迟不肯动身赴台。李汝名心中明白，登上军舰，此生便身不由己，与妻儿生离死别，恐怕再无重逢的机会。还不到别无选择的时候，他不会贸然做出决定。何况，460师重组之后，已成乌合之势，并非他李汝名能一言九鼎，一锤定音。

副师长是原193师师长廖福贵，黄埔三期学生，是蒋介石铁杆嫡系。只因在上海惹出多起桃色事件，让军统上了黑名单。此次193师差不多全军覆没，他带了两个连突出共军重围，才侥幸保住一命。蒋介石大怒，责令胡琏对之重罚，连降三级以观后效。胡琏在重组460师时，念其旧部，以战时用人的理由，让其戴罪立功，委了廖福贵一个副师长的职位。此人对胡琏感恩戴德，又是胡琏旧部，自然对胡琏没有说出却付诸重任的意图心领神会。

“在此党国生死存亡之际，每个党国军人，都应以党国命运为重。绝不能有异心，辜负党国多年栽培。”这是胡琏在南下时对全体将领的训诫。胡琏特派460师师长李汝名先行南下，作为先遣军师长的李汝名，也明白胡琏的用意，让他先到汕头，扫清渡海障碍，抢占渡口码头，筹措足够军饷，并搜罗钱财，以作赴台湾之用。而廖福贵副师长之职，也大为耐人寻味。廖福贵是客家人，家乡梅州，他对粤东十分了解，也曾在第五次围剿中，与盘踞在闽粤赣的共军，有多次交手。让他配合李汝名，监督马灿汉，一箭双雕。

李汝名之选择在老妈宫为马灿汉接风，也有他的心机。连日来，他发现廖福贵如苍蝇似的，整天盯着他的行踪。他清楚廖福贵未必知道他的心思，但他拖延撤退台湾的行动，被视为反常。他以马灿汉筹饷未回，又遇游击队劫持为由。现在马灿汉平安归队，他李汝名再无借口。这两日廖福贵更看得紧，他的两名亲信，作战部长沈耀和军需部长陈仲明，有事无事都在师部李汝名办公室附近游荡，形迹十分可疑。李汝名也知道老妈宫是这些残兵败将此刻最好的去处，吃喝玩乐，在战时的老妈宫，依然如旧。达官贵人们在共军气势汹汹到来之前，依然不失时机地醉生梦死。他约马灿汉来飘香，一定会遇上廖福贵的人，也免去了藏藏掖掖的嫌疑，何况马灿汉还是正儿八经的国民政府要员，460师的少将参谋，官阶不在廖福贵之下。

马灿汉两次被俘，再次脱险归来。他筹饷未成，只能再次出击，这就又给了李汝名推延赴台的借口。

李汝名特意选了一个临街倚窗的位置。从这里望出去，可以看见来老妈宫的人从这个街口经过。驻地红砖楼离街市最近的便是老妈宫，将校们入夜都会到这儿来。果然，没过一会儿，廖福贵带着两个卫兵，沿街踱了过来，他一进来便看到李汝名和马灿汉。马灿汉归来后，还没见过廖福贵。马灿汉主动起身和他搭讪，李汝名招呼他入座。廖福贵也不推辞。他早就听说马灿汉归队了。

廖福贵非常热情，紧紧握住马灿汉的双手，连声大叫：“马将军受惊了，这些土共，防不胜防！马将军能平安归来，万幸啊！”又转头对李汝名说：“师座，理应让我为马将军洗尘。掌柜的，记在我账上啊！”他大呼小叫，十分夸张，可脸上却泛起高深莫测的笑意，李汝名看得十分清楚。

廖福贵一向高调，这与他在军中的任务很不相称，但他善于以此掩盖，借机把一切阴谋变成阳谋，或被当成阳谋，让人无可防备。

“马将军，听师座说，兄台冒险筹饷，险落入土共手中，哦，不，险遭土共伤害。虽未成功筹得军饷，可也已为党国尽力，钦佩之至。俗话说，过江龙斗不过地头蛇，在马将军的地头上，还望将军多多为党国着想，军饷还得继续筹措。你看，新丁的每日开销，都是在计划之外的。”说着，他望着李汝名，似乎想从李汝名脸上探寻到什么。

“廖将军的家乡也在粤东，潮汕也不陌生吧！也望廖将军能多多寻思办法，助党国渡暂时之难关。尤其是闽粤赣边疆纵队的土共，不可小视。谨防新丁暴动，此乃敝人心头大石。这些新丁到了台湾，一兵一卒，堪为宝贵。460师未来实力，全靠这些新丁填充。我想请马将军再潜回田中央村，到批局筹款，声明借款。待国军反攻大陆，也就三年、五年，到时加倍奉还。廖将军如有门路，也盼费心费力。”李汝名说得恳切。

廖福贵口头上敷衍着，心中却有几分疑惑，虽然抓不到李汝名有意通共的证据，也没侦查到什么风声，但李汝名拖延撤台时间，以筹军饷为由，令人生疑。他似乎在等待什么时机？此事也许与马灿汉有关。马灿汉从共军那儿脱逃，就十分可疑！他曾向胡琏密报了自己的想法：马灿汉有可能已让共军策反了。现在又潜回来，策反460师。胡琏对他的密报不置可否。在胡琏看来，马灿汉是蒋委员长的嫡系，宋子文的老友，即便真有此事，自己也难以处置。有证据则罢，无证据的话，要让他胡琏主动咬人，又是咬马灿汉，他是不干的。

廖福贵一直在察言观色，无奈马灿汉一脸淡然，一副有心出力无力回天的神色，言语简吝，对廖福贵的话题，他几乎不呼应。廖福贵对马灿汉再次逃脱共产党虎口，深表怀疑，他顽固地认为，其中一定有诈。

夜雨淅淅沥沥，下得人心烦，看来今夜这雨，要下透夜。秋风秋雨愁煞人。特别是李汝名，潮汕，在他看来，与天涯海角无异。从北方一路赶来，沿途追抓壮丁，所经之处，鸡飞狗跳。现在窝在汕头这省尾国角弹丸之地，虽几艘军舰已在海边候着，随时便可率部登轮远去，可是，前途一片黑暗，他全无信心。460师已接到命令，有三分之一人员要潜伏下来，腾出空额，让壮丁替补赴台，这个名单，也令他近日苦痛不已。留下来无异于寻死。这些弟兄跟了他十几年，他怎能厚此薄彼，又扔得下谁？他把这个任务交给马灿汉，马灿汉却一口回绝，他对460师不熟悉，实在勉为其难。让廖福贵主持去留名单，也不妥。廖福贵倒是有此意，但李汝名拒不放手。他明白此中利害关系。到台湾后，又将经历一番内部厮杀，一个小小的台湾岛，拥进来几百万人马，不争斗个你死我活才怪。他越想心越冷。原本是为马灿汉接风，却闯入个廖福贵，顿时兴致全无。

廖福贵却兴致勃勃，张罗了几个酒菜，又让掌柜的取来“肉冰烧酒”，这是客家的顶级好酒。

三个师级将领，在飘香小酒馆，各怀心事。雨下得更稠，却无声无息。远远的，似乎传来枪炮声，在空中炸裂的枪炮声。三个久经战场的老兵，喝着酒，有些酒意，便打赌，这是什么声音？

廖福贵说是榴弹炮，带着呼啸的尾声，不是榴弹炮是什么？在淮海战役的坑道里，一个多月的榴弹炮声，把他的耳朵都听出茧来了。

李汝名说是迫击炮，他双手举起酒盏，对着马灿汉大声地说，是共军的迫击炮，从日本鬼子那儿缴获的迫击炮。他当年去接受日本投降的军火库时，迫击炮那是成千成万地堆着，在阳光下闪着橄榄绿的幽光。

“干了，今朝有酒今朝醉。”他带着一丝哭腔，把酒一饮而尽。

马灿汉不敢多喝，他一沾酒就成“大红袍”。他必须寻机再去筹饷。时日无多，李汝名460师，说走就走。

秋雨点点滴滴在心田，他想起光德里的荷花池，夏天一到，满池都是绿莹莹的荷叶，托起几茎含苞待放的荷苞，到中午阳光最饱满时，原本满池绿叶，便让位于粉红粉红的荷花了。秋天多雨，宽大的荷叶让人收割走了，荷叶清热解毒，是潮汕人“凉水”的主要材料。收割后的荷池，遗留着三五张荷叶，雨水滴在荷叶上，随风滚动。风吹动荷叶，雨水就势倾斜，汇聚成一颗晶莹的大水珠，随风起舞，令人陶醉。那种日子不再有。呜呼！

似乎还没到跟李汝名摊牌的地步。党组织正在联络李夫人，想办法将其从渭南送到潮汕，或去或留，由李汝名自己决定。如果起义不成，李执意要走，可以把夫人也带到台湾。这是马灿汉的意思。以此感召李汝名，或许反而会出现奇迹。马灿汉想待到水到渠成，足够火候，最后一举而成。他抱定了志在必得的决心。

国军李汝名部，三个连在淅淅的秋雨中，开进田中央村，并包围了铜钵盂，把田中央村和铜钵盂围个水泄不通。

马灿汉以国军少将的身份，进入了田中央村。此刻，他如入无人之境。马队长的游击队全部撤出了光德里。光德里的原有马姓住户，又全数搬进光德里。发生于1949年9月的这一事件，以及所有产生的后果，后来都成了清算马灿汉的罪行。当时的地下党，亦认为这是一件极为反动的反革命事件。马灿汉带领国军反攻田中央村和铜钵盂，明目张胆反动气焰嚣张。尽管后来460师有一个团的兵力，就在田中央村举行投诚仪式，在光德里交枪易帜，但光德里的主人，并没有因此而洗去罪责。据说游击队撤离光德里时，牺牲了两个游击队员。这两个游击队员的家属，后来成了控诉马灿汉，定罪马灿汉的证人。

马灿汉从自家的批局，叔叔马文荣、乡绅马灿新、老同盟会员周季礼批局，共筹得十万龙银作为460师的军饷。这十万龙银写了借条，借条是以共产党解放军的名义出具的。当然，这是460师起义之后，由马灿汉重新兑换的。这两张借条，现在摆在中国历史博物馆中。马文荣批局、周季礼批局的后人，在新中国成立后，均无意求偿这两笔巨款。政府发给了荣誉证书，这两份证书，在“文革”中让红卫兵“破四旧”时烧毁了。理由是这十万银圆是剥削阶级剥削所得的黑金。不追究剥削责任就是宽大政策了，哪来的荣誉可言！

马灿汉筹饷的任务艰巨异常，他去铜钵盂仁记巷见郭信臣，这也是460师占领田中央村同时包围铜钵盂的原因。

那日，马灿汉亲赴仁记巷拜见郭信臣。他特意从光德里后库的码头，经过栈桥，坐上渡船，直达河对岸的仁记码头。

郭信臣的仁记巷，巷道两边各有四座驷马拖车。一座下山虎式的“郭氏宗祠”。

仁记巷紧挨着另外一组同样建筑体制的驷马拖车，俗称“八座厝”，是郭氏另一族支。同一个曾祖父的后代，分住仁记巷八座和“鼎铭”八座。说起仁记和“鼎铭”八座厝，上海、潮汕、东南亚的潮汕人，无人不知，这是一个自郭子仪延续而来的庞大家族。

马灿汉在仁记巷郭氏宗祠的大门口，见到几匹军马和一队士兵。一看番号，不是460师，却是国防部的，心中吃了一惊！从未听说国防部有要人来汕。他心存疑虑，但有要事，不便多问，径直去郭信臣府上。

郭信臣住仁记巷右边二座，马灿汉从侧门进入花园。他虽然第一次来仁记巷拜见郭信臣，但这种驷马拖车，他再熟悉不过了。建制与光德里差不多，只是朝向和格局略有不同。门楼匾额书着四个大字“汾阳世家”，那是康熙的御笔。驷马拖车沿袭“京都帝王府”的遗制，恰似故宫的体式：向心合围，中轴对称，三进天井，再加后库和后花园。

“汾阳世家”建成于1906年，郭信臣的父亲郭仁卿当年从上海运了足足两个小火轮的银圆，才完成了这八座厝的建筑。四座题“汾阳世家”，四座题“资政第”，府中大大小小的题字敕石均来自于李瑞清、张大千、吴昌硕、左继同、吴士鑑及地方名流苏家驹手笔。

当时的“仁记批局”也藏在这八座厝中。

郭信臣早已在门楼外迎候。

此时的郭信臣79岁。两年前，上海风声日紧，郭信臣便先行回乡。以往他每年冬天都回铜钵盂避寒，主要是祭祖，一般会住上两三个月。上海的几家钱庄由六子郭豫瑶主理，在汕头的几家钱庄，也分别由七、八、九子主理。如今，他乐得清闲，在铜钵盂过起隐居生活。

马灿汉在上海见过郭信臣。

1926年《郭节母廖太夫人清芬录》首刊盛典，他作为乡梓贵宾，也专程从广州赴上海庆贺，并带去了宋子文的贺信。那次匆匆一见，也许郭信臣并无印象。岂知一说起，郭信臣竟说出那年马灿汉的一二轶事。他是唯一着西装的宾客，故郭信臣印象深刻。

马灿汉对郭信臣毫无保留，他甚至把与周恩来的交往都说了出来。他清楚郭信臣的倾向，要想求得他的支持，就不能对他有所隐瞒。

郭信臣把他引入密室。在三进天井的后库厢房，他们两人谈了两个时辰，从上午8时谈到12时。郭信臣其间上烟室去吸了十分钟的鸦片。我的四叔郭文柱（郭信臣三子郭凤巢的第四个儿子），当年8岁，当时他也在密室里，郭信臣的右手，始终没有离开郭文柱的头颅，他一直在摩挲着这个郭氏家族最小男人的头顶，仿佛有着怎样的寄望与心情。

马灿汉说，郭信臣听，他是一位极优秀的听者。他几乎一言不发，静静地听马灿汉谈北方形势，谈潮汕未来政局命运，谈光德里、铜钵盂、仁记巷在易代之后的可能遭遇。谈了将近四个小时。郭信臣似听未听，其实马灿汉不必说这么多，他早已明白，他手中两颗核桃也很明白。

最后，他直截了当问："贵军缺饷多少？"

马灿汉没有马上说出募捐军饷之事。马灿汉从远处说起："先生是沪上大慈善家，这是尽人皆知的。20年代，先生捐给复旦大学十万银圆，建造了中国第一所心理学院，令兄郭子彬先生也捐建了'子彬楼'。30年代，先生捐给浙江大学三十万银圆。这些善举，在《申报》、《新民晚报》乃至共产党的报纸，都有刊载。无关乎党派，却关乎国家，关乎民生，关乎民族教育，殷切深情，国人无不赞赏，是为宗族之光，亦为国家之幸。今政局大变，国军溃败已成定局，共产党建立新国家，也无疑问。军饷关乎国军将士之生命，也关乎起义投诚之成功，故请先生鼎力相助，数目自酌，弟不敢冒失强求。”

郭信臣一言未发，起身走到书桌前，提起毛笔，不假思索地在信笺上写了几字，递给马灿汉：“请到升平路茂源钱庄取款，三日后当全数躬奉。若还需要，可将愚在外马路的十五幢别墅，作价贱卖兑现。一概为友军所有。”

马灿汉接过信笺粗粗一看，吓了一跳，信纸在他手上微微颤抖，发出宣纸微弱的声音。郭信臣寥寥数语，已把他震得灵魂出窍。从政从军几十年，从未有如此轻而易举的事发生。此郭信臣，何等胸襟，何等人物矣！

秋雨依然在下，早晨时难得的好阳光，在午后忽然隐遁无形。秋雨让空气湿润，天井里的秋菊忽然绽开细小的花蕊，在午后温婉的气息中，马灿汉似乎听到花蕊绽开花苞时窸窸的声音，那声音微弱而且遥渺，似从天外传来。仁记巷外的天空中，不时有炸雷一般的爆炸声，从遥远的北方传来，不知是秋天的雷雨声气，还是解放军的炮声。连着天井的密室里，两个老人，在这瞬间相视无语。马灿汉此刻才细细地打量屋子里的格局摆设。其实，这些他都很熟悉。在光德里，每间屋子，每个角落，几乎都大同小异：墙上是摆布得当的名家字画，吴昌硕、董其昌、郑板桥、张大千、李瑞清等等，其价值连城。紫檀香案，明式家具，宋元瓷器，先秦青铜器，还有少许西洋器皿，过道上还有几幅西洋油画，莫奈的《睡莲》，非常有趣的中外古今。郭信臣是行过乌水，喝过洋墨水，又在沪上风流了半个世纪的人，马灿汉此刻仿佛身在光德里，身在黄埔，身在美利坚……

郭信臣留马灿汉小酌，马灿汉说公务繁忙，必须马上回去向李汝名师长汇报。事不宜迟，胡琏已三令五申，命令460师最迟于一周后撤往台湾，这几日，已开始撤离家眷文员。郭信臣送马灿汉至巷口，见长孙郭大伟及随从正迎面走来。郭大伟见到马灿汉，见其军衔，立马行了军礼，随从也唰唰行礼。郭信臣向马灿汉介绍郭大伟：

“敝人长孙郭大伟，此乃乡贤马灿汉先生。”

“在下郭大伟，国防部军工部中将郭大伟。”他又行了一个庄严的军礼。

马灿汉回礼，握手。随团秘书韩冰拍下照片。此照片于1950年，发表在当年《时代周刊》上。背景是幽长深巷，潮汕老屋以及一队着美式装备的国民党军人。马灿汉与郭大伟，两位军人之间，站着一位长袍马褂的潮汕老人郭信臣。

郭信臣送走马灿汉，心中如释重负，一洗多年来郁积于心的忧虑。这几年，时局变化太大，国共两党分分合合。抗战胜利之时，和平已见曙光。可是，好梦不长，先是从北方打起内战，南方也不安宁。各种力量各种旗号，互相摩擦，百姓生灵涂炭，刚刚逃过日本鬼子的枪炮，又逢时乱之折磨。郭信臣从上海隐遁回乡间已近三年，虽偏安一隅，却也风声鹤唳不断有各种坏消息传来，令他寝食难安。马灿汉的到来，似乎令郭信臣看到一线生机。他静静地听这位国军少将参谋谈了四个小时。马灿汉没有明说身份，老于世道的郭信臣却也看出其中端倪。明修栈道，暗度陈仓。在这国共决战的最后时刻，时局已经分明，蒋公之以江为界，南北对峙，亦成泡影，但凡是人，不分权贵或凡夫走卒，谁都听到共军草鞋踏地而来的脚步声。

郭信臣想，自已众多孙子中，郭大伟和郭文雄最令他牵挂不安，郭大伟生于1919年年头，郭文雄生于1919年年底。郭大伟现是国民政府国防部少将参谋，郭文雄则落草共产党大南山游击队。两兄弟自从18岁分道扬镳之后，再无联系。近些天，这两位兄弟却不期而至，同回铜钵盂。现在，又加上一个马灿汉，马灿汉又是郭文雄的岳父。郭文雄娶了马灿汉的长女马凌芳。马凌芳现在也从上海回来，就住在铜钵盂。多年以来，郭信臣并不十分认同郭文雄这门亲事，不为别的，只为郭文雄、马凌芳的结合，全不遵循古制。在上海自由恋爱不说，郭文雄是个逆子。早在1938年，郭氏家族便在《星岛日报》登报与之脱离关系，代表人物便是郭信臣的三子，郭文雄的生父郭凤巢。

三天前，郭大伟专程从重庆回铜钵盂，一为生母郑雅心入土，二为郭氏家族全家迁台准备。

第二十二章

郭大伟1949年底随国军赴台，在台湾历任“国大代表”，“台北交通局局长”等职，1996年曾回铜钵盂，他对1949年的那次回乡，记忆犹新。

他带着十二个随从，这是时任国民党监察部长官的于右任特意安排的，选择在半夜时分开进铜钵盂，为的是不必惊动地方政要，也严防共产党游击队阻碍。那时，铜钵盂一带共产党游击队时有出没。在地方上，各种力量也还相安无事，并未互为水火，呈现势力割据状态，何况各派人马，大多沾亲带故，郭氏家族中，在国共两党，各事其主的大有人在。

郭大伟的生母郑雅心，原是潮阳一大户人家的女儿，父兄在一次与海盗械斗中全军覆没，郑雅心被海盗卖进汕头“红砖楼”，那年她刚满10岁。她15岁时，鸨母令其开苞，恰遇郭凤巢。18岁的郭凤巢与15岁的郑雅心，俊男美女，一见钟情。我曾在“汾阳世家”老屋中，见到这位祖母的素照。十足清末民初大家闺秀的样子，典型的南方秀女，瓜子脸，苍白但不失丰腴，满脸恬静略带忧郁的神情，两道细细的弯眉，恰似标准的柳叶，双目含烟含嗔，那是她20岁时的影像，也是她唯一留存的照片。

同一年，郭凤巢依父命，先明媒正娶了郭文雄的生母郑惠照，年末正式娶郑雅心为妾。这是郭凤巢与父亲郭信臣妥协的结果。原因很简单，若不作如此妥协，则郭凤巢的自由恋爱便落空。郭凤巢在极不情愿的情势之下，先娶正室郑惠照，而郑惠照对此一无所知。这酿成了两个女人的悲剧。

在清末民初的大家庭中，传统未死而现代已生，这类诞生于人性互为谋杀之中的悲剧屡屡皆是。

郭文雄的生母郑惠照，是棉城郑氏码头家的幼女。郑氏码头是潮汕地区三江码头行会的老大，掌控着韩江、榕江、练江三江沿岸上百座大小码头的生意，特别是韩江入海口，连接海上陆路枢纽的大码头潮揭汕码头，就直接命名为郑家码头。郭信臣在上海的钱庄，海外及当地的批局，来往水客生意全部由郑家码头打理。郑家老大郑奕江，人称江头郑，与郭仁卿是世交，一次到铜钵盂拜见郭仁卿，便指腹为婚。那时郑惠照3岁，郭信臣夫人即将临盆，江头郑说信臣夫人若生男丁，便娶其孙女郑惠照；若生女，便嫁与郑惠照哥哥，时年5岁的郑家长男郑耀祖。郭仁卿满口答应，郑重其事地说：“八字相合，当无戏言。”

两位祖父，于谈笑间，定下这门婚事，也酿下一场悲剧。

18年后，郭凤巢如期迎娶了从未蒙面的郑氏美女郑惠照，郑惠照大他三岁。俗话说：女大三，抱金砖。郭信臣是见过郑惠照的，所以，他对此婚事并无异议。他以父亲的身份，恪守了祖训；他又以民国共和的目光，劝说儿子，并自以为是地认为，儿子郭凤巢无理由不喜欢郑惠照。他从郑惠照眼睛中，看到了一些野性，她血脉中有郑氏海盗的气质。他以为生性平和的郭凤巢，很是需要郑惠照身上的野性。而作为一个郭家男人，郭凤巢身上太少这种野性。这也是郭信臣最终同意郑雅心作为妻妾，进入郭家的理由之一。

郑惠照和郑雅心相差六岁。郑惠照生于1898年，郑雅心生于1904

年。在应该缠足的年代，郑惠照以码头世家剽悍的家风，坚拒缠足。而郑雅心在10岁被卖进青楼时，以死抗争，把刚刚裹足不久的纤足放开。两双大脚同时进入郭氏家族，一场悲剧不可避免。

在郭凤巢正式迎娶郑惠照时，郑雅心其实已经暗结珠胎。也许是因为这个缘故，18岁的郭凤巢才会做出妥协，同意家中安排，迎娶从未见面的码头老大家的大小姐郑惠照。郑惠照虽然有些野性，却同时是一位端庄秀丽的民国淑女，她还没有读过丁玲的《莎菲女士的日记》，也不知易卜生《傀儡之家》中的娜拉，更没有读过鲁迅的《伤逝》和《我之节烈观》，否则，这些非常合乎码头小姐口味的洪水猛兽，会把郭郑两家的婚事，搅得天昏地暗。但娜拉的命运始终要出现，那是不可逆转的时代潮流。

1919年年头，在郭凤巢和郑惠照盛大婚礼之后不久，郭大伟诞生了。这是郭子仪家族在潮汕铜钵盂创基之后的廿六代传人，郭信臣家族的长孙。照古礼应有旷世的风光大庆。那时，郭仁卿的父亲尚在，五代同堂，祖孙相差近百岁。如果年底没有次子郭文雄的出生，则无论如何，郭大伟郭家长孙的地位也许就奠定了。当郭氏家族的长老们正在热烈讨论郭大伟长孙地位及如何庆祝行礼时，郑惠照怀孕了，于是，事情变得更为复杂。本来是一个如何向外界宣言的问题，现在变成了一个有关家族内部结构的复杂问题。

郭信臣家族是铜钵盂望族，已经传了廿六代。而同族的郭向笙老人此时已近九十岁，他的辈分更高，廿一代。郭向笙不但年长，而且辈高，他的话一言九鼎。郭向笙出来说话了，坚称不能立郑雅心的儿子郭大伟为长孙。他几句话结束了郭氏家族关于这一难题的诸多讨论。郭向笙以族长的身份，给郭仁卿的老父亲发来一封红帖，说明了遵古礼的道理。说着，年底就到了。“旧历的年底毕竟最像年底”。尽管这话在郭文雄出生之后的1924年，才由鲁迅先生在小说《祝福》中说出，并成为千古名句，印证民国时期的大部分中国人，对于古制祖训的虔诚，是毫无疑问的。郭仁卿的父亲郭老太爷自然更甚。这个决定直接关系到这对郭家兄弟的前途与命运，性格以及精神取向。

郭大伟是长孙无疑，但他却被剥夺了长孙的名分，郭文雄成了名义上的长孙，并被赋予了长孙的期望。在成年之后，他们窥视了这种礼教的秘密与真相，同时也就注定了无法共和的命运。郭氏家族的政治分裂，注定在这郭家兄弟身上应验。

事与愿违。郭大伟履行了长孙的责任，他延续了这个家族亘古不变的政治期望和社会理想，他后来去了台湾，在台北，成了郭氏家族在台湾开基散叶的第一人。他把“汾阳世家”和“资政第”的郭子仪风范，原封不动地在异乡开花结果。郭大伟于1996年，带着一众郭门后代，从台湾来到郭仁卿、郭信臣、郭凤巢墓前，告知了这个结果。郭大伟也去了同父异母兄弟郭文雄的坟前，他默默无语，自18岁时分别，这是唯一隔世的相会。半个世纪的人生，相会于阴阳相隔之间，郭大伟收获了一个圆满，郭文雄英年含冤而死，成了郭氏的叛逆。

也许是郭信臣对这个名义上的长孙，一开始就有更长远的安排与期望。他力主把10岁的郭文雄，送到远在汕头市的钱庄去做“小公伺”，即学徒。那三年的学徒生涯，令这位大银行家的孙子，尝遍了人间冷暖，自然也对底层人生有了诸多的体验。据“文革”时期“郭文雄专案组”提供的材料，在“文化大革命”中，郭文雄饱受残暴的批斗，他写下了几十万字的检查材料，不厌其烦地辩解，解释了参加革命的动机，并非投机革命。正是那三年学徒生活，让他贴近了无产阶级，接近了共产党，但无人表示相信。郭信臣本意是让这位将来的当家人，郭氏银行的继承人，先劳其肌肤，苦其心志，承继家业并发扬光大。可事与愿违，他想不到，培养了一个郭氏叛逆，一个掘墓人。

郭大伟15岁被送到上海圣约翰大学读书，四叔郭承恩是该校校长。郭大伟18岁未毕业就从军，在国防部从少尉一直当到中将，1949年的军衔是少将处长。

郭文雄也在15岁那年被送到上海，他没有进入圣约翰，却到永茂源钱庄当看门人。这是郭仁卿的安排，他以自己的经历，去塑造郭文雄的人生。郭文雄对此并不介意，他之所以第一次没有表示叛逆，听从安排去了上海，本是另有所求。

我的母亲马凌芳，小郭文雄3岁，同在铜钵盂大同中学读书。

每天早晨，年仅12岁的马家小姐马凌芳，会从光德里码头坐渡船到铜钵盂，经仁记码头，穿过长长的仁记巷，到铜钵盂大同中学读书。关于马家大小姐读中学这件事，如实道来，像极了民国小说中描绘的古镇维新风景。

身着小旗袍的马家小姐，身边并肩而行的是同龄的贴身丫鬟阿玉，阿玉手提小姐的日常用品，一路关顾小姐，笑语盎然。她们身后跟着的是另一同龄女孩，那是马凌芳的书童阿娇，她挑着书屉，快步慢走，紧跟着前面的两位女孩。三个女孩的风景，在潮汕平原的古旧城镇中，是一幅清末民初赏心悦目的风景画。在从光德里到铜钵盂大同中学之间，由古旧的乡村风景与千年古厝檐头构成的长轴上，两个码头之间的河流，码头各自联结的古宅——光德里与仁记汾阳世家，以及连通这些古宅的长长街巷，走着上学读书的小女孩。

起初，光德里为马凌芳准备了一顶小绣轿，那顶小轿里坐着一个10岁的女孩。四个剽悍的轿夫，抬着一顶娇小的绣轿，在河中的渡船，在仁记的幽巷穿行。即便在民国，也是一道并不多见的风景。在雨天，马凌芳会撩开窗幔，让雨水飘进绣轿，她会兴奋得叫呀笑呀！雨中幽巷撩开轿帘的情景，令人心动，让少年郭文雄深深陶醉，情窦初开。

绣轿在马灿汉的一次回乡祭祖时废掉了。他的理由是“劳工神圣”与“天赐人权”，他必须首先落实在爱女身上。可是，对于那四个轿夫来说，这玩儿一般的生计也因此失去，这是一个更大的损失。马灿汉想到了，却未及做出调整，轿夫们迫于生计出外谋生，在谋生路上，被抓了壮丁，死在台儿庄。

郭文雄10岁去当学徒，13岁回到铜钵盂大同中学读书，和马凌芳同班。不知从什么时候开始，每天早晨，仁记码头上多了一个晨读的少年，坐在码头的拴船石墩上，并不十分专注地读书，却把眼神全给了河中的渡船，然后远远地跟在绣轿后面，每天黄昏亦如是。后来没有了绣轿。后来，郭家少爷与马家闺秀，开始了青梅竹马的爱情。

13岁的马凌芳要去上海继续学业，于是，有了郭文雄的上海之旅。

我的父亲郭文雄，已去世多年。他死于“文化大革命”中，享年54岁，这在一个有着长寿基因的世家中，是罕有的例外。他死于1973年6月19日，1979年单位为他召开了平反昭雪大会，是和追悼会一起召开的。我的母亲马凌芳，现在93岁了，依然健康，而且活脱脱如一个10岁的潮汕小姿娘，一个15岁的上海小姐，一个潮汕母亲。她活得安详、恬静而且美丽。家中的墙上，挂着一幅父亲母亲的合影，这是当年上海大世界照相馆的加彩照片。父亲16岁，母亲13岁。应该是他们在上海私订终身的纪念。

马凌芳到上海，为着消磨她的青春，然后成为一位上海滩的名媛，这是外祖父马灿汉的意思。她读了两年中学之后，考上了圣约翰学医，读了五年，可是晕血，毕业后无做事，便又上了复旦大学的英文系，又读了几年。她只是为了消磨时间而去读书。在上海期间，她认识了同乡连小姐，结拜为金兰姐妹，我便有了一位做电影演员的大姨妈。连雪华在上海出生，与赵丹、王人美、蓝苹同在一个电影剧团。连雪华常带马凌芳去参加各种聚会。

我曾问母亲为何没有跟姨妈一样，也去做电影演员？母亲轻轻地说：“好笑！”我不知好笑是什么意思，总之，这是个极为复杂的问题。她的人生对她没有任何要求。

抗战期间，她受到我父亲的影响，居然和父亲一起，去投奔延安。

上海沦陷时，年青的郭文雄竟异想天开，带着更加年青的马凌芳，跟上海的几个青年学生，经地下党介绍，离开上海出发去延安，途经苏北，带队的地下党员让日本人抓了，他们幸而逃脱。郭文雄挨了日本人重重的一枪托，这一枪托并没有打掉他的热情和梦想。他带着马凌芳，返回上海。

之后，无论郭文雄如何劝诱，马凌芳是再也不愿走出在法租界的马家别墅。他们青梅竹马的爱情，在这一刻出了问题。马凌芳希望文雄跟他一起，住到法租界去，一起去圣约翰大学读书。可是，郭文雄在某一天突然失踪了。

郭文雄独自离开上海，直接投奔大南山游击区，在梅峰中学当上了学生会主席。梅峰中学是当时游击根据地的红色学校，专门培养共产党骨干，向各地农村派出干部。父亲在梅峰中学做了三年的学生会主席，他在铜钵盂的公开身份是马文荣批馆的水客，马文荣批馆在烟桥，烟桥是大南山与北方联系的唯一通道。在那三年里，他写作并油印出版了著作《论唯物辩证法》。这本印制粗糙的单行本，后来在“文革”中，成了他歪曲污蔑无产阶级专政理论的罪证。

1938年，正月刚过。郭凤巢分别在汕头和香港的《星岛日报》上刊登启事，声明与逆子郭文雄脱离父子关系。

我相信这个启事的重要作用，旨在保护郭氏铜钵盂家族的安全，免受地方政权的骚扰。在国共两党已达合作态势的情况下，郭凤巢还在报上发表声明，令人费解。唯一可以解释的是，郭大伟此时是国防部少尉工程师，兄弟俩各事其主，郭凤巢为了郭大伟的政治前途，而做出了这种选择。

我非常理解父亲的叛逆，如果是我，我也会像他那样，走他同样的道路。至于方向，另当别论。

成年之后的郭文雄，是否对二祖母郑雅心怀有敌意，抑或他的敌意，只对父亲郭凤巢而生。

郭凤巢爱不爱郑惠照？爱不爱这位生来野性的郑氏美人？答案不明。但他的真爱，可能是倾向于那位貌似柔弱，更能博得男人同情怜惜怜爱的郑雅心。这是可以肯定的。郑雅心在郭家的地位，她并不光彩的出身，以及她柔弱的秉性，更能激发郭凤巢的怜悯与体恤。

郑惠照与郭凤巢生了一男一女，大约五年之后，于1924年断然出家，到庵堂做了尼姑。一直到1954年，庵堂遣散，父亲收留了生母。那年，她56岁。重新蓄起长发的我的祖母郑惠照，依然不失年青时的光彩，依然美丽。

祖母高瘦清癯，双目炯炯有光，有丰满的胸部，很结实好看的腰身，像一个舞蹈演员。我们兄弟姐妹6人和她住在三奇巷一座“四点金”院子里，她有一间专门做佛堂的厢房。她每天早上五更，便开始念经，对着观音铜像和宣德香炉，跪在地上念经，轻轻的木鱼声在整个小院里回荡，听到声音，我知道天要亮了。

祖母神情有些乖戾，这乖戾来自于她的洁癖。她不喜欢孩子去弄脏她的东西，又特别不让孩子去骚扰她的清净，连同她拒人于千里之外的表情，这些在几十年深庙之中青灯之下养成的习惯，已深入她的骨血成为她的性格。她表面的乖戾是有道理的。

我至今非常怀念与她一起度过的那些童年岁月。

1966年，祖母郑惠照被遣送回乡。此时，离她1924年离家出走，已经过去了42年。42年之后，她再次见到已经65岁的郭凤巢。

民兵把这个从未过上一天地主生活，却生养了一个共产党干部的女人，此时被称为“地主婆”的68岁老人，押进了仁记巷“汾阳世家”后库一间堆放杂物的8平方米小屋，一间用铁皮搭起的小屋，和另一位郭氏女性住在一起。那位女性我称她为八姑，一个终生未嫁的老姑娘。1966年，八姑年36岁，土改时芳龄20。无人敢娶、也无人可嫁的地主女儿八姑，现在还健在，住在福利院里。祖母郑惠照，与八姑在这间屋子里共同住了6年，至1972年过世。

那天凌晨3时，祖母唤醒了正在酣睡的八姑。说是口渴，请八姑给她烧些水喝。在八姑烧水时分，祖母独自起身，穿戴整齐，用炭灰描了眉毛，把鲜红的鸡冠花瓣放在嘴里含湿，染了红唇，然后和衣躺下。待八姑烧好水，唤她，她已离别了人世。她的神情没有了乖戾之色，她宽恕了世上所有的罪孽。

祖母郑惠照在铜钵盂的最后几年，与郭凤巢和他的子女，我的三叔、四叔和五叔一起生活，虽然他们也自身难保，他们是一群饱受歧视的地主和“地主崽”，但是，镇里命令他们，既然郭凤巢和郑惠照拿不出离婚证书，他们就还是合法夫妻。郭凤巢及其子女，包括已成“三反分子”，关进监狱的郭文雄，都有责任赡养这个“地主婆”。

我不知道郭凤巢在再见发妻郑惠照时是怎样的心情？郑惠照在42年后重回仁记巷时又是怎样的心情？郭凤巢与郑惠照有一些时间的独处，他们一定一起回忆了一些什么？说起了一些什么？毕竟，他们有仍然健在、一起生养的儿女。

那几年，从1966年到1972年，是大陆经济生活最困难的时候，特别是潮汕农村，苦况更甚。父亲的工资已被冻结，我们五个子女（哥哥已去了连南），每月每人可从父亲工资中预支2元，共10元。祖母也可支得3元。3元刚够祖母购买21斤配给米，每斤0.14元。幸好她随父亲生活，解放后获得一个居民户口。21斤配给米，对一个风烛残年的信徒来说，口粮是够了。其他费用，特别是日常的菜肴，自然全在郭凤巢身上。

多年之后，每每与五叔、四叔回忆起祖母那几年的生活，他们印象深刻。虽然彼此生分，但祖母还是心安的。郭凤巢有事无事会跟她一起，在仁记巷空旷而残破的花园里，共坐一张开裂的矮凳，抽烟、喝工夫茶。尽管是最劣等的烟丝，满是茶枝的茶叶，毕竟茶汤是热气腾腾的，总算也夫妻了一场。

1966年，拜佛念经被取缔。那天，红卫兵破门抄家，把祖母从庵堂带来的明清字画、佛经、唐卡、观音铜像、宣德香炉、无数的佛珠……装了满满一卡车。这些东西，平时全放在阁楼上，我只是偶尔方能一见。这些东西最后去了哪里，“文革”后无人告知，也寻找无门。

在铜钵盂那最后的五年里，祖母手里没了捻珠，依然习惯性地两指推送，作捻珠状，在心里捻着。

祖母一生似无病痛，独自活在自己的世界里，这个世界在她26岁时就已经铸就，四顾无人地存在她的少女情怀中。记得她吃得很少，烟却抽得很凶。她终年74岁。郭凤巢比她先一年去世，终年70岁。他们一时还不能埋葬在一起。

1971年5月，郭凤巢无疾而终。那时父亲还在狱中，专案组特许他出狱一天，由公安人员押送至汕头岩石火葬场，见了祖父郭凤巢最后一面。自土改时在斗争大会上见过五花大绑、头戴高帽游街的郭凤巢，之后，父亲再无见过自己的生身父亲郭凤巢。此刻，他见到躺在铁柜里的父亲，脸色铁青，留着一把长长的山羊胡子，两眼深陷，额头宽阔。这是一个温和温暖但是过分严厉的父亲，他的严厉与无奈，写在那份《星岛日报》的声明上。

我不知身陷囹圄中的父亲，与祖父临终告别时的心情，他流泪了没有？那时的专案组似还讲点人性，讲点政策，特意批准从父亲冻结的工资中支出100元，作为郭凤巢的丧葬费，郭凤巢没有单位，一个地主分子，国家无责任为其送终。

三叔、四叔和五叔，他们分别出生于1945、1947、1954年，由三祖母所生。三祖母也为郑氏。我见过这位祖母，端庄、和蔼，有文化，也是一位大家闺秀。她于2006年过世。

这几位叔叔，那时年纪尚小，他们从未见过这位传说中的二兄。那天在火葬场，四兄弟第一次见面。旁边有押送我父亲的公安人员。那次兄弟间的会见，也如在狱中。

多年以后，我曾问过四叔当时的情景。那时，刚刚二十出头的四叔，全无郭氏家族早先的风范，已成一个地道的潮汕农民，一个颓靡的地主崽。他说他直盯着这位年过半百的二哥，没有说一句话，他就让公安带走了。这是他们兄弟四人一生中唯一的会见。两年之后，1973年，也是在五月（旧历），我的父亲被迫害致死，匆匆被送去火葬场。三叔、四叔、五叔也到火葬场去，再次经历了与他们父亲相同的场面。

这之前的1972年，也是在五月，祖母郑惠照去世。在火葬场，祖母、父亲与祖父郭凤巢的终场式，三年，三个完全相同的场面，全部情节、细节如复印一般。

郭文雄共育有五男二女，大女奕燕，二女奕惠（两岁时夭折），大男奕宝，二男奕东，三男奕濠，四男奕雄，五男奕乐。其他子女均远在海南等地上山下乡，赶不回来，只有奕雄为父亲送终。

母亲突遇父亲逝世变故，昏厥在床，没能到火葬场送别。

有一点不同的是，这回纯粹是家族丧礼，没有公安人员在场，他们不必再关心这位“三反分子”有什么反革命言论了。一个死去的知识分子，大约于世人于社会再无危害，也用不着押送，一切都已冰冷。

1971、1972、1973年，都是在旧历五月，郭氏家族“仁记巷”里三位最有故事的人物，相继谢世，当家人郭凤巢、发妻郑惠照，名分上的长孙郭文雄。他们在生时，各自走得最远，而去世时，他们比任何人都走得更近。

祖母的骨灰分为二份，一份和祖父以及祖父的另外两位夫人一起，四个人合葬在同一个坟冢中。墓碑上刻着他们四个人的名字。那是一座极为壮观的墓园。祖母的另一份骨灰，和我的父亲葬在一起，分立两块墓碑。祖母旁边还有一块生基，那是为我母亲百年之后准备的。我的父母，将守候在祖母两边。我的理想，是在有生之年，能够购得一个墓园，把我的父母以及祖先们，合葬在同一个墓园里，就像俄罗斯的“新圣女公墓”一般。阿门！那里应是公平的，没有了等级和贵贱之分，有的只是无尽的思念和一年一度金黄的落叶，各不相同的墓碑、永不重复的墓志铭。连同我自己，也将在那里边安妥我的灵魂。

郭大伟15岁时和弟弟郭文雄一起，被送到上海读书，他进了圣约翰大学。当时圣约翰大学校长是我的四叔公郭承恩。郭承恩还历任上海兵工厂厂长、军政部兵工署副署长，后来是国民党陆军中将、财政部中央造币厂厂长。

郭大伟没有费什么力气，就进了圣约翰大学英文系。那是1935年。

郭大伟虽然和爷爷郭信臣同在上海，但难得见爷爷一面。在他印象中，爷爷郭信臣是个大人物，住在永茂源二楼的房子里，那时曾爷爷郭仁卿还在世。家中常常高朋满座。后来他到国防部工作，遇到许多国民党要员，说起来，多是永茂源郭仁卿郭信臣旧友，许多人都有一面之缘。这也是他在军中春风得意的原因。尤其是于右任，对他更是照顾有加。

郭大伟有好多年没见到爷爷郭信臣了。

那天午夜，郭大伟一踏进仁记巷“汾阳世家”，心想，时近午夜，不便去拜见爷爷郭信臣，岂知父亲郭凤巢却说爷爷一直在等着他回来，让他马上去见爷爷。郭大伟换上长袍马褂，随父亲到三进天井郭信臣的书房去。

书房中堂，不太明亮的烛光下，端坐着一位老人，这就是郭信臣。猛然一见，郭大伟吓出一身冷汗，虽然父亲早有预告，但眼前的情景，还是让郭大伟大吃一惊。

只见郭信臣长发及肩，虽然头发已稍作梳理，但依然蓬乱盖面。他瘦削的两颊在烛光下显得有些泛红，有些青紫，一把浓密的山羊胡子，和布满口沿的唇须纠结在一起，几乎盖去了半个面庞。他长长的寿眉，遮住了他原本炯亮如炬的双目。他戴着黑绸缎子做成的瓜皮帽，和田青玉做成的帽花熠熠发亮，这是郭信臣身上唯一洁净明亮的东西。以厉鬼来形容此刻的郭信臣，一点都不过分。

爷爷郭信臣，正在“丁忧”期间，郭大伟是知道的，但没有想到丁忧的结果，把爷爷弄得如此恐怖。曾爷爷郭仁卿是两年多前去世的，郭信臣坚决照祖训，行“丁忧”之礼。他在凤凰山郭仁卿墓前，已驻守了将近三年，至少要住满廿七个月，不能剃发，不能喝酒，不能洗澡，不能行一切喜庆之事。

三年前，郭信臣在墓园边的山坡上，搭了几间茅屋，盖了猪圈、牛栏，种菜、养猪、放牛。再有两天，就满廿七个月，三天之后，便可归家。

三年来，郭信臣几乎全不理家事，永茂源也交由郭凤巢打理，自己带了几个家丁上山，住在草屋，真正做到“哓苫枕砖”，睡草席枕砖头，粗茶淡饭，吃自己种的粮食蔬菜，也不能与夫人同房。依祖制，他样样都做到了，只是大烟难断。他每天在父亲坟头，多叩了几个响头，求父亲饶恕，大烟瘾实在杀人，无法坚除。

“丁忧”制度在东汉已很盛行，以后历代均有规定，若品官丁忧，匿而不报，一经查出，将受严惩。此俗例旨在为父母守孝报恩，意在“慎终追远，民德归厚”。讲究的是，人性之善，基础为孝。为什么孝？因为小孩初生，三年不离母仔，时刻都要父母护料，因此父母亡故后，儿子也应还报三年。

居丧时也有权变的。《礼记·曲礼》规定：“居丧之礼，头有创则冰，身有疡则浴，有疾则饮酒食肉，疾止复初。”一是有病，二是年老的，此外，碰到国与家发生冲突，要家礼服从国事，孝子可出来为国效力。郭信臣想，郭大伟此来，事关国共两党，马灿汉商讨之事，更是如此，不违祖训，权且回家几天静候。

郭信臣为自己的大烟瘾，找到一点解围的理由。

郭信臣声音依然洪亮。虽然为父“丁忧”，近三年来吃了不少苦头，这些苦，本不是今日的郭信臣所能承受，但他都遵祖例一一挺过来了。恰逢此时郭大伟返乡，有大事商议，他已下山等了几日，有些等不住了。明日一早，无论如何必须回到山上，再过三日，“丁忧”便大功告成，今夜他必须见到郭大伟。

郭大伟一进屋，披肩斗篷带起一阵风，把烛火扇得东斜西歪。烛光在厅堂里乱晃，把郭信臣映照得更加恐怖瘆人。

“没吓着你吧？”郭信臣声音冷冷的。对这个孙子，他从来就十分严苛，轻易不会说好听的话。他把郭大伟视为顶天立地的男子汉，应有先祖郭子仪的风范。郭大伟是他的骄傲。

“爷爷安好。”郭大伟双脚一并，行了一个标准的军礼。他知道爷爷喜欢这个。

郭大伟礼毕，又跪地叩了两个响头。

“坐。”郭信臣站起来，他高大的身躯，腰板笔挺。双手挽住郭大伟的肩膀，双目似有泪花。

他仔细地察看着郭大伟脸上的每个部位，凝视着郭大伟的眼睛，他炯炯的目光令郭大伟感动，也令他战栗。小时候，郭大伟并不怕自己的父亲，却非常惧怕爷爷。爷爷深陷的眼窝里，似有许多话要说，而这些话一旦说出，便会如刀子一般锐利。他惧怕见到爷爷，却又希望能听到爷爷的话，包括他对儿孙们的训斥。爷爷话不多，有时几乎无话，可是每句说出的话，都让人回味许久，且不得不牢牢记住。也许过了一些时间，别人早已忘却，他却会突然再度说起，问道：“我说过，几时说过？”把人噎住。

“几时回去？”郭信臣刚见到郭大伟，便问归期，这亦是郭信臣的风格。他的所有事情都在严密的规划中。

“四天以后，午夜出发，直接回重庆。”郭大伟简短明了地回答，不像面对的是爷爷，倒像面对上司。

“那好，后天出殡吧！雅心，应该入土为安了。大伟几时还能回来？难哪……”郭信臣语气沉重，像问别人，又像是在问自己。

郭大伟明白，他说的是自己的生母郑雅心。郭大伟5岁时，郑雅心临盆难产，母子双双夭折。廿五年来，尚未出殡。潮汕有旧俗，若一时寻不到好风水，或等待合葬，尸体便重裹置于金丝楠棺木，摆放于专门屋厝中，等合适时机再入土为安。有灵柩置放几十年上百年的，这种情况很普遍。1954年前后，政府曾掀起“查柩抓柩”运动，在乡村中清扫这种旧习。

第二十三章

郑雅心的灵柩，已存放了廿五年，郭凤巢专门为雅心建了一个灵堂，用金丝楠做了一口有半间厢房大小的巨型棺材。每年都有隆重的拜祭。如遵祖训，郑雅心的身份仅仅是妾，妾与“赤脚”（丫鬟）没有牌位，进祖祠有些勉强。但郭信臣却同意郑雅心牌位入祠。郭大伟是个新派，对母亲入不入祠并不计较，但从来就反对迟迟不予入土。这一次，他专程回铜钵盂，此乃两件大事中之一件。他必须将母亲的灵柩入土为安。他有深深的恐惧。国军已无胜算，共军掌握政权，易代易朝已成事实。他既无力把母亲灵柩带往台湾，又恐日后母亲尸骨受辱，至少先入土再说。

郭大伟知爷爷一切安排就绪，心中十分感激。说起母亲，他不禁上前抱住爷爷的双肩，低头啜泣。

郭凤巢始终无语。儿子伟岸，顶天立地，年纪轻轻，便为堂堂国军少将。他甚至有些自惭形秽。时下政局动荡，他看不明白，也束手无策。听说二儿子郭文雄近日也回到铜钵盂，和游击队一起，正在周围活动。两个儿子，两个阵营。他心中十分伤痛，也更其惶恐，他不知道将会发生什么事。兄弟操戈？你死我活？如何是好？

他一直反对郭大伟在此时返乡，可是郭信臣并不反对大伟归来，郭凤巢就不好坚持。他心中无法判量这凶多吉少的结果，将会如何。已经在1938年失去了一个儿子，现在，面前这个儿子呢？他甚至反对大伟专程回来为郑雅心送葬。别酿成一桩血案！游击队不会趁机而来吧？他把这个忧虑说给父亲听。郭信臣轻描淡写地说："国军一个团，千几号人马就驻在附近呢！有事，要打，也不在这几天。快快办了，销声匿迹。快快回重庆去吧！"

"爷爷，还有一事。"郭大伟欲言又止。

郭凤巢向前一步，对着郭信臣耳语。郭信臣大惊，双眼紧紧地瞪着郭大伟："当真？"

郭大伟习惯性地双脚一并，啪的一声，把郭凤巢吓了一跳："是！我已做好一切准备，到时有专门的运输。"

"说说看，怎么走？百十号人？把八座厝，把仁记巷一起运走？"郭信臣直视着郭大伟。

郭大伟简明扼要，把撤退台湾的计划从头道来。郭信臣打断他的话："安排得不错，应该走。可是，走得了吗？你母亲郑雅心……"他指着郭大伟，转而对郭凤巢："你父亲，你母亲，你们的太祖先们，郭氏祠堂牌位上的先祖们，怎么走？上哪条船？去台湾，又怎样？"

郭凤巢父子面面相觑。他们本以为这位出过洋，在上海十里洋场打拼了半生，又在潮汕建造庞大家业的银行家、大慈善家，应该能够判明时局。可他此刻却像个老地主，抱残守缺，竟然说出这等昏话来。

郭大伟确实无法回答爷爷的问题，但是，共党的政策，难道爷爷不懂？他不敢和爷爷争论，但他必须把事实清清楚楚地告诉爷爷。

"爷爷息怒！您在上海，是看过《申报》的，您也是相信《申报》的。东北已经土改，没收地主财产，镇压反革命！就说20年代吧，湖南农民赤卫队，是共党吧！把共党领袖李立三的父亲，大儒×××砍头了，他好像没有血债吧？是个大善人吧？爷爷！"

郭信臣沉默无语。

郭凤巢示意儿子别再说话。他完全没有了主见。在“汾阳世家”这三进天井里，郭信臣是太上皇，郭凤巢从来不用去考虑任何问题，唯郭信臣独尊。

“去准备后天出殡吧！不必过于排场，礼到就是了。”郭信臣踱到大伟面前，“好好照顾父亲，别厌弃兄弟。”又对凤巢说：“让我见见文雄，这个忤逆。”他深叹了口气，一个哈欠，大烟瘾又上来了。

见见文雄？郭凤巢以为听错了，小心翼翼地问：“父亲，您刚才是说要见文雄吗？”

郭信臣没有马上回答，他沉吟一会，说：“是该见见这个忤逆了。现在看来，他也未必大错。你说说！”他转向郭大伟，征询地看着郭大伟。

大伟一时没有反应过来，沉思片刻，他也很小心地说：“二弟自有他的心事。也许没什么对错吧。国共两党，谁对谁错呢？现在说不好，将来就难说了。我倒是想念他，能见见面当然好。可是，能吗？二弟的脾气，现在的局势，不好说。让他见爷爷，那就另当别论了。”

“到哪儿去找他呢？”郭凤巢自言自语。

“你呀！”郭信臣十分不满地望着郭凤巢。这个三儿子，老实笃诚，脑瓜子过分木讷。把他留在家里，管理这三进天井，是对的。

“我亲自找！看他藏到哪里！”郭信臣来了气。骨子里，他倒有几分欣赏这个郭氏叛逆。

鸡叫三更天。郭凤巢父子，正欲告辞回里屋去，郭信臣叫住他俩，正色道：“我说好了。我郭信臣行得正，做得正！对国共两党都有支持，对谁也不亏欠。不管是谁的天下，郭氏家族都堂堂正正做人。万万没有逃亡台湾的道理，共产党得了天下，不谢郭信臣则罢，若有绝于信臣，则天理难容。我说好了，大伟！”说到他们爷孙名字时，郭信臣已然声泪俱下。

郭信臣忽然郑重地交代：“你们听着，共产党一到，就说郭家乐意把全部家财献出，一分不剩！几个钱庄，十几幢房产，若干细软，凤巢，你让人逐一造册。共产党一到，马上交上去。一家人全做回农民，种地谋生，保家族大小上下平安则可！”

郭信臣说得非常认真。郭凤巢如雷贯耳，郭大伟觉得有些凄然，有些悲壮。他在军中十余载，又在国民政府最高层任职，他对时局深有体悟。他一时语塞。如果能如爷爷意愿当然好，这也许是最好的归宿。爷爷一言九鼎，他决定的事，无人能够反转。多年前，他捐给浙江大学30万银圆，也没与任何人商议，连保管钱财的大祖母，也是到了取钱兑现时才知道。他甚至对自己的父亲郭仁卿都没有透露半点风声。

“人为财死，鸟为食亡。反之，又如何？”郭信臣忽然哈哈大笑，“此乃天启也！”

丫鬟进屋来，递给郭信臣点好的烟枪，郭信臣站着，猛抽了几口。他高大的身躯此刻显得有些伛偻。郭大伟始终站得笔直，心情复杂地看着年迈的爷爷。他有很多话想对爷爷，对父亲说，可一时又无从说起。爷爷刚才说到二弟文雄。多年未见的二弟，现在何处？此刻，他很想马上见到他。见到他，兄弟之间一定会有诸多争论。他想，自己已没有了争论的底气，也没有争论的兴趣。

当年，那是1938年，他要去南京，二弟郭文雄要回潮汕，去大南山游击区。兄弟俩在上海告别。那天，凌芳也在，他们三人，在百乐门餐厅，每人点了一份西冷牛扒。二弟风趣地说：“此去山寒水冷，也许再无西冷牛扒可吃了。”他们不谈政治，对理想却有许多争论。在离别时，兄弟俩拥抱告别，却不欢而散。

他有时会想起二弟，尤其是在国防部见到有关处置共产党案的文件时，他会想到二弟的安危。有时甚至荒唐地想到，如果二弟落入自己手中，由自己处置，将会怎样？他特别关心潮汕闽粤赣边纵的情报，他知道二弟就在边纵的某一支队伍中。

屋子里烟雾缭绕，罂粟的味道呛人，却有一种幽远的况味。他无限忧伤地注视着吞云吐雾的爷爷，以及拢着双手，日见苍老的父亲。后天，不，是明天，是生母郑雅心出殡的日子，她逝世已经25年了。想到此，郭大伟不禁泪流满面。

已过三更，郭信臣打消了上山的念头。他在山下已待了三天，心中不安，感觉犯了天条。

二祖母吴淑德，已于两年前郭信臣“丁忧”时去了乡下婆家。偌大一座三进府第，静寂异常，仿如山中古庙。儿孙们分住在“八座厝”的百多间屋厝，平日里，三进的“汾阳世家”，除了郭凤巢偶尔来看看老父亲外，便人迹罕至。郭信臣喜欢清静，在上海，日日高朋满座；在铜钵盂，他却很少见客，偶有客人来访，便到郭氏祠堂会见。“汾阳世家”这处三进天井，对一般人，是个禁地。大人们不能来，孩子们怕来。

儿媳妇郑雅心的灵柩存于祠堂边的一间大屋。

郭信臣发妻连淑发的灵柩，安放在三进天井侧厢郭信臣书房隔壁的大房里，那里面设有灵堂，香火灯烛终日不熄。这位“汾阳世家”的女主人，依然活在郭信臣的世界里。连淑发逝世于1920年，享年55岁。

连淑发比郭信臣年长5岁。他们于1888年圆房，那年郭信臣18岁，连淑发23岁。郭连氏是峡山连举人长女，连举人早年丧偶，终生未续弦，连淑发携带五个弟妹成人，故23岁还未出阁。她虽在13岁时便已许配郭信臣，但婚期一拖再拖，直到23岁始圆房。此后二十多年间，几乎一年喜得一子，连续生了十五个男孩。这在铜钵盂可说举世无双。在多子多福的潮汕地区，由同个母亲生产十五个男丁，且无一夭折的事实，不但史无记载，就连神话传说也难以寻觅。郭连氏在乡间被传为神人，郭氏家族因此也平添了几分神圣，视为人间一奇。

30年代，有美国的医学博士查理·森，在上海听闻此事，专程带了一个科研队，到铜钵盂考察，所问之事，连翻译都难以启齿，好在郭仁卿是喝过洋墨水的人，并不多所计较，任其采取血样。后来太平洋战争爆发，查理·森再无联系。十五子成年之后，年轻有为，多为国共两党要员，或为学界翘楚。五子郭豫瑶，35岁便为国民政府四大银行之一的国华银行总裁；四子郭承恩，34岁便为圣约翰大学校长，后为陆军中将，上海造币厂厂长。

这是铜钵盂最为寂静时分，偶尔有鸡鸣，隐约可闻夜起的街坊，在厨房、牲口房劳作的声响。街巷上偶尔有马车经过，铁轮子轧在凹凸不平的青石板上，那声音便一顿一颤的。马蹄声节奏无致，马儿忽而一溜小跑，忽而稳步踢踏。郭信臣听出了马的心情。这几年来，每每回铜钵盂，郭信臣常常于夜半惊醒，一个人在屋子里孤坐，真想找个人说说话。二太太有时会到他屋里来，给他捻个烟泡，见二太太在屋子里忙活，他心里烦，便令二太太回去睡觉。

二太太有些体贴，也有些醋意："又在想着老太太了？"郭信臣不置可否。这样的话，已说了好多年。

二太太吴淑德是个上海小姐，祖上也是潮汕人，比信臣小20岁，是上海某钱庄老板的女儿。说是在上海长大，除了口音，那口夹带着上海腔调的潮州话，全无上海小姐的做派，恁是一个潮汕姿娘，尤喜求神拜佛、祭祀祖宗等事。

她有一半时间在潮州生活，不愿回上海，她父亲便把她许配给郭信臣。信臣在乡间缺个女当家主事拜祭祖公，也就将就。奇怪的是，二太太终生不育，任是请德国医生、美国医生、潮汕名中医；任是求神拜佛，遍求生子观音，二太太就是毫无动静。

郭信臣倒是不急，他早已让人算过命，这辈子有儿无女，活到这份上，半辈子有十五太保，夫复何求？十五子，本是皇上的命理，岂是平民百姓的福分。他口中不说，心已满足。可是，见淑德闷闷不乐，也觉得对她有所亏欠。他便与淑德商量，如此这般。在吴淑德40岁那年，即民国十九年（1930年），郭信臣将淑德带回上海，一年后，吴淑德怀里抱着一对双胞胎女婴，与郭信臣双双回到铜钵盂。乡人为郭信臣六十花甲，又得一双帝女花，一时传为佳话。

大女儿名大儒，字文娟；二女儿名大雅，字文秀。合在一起便是大儒雅，字娟秀。这是郭信臣的意思。这一对女儿花出生时哥哥们都已成家立业，年龄与大哥相距40岁，最少也有10岁以上，这两个女儿，在郭氏家族中的地位可想而知。

郭信臣也别出心裁，在女儿3岁时，便送进上海圣象修道院，就读教会幼儿园。1938年，两个女儿已在修道院里待了五年，从幼儿园读到小学三年级。二夫人吴淑德本不情愿，但她无法忤逆郭信臣的意志，她自己厌恶大上海的生活，宁愿蜗居潮汕乡间，本想把女儿培养成潮汕姿娘，无奈郭信臣一心想让女儿成为洋人，入了洋教，拜基督而轻佛祖。她把这意思与不满说给郭信臣听，郭信臣也不发怒，只是笑笑说：“将来你就知道了。过些日子，还要送她们到美国去呢。做做美国人也不错的。”

这两个女儿在铜钵盂待了一年多，待长到两岁时，细心的吴淑德发现这对双胞胎竟然是一白一黑，婴儿期看不出来，都是红乎乎的肤色，长大了，竟然是两个混血儿，但确是双胞胎不错，长得一模一样，分毫不差，只是性格大相径庭。白女孩娴静，总是笑靥；黑女孩古灵精怪，总是骚扰姐姐，而且话语特多，总是咿咿呀呀说个不停。郭信臣心中快乐，却不敢声张，恐事情败露，淑德在家族中颜面全无，便急急安排她们母女返回上海。这亦是他选择了修道院的原因。

郭信臣这两个女儿，从此淡出郭氏家族的视线。郭信臣的本意是，待她们长大成人，他将为她们举行一个盛大的成年礼，向世人宣布，有这一双女儿，足以光耀祖宗。

郭信臣向淑德郑重保证，这对女儿，必视为己出。

郭信臣没有食言，1948年底，在郭信臣“丁忧”之后，淑德和这对女儿，同时飞赴美国。郭信臣记得，那天，上海下着细雨，虹口机场出入的飞机很少。郭氏家族几十人，为这对女儿送行。郭信臣远在潮汕，他未能为她们饯行，许下诺言，在她们出阁时，在上海为她们举行盛大典礼。这对十八岁的黑白女孩，对这个世界一片懵懂。在几十位长辈的簇拥下，这一对修道院培养出来的淑女，在离别时显得十分安静。

我以一双隔世的眼睛，眺望大洋彼岸空蒙中同样空蒙的她们的形影，她们从孤儿院中被抱出，送入中国母亲的怀抱，又在修女们的熏陶中长成少女。而她们的中国父亲，始终是她们生存于世的靠山。冥冥之中，我怀想着这两位我应称为老姑的西洋女子，她们十八岁时的模样，她们于十八岁时远赴西洋的心情，她们对早已消逝的中国父母的印象。现在，她们也已经到了她们中国父母去世时的年龄。她们成年以后，没有来过铜钵盂，而婴儿期的印象，使铜钵盂成为她们最初的记忆。她们的出生地，写的就是铜钵盂。她们的姓名，依然是民国护照上的汉语拼音。

郭信臣打开了隔壁灵堂的大门。这间灵堂有专人看管，看管人马伯良，原是光德里马文荣批局的批脚，几年前跌伤了，马家荐来郭家当长工。郭信臣见此人面相颇佳，便让他看管灵堂，每日打扫环境，续点长明灯和香火。每当半夜从噩梦中惊醒，郭信臣便会不知不觉进入灵堂。

灵堂大厅，正对着连淑发画像的是一对海南黄花梨做成的太师椅。这是专为郭信臣准备的。通常这间灵堂只有两个人能够进来，马伯良和郭信臣。连吴淑德也忌讳入内。屋里灯烛长明，已经亮了二十多年。

此刻，郭信臣端坐在太师椅上，他炯炯发亮的双目，死死地注视着连淑发的画像。这是一帧全身像，连淑发似坐在石阶的蒲团上，着一袭棉旗袍，应是在北方的冬天。连淑发笑意盎然，笑目如缝，有两个深深的酒窝，正是这张笑脸和酒窝，令郭信臣终生难以忘怀。连淑发的笑靥是天然的，永恒的。在铜钵盂，年纪大的叫她“笑妹”，年幼的叫她“笑姑”、“笑婶”，儿女们叫她“笑妈”。她总在笑，连骂人也笑着。她嫁入郭家，操持家务，然后便是拜佛，人说生子十五个，是佛祖所赐，她也称是。

那时多年轻啊！一个18岁的愣头青，一头扎在年长5岁的女人怀中……青涩而又血气方刚的男孩，没入成熟得含苞绽放的花海中。七十多岁的郭信臣，回想起洞房初夜时的情景，如今倍觉伤感。怎么一下子就过去了这么多年？连淑发是在55岁时去世的，那是1920年。

那天傍晚，他们正在花园中喝工夫茶，她是泡茶的好手。忽然她就说手有些酸痛，让郭信臣自己泡茶。过一会，她便说头晕，进屋去了。

刚入屋不久，丫鬟阿玉便跑过来，说：“老婶请老叔去呢！”

郭信臣连忙进屋，见连淑发半倚在床上，满屋是白花油的气味。郭信臣坐到床沿，手贴淑发额头，有些烫手，便唤阿玉：“取些冰片来！”

淑发却说不用，她拉过郭信臣的手：“佛祖叫我去呢！”她依然笑笑着说。圆盘似的脸，依然洁净无比，只是眼角多了几条细密的皱纹。

“勿散哒（别乱讲）。”郭信臣并没在意。笑妹笑姑笑婶笑妈，喜开玩笑，说话也无遮拦，铜钵盂谁人不知？

“真的。我听见佛祖在叫我去呢！也没什么好哒（说）的，将来你要和我葬在一起。找不到好风水，就别入土，照老规矩做就行。再娶一房吧！再生十五个。我会在老厝（指停放灵柩的屋子）看着你，保佑你。娶个知冷知热的就行。你还没老，可也别太劳累了！生无带来，死无带去。”淑发眼里有泪。

郭信臣很是伤感，却也没往坏处想。想想淑发一向健康，生一个孩子，就重活过了一回。才刚过55岁，说什么后事的话？郭信臣笑笑说：“你吓我做呢（做什么）？我们还要一起去美国看豫伟（大儿子），还要去加拿大，去英国法国。”

“我没命和你去，佛祖会保佑你。我自己的身体我知道。生十四子时，得了头风，你不记得了？那天豫伟从美国回来，我一高兴，没戴头巾就去了花园，摔了一跤，满手泥，又就近洗了冷水，要过年了，天气多冷啊！这就得了头风，每天痛一次，本想再生一个，又重活一会，可头风就是去不了。”淑发说得坦然，似在说别人的事。

“哦，对了，有一事要跟你交代。阿伯每月从实叻（新加坡）给我寄来的‘番批’，每次固定有龙银二千，每回我都按时捐到‘草庵’寺去了。全由伯良负责。从下月开始，阿伯的‘番批’会写你的名号，收了你要用就用，不用就给寺里送去。好了，我要躺一会儿。还有，大烟要节制点抽，酒少喝，别喝醉了。”她笑笑，闭起眼睛，让信臣离开。信臣想让她小憩一会儿，等会儿再来看她。他转身出门。淑发泪眼婆娑，目送信臣而去。

入夜，信臣服侍淑发喝了口水，淑发安然睡去，信臣伏在床边，不觉便进入梦乡。

郭信臣一觉醒来，淑发已经仙逝。一看怀表，凌晨3时，是为丑时。他不相信淑发就这样走了。这位如母亲一般，拥着他走过了32年，养育了十五个儿子的潮汕姿娘，就这样走了么？他情不自禁地捧起她的脸，端详许久许久。他突然感觉很冷，很冷。本来很温暖的里屋，现在真的很冷很冷。他确信她已经走了，不再回来。他再也看不到她的笑靥。这个有着圆盘一般笑脸的女人，他在她的身边躺了32年，和她一起生养了十五个男丁。他不知这个女人怎么会有如此的肚量，为他生了这么多的男丁，而且个个不同凡响。

妻子说早就患了头风，自己却一无所知，他十分自责。

郭信臣陪着淑发坐了许久，直到淑发的身体发凉发冷。他知道一切于事无补。他取来一方白绢，盖在淑发脸上，掩上房门，独自走进天井。黎明前的夜空，繁星密布，练江上有各种莫名的响动，是那种传说中诡秘多端的“水鬼”，在河上作祟。

忽然，郭信臣听见瞽师唱曲，他似夜游神一般，独自穿过一个又一个天井，出到花园。花园的栅栏紧锁，四顾无人。他推开花园门栅，“仁记巷”的青石板发着亮亮的磷光，路面变幻不定，他深一脚浅一脚地慢慢踱步，软底布鞋擦在青石板上，有一种很奇怪的感觉，似无脚女鬼在石板路上拖曳发出的声音。

他循着瞽师的唱曲，渐渐走出“仁记巷”，不知走出了多久。忽见一大榕树下，一把无人操控的椰胡，在石凳前腾挪抽拉，忽松忽弛，忽紧忽慢，似是高手在拉唱。郭信臣看得心里发怵，找了一处地方坐下，静静观察。

再唱山伯梁状元，指日荣封回家返，光宗耀祖荫妻房，英台夫人好心机，夫妻和顺又好施。苍天不负忠良后，推抹早得麒麟儿，多劝世人得善修，若遇贫穷当济周，得志当为天下雨，舍去钱银当德留。钱银虽是存加加，子孙无福难守家，不如施舍当德积，平安竹报万年青。英台夫妻好善施，不上数载产二儿，先得一男后得女，男女两得喜心机。自此在家食清闲，夫唱妇随不离开，古道乐日容易过，不觉亦就数年来。男子长成十一春，教他从师学诗文，女子闺房同伴母，学习针工贤十分。状元夫妻话未提。

郭信臣听得心中震颤，似乎有鬼窥见郭信臣的心事。细看那椰胡真的并无人拉奏，那曲腔唱调似一苍凉喑哑的老者所为，那唱曲声音又似非拉胡者同位发出，似在遥远地方传来的伴唱和弦。

郭信臣四顾无人，那凭空独自演奏的椰胡，像在一老者手中，推拉徐缓，时而急切，时而悠扬，风吹云起，天地和弦，似有神明在拉在唱。郭信臣惊得胆战，正欲转身离去，那椰胡忽然不见了，榕树下石凳上坐着一长须及胸、白发齐肩的老者。老者着青白长衫，衣衫破旧不堪。那老者脸上有泪，细看竟然是一瞽师，他怀中并无椰胡。却似一手把持琴杆，一手握住弓弦，在空蒙中，极为投入地拉着椰胡。曲调在空中飞，唱词由口中出。老人摇头晃脑，拉得深沉，偶尔抬头望天，偶尔惘顾四野，弦歌当哭，如水银泻地，高山流水。

见此情状，郭信臣连忙抱拳作揖，抱歉误入仙境，有扰神明清静，急急倒退而行。猛一回头，但见面前站着一妇人，怀中抱一高胡，手里牵着一个女孩，一看便知那女的乃为瞽姬。女孩不盲，牵着瞽姬，肩上吊着个长弓篮。此时天色欲明未明，街巷中开始有人走动，瞽姬放开女孩，边走边弹，那女孩便奶声奶气地唱曲：

冤冤相报无差池，梁李两家伊戴天。苍天若不开皇眼，忠良被害情惨凄。梁孙要报父冤仇，父仇不报恨难休。意望高中鸣冤主，昏君无道不自由。李立乃是除人殃，死期未到难主张。高中反被奸臣害，险险一命归阴乡。世人勿学恶心机，恶人自有恶人治。从古奸谗无结局，看来良善有团圆。

此是后话不必言。

郭信臣惊诧，返身举目寻那大榕树，只见树下忽然就凭空多了好几张石凳，每条石凳上坐着一个瞽师，有七八个之多，瞽师有拉椰胡的，有弹高胡的，有手把铜钹的，有吹洞箫的，居中有一张大鼓，击鼓人也似是瞽师。瞽师们个个竹布长衫，个个长须白发，个个古灵精怪，又斯文落拓。但见他们吹拉弹唱，引吭高歌，天地间似有余韵，却听不到曲声弹词，活像出默戏。

郭信臣心中七上八下。此时，天边已露鱼肚白，四周却依然沉浸在昏暗中，街巷中忽然无了人迹，却有嘈嘈切切脚步踏地之声。风吹起，夹着雨滴，郭信臣打了个寒战，想返身而走，忽然间，四周围上来黑压压的人群，细看全是瞽师盲女，有老有小，全是衣衫褴褛，又似饿鬼一般，张着空洞洞的大眼，咧着大嘴，似在呼喊，如疯狂挣扎。

人群向郭信臣压来，压得郭信臣喘不过气来，如白日见鬼，吓得郭信臣魂飞魄散。

忽然天已大亮，街上人声鼎沸，郭信臣如梦初醒，自己正置身于仁记巷中，哪里有大榕树？哪里有瞽师盲妹？天地之间，似乎仍有余音，如风声一般。郭信臣神情恍惚，突然记起，已走出多时，心中惦记夫人连淑发，昨夜她似有不适，记得在她床前守候了半夜，怎的自己一个人独自在仁记巷中？他想不起缘由，急急返回“汾阳世家”。

三进天井里十分寂静，佣人们各忙各事，郭信臣心中不安，依稀感觉到昨夜似有大事发生，急急进入连淑发的卧室，见夫人脸上盖有白绢，这才记起夫人已经仙逝，悲从中来。他掀去夫人脸上的白绢，把夫人抱在怀中，他的脸贴在夫人淑发白皙丰腴但已冰冷的脸颊上。

32年，就这样过去了。郭信臣顿感哀伤。

闻讯赶来的儿孙们，静悄悄地围着淑发的遗体。淑发还未换上寿衣，未上脸妆。满屋子是微弱的抽泣声。

第二十四章

红砖楼在临海的马路边，是一座西洋建筑，里面有报馆、银行，是汕头市一个重要的金融文化枢纽，红砖楼便成了这条街的标志。同一条街上，有好几间妓馆，有去妓馆的，便说去红砖楼。红砖楼反而成了一个风月代名词。说起红砖楼，汕头市无人不知。

李汝名的460师一进汕头，就首先占领、征用红砖楼，师部就驻扎在里面。

马灿汉从铜钵盂仁记巷出来，连夜赶往红砖楼，几十公里的山路，骑马不到半个时辰就到岩石码头。在渡口，老是等不到渡船。码头上拥堵着许多兵员，还有一些伤兵，码头仓库的场坝里，关着几十个被剃去眉毛头发的壮丁。一看伤兵的番号，马灿汉知道是胡琏的警卫队，难道胡琏已到潮汕？他找到一个年轻军人，一看是个中校，中校见是将军，立马敬礼："报告长官，请吩咐。"

马灿汉问："从哪里下来？"

中校："从漳州撤下来。在那边打

了一仗，伤了不少兵员。报告完毕。”

“稍息。”马灿汉顺手摸出雪茄，给中校一支。中校也不推辞，接过去叼在嘴里，等着点火。马灿汉找不到火柴，苦笑一下，拿着雪茄，招呼中校：“来，到那边坐坐。”

有一艘渡船靠岸，中校马上跑过去抢占位置。过了一会儿，他跑过来：“报告将军！请将军，那边请！”马灿汉记下了中校的名字：张千里，河北人氏，警卫队中校。他递给中校一张名片：“马灿汉，有需要找我。”

“是，将军，请！”中校又是一个立正。马灿汉心想，一场大战就要爆发，这些士兵命运堪虞。一种飘零的伤感油然而生。

一阵骚乱，人们争先恐后，挤上渡船。这是一艘小型的汽车轮渡船，只能容两辆四轮卡车，一前一后。人们挤在这两辆车的缝隙里，两公里多的海路，一会儿就到了。

渡轮上，有一对卖唱的瞽姬母女，母亲约三十多岁，女儿才八九岁，母亲拉着椰胡，女儿奶声奶气地唱曲。轮渡走了十几分钟，女孩儿唱了好几支曲子。她唱得平稳，有时无力延到高音，便似在说唱。八九岁的女孩儿，没有足够的中气。船上的人个个像在逃难，顾不上这对母女的乞讨。马灿汉四处找不到银圆，摸了半天，摸不出个铜钱来。站在马灿汉旁边的一位女士，伸过来一只手，手掌中有二枚龙银。马灿汉抬头一看，见一位打扮雅致的中年女士，正笑脸望着他。

马灿汉觉得面熟，可又记不起曾在哪儿见过。她怎知自己的心意：掏钱给那对母女？那女士示意，让他把龙银给那对母女。他连忙接了过来，把龙银放在女孩掌心，说：“这位阿姐送给你的。”女孩马上跪地叩头。

马灿汉问：“我们一定在哪儿见过？”

“光德里。”女士笑了笑，并不多言。

马灿汉愈加惊愕！光德里？她是光德里的？他伸出手：“久违！”

“我是阿莲，给你打过电话。”女士依然笑盈盈的。

“你是阿莲？”这个名字他并不陌生。1907年的那个深夜，他一下子就记住了这个名字。在老太太仙逝时，他回乡又见过她一次，此后再无联系。在淮海战役前夕，他在军部接到过一个女子的电话，刚刚接通，就断线了。那时，大战在即，通信很忙乱。之后，他上了战场，再无法联系，他也不知女子何人，更没将之与阿莲联系。

“我应该叫你将军，还是舅舅？还是小哥呢？”渡船上的巧遇，显然给阿莲带来许多惊喜与快乐。

那时的阿莲，才七八岁的样子，而面前的这位女士，人到中年，却依然窈窕淑女。她时而用潮州话，时而用上海话，时而用国语与马灿汉交谈。她很快就让马灿汉了解她这几年的历史：她成年以后，去上海圣约翰大学读书，后来又去了北平，再去延安。当然，去延安这一段她略去了。只是说去重庆时，经过了西北。现在《岭东日报》当编辑。“什么时候，让我采写你这位大名鼎鼎的国军将领。”阿莲轻松又有几分调侃地说。

“军人无权接受采访。”马灿汉也笑笑说。

中校也同在船上，他一直站在马灿汉对面，有意无意地关注着马灿汉与阿莲。

马灿汉抬眼看见中校：“来，我跟你们介绍一下。这位是阿莲，我的表亲，堂堂《岭东日报》大记者。这位是国军中校张千里先生。兵荒马乱之年，相逢相识，同船渡海，真是缘分。”

中校又“啪”的一声，双脚立正：“报告记者先生，国军××部中校报到。”他严肃庄严的模样，把阿莲逗得掩嘴大笑。

渡轮到岸，他们三人在码头上告别。

马灿汉与阿莲约好明日再见，让阿莲到红砖楼师部见面。此时已是夜半，汕头市沉浸在半明半暗的夜色中，走过街巷，便可听到凄凄切切的唱曲。离乱之年，瞽师瞽姬盲妹遍于巷中。

小姐早已动春心，想着起来情愈深，叫声：“新来勿多事，我非贱人想贪淫。我乃千金小姐娘，你勿掠我作如常。今宵若要从你愿，只恐外人说言章。劝你切勿心想贪，畏你贪后不海涵。倘若乞人闻知道，许时臭名万古传。”长春劝娘：“勿惊疑，深闺房内谁知机？望你早赴阳台会，免致你我病相思。”小姐暗想在心中，冤家果然生做男，这是月老先注定，推抹（匹配）依人到闺房，不免从他合佳期：“只恐男子心太痴，花心采了时来易，异日另寻别娇姬……”

马灿汉骑着红马，红马在小街小巷中慢慢地行走，不时喷着响鼻。

马汉灿在渡船上偶遇阿莲，勾起了光德里的诸多往事。丁未起事的血腥记忆，又一次在他脑海中翻滚，过去了整整四十二年，光德里从鼎盛滑进衰颓。四十二年间，他几进光德里，每回都令他伤感非常。最近这一回，让游击队洗劫而变成监牢的光德里，虽然又回到马家，但钟鼎之声已然消失无踪。他是应该高兴庆幸呢，还是应该重新思考？

那天，他从昏厥中醒来，发现关着自己的牢房竟是光德里老叔公的书房时，他顿觉震惊！感觉到革命几十年竟然革到自己头上的滋味，竟然用自己的手，洗劫了这个传承了上千年的马氏家族。从宋朝马银青大夫开基的马氏家族，一夜之间，家人被扫地出门而光德里沦为监牢之地。自己不是始作俑者，也是坚决的追随者。他无权去抱怨游击队的所作所为。

今晚见到阿莲，见到这位丁未年的女孩，他忽然有了许多心事。沧海桑田，眼看就要天亮了，可生命也许走到了尽头。时局是清楚的，但前途渺茫，难以把控。或大功告成，完成周恩来的指示，策反成功，皆大欢喜；或弄巧成拙，反被裹挟赴台。他心中忐忑不安。他怀疑阿莲是地下党，上海、北平、西北、重庆？这么巧，这条路线，像是国共两党你中有我、我中有你践行的路线。她不是地下党，便是军统、中统，非白即红。他还不能问她，不能对她暴露身份。刚才还急于去见李汝名，此刻反而不急，他必须想想。明天烟桥地下党，会派人来与他联系，联系地点就在怀诚批局。

马灿汉两个卫兵，牵着马一前一后行走着，马灿汉在马上，任凭红马悠悠地走着。

忽然，他想起白天在铜钵盂“仁记巷”见到的国军少将参谋郭大伟。在这兵荒马乱的时候，郭大伟所来何事？他想不出任何头绪。

想起郭大伟，他下意识地把手摸进贴身的口袋，那里有郭信臣的手谕。手谕等同于银票。明天，在汕头郭信臣的永茂源钱庄，将有五十万龙银的巨额银两，等着他马灿汉去取，那是460师几千军人的救命稻草，也将可能保证几千国军士兵，免遭劫持到台湾孤岛的命运。他做梦也想不到，郭信臣竟如此慷慨！听了他四个小时的诉说，就献出了如此巨额的银钱，还给了重礼：15座别墅将拍卖，筹作军饷。

他佩服郭信臣的明智、慷慨！与其最终被打倒没收，不如现在就主动献出，得一个开明士绅的名号，得一方平安。郭信臣目光深远，否则，如何能在半个多世纪里，锻造出一个富可敌国的郭信臣金融王国。选择站在人民一边，这是郭信臣此生最明智的选择。马灿汉想。可是，在这个关键时刻，郭大伟为什么匆匆回乡？难道郭信臣将逃亡海外？这些捐款行为是为遮人耳目？五十万银圆，在郭信臣金融王国中，也绝不是个小数目；那15座别墅，既带不走，也留不住。这样想来，郭信臣是在丢卒保车，真乃高手也。

马灿汉倒有几分欣赏起郭信臣来。人为财死，鸟为食亡，本无可非议。郭信臣是个银行家，自然也深谙商家战略战术，知道舍得的道理，有道是舍得，才有所得，大所得。那天，郭信臣只是静听马灿汉说话，并不多言。尔后大笔一挥，写下了五十万的银票，这可是可以买下几座红砖楼的巨款！还有15座别墅，全捐为军饷。马灿汉已对郭信臣明说，说是460师军饷，暗示为策反的经费。说实了，给460师，就是给共产党。郭信臣明白这个道理，他才会做出这个决定。

阿莲在这个时候出现，显得十分突兀，马灿汉突然有所警觉。看似偶然，实则大有玄机。从西堤码头到小公园老妈宫的街巷，狭小，弯曲，战马行走得很慢。战马似乎并不习惯行走城中的街巷。经过几处有红灯笼的店铺，屋子里传出一阵阵弦竹之声，即使是处于战争前夜，人们依然不失时机享受着片刻的和平。不时有人穿过街巷，在黑暗中追打，偶尔有一两声喑哑的沉闷的枪声，似从海上传来。

已近午夜，马灿汉终于回到红砖楼，李汝名已迎在门口。进得屋中，李汝名急切地问：“老师，事情怎样？”

马灿汉悄声道：“无须多虑！”落座之后，他掏出郭信臣手谕，轻轻地展开放在八仙桌上："请师座细察！"

李汝名捧起手谕，满怀狐疑地问："此事当真？"一张手谕，值五十万龙银？他有些怀疑，不太放心。

"还有15座别墅。"马灿汉细说了这几天的情状，特别是与郭信臣的谈话。李汝名默默无语，站在地图前，不停地吸烟。良久，他突然转身："老师，你说吧！该怎样办？"

马灿汉见时机已经成熟，到了摊牌决断的时候了。这么多天来，为了这笔军饷，他险些把命丢了。他就等着李汝名这一句话。此刻，马灿汉深知，只要给李汝名信心和保证就行了。最近这段时间，他反复与李汝名研读毛泽东的《将革命进行到底》，与他一起研判江南江北的战况，以及蒋委员长的所有言论。他并未给李汝名点明出路，他要让李汝名将最终的选择，由李汝名自己说出。

翌日，马灿汉将与地下党联络，如果顺利，会出现一个戏剧性的大转折。筹饷已经成功，460师在汕头可以立足，且不会骚扰市民，破坏汕头的平安态势。

怀诚批局在中山路尾，这里已是城市的边缘，从中山路横穿一片棚屋，便是牛田洋草屿的海涂，黑色的海涂上散落着几艘破船。海涂延连着辽阔的海边芦苇地，如森林一般的芦苇地，一直绵延到牛田洋海堤边沿。这些地方也是闽粤赣边纵经常活动的地方。地下党把交通站设在怀诚批局，正是看上了它进退自如的地形。

怀诚批局的掌柜林先生，每日凌晨便开馆，早早坐在高高的柜台后面。怀诚批局做水客生意，也兼开典当行。自1887年开店，已有半个世纪的历史，在潮汕，说起怀诚批局，无人不晓。

天蒙蒙亮，马灿汉轻车熟路，来到怀诚批局，他从怀中掏出番批，双手递给柜台后面端坐着的林先生。

林先生透过老花镜，细细地端详着这位不速之客，并不十分热情，细细地品读批封上的书信。

这是一封从实叻（新加坡）寄来的侨批。一个菱形板块上印着孙中山头像，头像两边印有"总理遗嘱"全文，并突显"革命尚未成功，同志仍须努力”大红字样。批封正文写着密密麻麻的毛笔楷书：

姆母大人侍右，敬禀者，姪自客月带室南来，海途幸叨，慈庇浪静波平，刻已安抵星岛，舟车无恙差，堪告。慰回想此行，适因船期急迫未克登府拜辞，殊觉抱歉，诸希赐宥。令郎应松、应举二兄，已曾会面晤叙畅谈甚欢。他兄弟克俭成性，勤谨可嘉，足见积德之门必有余庆而亦。

大人晚年厚福也，姪之通贺良深矣。惟是应松年已长大，妻室犹虚，姪于此次南来，已曾向其关说，此后逐月辛金，除寄家批之外，节俭蓄积，以便将来结婚之用，最好新年起来，邻近如有相当淑女，品性端庄者，大人无妨向之议婚礼聘，如何？然后赐音示知，姪当代为关说，应松自当命他回家结婚，也颂顺利。奉呈中央币四元，至请收检，乞抹出二元，代交炳健贤姪收用，余者则请大人哂纳是幸，肃此敬请福安。顺候嫂嫂弟妇贤姪均好。民国三十八年八月初三，愚姪马如川拜禀。

林先生翻来覆去细细阅读信文，又把批封转过背面，对着一枚正方形公启印章，念念有词：“批银在途遗离，如能拿获者，花红照章奖赏，如旁观不救，决就近控以坐视之罪。怀诚批局公启。”

这是怀诚批局为了快捷稳妥地寄送分发批银，尽量避免钱款遭遇不测，特意在侨批封面上加盖公启红色印章，警示不法之徒，鼓励仁爱之士。

林先生细观明察，最后才把批封放在柜台上，双手慢慢抚平，然后请马灿汉入内。

进得里屋，林先生问：“花红几许？”

马灿汉知是暗语，便说：“并无花红。”

林先生咳嗽一声，屏风后走出伙计，将马灿汉引入内室，马灿汉一看，竟是阿莲。

阿莲也有些意外，但瞬间变作惊喜。

“表舅，想不到啊！”阿莲正襟危坐，并不起身相迎，笑意盎然。她有意让马灿汉倍觉意外。

“你就是中共代表？”马灿汉还有些怀疑，他轻看了这位光德里的姿娘！昔日的姿娘，如今已经成了中共代表，有些不可思议。

“表舅，我现在的名字是林伊平。公开身份是《岭东日报》记者，在中共党内没有公开职务，但在粤东地下党，我的身份是中央特派员。”

“好！我把460师的情况先做个介绍，尽快与上级汇报，批准我们的起义方案。事不宜迟，460师已奉命开始装船，赴台兵员最迟于后天上午8时在码头集结。我们的意思是，就在码头上宣布起义，同时现场逮捕副师长廖福贵及其党羽。地下党游击队要在外围及时配合，以防现场意外。”

马灿汉把文件双手递给阿莲，他反复强调：“这是万分绝密的，关乎460师全体官兵的生命。”

“李汝名要求面见中共代表，他要与中共代表面谈起义条件。现在情况是，李汝名还未下最后决心，所以，李汝名家眷能否来汕，就是一个关键问题。胜败与否，在此一举。这是李汝名最后的条件，他声明必须明确无误证实家眷已经安全，他才能最后下定决心。”

“李夫人及两个儿女，已于昨天抵达，现正在烟桥。来汕头恐有不便。这是李夫人的亲笔信。”阿莲，不，是林伊平，从包里掏出一封信：“李汝名看到这封信，他会下定决心的，起码，他会顾及夫人儿女的安全。”阿莲胸有成竹地说。

马灿汉笑笑：“这是他的软肋，不，也是所有人的软肋。唉！真有挟人之危的嫌疑啊！”

“表舅不必过虑。这叫知己知彼，百战不殆嘛，兵家之术。所谓用兵真如神！用我们现在记者的话说，是对方想要的，正是我们想给的。不过，你知道吗，护送他们母子三人过封锁线时，我们牺牲了三个士兵的生命。一命抵一命。李汝名别无选择。即便不出于民族大义，就为这三个兵，以命相殉，理应义无反顾。他必须反戈一击，弃暗投明。”

阿莲不愧为中共特派员，一介女子，却大气、凛然，谈吐气度不凡。这难道真是光德里那个低眉顺眼的小女孩阿莲吗？马灿汉不由得又端详了阿莲几眼。他曾对她过眼难忘，并非她如何出众，只是第一眼看去，便有一股不一般的气势摄人。她是一个天生的革命者。不知道当年马老太太，怎么就会喜欢上这样一个巾帼英雄？

“那个顽固分子，副师长廖福贵，若不就范，就现场枪毙。防止现场引起哗变，先把他干掉，以儆效尤。”林伊平做了一个坚决的手势。

“最好不要开枪，我会考虑安排周详，请中央相信，我们有勇气策反460师。没有十足把握，不会动手。好吧，我先行一步。”马灿汉拍了拍长衫袖口，起身告辞。

“我们还没有聊聊光德里呢！这就走了？”阿莲似还有话说，有几分依依不舍。马灿汉是光德里的一个传奇，神话。当年他着一身白衣骑一匹红马，在丁未起事的战场中驰骋的传说，曾令阿莲春心荡漾。说实在话，她是在他的感召下，才从圣约翰到北平，再赴延安的。

马灿汉也极想和阿莲聊聊光德里，可是时间紧迫，便坚辞。正欲出门，只听林先生大声说话，似在迎客。他故意把声音弄得很大。马灿汉不知就里，已走到厅堂，林先生迎进来几位军人，当头的正是廖福贵，460师少将副师长。

廖福贵故作一愣，略顿一下，大声打着哈哈：“马将军也在此？啊！哈！”气氛顿时有些紧张。

马灿汉不动声色：“为党国效劳嘛，将军也来筹饷？”廖福贵有些尴尬，忙说：“哪里哪里！我可没有马将军人情练达。”

林先生十分机警，双手捧着四块龙银，递给马灿汉：“还请先生侨批上签个回执。”

马灿汉接过毛笔，在侨批上签了一个回批。廖福贵佯装对侨批好奇，凑过来看热闹：“哦，这就是侨批啊！敝人从未见识过。”说着，便欲来取林先生手中的批封。林先生连忙把批封放到他手上：“请长官细赏。”还热情地向廖福贵解说侨批的来历。廖福贵也顺水推舟，装模作样地把玩着侨批，嘴里啧啧称奇。他看不出什么破绽，心中却已有了想法，如果马灿汉被“共匪”买通，则这怀诚批局就是他们的联络点无疑。这些天，马灿汉一举一动，都在廖福贵监控之中。马灿汉进入怀诚批局，他的手下便跟踪而来。他本想在这里把马灿汉扑住，抓个现场。这条老狐狸，又让他溜了。

马灿汉先走。廖福贵找不到破绽，带着人马离开怀诚批局。

阿莲在内室惊出一身冷汗！虽无破绽，若刚才廖福贵早来一会儿，直接撞入内室，后果恐难收拾。

马灿汉怀揣李汝名夫人的家信，急急往红砖楼而去，他顾不得廖福贵满是狐疑的眼神，事不宜迟。他胸中如有炸弹，这炸弹便是李夫人的信，它足可炸掉李汝名最后的障碍。起码他要顾虑夫人儿女的安危。夫人在共军手中，迫他就范，这就是现实。至少在李汝名，这一着棋，足以令他屈服。而共军把李夫人留在烟桥，地址住所不明，非他李汝名所能把控。这个钓钩，将让李汝名紧紧咬住吞下，不得不跟着走。

马灿汉心想，阿莲这一着实在高明，手段谋略不可小视。

他回到红砖楼，顿感红砖楼气氛非常紧张，一改前几日的松散轻曼。他不由得望了望烟云迷蒙的海上，海岸帆船码头上，多了好些三桅船。有几艘铁甲船在烟雾中行驶，那是海巡队的巡逻艇。策反海巡队的工作不知进行得怎样？如果策反成功，即使460师起义投诚不成，海巡队也可能成为延宕国军逃台的力量，为南下解放军歼敌于海岸赢得时间。策反海巡队的工作，后来交由地下党执行。

马灿汉刚进办公室，副官李维东向他报告："师座已多次派人来问，将军回来没有？"马灿汉立马去见李汝名。

李汝名故作镇静，无事一般，请马灿汉就座，递过来咖啡，并不开言，等着马灿汉说话。

马灿汉掏出夫人的信函，双手递给李汝名："师座请看。"

李汝名很是激动，急急拆阅，用双手夹住家信："真乃家书抵万金哪。"他望着马灿汉，那眼神如羔羊一般。戎马半生的铁血将军，也难抵儿女情矣。他期待着马灿汉细说详情。

马灿汉细说了情况。李汝名走到地图前，指点着烟桥，敲了几下："百多里地呢！"他若有所思，心中明白，并不问为什么没有让她们直接到汕头来。马灿汉想稍作解释，被李汝名示意停住了。"我明白，老师无须解释，若果是我，亦会如此安排。"他沉吟一会儿，然后猛地转身，背对着地图，双手抱拳："一切仰仗老师抬爱了！学生无话可说。党国至此，非小人之责，亦非小人所能扭转乾坤。追随先生，同行便是。有请先生指点，学生照办就是。”他略为思索，突然问道：“时间紧迫，那边……”

“花红已到。下午3时相聚如何？”

马灿汉心中大喜，想不到夫人的信，犹如一帖神药，形势逆转。马灿汉轻声道：“请师座放心，夫人儿女一定平安！一切条件对方都没有异议，全按师座所愿。”

“应该马上控制廖福贵。”马灿汉想起刚才在怀诚批局一幕，心有余悸。“请师座马上派出一个连，到怀诚批局去接中共谈判代表。”马灿汉遂敦促李汝名部署下一步行动。

阿莲，亦即林伊平多年之后回忆，马灿汉策反460师成功后人间蒸发。他是在当天午夜消失的。最后见过他的，是在红砖楼看更的丘姓阿叔。马灿汉深夜出走，时间是1949年11月21日。马灿汉的失踪，令起义后的李汝名十分恐慌，如丧考妣一般。

关于马灿汉的出走，有许多个说法。他在起义成功当晚，为何独自离开红砖楼？又为何落入游击队马队长手中？等等。其中一个说法是：

马灿汉和李汝名私下有一个约定，即李汝名宣布易帜起义之后，他必须在汕头见到妻儿。马灿汉答应在起义之后三天之内，将亲赴烟桥，把夫人孩子接到汕头来。对此，林伊平坚决反对，她认为这样做太危险。460师虽然宣布起义，其实汕头的形势更为危急，解放军主力尚在城外，而胡琏的军队仍未完全消灭，部队还处于激战前夜，此时去烟桥接人，凶多吉少。但马灿汉以君子一言驷马难追为由，自作主张到烟桥去带人。仅仅为了一个约定！其实，他本可把这个行动交由地方武装组织执行，他却自己去了。

其二，一说他是在光德里附近的铜钵盂，被游击队俘虏的，从汕头去烟桥，取近路无须经光德里，也无须经铜钵盂。这样说来，他的目的地应不是烟桥。此刻他为何去光德里或铜钵盂？这两个地方，于他都是危险之地，他不会不清楚。

以阿莲对马灿汉的了解，他独自去烟桥是有道理的。他与李汝名的师友关系，李汝名因老师的策动而答应起义，以及李汝名牵囿妻儿的安危等等，马灿汉深味其中的缘由，他既已答应李汝名的条件，当然会义不容辞亲赴烟桥。何况，当初他对将李夫人留置烟桥，而不是被送到汕头的做法，就很有看法。马灿汉以为，把李夫人当成人质，给李汝名造成不得不起义，实际上以此迫其就范的印象，未免不仁不义。

还有一个说法是，马灿汉想在成功之时，向对起义有重大贡献的郭信臣，表示谢忱。郭信臣不但献出五十万银圆，而且变卖了15座别墅，作为460师军饷，马灿汉意在对郭信臣有个交代。遂去烟桥路上，取道铜钵盂，不料在铜钵盂竟身陷不测，让游击队马队长再次抓获。对马队长而言，抓捕马灿汉，无异于报了新仇旧恨。他哪里会理会策反460师，以及国共两党你中有我、我中有你的复杂历史。

后来阿莲，不，是林伊平，在调查马灿汉事件时，曾经提审过马队长，马队长对此事的描述竟然前言不搭后语。

林伊平说："声称连私塾也没有读过，连自己的姓名也不会写的马队长，连马灿汉的身份是什么都没有兴趣，问他为什么要杀马灿汉？他说，他是光德里的地主少爷，该杀，上级都说该杀，就杀了。"

马队长承认杀了马灿汉，可是，根据少得可怜的有关记载，马灿汉不是他杀的。他是抓过马灿汉，他杀的是另外的人。至于他杀过多少类似马灿汉的人，他说不清楚。林伊平找他调查，只是想弄清他再次抓捕马灿汉的细节。他说不出任何细节，却正色地坦承是他杀马灿汉。他对杀人的细节描绘得极为真实生动。林伊平听不下去，差点呕吐。在他口中，对反革命分子的枪杀或折磨，起码不下百种。

择其较为文明者说：

四人打夯：四个大汉各拉人犯四肢，高高举起，然后用力摔下。有的人犯当场摔死，不死亦五脏出血，久治不愈。

乌鱼泡肚：把人犯长时间浸压在水中，随意随时捞出，有时人犯已溺死于水中。

水上飞机：把人犯悬挂于大树丫上，坠入池塘水中，然后用竹竿敲打，让其挣扎呛水而死。

空中飞人：把人犯悬吊，然后一人用刀割断绳子，另一人在绳子断开瞬间把人用力甩出，人犯飞摔重伤或当场毙命。

关于马灿汉被游击队俘虏，至年后即1951年1月，人民政府以反动军官罪直接从游击队营地逮捕，判处死刑立即执行的一切细节，已无处可寻，没有留下只言片语，一切都被清洗得干干净净，仿佛历史上不曾出现过这样一个人似的。

根据李汝名后来的回忆，起义部队整编之后，他奉命回到北方，1951年，有过短时间审查，之后自己要求回到渭南。多年之后，他才听说马灿汉早于1951年1月被执行枪决，罪名是反动军官，身上有血债，证据是在“光德里”的那次战斗中，游击队损失了两个游击队员。

马灿汉后人于1987年8月14日，接到××市××区人民法庭的刑事判决书（第4号），对其后人对马灿汉被冤杀一案的申诉回复。结论如下：

……本院依照《中华人民共和国刑事诉讼法》第一审程序，组成合议庭，对马灿汉反革命一案进行了审理。经查明……根据我党对起义投诚人员的政策，原××县人民法庭第五分庭以反动军官罪判处被告人马灿汉死刑，立即执行，显属不当，应予纠正，经合议庭和本院审判委员会讨论决定，判决如下：

一、撤销原××县人民法庭第五分庭1951年1月20判字第66号之判决。

二、宣告原被告人马灿汉无罪。

马灿汉后人均在海外，再没有提出任何要求，连马灿汉的烈士身份，也无诉求。

20世纪90年代，马灿汉故居光德里，作为侨房发回马家后人，撤出了最后一个农民。一把大锁，锁住了有上千年历史的“光德里”和“硕士第”。“硕士第”本是马家为了庆祝24岁的马灿汉在美国普林斯顿大学获得硕士学位而建造的。

“硕士第”现在是一家生产文胸的厂房，终日织机轰鸣，棉絮灰尘纷飞……

郭信臣早就安排马伯良去游击队找孙子郭文雄，希望能够见上一面。很快就要变天了，不久的将来，便是共产党的天下。郭信臣想，此刻应该听听这位共产党的意见。郭氏家族该往何处去？虽然他并不心虚，谅共产党不会对我郭信臣不仁不义。在上海，他与共产党方面的要人有所接触，暗中资助过他们，但他还是想亲眼见见郭文雄。何况郭大伟此去台湾，兄弟恐难再见。本来，他早已忘却这个孙子的存在，现在，郭文雄这根稻草却紧紧地纠缠着他，日思夜想。

在众多的儿孙中，他始终对这个孙子充满了好奇，究竟是什么力量，能让一个孩子，放弃郭家长孙的地位？这个地位意味着什么？在世人眼中，郭氏家族富可敌国。有朝一日，长孙便是仁记巷八座厝的主人。他放弃了上海，疏离了同样显赫的马家千金，一会儿要投奔延安，一会儿又去了大南山，到山里去受苦，去打游击。作为长辈，郭信臣并没有过多地苛责这个孙子。倒是郭凤巢表现得过分强烈。在父亲和儿子之间，郭凤巢无法沉默，更不敢听任儿子胡作非为。子不肖，父之过。自从儿子去山里当“匪”，他内心始终充满了恐惧、不安，唯恐因此给这个家族带来厄运。

郭凤巢有次从陆路去上海，途经江西，他亲眼看见国军围剿红军，在南昌城，在于都，在瑞金，所经之处，都有共产党人头颅悬于城门。而还乡团对赤区的扫荡清洗更让人惊悚，真正的血流成河。父亲郭信臣虽然对孙子的叛逆没有多说什么，但看得出他的恼怒，全在郭凤巢身上。那种冷冷的眼光，令郭凤巢感到如芒刺在身。他以为，必须坚决洗去“匪属”的污垢，而这个责任，全在他身上。没有任何解救的办法，唯有公开登报，与之脱离父子关系。那时，郑雅心已去世多年，郑惠照也早已去了庵堂，郭凤巢尚未续弦，无人可以商量。他曾请教过远在上海圣约翰大学当校长，时任国军中将的四弟郭承恩。郭承恩不置可否，私下劝他不必过分激烈，国共两党，分分合合，热血青年，孰去孰从，非老一辈人所能左右，尤其是现今青年，更是匪夷所思，看看再说。

四弟说得有理，郭凤巢却听不进去，他心有余悸，城门上的头颅，时时是噩梦。他甚至没有去请示过郭信臣，便在《星岛日报》发了启事。本来在铜钵盂也算秘密的事，现在好了，弄得沸沸扬扬，原本对此缄口不言的光德里，也打上门来，要郭凤巢给个说法。

马凌芳与郭文雄的婚事，虽然“六礼”只行了个开头，还未到“庙见”时分，但双方家里都已“纳彩”，两家联姻也就尘埃落定。

马家的兴师问罪，曾让郭凤巢无颜以对，狼狈不堪。好在马家说说而已，后来也并不追究，大事化小，小事化了。郭凤巢明白马家此举是做给世人看的，便松了口气。

远在上海的郭信臣知道此事，打电话来，连连叹气，连说：“糊涂！荒唐。”他斥责郭凤巢：“这不是把共产党给得罪了么？公开宣布与共产党为敌？糊涂呀！”郭凤巢这才知大祸临头，弄巧成拙。

铜钵盂的长老们骂郭凤巢推舍父责，虎毒不食子嘛，怎的就断了父子关系？已过百岁的族长郭向笙，把郭凤巢叫到祠堂，让他向祖宗叩头请罪。这位经历过太平天国的族长，骨子里流着叛逆的血。他并不臧否郭凤巢的行为，也不提郭文雄忤逆之事，他只要郭凤巢说说该如何做父亲，岂是一纸声明了事！

伏地叩头的郭凤巢，似乎听到端坐太师椅上的郭向笙的喃喃自语：“我也反过朝廷，要拿我怎样？”郭凤巢听明白了，心中愈加忐忑不安。郭向笙参加过太平天国的事，铜钵盂无人不知，不曾有人去告密。清廷崩塌，民国初元，郭向笙更是沾了一点英雄气，无人敢小看他，何况他又太过高寿，活过百岁却还身轻体健。每日三餐，水酒半斤八两，照喝不误，有时兴起，还来几下拳脚棍棒，耍几下刀法，活像传说中的小李飞刀。他的几个儿孙同辈，早已过世，郭向笙却把自己炼成一个不老仙翁。有道人术士，要寻他八字说法，他便笑说：“要得一见，请拿万金来。”把人吓了回去。

郭凤巢是有苦说不出，里外不讨好，丢了一个儿子不说，遭人诟骂，连郭信臣也冷眼看他。他终于明白，这真是一件做不得的事。现在好了，国军丢了国土，要跑去台湾，共产党来了，还是郭文雄走对了路，还是郭文雄明白。郭信臣让他去寻郭文雄来见一面，他哪有这能耐？又到哪里去找这个儿子？

自1938年，他再也没有见过这个儿子。文雄是他明媒正娶的骨血，发妻郑惠照去了庵堂，儿子从小失去母亲，这种仇恨怨尤，他不是没有从儿子眼中看出来，可他何曾理会？在铜钵盂，郭凤巢在外人眼中，算是个孝子，厚道正派，乐善好施。可是，这事却令人疑惑。记得日本人来时，要推维持会长，铜钵盂人便推郭凤巢，日本人也有此意，吓得郭凤巢魂飞魄散。谁敢去做汉奸！幸得郭向笙出面，又多花了一些银圆，硬是把村里一个外地来的教书先生，推出去敷衍日本人。日本人不是好惹的，早就知道郭凤巢登报声明的事，公开说郭凤巢是“大大的良民”，硬是要他当维持会长。郭信臣只好又花了龙银打点，同时偷偷把郭凤巢送到上海去，躲了一些日子。

正在郭凤巢走投无路，为请郭文雄来见一事焦头烂额时，马伯良自告奋勇，悄悄对郭信臣说，他愿意去请二少爷，他知道到哪里去寻。郭信臣大喜，便派他快去快回。

第二十五章

马伯良与郭文雄约好今夜在后山溪边树林里的伯公庙见面。

到处黑灯瞎火，马伯良领着一干人马，在约定时间，到了伯公庙。

伯公庙只有一个年老的庙祝。

郭信臣他们如约进入伯公庙。只见天井里有几株古柏，庙祝和一少妇正站在天井里迎候。庙祝见到郭信臣，连连作揖，对这位施主，他并不陌生。郭信臣年年都到庙里捐钱捐物，郭夫人连淑发在世时，每月二十六，风雨无阻地到庙里拜伯公，庙里周围几间大屋，也是连淑发捐建的。

那少妇便是我母亲马凌芳。

马凌芳童年时，郭信臣在仁记巷是见过她的。在上海法租界，郭信臣在一次私家派对中，有人指着人群中的马凌芳让他看，匆匆一瞥，他看得不太清楚。那是1938年的事了。那时，马凌芳刚刚16岁。

郭信臣甫与马凌芳见面，一下子有如回到上海十里洋场。面前这位孙媳妇，一副上海名媛打扮，时髦的卷发，穿着碎花真丝旗袍，天气虽然不太冷，但山里已凉风嗖嗖，马凌芳围着一条紫貂围脖，紫貂尖尖的嘴口，像是镶了一颗滚圆漆黑的黑珍珠，在暗淡飘忽的灯光下十分诡异。

郭凤巢从未见过这位传说中的马家大小姐，他一时无语，有老父亲在，他也不便过于主动，便隐在郭大伟身后。

马凌芳父亲马灿汉，自丁未起事，便一举成名天下知，马硕士，马教官，马将军，在民间传为神人圣人。这马家大小姐也是传说中的美人，在铜钵盂大同中学读书时，马凌芳就是个长相出众女孩儿。后来去了上海，有几次回光德里，其时髦让乡里人开了眼界，惊为天人。

郭大伟和马凌芳是熟悉的，1938年在上海一别，如今记忆犹新。有长辈在，他不便抢先与马凌芳叙旧，静静站在一旁，郭信臣一时不知如何称呼面前这位孙媳妇，有些冷场。马凌芳也一时语塞。郭大伟只好首先开腔，他一步向前，和马凌芳握手：“凌芳你好，十年不见了！”他们都是新青年，一见如故，并无太多讲究。郭大伟打破僵局，马凌芳于是拜见老公公郭信臣。

刚才郭信臣一进天井，没有见着孙子郭文雄，心生不悦，但见面前站着如朗月一般的马凌芳，无从发作，他把目光四处梭巡。马凌芳见出郭信臣的意思，先欠身做了一个万福：“老太爷，我是马凌芳，给老太爷请安。”

郭信臣“嗯”了一声，看了站在一边的马伯良一眼，马伯良会意，脸上也是一副诧异的神态。

马凌芳见状，面对郭信臣，轻声说道：“非常抱歉，文雄让我向各位致歉……”她没有再说什么，只是充满歉疚地面对这些前辈。

庙祝恭请众人到中堂就座，马凌芳站到侧边，恭迎各位郭家长辈步入中堂。郭凤巢经过马凌芳身边时，不经意地看了马凌芳一眼，正好和马凌芳打了个照面，马凌芳从未正式见过郭凤巢，她对这位公公充满了好奇。她从郭文雄那里，多少接受了某些抗拒的情绪。

在马凌芳眼中，这位身材高瘦的公公，比自己的先生更其儒雅，但多了一些怯懦，一些陈旧，一些说不出来的忧伤与无奈。

一种大失望的气氛笼罩着中堂。庙祝的殷勤和亲人初见的喜悦，并没有使这次会见有丝毫的快意。最为绝望的是郭信臣。郭文雄拒绝见面，令郭信臣有一种极为不祥的预感，有一种大厦将倾的感觉。这种感觉，即便是在上海沦陷，钱庄被炸，大半财产瞬间灰飞烟灭，他也从未有过。而此刻，他有一种万劫不复，大难临头的恐惧。孙子是以为敌。这根救命稻草越漂越远，看不见了。

马凌芳很想说些什么，却无论如何说不出口，她不知该说些什么。丈夫让她说的，她一句也说不出，瞬间忘得一干二净。她唯一可能交流的，只有郭大伟。可是，有郭信臣和父亲在，轮不到郭大伟说话。她心中百感交集，一时也无从说起。

郭信臣终于说话："前日见过令尊大人。敝人和令尊大人交情很深，你们小辈，未必知道。但此一时也，彼一时也，天道轮回，万变不离其宗。郭马两家，都是诗礼传家，恪守仁义礼智信，不敢违祖宗先贤于毫厘。老夫年近八十，不愿看到兄弟阋墙，相煎太急。所以，便请约见孙儿文雄，却不得一见。我不怪他，人在江湖么，身不由己！"郭信臣有些伤感，微微哽咽。马凌芳见了，泪水盈满眼眶，她掏出手绢，想递给老太爷，又觉不妥，连忙捧起一杯茶，双手敬献给郭信臣。郭信臣对站在身边的郭凤巢耳语，郭凤巢连忙唤来马伯良。马伯良从天井里进来，提着一个钱褡，双手捧给马凌芳，又摸出一张银票。

马凌芳不知何意、何物，惊诧地望着郭信臣。大伟道："请马小姐收下，这是爷爷的一点心意。"

郭信臣开腔道："你们完婚之礼，我未参加，也未出力，请容老夫弥补。就别推辞了！什么时候，可让我见见两位孙女。"他指的是我4岁的大姐郭小燕，两岁的二姐郭小惠。

钱褡里是一千大洋，外加银票九千。

这一万元，郭信臣是想通过我父亲送给游击队呢，还是给我母亲养家，聊补多年的歉疚，我不得而知。但这笔钱最终由父亲交给了游击队，确是事实。肃反中，父亲因这件事遭到审查，尽管他坚称已全部交出钱款，但那时的工作组不谈钱的事，这钱本就是劳动人民的，是剥削得来。问题是指派老婆私会郭信臣及反动军官郭大伟，地主分子郭凤巢，这才是要害。

郭信臣一席话，说得马凌芳有些伤心，她暗自啜泣。郭大伟知凌芳很难，早年，她和二弟恋爱，二弟是个不羁之人，既有地主少爷的骄妄之气，又信奉自由平等，深受共产主义影响，所以才从上海跑去大南山打游击，做了共产党。马凌芳可不同，金枝玉叶，出于对热血青年的莫名崇拜，委身相许。

其实，光德里和铜钵盂，都盛产这种精神，从18世纪，这两个家族便陆续有人出洋留学，学成归来又光宗耀祖，且带回来全新的西方精神。郭马两家的青年，早早就接受了洋风欧雨的沐浴。郭大伟自己，也是这样走来。他很是理解马凌芳，因为恋爱坠入二弟的革命。他清楚，二弟和凌芳的性格，此后也很难与共产党相容。他很想再做最后的努力，通过弟媳，让郭信臣改变初衷，全家连同二弟一起，撤到台湾去。他几次想说出，却没有说。

郭凤巢心情复杂地看着这个从未打过照面的儿媳，心中一片茫然。心想，幸好来的是儿媳马凌芳，如果是文雄来，情形将会如何？他说不好。自郑惠照出家之后，文雄见他如见仇人，宁可去汕头当小公侍，也不愿在铜钵盂做少爷。他之去上海，也完全是因为马凌芳的缘故。令他不得其解的是，马伯良说得十分肯定，文雄答应来见爷爷，怎么又变卦？

庙祝忽然进来，对信臣耳语，信臣便起身告辞。一干人走到天井，郭信臣转而向跟在身后的马凌芳说："有何难事，到铜钵盂来。令尊大人和我是至交，我郭某为人，问令尊便知，告辞。"他快步走出庙门。

这是1949年秋天。马凌芳从上海回光德里还不足十天。此前，郭文雄专程到上海接回妻子。以他的话说，一个崭新的中国，一轮喷薄的红日，一只东方巨轮已经启程，世界大同之日，便是铜钵盂进入天堂之时。他要妻子和他一起，来铜钵盂分享革命胜利的欢欣。他不惧艰难险阻，坐小火轮，航行三天三夜，从厦门直抵上海，又携着妻子和两个小女儿，从陆路经浙江、江西、福建一路南下，途中耗去一月，担了许多惊险。他有一种报仇雪恨的快意。

这是我的推测，真实的状况可能更为复杂，外人难以明晓。

庙祝送走郭信臣一干人，匆匆忙忙赶回伯公庙里。马凌芳见庙祝一身泥水，忙问何事？庙祝关紧庙门，说有一队人马，从后山包抄过来，好像是游击队，怕是走漏了风声。

马凌芳大惊，担忧老太爷他们的安全，如有什么闪失，她这个孙媳妇，还怎么做人？此次从上海回乡，她虽没有公开异议，但并不情愿。她是个独立的女性，但自从嫁给郭文雄，便一改上海小姐的脾气，专心于家事，“三从四德”，全听丈夫安排。

丈夫对她说，共产党很快就要胜利了，家乡人民马上就要欢庆解放，组织上要他做好铜钵盂迎接解放的工作，派他到铜钵盂土改工作队，远在上海的妻儿必须和他站在一起。这次到上海来接马凌芳，也是组织的安排。既然丈夫这么强调，她也就不说什么，何况，她对“光德里”有比对上海更复杂的情感。多年未见父亲马灿汉了，她知道马灿汉此时正在潮汕，虽然不知他在国军中所从何事。父亲何去何从，也是她忧虑的事。

1937年，父亲马灿汉在广州，任国民政府财政厅要职，东江视察。日本人轰炸广州，北京路的财政厅是日本飞机轰炸的重点目标。那天，财政厅被炸去半边，马灿汉被炸成重伤，他的红粉知己，同在美国普林斯顿大学的同学郑小姐被当场炸死。

马灿汉被炸晕在办公桌边。一伙兵痞洗劫了办公室，其中有人以为马灿汉已死，见他手指上有一巨型钻戒，用力脱不下来，便用刺刀去割手指，马灿汉被剧痛弄醒过来，见状拔枪，一枪将兵痞毙命。

马灿汉被共产党东江纵队救起，并护送往澳门就医。那年九月，马凌芳16岁，刚到上海不久的她，独自一人，奉父命去澳门看望父亲。父亲要为她安排婚事：让她去泰国找叔叔马灿雄，嫁与泰国富商。父亲与其弟马灿雄，在泰国曼谷经营有兄弟公司、保险业安顺机构，也需要马凌芳去继承打理。马凌芳不从，对父亲坦诚，自己已私订终身，男方是铜钵盂仁记巷的郭家二少爷。父亲不再勉强。

这是她最后一次见到父亲，想想已经是十多年前的事了。嫁给郭文雄以后，她独自在上海，在上海租界里的生活，养尊处优，但心底却终日担惊受怕。原本并不读报的她，日日读《申报》，搜寻红区共产党的消息。

这次回到故乡，光德里已经进不去了，马家被扫地出门，光德里已被扫荡一空，现在又驻扎着国军残兵败将。还有传说父亲马灿汉现正在游击队手里。各种消息真真假假，莫衷一是，马凌芳十分担忧。

庙门外有脚步声咚咚跑过，有人猛捶庙门。庙祝前去开门，与来人说了几句什么，又关紧庙门。马凌芳心想，一定是会面之事败露，不禁为丈夫担心。庙祝劝她宽怀，不必太忧虑！“近日四处风声鹤唳，已习以为常。谅也搅不起什么样的风云来。”马凌芳这才稍为安心，唤来侍女阿玉、阿雅，与庙祝道别，她嘱阿雅去包袱中取来早已备好的红包，内有龙银十枚，赠与庙祝，捐作香火。庙祝也不推辞，口中念念有词：“多谢施主，多谢施主。”

马凌芳正待出门，只见庙祝急急赶过来拦住她，双手递过来一张永茂源银票，正是刚才郭信臣所赠，刚才她随手放在八仙桌上。“施主走好，走好。”庙祝一直送到路口拐弯处始回。对这张银票，马凌芳并未在意，她从未经营过钱银。在上海的日子，家计全由母亲打理，与郭文雄结婚经年，也从未独立门户，真正是不知柴米油盐贵。她把银票随手交给阿雅：“回去交给先生，就说是他爷爷赏给他的。”

连淑发出殡那些天，铜钵盂似乎家家户户都停了灶火。繁复琐碎的出殡大礼，从凌晨5时直到傍晚太阳落山。送殡的队伍，从铜钵盂郭家祠堂，过资政第、祖祠大夫堂、汾阳世家、“诰封三代家庙”、四序堂、思成堂、保元堂、述先堂、承志堂……送葬的队伍排出十余里。郭凤巢披麻戴孝，怀抱“竹杖”，先到练江里“买水”，然后走在队伍前面引灵。其余兄弟们和各房男丁，几百人一色的披麻戴孝，跟在身后。接下来是郭家女眷，也有几百人，全着黑色衣褂，滚白色布边，头绑白带，一路号哭，哭天喊地，有人气绝倒地，被抬走急救，队伍疏而不乱，继续有序前行。再后是上千人的队伍：从各地来奔丧的亲朋老友，再后便是乡绅官员，人人身着白色麻衣，头上绑着白色布条。队伍吹拉弹唱，有潮州大锣鼓，有锣钹唢呐，不一而足。队伍前面的连氏灵柩，更是金碧辉煌，三十六人扛抬的巨大棺椁，由金丝楠整木凿成，计有十吨以上。这是铜钵盂史上，自有记载以来，最为盛大的出殡仪式。从铜钵盂到墓地，送葬的队伍巡游了三四个时辰，从凌晨5时直到午后，才抵达凤凰山墓园。抵达墓园，又是一番繁复琐碎的仪式，直至傍晚，红云满天，出殡的仪式才告结束。

十多里的长路，铺上了一层厚厚的红色炮仗纸屑，沿途树草，落满了白色黄色的纸钱（库司）。据说这场祭奠，买断了铜钵盂附近十几个乡里“银纸行”所有的香烛纸钱。

这是民国三十五年（1946年）旧历五月初五这一天的情景。

接下来的七七四十九天，铜钵盂的上空，从早到晚，都升腾着香烛燃烧的烟雾，空气里流荡着香火的幽香。300位僧人，身着袈裟，在大夫堂天井里日夜诵经，他们将诵经七七四十九天。

为连淑发出殡，郭信臣坚持做满七七四十九天法事，每天举行一次中祭，隔七天一个大祭，从头七一直做到七七，天天有各种形式的祭奠。铜钵盂仁记巷的八座大厝里，摆了100桌流水席，从早到晚，随到随吃。铜钵盂家家户户停了灶火，乡邻们不分老少，全被请到仁记巷，一日三餐，饕餮流水席。没吃喝上几天，人人都吃累喝累。最后十几天，郭信臣派出15辆马车，到周围四乡八里，拉人来吃喝，见人就请，迎来送往。

马车所到之处，行人无不惊奇，天下会有此等好事？吃喝之外，还赠盘缠。马车最远的去到三十多公里外的流沙、洪阳、棉湖。

此举所谓广聚人气，广纳财气，广请福荫，非此不能深表郭氏家族对“天地君亲师”的尊奉。这是太清先生在世时的说法。郭连氏在25年间，连生十五子，全为男丁，且无一夭折，个个成龙成虎，年纪轻轻便登龙堂，为家国栋梁。这是郭氏自南宋一世祖——广西路提刑按察使、正议大夫郭浩在铜钵盂创基以来所未见。此等命理，可谓千年等一回。十五子同一母腹所生，其势如奔马，生气旺盛如涌如浪，推波而来。天下有哪位女子，能得如此之福气，又有如此广阔的胸怀？哺养十五雄子，唯有笑母连淑发。故郭连氏乃天下奇母，其安寝之地，需乳穴尚能安命。太清先生如此说。

连淑发殁时，郭仁卿请来太清先生，寻找穴地。太清先生不急不忙，嘱先将其安柩。穴地不是找的，是遇的，正如连淑发之来郭家，又连生十五男丁，岂是一个找字，一个求字可能，全为天赐，无人能够强求。劝郭仁卿不必过于焦虑，命里有时终须有。

有一天，太清忽从烟桥来，找到郭仁卿，他把郭仁卿带到离铜钵盂“仁记巷”八座厝十余里远的一处缓坡，缓坡下有淙淙流水，他指着对面溪岸，让郭仁卿细看，自已却沉默不语。

郭仁卿看时，并无甚特别之处，期待太清先生解惑。

太清道：“此乃乳穴也。”郭仁卿大惊，几年前，太清先生便说到乳穴之地，乃连淑发这位奇母之归宿，便请先生细细道来。

太清先生对着眼前山川，指指点点：“所谓乳穴者，也称悬乳穴、垂乳穴、乳头穴，与窝穴、钳穴、突穴并为龙穴四大类项。先生请看，流水之畔，远处山势垂下，复又高起，所结之地，便是乳穴。此地形，穴星开臂，中间突生乳状之山形，此形，平地高山皆有，是凡六格中之正格。”太清先生摸出罗盘，贴地行走，如海底寻针般，在地上寻找着方向方位。

“先生所说之六格，又有什么说法？”郭仁卿寻根问底。

“凡六格者，曰长乳、短乳、大乳、小乳，此四者为正格，又有曰双垂乳，三垂乳的，此为变格。四正格、二变格，便称六格，六格中，若有后龙真穴的，入首明白，星辰合格，证佑分晓，其穴极贵极富，面前此地即是。请看河水汇流处，岸边突起，形结高耸之大乳，是为突穴。有说法，乳头之穴怕风起，风若入来人绝灭，必须低下避风吹，莫道低时鳌裙绝。风从东西南北来，皆绕山势而行，如沐如浴，而无任何对冲之意，有风起，却来势聚合，风来势克之，克之则伏，而无半点冲起，须知冲之则起，而反为祸。”太清先生细看罗盘针走向，喜不自胜地大声叫好！“仁卿仁兄先生，此地不单为乳穴之大乳地，此地乃烟桥有，本在茶山，如今已转来此处，乃山不转水转，水不转则山还。而此地乃烟桥之山还水转，就是此地无疑了。”

仁卿大喜过望，忽然又顿生疑结：“先生说到烟桥，与烟桥又有何干系？烟桥可是仁卿的伤心之地。”

太清先生并不正面作答，却说："君不见，烟桥茶山似在眼前么？簇簇高如圆者，楼台山也；簇簇尖而秀者，鼓角山也，圆者秀者皆集于囊中，是为楼台鼓角，钟鼎之势也。"太清兴奋无比，又指着流水正中的一处洲渚，说道："请看那水中高埠，正于乳山当前，水中突起之丘埠，助关拦龙脉旺气，使不外泄。夫罗星者，水口关拦之中，有雄埠特起，或石或土，当于门户之间，四面水绕者星也，其内必有大富贵地，而乳穴是也。"说到这里，一向正经，不苟言笑的太清先生，忽然诡秘地一笑，对仁卿先生耳语，仁卿先生啐道："老不正经，不得好死。"

太清先生道的是甚？有好事者说：为何叫乳穴，正如女人之巨乳，丰乳肥臀，方能源源不断之生儿育女。那日太清先生说的正是，此地形与连淑发郭连氏之体形极像，向仁卿先生求证是否。

丰乳肥臀尚有不足，天下之女性丰乳肥臀者多矣，有生十五男丁者，寡之又寡矣。太清先生究其因由，道："占山之法，势为难，形次之，方位又次之。势如万马，自天而下，其葬王者，势如巨浪，重岭叠嶂，千乘之葬；势如降龙，水绕云从，爵禄之公。其龙脉始发，必有势焉。审势之法，欲其来不欲其去，欲其大不欲其小，欲其强不欲其弱，欲其异不欲其常，欲其专不欲其分，欲其逆不欲其顺，此其六欲也。就是此地了。"太清先生又道："不过，天时未到，似缺一门，此门乃立，则天下通达。立门之后，再行廿载，乃乳丰盈，其势六欲雄大，不可抵挡，吾不知此门为何门，何时始立。"太清先生叹息，他的脸上现出了少见的困惑与无奈。"天行健，君子以自强不息。老朽只能看到这些，抱歉，前途浩荡却又迷离，非吾辈所能把握。"

这是连淑发殁亡之时的1920年。

6年之后的1926年，郭节母廖太夫人之贞节门，在铜钵盂凤凰山距乳穴六十里处立起，隔着起伏波涌一般的山岭，与乳山遥遥相望。又过了20年，即1946年秋天。那天夜里，郭信臣突然在梦中惊醒，记起父亲郭仁卿与太清先生说过的话。"立门之后，又廿载，乃乳丰盈，其势雄大。"他突然悟到，机不可失，时不再来，郭连氏淑发，已安柩中26年，该入土为安了。又请术师，问过四柱八字，如此这般，择吉日出殡。又七七四十九日，取流水席之源源不断之说，更合永茂源钱庄之创意。

郭信臣想着顿觉心清气爽，抗战刚刚胜利，举国欢呼，从此和平盛世，国道大兴。仁卿、太清在天上看，在黄泉笑说。郭信臣自当勉为而为，连淑发笑脸盎然，铜钵盂万福矣。

郭信臣早起，亲自到伯公庙去问庙祝，遵庙祝之意，遂请来三百僧人和尚，聚于灵堂周围，诵经念经三天三夜，为连淑发超度，又差人重新修缮郭节母廖太夫人的贞节牌坊，把康有为、张謇的题字填上真金，又修一条大道，贯通节门与乳山之间的重山叠水，为南来北往行脚修了几个遮风蔽日的雨亭。又为连淑发建了一个婆祠，并立下一个规矩，凡郭族内中女眷包括家丁杂役，不分姓氏不管尊卑，都可入祠牌位，此祠名为淑发婆祠。做完这些之后，已是晚秋，郭连氏淑发上路安妥了。

第二十六章

连日来，铜钵盂天天锣鼓喧天，庆祝南下大军到来。土改工作队早在大军到来之前，就已经驻扎铜钵盂。土改运动也随着铜钵盂的解放，轰轰烈烈地展开了。

郭家祠堂大夫堂，一夜之间被迅速清空，先是驻扎了南下大军的一个团部，没几日大军撤走，又挂起一块木牌，上书铜钵盂农民协会，土改工作队也驻扎在里面。土改工作队的副队长是仁记巷的继承人郭文雄。此时，他不用其名大藩，而使用其字文雄。

郭氏家族的所有长者包括掌门人，有百多口人，统统被叫到郭氏宗祠大夫堂来。已经116岁的族长郭向笙也不例外，本来他倚老卖老，赖在家中，心想工作队不敢对他怎样。太平天国都过来的人，还怕共产党不成？在他看来，共产党和太平天国，不就是同一家人么！既然是一家人，自当上门拜见前辈便是。他想得不错，却又想得太美。

几个民兵，土改工作队队员冲进门

内，不由分说，把他挟起就走。为首的是村中的屠夫郭刚，人称刣猪刚，他倒是很温和，却又很用力，把郭向笙的一只胳膊，捏在粗大的手掌里，提起便走，像拎着猪一只腿，倒吊起来放血似的。郭向笙大恼！何时轮到这只狗爪子来碰我？还未等他把话说出，后背便被击了一掌，差点让他噎过气去。

郭向笙到祠堂时，天井里已站满了郭氏家族各房当家人。人人低着头，听队长训话，队长正是传说中的郭文雄。郭向笙气得捶胸顿足，一时性起，破口大骂："你这个逆子！算什么东西。说起来，我也是共产党，谁敢说太平天国不是共产党？"

听郭向笙一说，土改队的人哄笑起来，郭文雄并不与郭向笙计较，继续他的讲话。

"……刚才跟诸位说的，是刚刚经过党中央修改过的《中国土地改革法》，这是党中央对地主富农、工商业地主的宽大政策。退回去三年，1946年，你们这些人，如果在东北解放区，没收全部财产不说，个个都得杀头，没收五大财产，牲畜、农具、房屋、粮食及其他财产。现在呢，中央遏止住了这些做法，不没收其他财产。要感谢共产党的这一政策，感谢毛主席……"

郭信臣见是自己的孙子，心想太不像话，居然在大庭广众，对郭氏本家长辈训话。他十分气恼："这位先生，我们愿意把一切财产都献出来，说没收也好，说捐献也好，我们什么都不要了！我们可以回家了吗？"

郭文雄知道说话的是自己的爷爷。他记得许多爷爷的往事。童年时，每当爷爷从上海回来，他和孩子们便早早到郑家码头去等，四五个孩子，挤在为爷爷准备的大轿子里，推推搡搡，轿子颠得东斜西歪的，把轿夫们弄得很不高兴。

每当郭氏家族有人从西洋回来，他们一帮大小孩子，便蹬着从美国寄回来的滑板，在"仁记巷"平滑的巷道中飞奔，忽而腾起，忽而扑向墙上窗棂，把身子悬吊在窗棂上。这是那个年代的青春酷跑。郭信臣总是十分欣赏他们的放肆。自己在烟桥的少年时代，也是如此度过的啊！

郭信臣感慨。

郭文雄成年礼时，烟桥已经湮灭，他生于没有烟桥的一代。烟桥于他只是一个遥远的先辈的记忆。他一直想到传说中的烟桥去，但终于没有。

已经八十高龄的爷爷，现在就站在天井中，直视着这个孙子，眼中没有任何畏惧。

他想回答爷爷："可以回家去。"可嘴里说出来的却是严厉的："不可以！"

"你们要老老实实接受没收，不能有任何藏匿，那是要杀头的！事情还没有这么简单，你们交出财产，没收土地，还要老老实实接受斗争，脱胎换骨。"他停顿了一下，"就从'汾阳世家'开始，就从'仁记'八座厝开始。""打倒地主阶级，打倒族长郭向笙！"他突然喊起了口号。

天井里的本家大人们，突然让口号惊住了：这是什么道理！交出财产还不行？还要斗争？他们不知道斗争是什么，如何斗争法。

有人问："斗争做呢哒！"

屠夫刣猪刚大喊道："斗争就是砍头！还有胆问？找死啊！"他做了一个刣猪放血的习惯手势。

郭文雄呵斥刣猪刚："胡扯！斗争就是教育，就是帮助你们坦白，站到人民一边。郭向笙，你有什么话说？"郭文雄突然转向郭向笙。

郭向笙比郭文雄长七个辈分，论起来，文雄需称呼他为老祖太爷，此刻直呼其名，把这个族长气得七孔冒烟。

"不是要杀人吗？把我先杀了。老天早该把我收去。"郭向笙挺身而出，他实在无法忍受这样的屈辱。

工作队队长许向阳是一位南下干部，他听不懂潮汕话。郭文雄向他解释，他勃然大怒，大喊："把这个反动老地主抓起来！拉出去枪毙！"他本是一时怒气，想杀杀这些人的气焰，岂知刣猪刚误会了队长许向阳的意思，同几个民兵一拥而上，三几下就把郭向笙擒住。郭向笙毕竟116岁了，再有血气也经不住几个屠夫般的年轻人的擒拿。

人群一阵大惊，这种犯天条的事！铜钵盂何曾有过？郭向笙是谁？

铜钵盂郭氏家族的族长，皇上。太平天国还有谁活在世上？刽猪刚又是谁？地痞流氓一个，人群骚动起来。郭文雄见状也大吃一惊，连忙对队长耳语。队长似也觉得太过，便示意刽猪刚等放人。

郭凤巢藏在人堆里，他一直暗暗地注视着在台上的儿子。他心如刀绞。他不明白世道怎会如此巨变，这个儿子，让他很骇怕，很惊悸，很害怕暴露在他面前，让他看到自己。这时，郭文雄的眼光落在他脸上，他茫然不知所措，不敢正视。文雄什么时候戴上了眼镜？厚厚的镜片后面，是一双犀利的，足以看穿你内心恐怖的眼睛。自己曾经舔舐过这双眼睛，吻过他的脸颊，牵过他的小手，在仁记巷中走过，让他骑在自己肩上，去仁记码头看山看水看云。现在这双眼睛过分陌生。

郭凤巢低下头，心中充满惶惑，不知道接下来会怎样。该不会把我揪出来，当众羞辱吧？他不敢往下想，双手紧紧地笼在胸前，下意识地保护着那颗就要跳出的心脏，他突然眼前一片昏黑，栽倒在地。他见到面前有无数奇形怪状的脑袋与面孔，他只有一丝意识，渴望马上倒地而亡。

郭文雄似乎无动于衷，似乎想做点什么，终于没有。只听刽猪刚高声吼道："老地主装死！看我不一刀捅死你。"

郭文雄与队长私语，队长许向阳宣布大家可以回家去，但郭向笙必须留下。此时郭文雄明显诧异，他不明白许队长为何要留下郭向笙？他张口结舌的样子很多人都看到了。郭信臣深感意外，郭向笙怎么能留下来？这么高龄的老人，留下来会是什么结果？

土改队虽然进铜钵盂时间不长，但已有许多的传说，把地主用铁丝绑住两个拇指，吊起来惩罚的说法不少。郭信臣从孙子的眼神看到一丝希望，他坚决地站出来，对站在台阶上的队长队员们大声说："拜托诸位了，老太爷老了，你们有什么事找我吧！族里的事，我都清楚。谁家有几亩地、几个钱银，我都知道，问我就是。"他企图说动队长开恩，放过郭向笙。弄不好要出人命的，老太爷受不得气，也受不得折磨。

"你们不想走是吗？想跟这老杂种一起挨斗吗？那好吧，马上就开斗争会。"许队长大声喝斥。

人群骚动起来，向大门口拥去，门口让几个民兵堵住了。走在前面的几个人，被劈头盖脸抢了几巴掌。人群突然就安静下来，队长掏出手枪，往八仙桌上一拍，大声吼道："哪个敢闹，马上拉出去枪毙！"

郭文雄知道，这可不是开玩笑！土改工作队队长，在动乱中，是可以下命令枪决人的，这种事情，时有发生。天井里这些人，都是自己的亲人，在场的包括土改工作队队长心里都明白，土改工作队队长此举也是在做给自己看。要看他的阶级立场，看他在大是大非的阶级斗争面前，做何选择？在他们多次工作交往中，队长屡屡谈到这一点。当初，郭文雄并不愿意到铜钵盂来，即便去"光德里"也好，但是，组织以他对铜钵盂熟悉为由，也给他一个大义灭亲的考验机会。

郭向笙被反绑双手，四个民兵半推半搀地把他押到临时搭起的戏台上，戏台是用十几张八仙桌拼起来的，有些摇晃，老人被压跪在戏台上。

刽猪刚跳上戏台，控诉郭向笙的罪恶，从太平天国说到义和团，又说到民国军阀，他有限的历史知识，和铜钵盂的历史搅在一起，把郭向笙的罪恶历史说得非常恐怖。他语无伦次地控诉，最后把郭向笙说成是日本汉奸，说他在日伪时期，做日本人的走狗。

老人的样子很痛苦，他被反剪双手，脑袋让脖子上的绳索勒起仰后，他的脸逆着阳光，向天空昂扬。刽猪刚绘声绘色地说着郭向笙当汉奸的事。

郭文雄后来在"文化大革命"中，对这个场面有所描述，他被说成是杀害郭向笙的凶手之一。

日本人搜不到粮食，拘押了八十多名铜钵盂人，威胁说不交出粮食，就枪杀这些人。日本人抓住了郭向笙，有人告发他通共，给大南山共产党游击队送军粮，送肥猪。郭向笙对日本大佐点头哈腰地说：

"大佐先生，请您想想，我们这些老实巴交、规规矩矩的良民，敢得罪谁呢？八路来了，我们就通八路；皇军来了，我们就通皇军；就是土匪来了，我们也得热情招待；国军来了，命令我们做什么，我们敢违抗吗？一句话，只要要枪弄炮拿刀使棒的人来了，我们都得赔笑脸，都得要什么给什么！如果违抗，不是拿自己身家性命开玩笑么？大太君，您是顶顶明白的人，体谅我们老百姓的苦衷啊！你们自己看看，要什么东西，你们拿去就是，只是千万别伤了百姓的生命，伤了生命，便无人为皇军效力了。”郭向笙一口气说了许多在理的话，把大佐说得大笑不已。

大佐不怪罪他，反而设宴请郭向笙喝酒，同时放回了八十多名抗交军粮的铜钵盂人。

有人把这件事报告给游击队，要游击队抓捕这个通日的汉奸。游击队很为难，郭向笙毕竟救了八十多个铜钵盂人的命！可他对日本人摇尾乞怜，又特别可恨，无半点民族气节。

现在，刨猪刚说起此事，许队长似乎抓到了郭向笙的罪行，马上宣布将他逮捕归案，作日本汉奸处理。

郭向笙此刻真的害怕了！他气得说不出话来。他甚至幻想出现那个日本大佐，来为他作证，把他救出来。他确实说过这番话，他无法为自己辩解。已经116岁了，但他不想就此死去。天真的要收我了么？当年他向日本人道出实情，被日本大佐放过，捡回了几十条生命，这些人现在就在戏台下，他甚至可以一一说出他们的名字，问问他们，他们是怎么从日本人宪兵队那里出来的？摸摸自己的良心，我郭向笙究竟做错了什么？

郭向笙不再说话，任刨猪刚等人怎样推搡，他都一言不发。台上台下，响起了此起彼伏的口号声。

四个民兵押着郭向笙，郭向笙头上被戴上一米多长的高尖纸帽，上书“恶霸地主郭向笙”，还用红笔打上红叉。此刻，人们才发现郭向笙几乎老得走不动路！民兵挟住他，半是拖拉，半是挟持，游街示众。

情势骤然急转直下，郭信臣大惊失色，这些传说中的事，他从未想到会发生在铜钵盂，发生在乡亲们中间，是这样的结局。他忽然明白，一切都刚刚开始，很快就会轮到自己。一种奇耻大辱的感觉涌上心头，一种莫名无告的恐怖充塞脑际。他想拔腿逃回“仁记巷”，但还回得了家吗？民兵押着他，跟在郭向笙身后，一点一点地挪动脚步。游行队伍拖着茫然无措的郭信臣，走过他熟悉的街巷。天真的塌下来了！

郭向笙完全失去了昔日族长的威风，太平天国的炫耀已经破灭。一个干瘦的乡下老头，一个气息将尽、由人挟持、了无尊严的游魂野鬼。刚才在郭氏祖祠“大夫堂”，理直气壮，声如洪钟，行动敏捷，气宇轩昂的郭族长，从族长的神坛上跌落下来，并迅速地彻底地老去，成了一副僵尸。

郭向笙头上高高的纸帽，罩住了他半张脸，人们看不到他的表情。

铜钵盂原来张扬的气势，和死气沉沉的平静，在郭向笙的脸上消失殆尽。古老的铜钵盂彻底地翻天了。

喧天的锣鼓和遍地的红旗，让“大夫堂”原本的体面全无，尊严尽失。“大夫堂”神桌香案上的祖宗牌位被清扫到天井里，一把火烧了。墙上悬挂的字画、精美却内容腐朽的木雕，都投进了大火中。铜钵盂空气中，终日有一种烧焦的味道。

郭信臣一嗅到这种焦味，就开始发抖，尤其是双手，抖得特别厉害，然后是心脏，似乎要跳出胸膛。这种颤抖，从胸腔迅速传达到腰部，然后是双脚。他终日躲在三进天井的黑屋里，关闭门窗。

郭向笙头上那顶高高的尖尖的纸帽，老是在他眼前晃动。他终于明白，他在铜钵盂人眼中，最有钱，富可敌国，所以罪大恶极，罪不可赦。他不知应该以什么方式来赎罪，怎样才能平息农民的愤怒，那些在北风的吹刮下，一点一点地燃烧起来的愤怒，已然星火燎原。平日里那些恭敬的、卑微的目光，变得充满了仇恨，不共戴天。他本是一个精于计算的银行家，可以五爪擒龙，把算盘噼里啪啦地拨得人眼花缭乱，可现在，他心乱如麻，无法理解这个世道。

郭信臣不敢出门，把自己关在三进天井里的黑屋中，隔壁是原来安放连淑发灵柩的屋子，自淑发入土之后，一切依然，长明灯和香火不断。马伯良照旧把灵堂收拾得敞亮干净。郭信臣大半时间在灵堂里，他坐在跪拜用的蒲团上，整日整日地枯坐着。街上隐隐约约传来锣钹的声音，令他惊栗。有时，他会听到有人在重重地捶门，马伯良会惊慌失措跑过来，说剑猪刚又带着人马，来“借”东西，或是粮食米面，或是各种用品用具。郭信臣不想见到他们，对马伯良说：“他们想拿什么，尽管去拿就是！你也不必与他们计较。”马伯良愤愤不平，却无可奈何，他有些不明白，一贯严厉强悍的郭老太爷，现在怎么就变得如此软弱可欺？

郭信臣扫地出门，只是迟早的事，各种消息，已在铜钵盂传得沸沸扬扬。1928年在湖南发生的运动，如今在铜钵盂重演。他现在才明白郭大伟急急从重庆跑回铜钵盂的苦衷。

马伯良又来通报，说剑猪刚带着一群人闯入一进天井，正在搬老太奶奶的眠床。

这张眠床，是郭信臣连淑发的婚床。

每有女儿出生，依家乡风俗，从浙江东阳请来木雕师傅，为女儿做陪嫁家私。经过十五六年精雕细刻，始把全套傢私做齐。每件家私，光上漆就上百次，再用真金刷过，填过，描过。所刻图案，皆为千百年来的喜庆故事，尤其是先祖郭子仪拜寿的故事，刻在各种器物上。这张眠床，是郭信臣太祖郭节母廖太夫人，在她出生时（乾隆五十五年庚戌），即1790年，经15年手工制作而成，传至郭信臣这一代，已150年历史，其漆金工艺早已失传。

马伯良对此也颇知一二，他焦急地望着郭信臣，脸上充满惊惧与疑惑。剑猪刚看上了淑发屋子里的东西，尤其是这张传了几代人的眠床，床上睡过起码五代以上的郭家太祖。

郭信臣双目紧闭，心中忽然变得空茫苍凉。他想走出去，与他们说道理，转而想想一切徒劳。他平静地对马伯良说：“伯良，你也回光德里去吧！别在这里担惊受怕，也别污了你的好出身。”他从淑发灵堂的香案上，拿了几件器物，有镶金的灯盏，那灯盏还有火的余热，又从墙上扯下几幅书画，有吴昌硕、董其昌、齐白石的，共有六七幅，卷在一起，连同灯盏等物，递给马伯良：“阿爷没什么送给你，现今这些也不值钱了。你拿着，好好存着，紧用钱时换些小钱吧！”

马伯良焦急地问：“那他们……”

“由他们去吧！”郭信臣苦笑一声，“大门也不必关了，敞开大门迎闯王就是。”郭信臣突然哈哈大笑，笑声十分瘆人。

马伯良走了。郭信臣回到厅堂，搬了一张太师椅，坐在天井正中。透过三进天井的门洞，他可以看到一进天井里，刽猪刚和几个农民，正在往大门外搬运东西。那张珍贵的眠床，已被拆得七零八落。

郭信臣缓缓回头，厅堂中央的八仙桌上，放着两顶一米多高的尖顶纸帽。纸帽上分别写着“恶霸地主郭凤巢”、“反动资本家郭信臣”字样。郭凤巢已经被游了几回街，每次游完街，必须把纸帽拿回家保管好，下次游街再自行戴上。写有“郭信臣”字样的这一顶，是昨天傍晚郭文雄亲自送来的。

郭信臣记得很清楚，郭文雄身后跟着两个民兵。说是他的随从，倒更像是押着他来的，他手里就托着这顶尖帽。

多少年了？自郭文雄成年之后，郭信臣就再没有这么近距离地看过这个孙子。如今，他长得如此高大，有一米八几吧，高瘦，络腮胡子。脸颊虽然瘦削，可秉承了这个家族的脸相，下巴方正，地阁厚重。他应该是好多天没顾得上刮胡子了，胡须拉碴。刚到而立之年，却是一副长期餐风宿露，身经百战的模样。他腰间别着一支老式驳壳枪，戴着黑框眼镜。郭信臣清楚记得，儿时的郭文雄在“仁记巷”飞快滑板的模样。文雄滑得飞快，把行人撞倒时惊慌失措，躲到他身后……他的心突然就一阵绞痛，一种莫名的伤感涌上心头。

祖孙两人四目相对，瞬间，都怔住了。该说些什么呢？良久，郭文雄终于开口，他说：“这是你的帽子，我们随时会来。”他似还想说点什么，终于没有，掉头便走。他的脸色铁青。

马伯良心中诧异，那次他到游击队去，郭文雄私下答应他来见爷爷，后来却爽约了。马伯良弄不明白。

郭信臣死死地盯着这顶帽子。

郭向笙戴上高帽游街示众之后，当晚就倒毙在天井里，享年116岁。据说是咬舌而亡。

二十多年之后的1986年，郭向笙被写进××县志，介绍他的文字是“伟大的太平天国志士，中国同盟会会员。是铜钵盂有史以来，最长寿的寿星，享年116岁。”

但愿先祖郭向笙泉下有知。

练江上吹来阵阵凉风，入秋的铜钵盂，一到夜晚，街巷里早早便没有了行人。自从土改开始，夜行的挑担小贩，少了许多，唯有点街灯的更夫，照旧按时出没，这是千百年的规矩了。

瞽师、盲妹，这些无家可归的人，照样流动在广袤的潮汕平原上。还有批脚水客，似乎更为忙碌。郭信臣设在汕头的批局，每日的批封数量剧增，似乎与紧张时局有更多的关联。郭信臣已经顾不上批局的生意。他的念头全在那顶帽子上。

入夜时分，郭信臣从淑发的灵堂里出来。

“汾阳世家”，此刻变得空落落的，所有家丁、佣人，都让他打发走了。他关上大门，从一进天井到三进天井，细细地走了一遍，每间屋子，他都进去小息了一会，又到先父仁卿的灵堂里，拜了三拜。在郭信臣心目中，父亲郭仁卿，是一个地道的革命党，支持过戊戌变法，也支持过孙中山的丁未起义，是中国同盟会最早的会员，和康有为、梁启超、孙中山、廖仲恺、宋教仁、黄兴过从甚密。如果父亲活到今天，结果将会怎样？他不知道。他最后望着先父的遗像，心中十分歉疚。他已经无力保护这屋子里的一切了。

他在那顶纸帽前站了许久。

瞽师苍老的吟唱，从天井的上空传进来：

有福之人感动天，纵有祸难仙救伊，千辛万苦受流落，苦尽甘来得团圆。十本歌文做一排，悲欢离合唱人知，善人终须有结尾，恶者到底受磨刣。

……使子闻说费心胸，狂徒逼母落长江，痛母音信无人传，此事若无神仙救，骨肉要会实艰难。严彪畜生使暗枪，害到母妹惨一场，苍天若肯从人愿，除却奸臣归阴乡。

郭信臣听不清瞽师究竟在唱什么。他在上海生活多年，听惯了南腔北调，听潮州歌谣，声情并茂更为真切。瞽师的唱腔，似经千山万水而来，那凄惨悲切的唱声，深入骨髓。他在天井里细细聆听，声音似有若无，并非瞽师在唱，好似遥渺的风声雨声。

他把纸帽拎到天井里，擦亮火柴，把纸帽点燃。他怔怔地望着那火光，望着纸帽上郭信臣几个画上红叉的大字，在火中慢慢地弯曲，毁灭于无形。

他突然大笑，笑得很酣畅。那笑声飞出天井，和那焚烧纸帽的烟灰一起，流向天际。

几天之后，人们砸开“汾阳世家”的大门，本是要揪郭信臣去游街示众，可是他们发现，郭信臣已经死了。

郭信臣将淑发用过的一条白腰带，勒住自己的脖子，把一个一米九二的身躯，吊死在不到一米五的眠床架上。他双脚蜷曲，把自己吊死了，准确地说，是自己把自己勒死了。

郭信臣享年80岁。

多年以后，各种有关潮商的史籍有如下记载：

“郭信臣，三十年代沪上潮商首富。曾于1926年，会同其叔父郭子彬，捐巨款为复旦大学兴建“子彬楼”，建立中国第一所心理学院，并于1935年，捐资三十万龙银给浙江大学为办学经费。是旧中国杰出的银行家、大慈善家……”

××县志记载：“郭信臣为著名开明士绅”。

至于潮汕解放前夕，郭信臣与马灿汉之间的合作，为460师筹集军饷、策反起义之事，至今无人知晓。指示马灿汉工作的周恩来，知否？

郭信臣自杀一事，成为郭氏家族半个多世纪的秘密，这个秘密由当年在现场的郭文雄所隐匿。他本是来押送郭信臣去游街示众的，当众人在偌大的“汾阳世家”无数空屋中翻箱倒柜，搜寻郭信臣时，郭文雄在爷爷的黑屋中目睹了爷爷的死状。爷爷在这间秋天的黑屋，已经死去多日，冷风嗖嗖的黑屋里，似有爷爷的灵魂在游走飘荡。

郭文雄把悬挂在眠床架子上的郭信臣，小心翼翼地放下来，平躺在床上，为他盖上了被子，收起了那条白色的腰带，将它绑在自己的裤腰上。他关紧了房门，锁上。然后，他伏地而跪，叩了三个响头。他在郭信臣床前，默哀了几分钟。

往事如潮，泪如泉涌。他自感不是一个坚定的共产党员，可是他痛恨这个地主家庭的一切，与共产党理论相悖的一切。可他又实在找不出哪怕是一点一滴的事实，来证明血腥的罪恶。

他走出屋子，向民兵们宣布：郭信臣已经病死。

对于这位八十高龄的反动地主、资本家，没有人去关心他的死因。郭文雄在最后时刻，以这种方式保护了郭信臣的其他家人，免遭“畏罪自杀，自绝于人民”的牵连。

我很早就知道家族的这个最高机密。有一次，我与年迈的茹姑交谈时，说到曾爷爷的死因，对阶级斗争仍心有余悸的茹姑，还坚持保守这个秘密，坚称郭信臣是正常死亡。我笑说她迂腐，她反说我不够谨慎。她已经有20年不看《新闻联播》和报纸了，她还活在“文革”的阴影中。

本以为“汾阳世家”，在经历这一切之后，已然倒塌，可是，多年以后，当“仁记巷”八座厝里的花园只剩下残墙断垣，花圃里那株石榴花，却虬枝缠结，一百多年来，这棵石榴树，年年有籽。而“汾阳世家”凹斗式高大门楼，却未见残旧。门匾“汾阳世家”、“资政第”、“中宪第”、“积厚流光”、“元亨利贞”等填金大字，依然金光闪闪。那是张大千的老师李瑞清的笔迹。门匾两侧，是诗词石刻。右侧刻的是：“朴素浑坚自他有耀，信臣仁兄先生雅鉴。通家愚弟郑瀛华集句。”左侧刻的是：“世胄寿考历世弥光，信臣仁兄先生雅鉴，左孝同书。”左孝同是左宗棠的继子。

门斗上方还有一对“阀阅”，也即“门簪”，这是源于魏晋的建筑形制。潮汕“入门看人意，出门看阀字”、“门风相对，阀阅相当”，便是这种门阀士族的观念残存。

近几十年间，常有研究门楼建筑文化的海内外专家，专程到“汾阳世家”参观。这座抹彩填金的门楼里，如今住着从贵州来卖烤串的大哥大嫂和他们的一双儿女，里里外外拉起的绳索上，挂满了韭菜串、牛羊肉串，终日散发着花椒和大料奇怪的香味。而那镂刻贴金的字画，有的已经被烟熏得乌黑，但依然透着富贵。

“汾阳世家”所处的“仁记巷”八座厝，于1979年落实政策时，发回郭氏后人手中。比我年长七八岁的四叔文柱，摸着那些宣统三年镌刻的字画石刻，面带笑容地说：“我唯一的记忆，是这座门楼。那年那天黄昏，郭氏家族上百口人，从仁记巷八座厝无数间房屋里，被赶到这个门楼前的花园里，什么东西都不能带。人们一字儿排开，搜完身后，列队走出‘仁记巷’，然后任其流浪。那是己丑年年底，再过一天，便是庚寅年了。”

四叔的父亲郭凤巢，领着老老少少十几个家人，无处可去，最后是伯公庙的庙祝收留了他们。长工马伯良的母亲，给他们送来了稻草和番薯……

郭信臣没有能够活着看到这一幕。

这座完工于光绪三十年（1904年）的古宅老屋，如今淹没在仁记巷僻静荒凉的群楼之中，从天空中鸟瞰，活像城市石屎森林中一只蛰伏已久的灰色老龟。它不死，伏在那里，想告诉人们一些老去的故事。它又似一件遗失多年的批封，抑或是只有姓名却遗失了地址，无法发出的死封。它的名字，叫铜钵盂。

2015年6月14日第一稿

2015年9月10日第二稿

后记

在潮汕平原，村庄和侨批，似乎有一种天然的联系。从什么时候开始，这种联系便有着生死的至切。一封小小的银信，有时便决定村庄和人的命运，几个世纪的离乱故事……

写一个小村庄，这是我多年的夙愿。

我6岁时，曾经去过这个村庄。我这里所说的村庄，其实是由两个相距很近的村落组成的。它更多的是活在我童年朦胧的印象里。

外祖母带着我，到我的出生地田中央村。那时的光德里已经住进去了许多别姓的人家，马银青大夫的马氏家庙还未坍塌。光德里，五座“驷马拖车”一字儿排开，庭前是开阔的大院，两边是四层的碉楼，后花园连着紧密的后库，后库两侧又有偏院，这是一座连环着各种建筑的庭院，说是旧式的庄园更为恰当，类似于欧洲的古堡。与其说光德里处于田中央村中，倒不如说是田中央村围绕着光德里，同时在一点点地扩大生长。我童年的光德里，就像茫茫田野中的一座古堡，一座有四个碉楼的古堡，让无边的田野包围着，只有一条可行马车和吉普车的石板路，通向街市。这种风格的建筑，在潮汕地区绝无仅有。这是从17世纪开始就陆续有人留洋的马氏家族，从西洋带回来的建筑风景。

母亲于1949年从上海返乡，1951年旧历二月廿一日，在田中央村生下了我。由于嫁出的女儿不能在婆家分娩，外祖母在光德里寨外一个叫溪东的地方，另租了一座老宅，雇了两个佣人，母亲在那座空荡荡的老屋里生下了我。

那时，和母亲一起长大的书童阿雅、婢女阿玉，早已出嫁（外祖母像嫁自家女儿一般，给她们择了很好的婆家），她们抱着儿女过来帮忙，冷清的老宅便有些热闹起来。

潮汕习俗规矩繁多，母亲虽然从小生活在上海，是个标准的上海小姐，可外祖母郑素冰却是一个潮汕的老派姿娘，又是留过洋的国军军官马灿汉的妻子。母亲的一切，都由外祖母按照乡间旧俗办。

老宅的主人已经逃去香港，留下一副装敛着先人却未曾入土的棺柩，停放在正厅一侧的厢房中。厢房的门板让农民拆去，那口华丽又年深月久的棺材，便时时在房门洞开的老宅里隐现它的气息。因为有这口棺柩，老宅有着一种另外的味道。我在娘胎里，伴着母亲，在极度的惶恐中度过老宅漫长的冬日，直至我在难产中降生。

我在长篇小说《1966的葵》中，写了这份心情、这个情景连同别样的故事。

我生于田中央村那个叫溪东的地方。父亲为了纪念这件事、这个地方，给我取了现在这个名字，一个在字面上似乎没有含义无以诠释的名字。小东，是什么意思？至今我不甚了了。

光德里是母亲的祖居，而在光德里对面的“硕士第”，也是一座“驷马拖车”。它是马氏家族为了庆贺外祖父马灿汉获得美国普林斯顿大学教育学硕士学位而建造的。那是1914年的事情了。

外祖父归国之时，逢黄埔军校成立，受蒋介石之邀在黄埔军校任职。他从没有进住过“硕士第”。“硕士第”在百年间风云际遇，现在沦落为织造文胸的工厂。轰鸣的机器、纷飞的棉絮，和满屋已然老去的画梁雕栋缠结而成的气氛，令人惆怅惶惑。

光德里，是潮汕村庄的缩影。千百年的历史，显赫的家世，钟鼎贵胄的文史渊源，这样的村庄遍布潮汕大地。无数悠久的故事，已让千百年离乱的世道，消解消淡地微不足道。退回去六十年，潮汕大地上“故宫”林立，节坊遍布，“皇帝厝，潮汕起”。

明清两代，是整个潮汕大兴土木，大造“京都帝王府”的时代，兴建有礼制功能又有居住功能的“驷马拖车”。其民居是按皇宫式样精心构造。光德里又是少有兼顾西洋古堡风格的“驷马拖车”，而其建筑形制可追溯到唐代宋代的合院式格局，比北京的四合院更为古老，更为讲究和繁缛。

我所说的田中央村和铜钵盂，并不属于同一个村庄，同是毗邻练江中游，一在江北，一在江东，相距也就十几公里，其间是农田阡陌。在旧中国，这是两个遥遥相望的村庄。那时人口疏朗，田中央与铜钵盂是相距最近的村庄。我的父母，分属于这两个村庄的马姓与郭姓。

在《铜钵盂》中，我努力回到上世纪初年的潮汕，努力还原那些古旧中国潮汕的原型。轿子和马匹作为交通工具的年代，那才是真实的浸淫着三千年官宦与农耕文化的潮汕。那种严酷与温情的人性融合，农耕与洋风共荣的日常生活，使生活其中的人们，充满着礼教与理性的自由，收敛与放纵的伦理。在规制的环境中，却充分地放达了人的精神期许。自上世纪初年至今的铜钵盂和光德里，上演了三千年来最令人目眩的活剧。郭信臣家族，民国时期一门八杰的显赫辉煌，以及它与光德里马家联姻而致的故事，也使这两个小小的村庄——田中央与铜钵盂，成为练江流域不可不说的传说。

铜钵盂自13世纪郭浩创基之后，几百年间香火兴旺，代代有才人名贤。己丑年事变，全村百余户，有70%户被划为地主或工商业地主。30%的贫雇农分不完70%富户的财产。浮财多得每户人家无法承受，倍感累赘。土改队便派出十几辆马车，天天把各种各样的浮财，运到别村去散发，这与周立波的小说《分马》完全不同。本家海生叔在讲到这些时，特别自豪，他为铜钵盂曾经的富贵骄傲无比。

关于铜钵盂的历史记忆，今天道来，是轻松又时温馨的。铜钵盂千百年来，就是一个同种共姓的家族，它有源远流长一千八百多年的族谱。而其郭姓，又为周武王所封，为虢叔，虢与郭同音，故后来写成了郭。始祖汾阳王郭子仪为唐代三朝元老，流芳百世。其嫡系的家居门匾均凿有“汾阳世家”字样。

铜钵盂，这个村庄七百多年的兴盛，伴随着的是代代不绝如缕的传说。铜钵盂位于潮汕平原练江中游北岸，北沿五公里是唐朝古寺“灵山隐寺”。村前有大灵潭，潭状似铜钵盂而得名。传说潭中有一金龟，水落而隐，水满而现，此潭从不枯竭，且泉涌奔腾。其形其势，若聚宝盆也。

清末民初，铜钵盂人集中往上海谋生，上海的铜钵盂人已超过本村人口，约八千人之多。铜钵盂在20世纪30年代便被称为“小上海”。所以，铜钵盂大部分所谓“地主”，在铜钵盂并无土地，却积聚了从上海、从海外源源不断汇聚而来的财富。它是一个名副其实的铜钵盂。

这部长篇小说，最初的写作缘起，是侨批史。

萌芽于明代的侨批银信，在清末民初达至鼎盛，其势头一直延续到新中国成立，至1976年方纳入银行系统，侨批银信不再。汕头侨批博物馆，藏有17万份侨批。东南沿海多座城市，都建有侨批馆。可以说，每一封侨批，都是一部长篇小说，都承载着一个家庭的辛酸家史。

财富的创造及财富的流通是一回事。重要的不在财富本身，而在于对财富的态度。前者关乎财富的社会学史和金融史，而后者正是文学所关心的问题。在关于侨批及侨批史的浩繁资料及文本记录中，至今尚未见到侵吞或冒认侨批的事。而其高度的虔诚与诚信，成为侨批史上最为生动和庄严的品格。侨批是一种兑换凭证，一种契约精神，还有一种是口诺的，即纯粹是口头拜托，全无凭证而靠承诺与嘱托畅行天下。这就是侨批从诞生之日到消失的几百年中，所体现的一种有形或无形的契约精神。

这种契约精神背后，是一种牢固的文化支撑，这种支撑在何时崩溃？又在何时成为一种梦想？这实在是令人沉思的启应。

我的小说无法承担这样的启应。但是，这种启应所包含的现实与历史的冲突及比照，在我作品的人物中，凸现了一种强烈的欲望，欲望在那些生活于旧时代，崇信旧文明，却又恪守并建设着新道德与新伦理的人物身上。我试图去读懂他们灵魂的每一条皱纹，每一次波动。我怀念这些旧时代的人，他们有着古典小说的情怀，却又游荡着新小说的浪漫。他们轻生死，重承诺，诚如樊於期，为刺秦，遵循“三人不能守密，两人谋事一人当殉”，自奉头颅给太子丹，荆轲遂奉樊於期头颅，慷慨赴死刺秦。

我期望复活清末民初的生活图景以及那时人们的精神向度，一种似乎与政治有关又无关的道德伦理。我在我先辈先贤的人生细节中，一点一点地过滤这种精神。为了一件死批错批，一件没有地址的批封银信，而终其一生地信守与寻找的精神，照亮了许多俗世幽暗的角落。

这部小说，涉及了许多清末民初的文化大家和政治人物，如康有为、梁启超、于右任、胡适、顾维钧等等。他们有的多有表演，有的一闪而过，小说的史实部分需要他们，也尽可能依史料铺排他们的情节表现。他们和若干个家族，尤其与郭信臣家族的联系，是民国史不可或缺的一个环节。他们使这部小说，有了几分纪实的成分。

关于铜钵盂郭氏家族的描写与叙事，我要特别指出，并一定请将来读到这部小说的郭氏宗亲们谅解。由于历史久远，家族过分庞大，也由于近六十年来的骨肉流散，所以，对于家族的历史，从来就缺失一种史的连缀和准确的描述。故我采取了传记小说的通常方法，真人伪事，或伪人真事，其动机与目的全在尽可能重拾家族的文明史线索，努力寻找可能已然无法确凿的史实，努力接近那个时代的情感及其表述方式。虚构和想象，永远是小说包括家族小说的题中之义。

举一个最简单的例子，我在小说中，缩短了光德里和铜钵盂的地理距离，将它们安放于练江中游对河相望的两个点上，联结这两个点的，是码头和渡船。它们联结起郭、马两个大家族，也联结起我的父亲和母亲的爱情。

码头和渡船，此岸与彼岸，抵达与让渡，它们意说的是宗教，是时代，是人性，自然也是人性的风景。

从甲午年八月开笔，到乙未年六月完成，十个月的时间，其间中断了半年多，忙于筹备“郭小东文学馆及开馆仪式”。此项工作的空隙，让我有足够的时间，来梳理与思考小说中有关侨批与家族的关系。这种思考是深刻的，同时是伤感的，却充满着对上帝启应的回眸。

这部小说是省委宣传部2014年广东省重大题材创作项目，本拟在2014年年底完成。去年10月，在汕头见到市委常委、宣传部部长周镇松先生，他对潮汕侨批题材创作表达了高度的关注，并通过汕头市作家协会将其作为“2013—2014年度汕头市文艺创作基金扶持项目”。在小说完稿之际，首当致谢周镇松先生和董建伟主席。在写作过程中，得到潮汕历史文化研究中心、汕头侨批馆的罗仰鹏先生、林庆熙先生，以及黄奕瑄、陈新造、雷铎、林继宗、江锐歆、姚泽建、郭文旭、郭桂波、郭豫安、郭奕骥、郭棉生、郭海生、林训州、陈炎贵、黄邦廷、郭开武、郭开雄诸先生的支持与协助，特此致谢。

《铜钵盂》自2015年6月脱稿之后，静候至10月，又作了修改，最终由羊城晚报出版社出版。温远辉先生是我多年的朋友，他力推本书在羊城晚报出版社出版，令我十分感动。我与《羊城晚报》素有交情，从青年时代起，诸多文事得益于《羊城晚报》的提携。我曾有三部长篇小说在《羊城晚报》连载，这恐怕是破纪录之举。从秦牧、吴有恒、曹淳亮、张宇航到刘海陵、周建平先生担任总编辑、副总编辑期间，我的拙作屡屡借光《羊城晚报》，得以张扬。如今，我将自以为最费心力的长篇小说《铜钵盂》，呈予羊城晚报出版社，再次借光行路。幸甚。

承《铜钵盂》出版之际，感谢高风、万振环、左多夫、张维、何龙、邹镇、吴江、陈桥生、吴小攀诸先生多年来的扶掖。感谢本书责编朱复融先生尽心尽力为编辑出版诸事颇费周章，倾尽心血。

蔡东士先生对我的创作多有奖掖，并欣然为本书题写书名，特致深切谢忱。

张懿女士是我多部小说及22卷《郭小东文集》的责编，她为我的作品编辑付出巨大的劳动，在此特别致谢。

还要特别致谢顾作义先生，此作缘于他的倡议，并给予有力的推进。在创作期间，他多次给出中肯意见，特此致谢。卢家明先生对我的创作多有关注，他为《郭小东文集》序言部分做了勘误校正，特此致谢。

我的大部分作品均由花城出版社出版，在此，对詹秀敏、钟永宁先生深表谢意。

最后，谨以此书，献给我的曾祖父郭信臣、外祖父马灿汉、父亲郭大藩（郭文雄），祈祷他们在天之灵安好！

我的母亲马燕惠（马凌芳）已高龄九十三岁，以此书的陈说，祝她健康长寿，并以此作为奉献予她的生日礼物。

作者

2015年12月29日